La trahison d'un prince

Un délicieux contrat

CHRISTINE RIMMER

La trahison d'un prince

Passions

éditions HARLEQUIN

Collection : PASSIONS

Titre original : THE PRINCE'S SECRET BABY

Traduction française de MARIEKE MERAND-SURTEL

HARLEQUIN®
est une marque déposée par le Groupe Harlequin

PASSIONS®
est une marque déposée par Harlequin S.A.

Photos de couverture

Enfant : © MASTERFILE / ROYALTY FREE DIVISION
Paysage : © MASTERFILE / ROYALTY FREE DIVISION

Réalisation graphique couverture : M. GOUAZÉ

83-85, boulevard Vincent-Auriol, 75646 PARIS CEDEX 13.

Service Lectrices — Tél. : 01 45 82 47 47

www.harlequin.fr

ISBN 978-2-2802-8243-7 — ISSN 1950-2761

- 1 -

— Arrêtez-vous ici, ordonna Rule Bravo-Calabretti au chauffeur.

La limousine aux vitres teintées s'immobilisa sans bruit dans la pénombre du parking. La Mercedes-Benz qu'ils suivaient se gara sur un emplacement libre à l'extrémité d'une rangée, non loin des ascenseurs qui menaient au centre commercial. Rule aperçut aussi le passage couvert qui permettait d'accéder directement au grand magasin Macy's.

Les phares de la Mercedes s'éteignirent. Une femme en sortit. Ses épais cheveux bruns ondulaient sur ses épaules. Ajustant la bandoulière de son sac, elle claqua la portière.

Elle était telle que sur les photos communiquées par ses enquêteurs, quoique plus séduisante, d'une certaine manière. Elle avait quelque chose de bien plus intéressant que la beauté. Grande, mince, elle portait un tailleur de soie bleu marine parfaitement coupé, et des escarpins à talon moyen, plus foncés, qui mettaient en valeur ses jambes fines.

Il l'observa tandis qu'elle fermait la voiture, rangeait la clé dans son sac, tirait sur les pans de sa veste et se dirigeait vers le passage couvert. Elle paraissait très résolue, d'une détermination tout à fait charmante.

Elle n'avait jeté aucun coup d'œil à la limousine. Elle ne se doutait pas qu'il la suivait, il en était certain.

Et il ne lui fallut pas plus que les soixante secondes pendant lesquelles elle se dirigea vers la sortie pour se décider. Il devait la rencontrer.

Certes, il s'était toujours dit qu'il ne le ferait jamais. Tant qu'elle réussissait professionnellement et s'occupait bien de l'enfant, s'ingérer dans son existence était une erreur. Il avait renoncé à tous droits légaux. Autant assumer les choix qu'il avait faits.

Mais il ne s'agissait pas de droits. Il ne s'agissait pas de lui disputer ce qui lui appartenait.

Il n'avait pas l'intention de s'ingérer dans sa vie. Simplement, il devait… parler avec elle, il devait savoir si sa première réaction en la voyant en chair et en os n'était qu'une coïncidence extraordinaire, un instant d'idiotie émerveillée, dû au fait qu'elle vivait avec ce qui comptait le plus pour lui.

D'accord, il jouait avec le feu. Il ne devrait même pas se trouver là, pour commencer, mais être en train de terminer ses affaires à Dallas, avant de rentrer en vitesse à Montedoro. Et puis passer du temps avec Lili, commencer à accepter qu'ils pouvaient former un bon couple, avoir une vie agréable.

De toute façon, il allait retourner sous peu à Montedoro.

Mais, pour l'heure, il allait faire ce dont il avait envie depuis trop longtemps. Il allait rencontrer Sydney O'Shea.

*
* *

Sydney n'arrivait pas à le croire.

Le type terriblement beau — et étrangement familier — un peu plus loin dans le rayon « Articles de cuisine » de Macy's regardait dans sa direction. Les hommes comme lui ne s'intéressaient pas à elle, en général, mais à des femmes dans leur genre.

Non qu'elle soit hideuse. Pas du tout. Mais elle était particulière, et elle respirait l'indépendance. Peut-être semblait-elle un peu trop déterminée, aussi, et les hommes avaient tendance à la trouver intimidante, même au premier regard.

Bon, si ça se trouve, le type sublime, près des gaufriers, n'était pas du tout en train de l'observer. C'était probablement le fruit de son imagination. Elle feignit de lire l'étiquette d'une sauteuse en Inox, et glissa un nouveau coup d'œil à M. Superbe.

Lui aussi feignait de lire une étiquette de prix. Juste au moment où elle regardait dans sa direction, il lorgna vers elle, et eut un sourire moqueur. Dieu que sa bouche était sexy !

Peut-être flirtait-il avec quelqu'un derrière elle ?

Elle tourna la tête pour voir par-dessus son épaule.

Non. Il n'y avait personne. Juste des rayons entiers de casseroles étincelantes, de toutes tailles et de toutes matières. Précisément ce qu'elle était censée regarder ! Chassant ce dragueur de son esprit — de toute façon, il était trop séduisant ! —, elle se concentra sur ce qu'elle était venue faire ici.

Encore une collègue qui se mariait. Cette fois-ci, c'était Calista Dwyer, une auxiliaire juridique. Et, comme son mariage avait un côté impromptu, elle n'avait pas eu le temps de déposer une liste. La jeune femme et son fiancé s'envolaient le lendemain pour une île tropicale où, après une brève cérémonie, ils passeraient deux semaines de lune de miel.

Sydney avait quitté le cabinet avant midi, afin de leur choisir un cadeau de mariage. Une tâche qu'elle aimait de moins en moins. Cela arrivait trop souvent et lui rappelait toujours que les gens se mariaient, autour d'elle. En fait, elle devrait faire ce que ferait un homme dans sa situation, autrement dit confier cette corvée à son assistante. Surtout dans un cas comme celui-ci, où elle n'avait pas la moindre idée de ce que souhaitait Calista.

Mais, au lieu de cela, elle s'obstinait. Elle restait la petite-fille de sa grand-mère. Ellen O'Shea avait toujours mis un point d'honneur à choisir elle-même les cadeaux qu'elle offrait. Sydney perpétuait la tradition familiale, même si elle trouvait cela barbant et un peu déprimant.

— Batterie de cuisine. Indispensable, mais guère passionnant, glissa une voix chaude à son oreille. A moins que vous n'aimiez cuisiner ?

Seigneur ! L'homme de tout à l'heure se trouvait juste derrière elle. Et pas le moindre doute, cette fois. C'était à elle qu'il parlait — et c'était donc elle qu'il regardait, tout à l'heure.

Lentement, comme dans un rêve, elle se tourna vers lui.

Il était beau à couper le souffle. Vraiment. Des yeux noirs, des pommettes sculptées, une mâchoire carrée, un nez parfait. De très larges épaules. Et sa façon de s'habiller, décontractée, mais chic, ne faisait que rehausser le tableau : pantalon clair, magnifique veste bleu marine et chemise à petits carreaux. Un bon goût impeccable.

Il souleva un sourcil.

— Alors ?

Elle s'obligea à respirer, puis demanda d'un ton méfiant :

— Pardon ?

— Vous aimez cuisiner ?

Il la contemplait comme s'il ne pouvait détacher les yeux de son visage. On aurait dit une scène irréelle.

Une minute. Et si c'était un gigolo ? Même si son allure n'était pas de celles à appâter les gigolos. Ou alors c'était peut-être le nouveau truc, de chasser les femmes dans les rayons cuisine.

Pourtant, elle persistait à lui trouver quelque chose de familier. Sans doute l'avait-elle déjà rencontré quelque part.

— On se connaît ? hasarda-t-elle.

Les magnifiques yeux de velours noir se promenèrent sur elle, avant de plonger dans les siens. Le regard était éloquent. L'inconnu semblait prêt à la manger toute crue, ici même, sur-le-champ. Mais il éclata de rire, un rire bas et sexy, aussi grisant que sa voix profonde.

— Je préfère penser que, si on s'était déjà rencontrés, vous ne m'auriez pas oublié si facilement.

Un point pour lui.

— Je, hum…

Misère. Elle était muette comme une carpe. Ce

qui ne lui ressemblait pas du tout. Il fallait qu'elle se ressaisisse, et vite.

— Sydney O'Shea, dit-elle en tendant la main.

— Rule Bravo-Calabretti.

Ses longs doigts chauds enveloppèrent les siens. Une vague brûlante envahit son bras, et elle faillit pousser un cri.

La vague brûlante gagna son épaule. Des élancements qu'elle ne pouvait qualifier autrement que de désir lui tordirent le ventre. Aussitôt, elle libéra sa main, en reculant d'un pas, et manqua de se cogner au rayon de casseroles derrière elle.

— Rule, vous dites ?

— Oui.

— Laissez-moi deviner. Vous n'êtes pas de Dallas.

— On ne peut rien vous cacher, Sydney !

— Eh bien, voyez-vous, vos vêtements sont griffés, votre nom de famille est double, vous parlez parfaitement anglais, mais avec un vocabulaire choisi et sans aucun accent régional. A mon avis, non seulement vous n'êtes pas de Dallas, mais pas du Texas non plus. Ni même des Etats-Unis.

De nouveau, il éclata de rire.

— Vous êtes experte en accents ?

— Non, observatrice, voilà tout.

— Observatrice, et intelligente, en plus. Ça me plaît.

Elle aurait aimé pouvoir rester là, entre les poêles et les casseroles, à le regarder, à l'écouter parler et à entendre son rire sensuel, pendant, mettons, les cinquante prochaines années.

Mais il y avait encore le cadeau de Calista à

acheter. Et un rapide déjeuner à avaler avant de retourner au bureau pour la réunion sur le dossier Binnelab, à 13 heures.

Avant qu'elle n'ait eu le temps de prendre congé de lui, il reprit la parole.

— Vous n'avez pas répondu à ma question.

— Laquelle ?

— Vous aimez cuisiner, Sydney ?

Il prononçait son nom avec une sorte d'insistance passionnée. Ça la faisait craquer.

— Cuisiner, moi ? Uniquement si je n'ai pas le choix.

— Alors pourquoi vous ai-je trouvée dans ce rayon ?

Ses soupçons revinrent. Qu'est-ce que cet homme avait en tête, au bout du compte ?

— Trouvée ? Vous me cherchiez ?

Il haussa les épaules avec élégance.

— J'avoue. Je vous ai vue entrer ici, par le passage couvert, depuis le parking. Vous étiez si… déterminée…

— Vous m'avez suivie parce que j'avais l'air déterminée ?

— Je vous ai suivie parce que vous m'intriguiez.

— La détermination vous intrigue ?

— Oui, c'est possible, répondit-il en souriant. Ma mère est une femme très déterminée.

— Et vous aimez votre mère.

Son ton était presque cassant. Le traitait-elle de fils à sa maman ? Un peu, oui. Elle avait tendance à devenir caustique quand elle était nerveuse ou mal à l'aise, et c'était bien le cas. Cet homme avait quelque chose de bien trop parfait pour être vrai.

Visiblement, il ne saisit pas son sarcasme, ou bien il l'ignora.

— J'aime ma mère, en effet. Beaucoup. Et je l'admire aussi énormément.

Durant un instant, il la dévisagea sans détour. Puis il reprit, visiblement amusé :

— Vous êtes du genre susceptible, c'est ça ?

Le sarcasme ne lui avait donc pas échappé. Elle se sentit mesquine et un brin méchante. Aussi lui répondit-elle franchement.

— En effet. Et certains hommes ne trouvent pas ça attirant du tout.

— Certains hommes sont des idiots, répliqua-t-il avec douceur. Mais alors, pourquoi êtes-vous en train d'acheter des casseroles, Sydney ?

— J'ai besoin d'un cadeau de mariage pour une collègue de travail.

Les yeux de Rule étincelèrent comme des étoiles dans un ciel nocturne.

— Un cadeau de mariage… Permettez-moi de vous suggérer… ceci.

Il désigna quelque chose derrière elle. Suivant son mouvement, elle tourna la tête et vit une cocotte en fonte rouge, en forme de cœur. Au passage, elle remarqua qu'il ne portait pas d'alliance. Quant à la cocotte, c'était une bonne idée, en fait.

— Très romantique, déclara-t-elle, pince-sans-rire. Toute jeune mariée a besoin d'une casserole en forme de cœur.

— Achetez-la. Que nous puissions partir d'ici.

— Pardon ? Que « nous » puissions partir d'ici ?

Il était si proche qu'il la touchait presque. Elle perçut une subtile fragrance d'after-shave. Exquise et luxueuse. Il soutint son regard, de ses yeux sombres.

— Oui. « Nous ». Tous les deux.

— Mais je ne vais nulle part avec vous. Je ne vous connais même pas.

— C'est exact. Et je trouve cela dommage, affirma-t-il en donnant une intonation attristée à ses paroles. Parce que je veux vous connaître, Sydney. Déjeunez avec moi. On commencera à remédier à ce problème.

Elle voulut objecter que, de son point de vue, il n'y avait pas le moindre problème et que le déjeuner était hors de question. Mais, avant qu'elle n'ouvre la bouche, il s'empara de la cocotte et désigna la caisse la plus proche.

— Par ici. Venez.

Elle le suivit. Pourquoi pas, après tout ? La cocotte s'avérait un bon choix. Et il se montrait vraiment charmant. Son emplette une fois payée, elle lui dirait fermement au revoir. Ce n'était pas bien compliqué.

La caissière, jeune, blonde et ravissante, s'empressa de prendre la cocotte des mains de Rule, et ne cessa de le regarder en rougissant pendant qu'elle enregistrait l'achat. Sydney la comprenait. Il semblait sortir tout droit d'un fabuleux roman d'amour — le bel amant improbable, merveilleux, sexy, doux et raffiné, débarqué de nulle part pour faire tourner la tête de l'héroïne qui, elle, n'appartenait pas à son monde.

Elle avait bien employé le mot « amant » ?

Décidément, son imagination devenait bien vivace, soudain.

— Cette cocotte est tout à fait adorable. C'est un cadeau ? demanda la caissière.

— Oui, répondit Sydney. Un cadeau de mariage.

— Oh ! je suis désolée ! Le magasin ne fournit plus de papier cadeau.

Elle parlait d'une petite voix voilée, sans quitter Rule des yeux. Celui-ci ne dit rien, se contentant de hocher la tête d'un air neutre, avec un vague sourire.

— Pas de problème, assura Sydney.

Comme sa grand-mère, non seulement elle achetait ses cadeaux en personne, mais elle les emballait aussi. Sauf qu'elle n'aurait pas le temps de le faire, si elle voulait offrir la cocotte à Calista avant son voyage de noces. Il allait donc falloir dénicher du papier cadeau et du papier de soie quelque part. S'efforçant d'ignorer l'homme trop séduisant qui l'accompagnait, elle tendit sa carte bancaire à la caissière.

Cette dernière lui tendit le reçu, mais remit à Rule le sac qui contenait la cocotte.

— Voilà. Au plaisir de vous revoir dans notre magasin.

Son ton indiquait bien que, concernant Rule, le plaisir en question dépassait largement la relation de clientèle.

Sydney la remercia, puis se tourna vers lui.

— Je prends ce sac.

— Inutile. Je vais le porter pour vous.

— J'ai dit que je le prenais. Donnez-le-moi.

A contrecœur, il lui tendit le sac, mais ne fit pas pour autant mine de la saluer et de s'en aller.

— C'était sympathique de bavarder avec vous, déclara-t-elle. Mais à présent, je dois vraiment…

— Il s'agit juste d'un déjeuner, vous savez, répliqua-t-il gentiment. Pas d'un engagement pour la vie.

Elle plongea les yeux dans ses prunelles sombres et, tout d'un coup, entendit la voix grondeuse de Lani, sa meilleure amie, retentir dans sa tête. « Syd, voyons. Si tu veux un type bien dans ta vie, tu dois de temps à autre donner une chance à un homme… »

— D'accord, dit-elle sans même s'en rendre compte. Mais ce sera juste un déjeuner.

Pas de quoi en faire un plat, après tout. Elle profiterait de sa flatteuse et excitante attention le temps d'un rapide sandwich, puis elle lui dirait adieu. Rien de plus simple.

— Un sourire, murmura-t-il, en fixant sa bouche. Enfin.

Elle sourit plus largement. Décidément, cet homme lui plaisait. Outre le fait qu'il était renversant de beauté et très agréable, il paraissait être un type bien. Quel mal y aurait-il à s'accorder un peu plus de temps en sa compagnie ?

— Bon. Je dois d'abord trouver un magasin qui vend des paquets-cadeaux.

Comme il garda les yeux rivés aux siens quelques secondes de plus qu'il n'aurait fallu, elle se sentit au comble de la félicité. Se trouver là, chez Macy's, dévisagée par cet homme magnifique, c'était à la fois grisant et merveilleux.

— Il y a un plan du centre commercial, je crois, finit-il par déclarer. Par ici.

Et, de même qu'il l'avait fait pour se rendre à la caisse, il l'invita à le suivre dans la direction qu'il indiquait.

Ils trouvèrent une boutique où elle acheta un joli sac, du papier de soie brillant et une carte de vœux.

— Où allons-nous déjeuner ? demanda-t-elle ensuite.

— On est au Texas, répondit-il, une lueur presque enfantine sur son visage distingué. Alors un bon steak s'impose.

Une limousine attendait Rule à l'extérieur du centre commercial. Cela n'avait rien d'étonnant. Il était bien le genre d'hommes à en avoir une. Il aurait voulu la conduire au restaurant, mais elle préféra le suivre dans sa propre voiture. Ils se rendirent à Stockyards, le quartier historique de Fort Worth, dans un endroit à l'atmosphère très texane et d'excellente réputation.

Ils prirent une table à l'écart. Le lustre de bois, tout comme le plancher peint en rouge ou les murs de bois et brique décorés de tableaux, mettait l'univers des cow-boys à l'honneur.

Rule commanda une bonne bouteille de cabernet. Après avoir refusé dans un premier temps, elle accepta qu'il lui en serve un peu. Le vin était délicieux, à la fois doux et poivré sous la langue.

— Il vous plaît ? demanda Rule.

— Il est sublime.

Il leva son verre pour porter un toast.

— Aux femmes intelligentes, observatrices et déterminées.

— N'oubliez pas « susceptibles ».

— Comment l'oublierais-je ? C'est un trait si charmant. Alors, aux femmes intelligentes, observatrices, déterminées et résolument susceptibles.

Elle éclata de rire en faisant tinter son verre contre le sien.

— Parlez-moi de votre job à hautes responsabilités, reprit-il quand leurs salades furent servies.

Elle but une nouvelle gorgée de vin, ce qui n'était pas une bonne idée compte tenu de la réunion qui l'attendait.

— Comment savez-vous que j'exerce un métier à hautes responsabilités ? demanda-t-elle.

— Vous avez dit que le cadeau de mariage était destiné à une collègue de bureau.

— Je pourrais très bien faire de la saisie de données. Ou être l'assistante compétente d'un cadre supérieur.

— Non, répliqua-t-il avec assurance, observant sa blouse de soie blanche, sa veste ajustée et le rang de perles à son cou. Vos vêtements sont aussi classiques que coûteux. Et votre attitude générale…

Elle se pencha un peu, éprouvant une délicieuse griserie, une impression de liberté et de hardiesse. Elle avait l'impression d'être prête à tout.

— Qu'est-ce qu'elle a, mon attitude ?

— Ce n'est pas celle d'une assistante.

— Je suis avocate. Dans un cabinet qui représente de nombreuses entreprises.

— Avocate… J'aurais dû m'en douter. Cela ne me surprend pas.

L'espace de quelques secondes, ils gardèrent un silence étonnamment facile, tout en attaquant leurs salades.

— Et vous, que faites-vous dans la vie ? demanda-t-elle ensuite.

— J'aime la variété. En ce moment, je fais du commerce international.

— En ce moment ? C'est-à-dire ? Vous changez souvent de travail, c'est ça ?

— J'accepte les projets qui m'intéressent. Et, quand je suis content d'en avoir mené un à bout, je passe à un autre.

— Du commerce de quoi ?

— En ce moment, je m'occupe d'oranges. Les oranges de Montedoro.

— Montedoro ! C'est exotique, ça, comme nom.

— Ça l'est. L'orange de Montedoro est sanguine, très douce, avec un arrière-goût de framboise et la chair rouge des oranges sanguines. Sa peau est lisse, pas grumeleuse comme celle des autres variétés.

— Je pourrai donc bientôt en trouver dans le supermarché près de chez moi ?

— Certainement pas ! L'orange de Montedoro ne sera jamais distribuée en supermarchés. Nous ne traitons pas de volumes de cette importance. Mais je crois que nous aurons du succès auprès des épiceries fines et spécialisées.

— Montedoro, répéta-t-elle pensivement. C'est un petit pays d'Europe, ça ? Sur la Côte d'Azur, si je ne me trompe pas ?

— Oui. C'est mon pays.

Il lui servit encore un peu de vin, et elle le laissa faire.

— C'est l'un des huit plus petits Etats d'Europe, poursuivit-il, une principauté au bord de la Méditerranée. Ma mère y est née. Mon père est américain d'origine, mais il a pris la nationalité montédorienne quand ils se sont mariés. Il s'appelle Evan Bravo. Il est né au Texas.

Elle l'écoutait parler, complètement charmée. Chacun de ses mots sonnait comme un poème.

— Alors vous avez de la famille au Texas ?

— Un oncle, une tante et beaucoup de cousins germains à San Antonio. Ainsi que d'autres cousins, plus éloignés, dans une petite ville près d'Abilene. J'ai aussi une cousine issue de germain à Hill Country, qui a épousé un vétérinaire. Et il y a encore de nombreux Bravo en Californie, au Wyoming et au Nevada. Dans tous les Etats-Unis, en fait.

— J'en déduis que Calabretti est le patronyme de votre mère ?

— Oui.

— C'est la coutume de votre pays, associer les noms des deux époux ?

Il hocha la tête.

— Dans… certaines familles, en tout cas. Comme ça se fait en Espagne. Nous sommes très semblables aux Espagnols. Nous gardons les noms des deux côtés de nos familles. Une sorte de lien de fierté, si vous voulez.

— Bravo-Calabretti me semble familier, d'une certaine manière. Je suis sûre de l'avoir déjà entendu…

Il haussa les épaules.

— Ça vous reviendra peut-être.

— J'espère, répliqua-t-elle, et je dois vous dire, je persiste aussi à penser que vous aussi, vous m'êtes familier, que je vous ai déjà rencontré quelque part.

Une fois de plus, il eut ce haussement d'épaules qu'elle trouvait d'une élégance si désinvolte, si européenne.

— Il paraît que tout le monde a un sosie. Vous avez peut-être rencontré mon sosie ?

Non, ce n'était pas ce qu'elle voulait dire. Mais cela n'avait pas beaucoup d'importance. Elle laissa tomber et reprit :

— Vous avez des frères et sœurs ?

— Oh oui. Trois frères, cinq sœurs. Je suis le deuxième. J'ai un frère aîné, Maximilian. Après moi, il y a les jumeaux, Alexander et Damien. Puis nos sœurs : Bella, Rhiannon, Alice, Genevra et Rory.

Soudain un peu envieuse, elle posa sa fourchette.

— Quelle grande famille ! Ça doit être formidable. Moi, j'étais fille unique.

Rule recouvrit la main qu'elle avait posée sur la table. Le contact suscita une onde de chaleur électrique, qui se diffusa jusqu'à ses orteils. Son corps tout entier lui parut soudain terriblement vivant. Incliné vers elle, il scruta son visage, le regard aussi brûlant que la paume qu'il avait posée sur le dos de sa main.

— Cela vous attriste, de ne pas avoir de frères et sœurs ?

— Oui, souvent.

Si seulement il pouvait tenir sa main ainsi indéfiniment. Pourtant, elle ne devait pas oublier que ce moment partagé ne les mènerait nulle part, et qu'elle aurait tort de lui laisser croire le contraire. Elle retira sa main, et il en fit autant, sans commentaire.

— Quel âge avez-vous, Rule ? demanda-t-elle alors, tripotant le pied de son verre à vin.

Il éclata de nouveau de rire.

— J'ai l'impression d'être interviewé.

— Je me pose juste la question. L'âge est un sujet sensible, pour vous ?

— En un sens, il pourrait l'être, répondit-il, brusquement plus sérieux. J'ai trente-deux ans. Un âge dangereux pour un homme non marié, dans ma famille.

— Pourquoi ? Trente-deux, ce n'est pas si vieux. Surtout pour un homme. Pour une femme, les choses sont un peu différentes, du moins si elle désire des enfants.

— Il est temps que je me marie.

Il avait parlé d'un air sombre. Le noir de ses yeux était plus intense que jamais.

— Je ne comprends pas. Dans votre famille, il existe un délai pour se marier ?

Un léger sourire se dessinait à présent sur son visage.

— Dit de cette manière, cela semble absurde.

— Mais c'est absurde.

— Vous êtes une femme aux opinions affirmées, dites-moi.

Malgré le ton sincère avec lequel il avait parlé, Sydney se sentit quand même piquée. Elle releva le menton.

— Mais dans ma famille, continua-t-il, les hommes comme les femmes sont censés se marier avant d'atteindre trente-trois ans.

— Sinon ?

Baissant la tête, il lui jeta un regard en coin.

— Les conséquences seraient désastreuses.

Sa voix était profonde, une voix qui faisait courir un frisson brûlant sur toute la surface de sa peau.

— Vous me taquinez.

— Oui, en effet. Vous me plaisez, Sydney. J'ai su que vous me plairiez dès que je vous ai vue.

— Et c'était quand ?

Il prit un air malheureux, délicieusement touchant.

— Vous avez déjà oublié ? Je constate que vous avez vraiment du mal à vous souvenir de moi. Chez Macy's. Lorsque vous êtes entrée. Sydney, vous êtes en train de me tester, si je ne m'abuse, ajouta-t-il en lui glissant un regard entendu.

Pourquoi le nier ?

— Vous avez effectivement raison.

Le serveur vint retirer leurs assiettes vides et apporta deux belles entrecôtes de bœuf.

— J'espère vraiment que j'ai réussi l'examen de passage, alors, répliqua Rule quand il fut reparti. Et vous, vos parents, ils habitent Dallas ?

Avec un petit soupir, elle lui raconta son histoire.

— Ils vivaient à San Francisco, où je suis née. Ma mère a été éjectée d'un funiculaire dont le contrôleur avait perdu le contrôle. J'avais à peine trois mois, elle me tenait dans ses bras. Elle est morte sur le coup, d'une fracture du crâne, mais moi, j'étais indemne. A l'époque, on a parlé de miracle. Mon père, quant à lui, a été blessé en sautant pour essayer de nous sauver. Il est mort le lendemain, à l'hôpital.

Les yeux noirs de Rule s'étaient adoucis. Ils exprimaient une compassion sincère.

— Ça a dû être terrible pour vous.

— Je ne m'en souviens même pas. Ma grand-mère paternelle est venue me chercher et m'a emmenée chez elle, à Austin. Elle m'a élevée comme sa propre fille. Mon grand-père était décédé, quelques années avant mes parents. C'était une femme extraordinaire. Elle m'a appris que je pouvais faire n'importe quoi. Elle m'a appris que le pouvoir apporte des responsabilités. Que la vérité est sacrée. Qu'être loyal et digne de confiance, c'est une récompense en soi.

— Et pourtant, vous êtes avocate, ironisa-t-il. Avocate d'entreprise, qui plus est.

— Je ne réagirai pas à ces basses insinuations, riposta-t-elle d'un ton dégagé.

Mais il ne fut pas dupe.

— J'ai touché un point sensible ?

A sa grande surprise, elle répondit avec franchise.

— J'exerce un métier de pouvoir très bien payé. Pour moi, c'était… important de savoir que j'excellais dans un domaine très pointu, que je n'aurais jamais à me préoccuper de mon prochain salaire, que je suis capable de me débrouiller seule.

— Cependant ?

— Cependant, confessa-t-elle, ces derniers temps, je me surprends souvent à penser que ce serait plus épanouissant pour moi de consacrer mes journées à aider des gens qui en ont réellement besoin, plutôt que de protéger les finances extravagantes d'entreprises multimillionnaires.

Il s'apprêtait à dire quelque chose quand son BlackBerry, qu'elle avait posé sur la table, vibra. C'était Magda, son assistante, sans doute inquiète de ne pas la voir revenir au cabinet.

Sydney jeta un coup d'œil à Rule. Armé de ses couverts, il se concentrait sur son repas, lui laissant l'occasion de répondre au coup de fil, si nécessaire.

Eh bien, ça ne l'était pas.

Elle jeta le téléphone dans son sac afin de ne plus l'entendre.

Avec l'aisance d'un diplomate né, Rule reprit le fil de leur conversation, comme si elle n'avait pas été interrompue.

— Vous parliez de votre grand-mère au passé…

— Elle est morte, il y a cinq ans. Elle me manque énormément.

— Que de deuils, dans votre vie ! Vous avez été bien malmenée.

Après avoir acquiescé, elle mangea une bouchée de viande, prenant son temps pour en savourer le goût et la texture, infiniment heureuse qu'il n'ait fait aucun commentaire quand son BlackBerry s'était manifesté, qu'il n'ait pas dit « Désolé », comme le faisaient la plupart des gens, lorsqu'elle leur parlait de son passé ou avouait que sa grand-mère lui manquait.

Il l'observa encore un moment, la tête inclinée sur le côté. Décidément, cet homme lui rappelait quelqu'un.

— Vous avez déjà été mariée ?

— Non. Je suis catholique et, même si je suis peu pratiquante, je crois au mariage pour la vie. Or je n'ai jamais trouvé l'homme qui m'en ait donné envie. J'ai eu quelques relations… mais elles n'ont pas marché.

Doux euphémisme. Mais Rule n'avait pas besoin de le savoir. D'ailleurs, elle s'était suffisamment épanchée comme cela.

— Et j'ai trente-trois ans, ajouta-t-elle. Ça vous semble… désastreux ?

Il afficha une mine sévère. Sur lui, même la sévérité était séduisante.

— Absolument, répliqua-t-il. Vous devriez vous marier tout de suite. Puis avoir neuf enfants. Au moins. Vous devriez épouser un homme riche, Sydney. Et qui vous adore.

— Un homme riche qui m'adore. Cela ne me déplairait pas. Mais neuf enfants ? C'est plus que je ne prévoyais. Beaucoup, beaucoup plus.

— Vous ne désirez pas d'enfants ?

Il paraissait sincèrement surpris.

Elle faillit alors lui parler de Trevor, mais se retint. Ce déjeuner, ce n'était qu'une parenthèse enchantée, avec un homme enchanteur. Trevor faisait partie de sa vie réelle. La partie la plus belle, la plus importante, la partie parfaite et joyeuse de sa vie réelle.

— Je n'ai pas dit que je n'en désirais pas. Et même, à dire vrai, je voudrais avoir des enfants. Mais je ne crois pas être prête à en avoir neuf. Ça me semble beaucoup.

— Eh bien, on pourrait peut-être se contenter de moins. Je peux me montrer raisonnable.

— On ? Vous ?

— Un homme et une femme doivent œuvrer ensemble, et prendre ce genre de décisions conjointement.

Elle posa une main à son cœur, ouvrit de grands yeux et adopta un ton théâtral :

— Rule, je rêve ou… Oh ! je n'arrive pas à y croire ! Seriez-vous en train de me demander en mariage ?

— Il se trouve que je suis riche, répondit-il avec désinvolture. Et que je n'aurais aucun mal à vous adorer.

Ses yeux sombres étincelaient.

L'instant était magique et bête à la fois. Et c'était bien ce qui en faisait la beauté. Un de ces instants qui vous arrivent quand vous vous y attendez le moins. Un de ces instants qui vous rappellent que la vie peut réserver des surprises. Que gagner confortablement sa vie pour rester au sommet, et rentrer trop tard pour mettre son adorable petit garçon au lit, cela ne suffisait pas.

Même les femmes les plus ambitieuses pouvaient parfois n'avoir envie que d'un déjeuner un peu trop long. Avec un étranger qui leur donnait l'impression d'être non seulement brillante et intelligente, mais aussi belle et désirable.

— Navrée, mais ça ne marcherait jamais, riposta-t-elle avec une grimace exagérée.

Il joua le jeu, affichant une affliction sinistre.

— Pourquoi pas ?

— Vous vivez à Montedoro. Ma carrière et toute ma vie se trouvent ici.

— Vous pourriez changer de carrière. Voire décider de changer de vie.

Tiens donc ! C'était exactement ce qu'ils disaient tous. Mais il ne s'en tirerait pas comme ça.

— Ou bien c'est vous qui pourriez déménager au Texas.

— Pour vous, Sydney, je ferais n'importe quoi.

— Réponse impeccable. Bravo.

Un moment de silence s'ensuivit. Un silence doré et harmonieux où ils n'étaient que tous les deux. Un moment d'accord complet.

Elle s'accorda le loisir de savourer ce moment, refusant d'être sur ses gardes. Ce n'était qu'un déjeuner, après tout. Certes, l'homme avec lequel elle le prenait était séduisant, mais, justement, elle avait bien le droit de profiter de chaque instant.

- 2 -

La réunion sur le dossier Binnelab était à moitié terminée lorsque Sydney se glissa dans la salle.

— Excusez-moi, murmura-t-elle tandis que tous les regards se tournaient vers elle. J'ai eu… une urgence.

Ses collègues lui montrèrent qu'ils comprenaient avant de reprendre leur discussion. Personne ne lui en voulait d'être en retard.

Car elle n'était jamais en retard — ce qui signifiait donc qu'elle avait une excellente raison de l'être aujourd'hui. Elle était Sydney O'Shea, diplômée à vingt ans, inscrite au barreau à vingt-quatre et associée à trente — un an pile avant la naissance de son fils. Sydney O'Shea, experte pour poser des requêtes et capable de rendre un service, douée pour forger de solides relations professionnelles et travailleuse infatigable, jamais avare d'heures factu-rables, qu'elle accumulait plus qu'aucun d'entre eux.

Si elle leur avait dit avoir été suivie dans le rayon des articles de cuisine de Macy's par un séduisant marchand d'oranges de Montedoro qui l'avait convaincue de rater la moitié de la réunion Binnelab, chacun aurait pensé qu'elle blaguait.

Elle connaissait le dossier Binnelab par cœur. Il

lui suffit d'écouter la conversation pendant quelques minutes pour comprendre la stratégie que ses collègues entendaient adopter.

A la fin de la réunion, elle les avait orientés dans une direction légèrement différente, et chacun parut satisfait du résultat. Elle regagna son bureau, où elle trouva Magda, son assistante, d'ordinaire imperturbable, debout au milieu de la pièce, avec une magnifique orchidée dans les bras. Effarée, Magda considérait l'étagère le long du mur, déjà surchargée d'au moins douze compositions florales, toutes plus somptueuses les unes que les autres, disposées dans des vases de cristal.

Il n'y avait pas que l'étagère qui débordait de fleurs. Deux autres vases trônaient sur la table basse, plus un à chaque extrémité du canapé.

Et encore six sur son bureau. Quant à l'encadrement de la fenêtre, on aurait dit une serre exotique. Un bristol accompagnait chaque composition.

Rule. Elle le devina aussitôt. Qui cela pouvait-il être d'autre ? Un rapide coup d'œil à l'une des cartes confirma son intuition.

« Faites-moi la grâce de dîner avec moi ce soir. The Mansion, sur Turtle Creek. A 20 heures. Rule. »

Jamais elle ne lui avait indiqué le nom du cabinet où elle travaillait. Cela dit, ça ne devait pas être bien compliqué à trouver. Taper son nom dans un moteur de recherche devait suffire.

— Je croule sous les fleurs, fit-elle remarquer à une Magda quelque peu décontenancée.

De nouveau, elle ressentit l'exquise griserie qu'elle

avait éprouvée un peu plus tôt, cette impression qu'une autre vie était possible. Cet homme la faisait craquer. Il lui donnait la sensation d'être innocente et libre.

Et belle. Et désirable…

Si c'était mal, elle ne se souvenait pas bien pourquoi.

— Elles ont commencé à arriver il y a une demi-heure, précisa Magda. L'orchidée doit être la dernière, mais je ne sais plus où la mettre.

— Elle irait très bien sur votre bureau, suggéra Sydney. Allez, donnez-moi les cartes et répartissons les fleurs.

Magda fronça les sourcils.

— Comment ça ?

— Entre les secrétaires, les assistantes, tout le monde. Laissez-moi juste les deux bouquets de roses jaunes.

— Vous êtes sûre ?

— Certaine.

Elle ne pensait pas que Rule lui en voudrait de partager. Or elle en avait vraiment envie. Elle brûlait de partager cette espérance, ce ravissement, cette beauté. C'étaient des sentiments trop merveilleux pour qu'elle les garde pour elle seule.

— Dites à chacun d'en profiter, de les ramener chez soi s'ils le souhaitent. Mais faites vite. Le pot de Calista est à 16 heures.

— J'aime beaucoup cette orchidée, avoua Magda en admirant la corolle pourpre suspendue aux pétales rose pâle.

— Mais c'est parfait. Prenez-la donc. Le week-end débute bien, vous ne trouvez pas ? Des fleurs pour tout le monde. Et ensuite, Calista qui s'envole pour sa lune de miel sous les tropiques.

— Manifestement, il y a un homme qui est fou de vous, dit Magda avec un grand sourire.

Sydney ne put s'empêcher de lui retourner son sourire.

— Distribuez les fleurs et ouvrons le champagne.

Calista adora la cocotte en forme de cœur.

— Il ne me reste plus qu'à apprendre à cuisiner, j'imagine, déclara-t-elle en riant.

— Attends d'être rentrée de voyage de noces, suggéra Sydney avant de lever sa coupe. A toi, Calista ! Que ton mariage soit long et heureux.

Après les deux verres de vin du déjeuner, elle ne s'accorda qu'une demi-coupe de champagne. Mais cela n'empêcha pas la fête d'être très gaie. C'était étrange comme de rencontrer un homme merveilleux pouvait éclairer votre journée d'une lumière différente.

Une fois la fête terminée, elle regagna son bureau, mais juste pour y prendre sa mallette, son sac et l'un des vases de roses jaunes.

D'ordinaire, elle serait restée au moins deux heures de plus, pour travailler. Mais l'on était vendredi, et elle voulait voir son petit garçon avant qu'il ne se couche. Et surtout, elle voulait discuter avec Lani, sa meilleure amie, qui était aussi la nounou à demeure de Trevor. Elle avait besoin de ses conseils sur la conduite à tenir, à commencer par l'invitation à dîner de Rule.

De retour chez elle, à Highland Park, elle trouva Trevor installé dans sa chaise haute, devant une assiette de spaghettis et de boulettes de viande.

— Maman ! s'exclama-t-il. Bisou, bisou !

Elle déposa mallette, sac et fleurs sur la table de la cuisine et s'approcha. Il enroula ses petits bras potelés autour de son cou, et macula sa joue de sauce tomate en l'embrassant goulûment.

— Comment va mon fils adoré ?

— Bien. Maman aussi ?

— Oui, moi aussi, mon ange. Maintenant que je suis ici, avec toi.

Elle l'étreignit plus fort. Il sentait la tomate, la viande hachée et le shampoing pour bébé… les seules odeurs qui comptaient réellement dans la vie.

A deux ans, c'était déjà un sacré bavard. Tout en reprenant sa cuiller, il entreprit de relater sa journée.

— Nous nagé. Nous joué aux camions. Moi crié très très fort quand les camions fait boum.

— Ça devait être super.

— Oh oui, maman. Super. Moi suis très content.

D'une main, il fourra une boulette entière dans sa bouche, tout en agitant sa cuiller avec enthousiasme.

— Prends ta cuiller pour manger, ordonna Lani depuis l'évier.

— Oui, Lani.

Il saisit la cuiller de l'autre main et entreprit d'enfourner une bouchée de spaghettis, dont la moitié manqua son but, ce qui ne l'empêcha pas de recommencer.

— Tu es rentrée tôt, ce soir, lui fit remarquer

Lani, en la fixant par-dessus ses lunettes. Et ces roses sont magnifiques.

— N'est-ce pas ? Et, pour ce qui est de rentrer tôt, je te rappelle que c'est le week-end, quand même !

— Cela ne t'a jamais empêchée de travailler tard.

Lani s'essuya les mains avec un torchon propre. Elle s'appelait en fait Yolanda Ynes Vasquez. Elle était petite et toute en courbes, dotée d'une longue chevelure brune. Elle travaillait pour Sydney depuis cinq ans. Elle avait d'abord été sa femme de ménage : il s'agissait qu'elle lui prépare à manger et entretienne la maison, tout en vivant à demeure, afin qu'elle fasse des économies, le temps de terminer ses études. Mais, une fois son diplôme décroché, elle était restée, devenant par la même occasion la nounou de Trevor. Sydney ne savait pas comment elle s'en serait sortie sans elle. Non seulement parce que Lani s'occupait extrêmement bien de sa maison et qu'elle était une seconde maman pour Trevor, mais également parce qu'elle était devenue une amie très chère. Après Ellen O'Shea, Yolanda Vasquez était la personne de qui elle était la plus proche.

— Tu es rayonnante, Syd.

Sydney toucha ses joues.

— Je me sens un peu chaude. Peut-être de la fièvre…

— Ou peut-être quelqu'un de séduisant qui t'envoie des roses jaunes.

Sydney hocha la tête en riant.

— Ta perspicacité me laisse pantoise, Lani.

— Il s'appelle comment ?

— Rule.

— Tiens, tiens. Et comment est-il ?

— Plein d'autorité. Mais une autorité douce, tu vois. Il m'a persuadée de déjeuner avec lui, et je n'ai pas su résister. Il me plaît vraiment. Et il vient de m'inviter à dîner.

— Ce soir ?

— Oui. Il m'invite au Rosewood Mansion, sur Turtle Creek. A 20 heures.

— Et tu y vas.

C'était un constat, pas une question.

— Si tu es prête à garder Trevor.

— Mais bien évidemment, s'exclama Lani.

— Et Michael ?

Michael Cort était concepteur de logiciels informatiques. Lani le fréquentait depuis un an.

— Tu le connais, répliqua-t-elle en haussant les épaules. Il aime bien venir ici. On commandera une pizza. Bon, dis-m'en plus sur Rule.

— Je ne l'ai rencontré qu'aujourd'hui. Je suis folle ?

— De sortir avec un type qui te rend rayonnante ? Je ne vois pas où est la folie, là-dedans.

— Maman, skettis ? lui proposa Trevor en tendant une poignée de pâtes et de boulettes écrasées.

Elle se pencha pour embrasser sa joue ronde et collante.

— Non merci, mon ange. Tu peux manger tout ce tas de skettis toi-même.

— Mmm ! fit-il avec un immense sourire.

Et elle sentit son cœur se gonfler d'amour.

Elle avait tout. Un enfant heureux et en bonne santé, une amie en or, un mode de vie des plus confortables, un travail des plus valorisants. Et rendez-vous avec l'homme le plus séduisant de l'univers.

Sydney passa l'heure suivante à être la mère qu'elle ne parvenait pas à être aussi souvent qu'elle le voudrait. Elle joua aux camions avec son fils, puis lui donna le bain, et le mit au lit elle-même, caressant ses cheveux bruns, tout en songeant qu'il était le plus bel enfant du monde. Il dormait déjà quand elle quitta la chambre sur la pointe des pieds.

Yolanda leva les yeux au moment où elle regagnait le séjour.

— Il est 19 heures. Tu ferais bien de te dépêcher si tu veux être à l'heure pour ton prince charmant.

— Tu me tiens compagnie, pendant que je me prépare ?

Elle prit une douche rapide, se remaquilla, puis, plantée devant son dressing, étudia les différentes tenues qu'elle avait à sa disposition, incapable de faire son choix.

— Celle-ci, dit Lani en désignant un fourreau de satin rouge dans la penderie. Tu es à tomber en rouge.

— Du rouge ? Tu crois ?

— Sûre et certaine. Mets-la. Ajoute à cela tes clous d'oreilles en diamant, le bracelet de grenats que ta grand-mère t'a offert. Et tes super escarpins rouges Jimmy Choo. Tu vas être sublime.

— Tu as raison, admit Sydney.

— J'ai toujours raison.

Elle enfila la robe, les escarpins, mit les boucles d'oreilles et le bracelet, noua ses cheveux bruns en chignon. Puis, les sourcils froncés, elle se mira dans la glace en pied de sa chambre.

— A ton avis, je relâche mes cheveux ?

— Non. Ils sont parfaits comme ça.

Lani libéra néanmoins quelques boucles sur ses tempes et sa nuque pour que sa coiffure soit moins apprêtée. Puis elle écarta un peu le décolleté sur ses épaules.

— Voilà. Tu es sublime. Et tellement excitante !

— Ne dis pas n'importe quoi, objecta Sydney.

— Je dis la pure vérité. C'est toi qui ne vois pas les choses comme elles sont. Tu es grande, mince et extraordinaire.

— C'est ça. Si encore j'avais des seins ! J'en avais avant, tu te souviens ? Quand j'étais enceinte de Trevor.

— Arrête. Tu as des seins, Syd. Et des yeux verts à se damner.

— « A se damner » ! Quelle expression idiote !

Lani la prit par les épaules pour la regarder droit dans les yeux.

— Tu es sublime. Vas-y et passe une merveilleuse soirée.

— Voilà que je suis nerveuse, maintenant.

— Trop tard. Tu es renversante. N'aie crainte.

— Et s'il ne vient pas ?

— Tais-toi. Et file.

Rosewood Mansion était un lieu prestigieux de Dallas. Autrefois résidence privée, c'était à présent un restaurant et un hôtel cinq étoiles, d'une suprême élégance, avec des sols en marbre, des fenêtres à vitraux et des cheminées sculptées.

Le cœur battant, l'excitation se mêlant à l'appréhension, Sydney pénétra dans le hall du luxueux restaurant. Elle se dirigea vers le bureau des réservations et indiqua au maître d'hôtel qui l'accueillait en souriant :

— J'ai rendez-vous avec Rule Bravo-Calabretti.

Le maître d'hôtel hocha la tête d'un air entendu.

— Par ici, je vous prie, dit-il avant de l'entraîner sur la terrasse, vers une table isolée par des rideaux.

Rule l'attendait, vêtu d'un magnifique costume sombre. Il se leva à son approche, et ses yeux de velours noir s'allumèrent lorsque leurs regards se rencontrèrent.

— Sydney.

Il prononça son nom avec un plaisir évident et la même expression joyeuse que celle de son petit garçon quand elle l'avait couché, une heure plus tôt.

— Ainsi donc vous êtes venue…

Il paraissait ravi, voire un peu soulagé.

Ce qu'elle trouvait plutôt surprenant. Il ne semblait pas du genre à qui les femmes faisaient faux bond.

Cette vulnérabilité qu'elle n'aurait jamais soupçonnée le lui rendit encore plus séduisant.

— Je n'aurais raté ça pour rien au monde, répliqua-t-elle d'une voix douce, le regard rivé au sien.

Du champagne patientait dans un seau d'argent. Le maître d'hôtel les servit, tandis que Rule annonçait :

— J'ai pris la liberté de composer un menu qui,

j'espère, vous plaira. Le chef m'a aidé. Mais si vous préférez choisir vous-même…

Il s'était préoccupé du repas à l'avance ! Quelle délicate attention ! Et elle appréciait aussi qu'il lui demande néanmoins son avis en la matière.

— Tout est toujours exquis, ici. Quoi que vous ayez prévu, ce sera parfait.

— Pas de… principes diététiques, ou d'aliments que vous détestez ? insista-t-il, scrutant son visage comme pour l'imprimer dans sa mémoire.

— Aucun. Je vous fais entièrement confiance.

Une lueur scintilla dans ses prunelles.

— Tant mieux. Merci, Neil, ajouta-t-il de sa voix chaude, à l'intention du maître d'hôtel.

— Très bien, dans ce cas, votre… — Neil marqua une pause quasi imperceptible — … votre serveur s'occupera de vous dans un instant.

Et il tourna les talons après un bref salut.

— Le maître d'hôtel paraît un brin nerveux, chuchota-t-elle.

— Je ne vois pas pourquoi, répliqua Rule d'un ton léger, avant de déclarer d'une voix rauque : Vous devriez porter du rouge tout le temps.

— Ça pourrait devenir ennuyeux, à la longue.

— Vous ne serez jamais ennuyeuse, Sydney. Comment s'intitule cette chanson, déjà, avec la dame en rouge ?

— Précisément ainsi. *Lady in Red.*

— Vous m'évoquez cette chanson. Vous me donnez envie de danser avec vous.

Comment faisait-il pour être flatteur tout en lui donnant l'impression d'une totale sincérité ?

— Merci pour les fleurs, dit-elle doucement.

— J'ai un peu exagéré, je sais.

— C'était une très jolie attention. Et j'espère que vous ne m'en voudrez pas de les avoir partagées avec les secrétaires et les assistantes du cabinet.

— Au contraire. Ces fleurs sont à vous, vous êtes libre d'en disposer selon vos désirs. Et c'est bien de partager. Vous êtes non seulement la femme la plus irrésistible que j'aie jamais rencontrée, mais la plus généreuse, aussi.

Elle hocha la tête.

— Vous m'étonnez, Rule.

— Dans le bon sens, j'espère ?

— Oh oui ! Dans le bon sens. Vous me donnez envie de croire à toutes ces gentillesses que vous dites.

Il lui prit la main. Le ravissement l'envahit au contact chaleureux de sa peau, à la lente pulsation de plaisir qui la traversait au rythme des battements de son cœur, juste parce qu'elle était avec lui et qu'elle sentait sa chair sur la sienne.

— Vous me préféreriez cruel ? demanda-t-il.

— Non ! Quelle question ?

Il porta sa main à ses lèvres, lui embrassa le creux de la paume. La pulsation de plaisir s'accéléra, s'intensifia.

— Vous me fascinez, Sydney, murmura-t-il en entrelaçant leurs doigts. Je veux tout savoir de vous. Il est vrai que certaines femmes aiment davantage de piment chez un homme. Elles aiment s'interroger : est-ce que je compte pour lui, va-t-il m'appeler ? Elles ont beau dire qu'elles veulent un homme qui les apprécie, elles se délectent de… la danse amoureuse, de l'incertitude des débuts.

— Vous me plaisez tel que vous êtes, avoua-t-elle sans réprimer son désir de se rapprocher de lui. Ne faites pas semblant d'être une autre personne. Je vous en prie.

— J'en serais incapable. Mais je peux être cruel.

Malgré son ton désinvolte, elle le crut, devinant sans mal la lame de sa détermination sous le fourreau soyeux du charme qui émanait de lui.

— S'il vous plaît, ne le soyez pas. J'ai connu assez d'hommes méchants. Je…

Le serveur s'avançait vers leur table. Il tombait à pic. Car elle avait failli s'aventurer sur un terrain qu'elle ne devait aborder sous aucun prétexte.

Mais il ne fallut qu'un coup d'œil à Rule pour que l'homme s'éloigne aussitôt. Et Rule la pressa de poursuivre.

— Continuez. Quels hommes ont été cruels avec vous ?

Ou comment gâcher une merveilleuse soirée, Syd.

— Non, cela n'a aucun intérêt, je vous assure.

— Mais je veux le savoir, Sydney. Sincèrement. Je veux tout savoir de vous.

Il la fixait de son regard noir et intense, où elle risquait de se perdre, et de se perdre à jamais. Et le plus effrayant, c'était qu'elle l'acceptait, à partir du moment où il se perdait avec elle.

— Comment dire ? Il y a quelque chose en moi…

Seigneur, elle n'avait aucune envie de parler de ça ! Aussi tenta-t-elle de s'en sortir avec une généralité.

— Il semblerait que j'attire un type d'hommes particuliers : ceux qui affirment m'aimer parce que je suis forte, intelligente et compétente, pour ensuite essayer de me démolir.

Une nouvelle lueur s'alluma dans les yeux de Rule. Une lueur… dangereuse.

— Qui a tenté de vous démolir ?

— Doit-on vraiment discuter de cela ?

— Non. Mais à mon avis, c'est parfois mieux de parler franchement du passé.

Ses yeux étaient redevenus tendres. Tendres et indulgents.

Elle capitula en poussant un long soupir.

— J'ai vécu avec un type, pendant mes études. Il s'appelait Ryan. Il était drôle et un peu fou. Le jour où on a emménagé ensemble, il a quitté son boulot. Il passait ses journées devant la télévision, à boire des bières. Quand j'ai essayé de le convaincre de montrer un peu de motivation, les choses ont vite dégénéré. Il disait que j'avais assez d'ambition et d'énergie pour deux, qu'il se sentait un raté à côté de moi, que j'étais une sorte de mère castratrice — et est-ce que je pouvais m'écarter de l'écran, je lui bloquais la vue ?

— Alors vous vous êtes débarrassée de lui.

— Oui. Quand je l'ai fichu dehors, il m'a dit qu'il avait couché à droite et à gauche, pendant notre vie commune. D'après lui, je ne lui avais pas laissé le choix. C'était le seul moyen qu'il avait trouvé pour se sentir un peu viril. Il m'avait donc aussi trompée et menti. Après Ryan, je n'ai pas eu de relation sérieuse pendant cinq ans. Puis j'ai rencontré Peter.

Il était avocat, comme moi, mais il travaillait dans un autre cabinet, moins important. On a commencé à sortir ensemble. Je le trouvais différent de Ryan, pas coureur, ni tire-au-flanc, ni intéressé. Il n'a jamais vraiment emménagé chez moi. Mais il était là presque tous les soirs. Et il s'est mis à me harceler pour que je le fasse entrer dans mon cabinet, Teale, Gayle & Prosser.

— Ça vous mettait mal à l'aise ?

— Plutôt, oui, reconnut-elle avec un nouveau soupir. Et je le lui ai dit. Je crois aux réseaux professionnels, à l'entraide. Mais je ne voulais pas que mon petit ami travaille dans le même cabinet que moi uniquement parce qu'il y était embauché grâce à moi. C'est le meilleur moyen de créer des ennuis. Il a assuré qu'il comprenait.

Rule serra leurs doigts toujours entrelacés.

— Mais en fait, il ne comprenait pas.

— Du tout. Il était furieux que je refuse de lui donner un coup de pouce, comme il appelait ça. Et là aussi, ça a dérapé. Il m'a dit un tas d'horreurs. J'étais encore simple collaboratrice, à l'époque. Lors d'une soirée du cabinet, Peter a trop bu et s'est plaint de moi à l'un des associés. Lorsque nous avons rompu, je…

Elle chercha la bonne façon de s'exprimer, et Rule le fit pour elle.

— Vous avez décidé que les hommes et vous, c'était fini.

Comme elle détournait les yeux, il la saisit par le menton, avec douceur, pour la forcer à le regarder.

— Tout va bien, Sydney ?

— Ça va. C'est juste que… quand j'évoque tout ça, j'ai vraiment l'impression d'être une ratée, vous comprenez ?

— Les ratés, ce seraient plutôt Ryan et Peter, à mon avis.

Il paraissait à la fois sincère et honnête. Tout en lui adressant son merveilleux sourire, il lâcha sa main, mais pour la toucher autrement. De l'index, il suivit la courbe de sa joue, ce qui la fit frissonner. Puis il s'empara d'une des boucles que Lani avait libérées de son chignon, et il l'enroula sur l'un de ses doigts.

— C'est doux, murmura-t-il. Comme votre peau. Comme votre cœur, qui m'a l'air si tendre.

— N'en soyez pas si sûr. Je suis non seulement susceptible, mais je peux aussi être une vraie garce. Demandez à Ryan et à Peter.

— Si je les croise, je ne manquerai pas de leur poser quelques questions…

Elle sourit, tandis qu'il caressait maintenant sa joue. Cette simple caresse était si érotique que ses orteils se recroquevillèrent.

— Vous êtes tombée sur les mauvais, reprit-il. Vous devriez donner une autre chance aux hommes.

— Pourquoi pas ? Mais il faudrait encore que le bon se présente.

Rule lui tendit sa coupe de champagne et saisit la sienne, qu'il leva vers elle.

— A l'homme qui sera le bon.

Le champagne était excellent, chaque bulle pétillant de façon magique sur sa langue.

— J'ai toujours désiré des enfants, déclara-t-elle ensuite.

— Mais pas neuf, si j'ai bien compris, répliqua-t-il avec ironie.

Soudain, elle comprit où elle avait voulu en venir avec sa petite confession sur ses amours malheureuses.

— C'est sérieux, en fait, dit-elle, abandonnant le ton léger qu'elle avait adopté jusqu'à présent. Il y a quelque chose que je dois vous dire.

L'expression de Rule changea, devint… très calme. Attentif, il inclina la tête sur le côté, adoptant cette posture qu'elle avait si étrangement l'impression de connaître.

— Je vous écoute.

Elle voulait absolument le mettre au courant pour Trevor. Si son existence gênait Rule, elle devait le savoir tout de suite, dès ce soir, avant d'aller plus loin avec lui. Avant de se noyer dans ces sublimes prunelles noires.

Sa bouche était devenue toute sèche. Elle déglutit. Pourquoi était-ce si difficile ? Pourquoi était-ce si important ? Elle connaissait à peine cet homme, après tout.

Pourtant, c'était indispensable. Elle tenait déjà à lui et à l'intérêt qu'il lui portait. Elle y tenait même beaucoup. Beaucoup trop.

Il était trop parfait. C'était l'homme de ses rêves, mais en vrai, réel, tentant. Dès qu'elle l'avait vu, elle avait eu l'impression de le connaître.

Mais elle devrait se méfier davantage. Ça ne lui ressemblait pas de se laisser attirer aussi facilement.

Pourtant c'était plus fort qu'elle.

Elle pensa à sa grand-mère, qui croyait dur comme fer au coup de foudre. Ellen O'Shea affirmait qu'elle était tombée amoureuse du grand-père de Sydney au premier regard. Et que le père de Sydney s'était épris de sa mère sur-le-champ.

Le coup de foudre pouvait-il être génétique ? L'idée la fit sourire. Elle-même y avait cru, autrefois. Et elle s'était lourdement trompée.

Car, avec Ryan, cela ne s'était pas passé ainsi. Ni avec Peter.

Dans un cas comme dans l'autre, ces relations avaient évolué de manière logique, sensée. Elle en était venue à se persuader qu'elle aimait ces hommes après une période raisonnable, après avoir appris à les connaître. C'était du moins ce qu'elle avait pensé, alors.

Mais, en fin de compte, elle ne connaissait pas vraiment Ryan et Peter. Ou bien elle les connaissait mal. Et l'histoire avait été chaque fois un fiasco. Ces échecs auraient dû la rendre prudente. C'était d'ailleurs ce qu'ils avaient fait.

Jusqu'à ce jour. Jusqu'à ce qu'elle rencontre Rule.

Avec lui, son cœur semblait pourvu d'une volonté propre. Elle avait juste envie de foncer, de sauter le pas, de saisir sa chance. Avec lui, elle en viendrait presque à croire au coup de foudre.

Mais il faudrait déjà qu'il ne prenne pas ses jambes à son cou en apprenant qu'elle avait déjà un enfant…

Encouragée par son sourire confiant, elle se jeta à l'eau.

— J'avais presque trente ans quand j'ai rompu avec Peter. Je voulais devenir associée de mon cabinet, et je voulais une famille. Je savais pouvoir réussir les deux.

— Mais les hommes ne coopéraient pas, compléta Rule.

— Comme vous le dites. Alors j'ai décidé… d'avoir une famille de toute façon. Je suis allée dans une banque de sperme réputée.

Ses mains tremblaient. Elle les cacha sur ses genoux.

— Continuez, dit-il d'un ton qu'on pouvait qualifier de circonspect.

— Bon. J'ai donc subi une insémination artificielle. Ça a marché. Je suis tombée enceinte. Et maintenant, j'ai un magnifique petit garçon de deux ans, en pleine santé.

— Vous avez un enfant, répéta-t-il prudemment. Un fils.

Elle serra ses mains pour les faire cesser de trembler. Son cœur qui paraissait s'être arrêté se remit à battre la chamade. Si fort et si vite que cela faisait mal. Parce qu'elle savait, avec certitude, que c'était terminé, entre Rule et elle, avant même que ça ait vraiment commencé. Peu importait qu'il soit parfait. Peu importait qu'il soit l'homme de ses rêves. Peu importait même qu'il lui ait donné envie de croire au coup de foudre. Elle était absolument certaine qu'il n'accepterait pas Trevor. Et, s'il n'acceptait pas son fils, elle ne voulait rien avoir à faire avec lui.

Dans un instant, elle se lèverait, lui dirait bonsoir et s'éloignerait sans un regard en arrière.

Elle redressa les épaules. Ses mains ne tremblaient plus.

— Oui, Rule. J'ai un fils, et il est tout pour moi.

- 3 -

Mais, au moment où elle s'était définitivement persuadée que tout était fini, Rule sourit.

Il lui offrait un vrai sourire.

— C'est merveilleux, Sydney, dit-il en lui posant sa longue main chaude sur la joue. J'adore les enfants… mais je vous l'ai déjà dit, n'est-ce pas ? Quand pourrais-je le rencontrer ? Demain, ce serait possible ?

Eberluée, elle battit des cils. L'émotion lui soulevait presque l'estomac.

— Je… Pardon ?

Il éclata de son beau rire sexy.

— Vous pensiez que je ne voudrais pas rencontrer votre fils ? Vous me connaissez bien mal.

— Vous avez raison. Je ne vous connais même pas du tout.

Elle inspira profondément, ordonna à son estomac de se calmer, stupéfaite de l'importance qu'elle accordait au fait qu'il ne rejette pas Trevor. Ce n'était donc pas terminé, elle n'avait pas à quitter le restaurant. Elle pouvait au contraire rester dans cet endroit sublime, avec cet homme sublime.

— Je dois sans cesse me répéter que je vous

connais à peine, reprit-elle. Je n'arrive pas à croire qu'on ne s'est connus que cet après-midi.

— C'est incroyable, en effet, je l'avais déjà oublié, moi aussi. D'une certaine manière, j'ai l'impression de te connaître depuis toujours, ajouta-t-il, passant au tutoiement sans qu'elle en soit choquée.

— Moi aussi, confessa-t-elle, avant de lâcher un petit rire. J'ai eu ce sentiment dès l'instant où je t'ai vu.

— C'est vrai ? demanda-t-il, avec cette expression enfantine qui lui rappelait tant Trevor.

— Oui. Je me disais que ce ne pouvait pas être moi que tu regardais. Et en même temps, tu me semblais si familier qu'il me paraissait impossible que je ne t'aie pas rencontré auparavant.

— Evidemment que c'était toi que je regardais. Mais tu étais trop occupée à te souvenir que tu avais tiré un trait sur les hommes. Cela dit, maintenant que tu m'as expliqué pourquoi, je comprends. Et je ne me plains pas. Si tu n'avais pas décidé de rester à l'écart du sexe masculin, tu aurais trouvé quelqu'un d'autre et je n'aurais eu aucune chance.

— Ce qui aurait été tragique, répliqua-t-elle, moqueuse.

— Oui. Une vraie catastrophe. Mais, heureusement, tu avais renoncé aux hommes, et il ne me reste plus qu'à te convaincre de donner sa chance à l'un d'eux. Moi, en l'occurrence.

Il leva sa coupe, contre laquelle elle fit tinter la sienne.

— Prête pour le premier plat ?

— Prête.

Elle avait une faim de loup, soudain.

Il jeta un coup d'œil en direction du rideau ouvert. Un simple coup d'œil, et le serveur réapparut aussitôt.

Deux heures plus tard, Rule fit amener sa Mercedes devant le restaurant. Il donna un généreux pourboire au voiturier, puis la prit par la main pour l'entraîner à l'écart, près d'une jardinière, sous un vieux chêne plein de majesté.

— Encore un instant, Sydney, tu veux bien ?

La nuit printanière, tiède et parfumée, les enveloppait. Il se tourna face à elle. Ses yeux brillaient dans l'obscurité, comme deux pierres d'onyx poli, et ses longs doigts remontèrent sur son bras nu, en une lente caresse qui la fit défaillir. Il saisit enfin son visage entre ses mains merveilleuses.

— Sydney…, murmura-t-il. Sydney O'Shea ! Je commençais à avoir peur.

Décontenancée par ses paroles, elle étudia ses traits.

— Mais, de quoi ?

— De ne jamais te trouver. De ne jamais te rencontrer…

— Ah ! De ça…

Elle sentit qu'elle souriait malgré elle.

— Oui. De ça, précisément.

Son souffle exquis souleva les boucles qui lui descendaient sur les tempes, tandis qu'il penchait la tête vers elle.

Pour l'embrasser. Leur premier baiser ! Elle leva son visage, lui offrit sa bouche.

Sans la quitter des yeux, il posa ses lèvres sur les siennes.

Elles étaient chaudes. Douces. Tendres.

Elle avait fermé les paupières au moment où leurs bouches s'étaient touchées. Et elle se mit à trembler. C'était exactement comme elle l'avait imaginé durant leur déjeuner, puis tout au long de ce dîner merveilleux. Un baiser simple, parfait, évident.

— Sydney…

Instantanément, elle en voulut plus. Etre plus près de Rule, c'était devenu un besoin d'une force inouïe.

Elle enroula les bras autour de son cou, tout en laissant échapper un petit gémissement au moment où elle s'abandonnait à ce moment de pur bonheur.

Il répondit à son attente, approfondissant le baiser, la tenant serrée contre lui, blottie contre son corps, afin qu'elle sente sa chaleur, sa force. Il l'embrassait avec gourmandise, l'explorant de sa langue au léger goût de café, à la fois avide et caressante… Jamais elle n'avait rien connu de comparable.

Jamais.

Et elle aurait aimé que cela dure éternellement.

Mais c'était impossible, bien évidemment. Au bout d'un moment, à contrecœur, il écarta sa bouche de la sienne.

— Demain, murmura-t-il, ses yeux sombres rivés sur elle, prisonnière consentante de son regard énamouré.

— Oui, souffla-t-elle, sans savoir encore ce qu'il prévoyait pour le lendemain.

Du bout des doigts, il effleura sa joue, sa tempe,

faisant naître une multitude de frissons qui couraient sur sa peau.

— Demain matin ? Je pourrais venir vous chercher, ton fils et toi ? On irait… dans un parc, par exemple. Un parc avec des balançoires et des toboggans, pour qu'il puisse jouer. Mes neveu et nièce adorent passer des heures dans un bac à sable, pourvu qu'il y ait un toboggan à côté.

— Tu ne m'avais pas dit que tu avais des neveux.

— Max, mon frère aîné, a deux enfants. Dis « oui » pour demain. S'il te plaît !

— Je te l'ai déjà dit, non ?

— Redis-le.

— Oui, Rule, c'est d'accord pour demain. Pourquoi tu ne viendrais pas prendre le petit déjeuner avec nous, d'abord ? Tu ferais connaissance avec Lani, ma meilleure amie, qui est diplômée en littérature. C'est une fabuleuse cuisinière et la nounou de Trevor, par-dessus le marché.

— Avec plaisir.

— Je te préviens, le petit déjeuner se prend tôt, chez moi.

— Pas de problème.

— 7 h 30, alors. Viens, ajouta-t-elle en prenant sa main, ce qui la fit aussitôt frissonner. Je vais te donner mon adresse.

— Où est Michael ? demanda Sydney en découvrant Lani, seule sur le canapé, vêtue d'un bas de pyjama et d'un débardeur.

— Comment s'est passé ton grand rendez-vous ? éluda Lani avec un sourire trop large.

Sydney ôta ses escarpins rouges et se laissa tomber sur le canapé, à côté de son amie.

— Mieux que tout ce que je pouvais imaginer. C'était… merveilleux. Magique. Je suis folle de lui. Il vient petit-déjeuner demain matin.

— Super ! Comme ça je pourrai l'étudier et vérifier s'il est assez bien pour toi.

— Il l'est. Tu verras. Peut-être que tu pourrais préparer une de tes sublimes frittatas de pommes de terre, pour l'occasion ?

— Ça marche, déclara Lani en ôtant ses lunettes.

— Eh, mais attends voir !

Sydney attendit que son amie la regarde de nouveau, avant de lui glisser une épaisse mèche de ses cheveux noirs et bouclés derrière l'oreille.

— Tu n'as pas répondu à ma question à propos de Michael, insista-t-elle.

Les grands yeux de Lani étaient un peu tristes, et sa bouche s'affaissa.

— Ce soir, en t'observant pendant que tu te préparais pour aller retrouver cet homme, que tu te maquillais, te coiffais, enfilais cette superbe robe rouge…

— Oui, eh bien ?

— J'ai pensé : « C'est ça que je veux. Ce que Syd ressent. »

— Oh ! ma chérie… !

— Ensuite tu es partie, Michael est arrivé, et je me suis dit que c'était un chic type, mais… que je ne pouvais pas continuer. Parce qu'il n'était pas le bon. Tu comprends ?

Elle secoua la tête avec un petit rire.

Sydney lui tendit les bras, et Lani se laissa aller contre elle.

— Oui, chuchota Sydney, maintenant qu'elles étaient étroitement enlacées toutes les deux. Je comprends tout à fait.

Le lendemain, la sonnette retentit à 7 h 30 pile.

— A moi ! piailla Trevor, tapant son petit poing potelé sur la tablette de sa chaise haute. Toc toc ! Qui c'est ?

Sydney embrassa la petite joue maculée de lait.

— Mange tes céréales, mon chou.

— La souris ! cria Trevor, hilare. Pourquoi ?

— Le café est prêt et la frittata, dans le four, indiqua Lani. Va ouvrir, Syd.

— Trois p'tits sous. Pour danser !

Trevor débitait sa comptine favorite à sa manière, c'est-à-dire jamais tout à fait correctement. Aux anges, il cognait sa cuiller contre son bol.

Lani la lui prit des mains.

— Puisque tu ne manges pas, je vais devoir te donner la becquée.

— Non, Lani ! Moi mange tout seul. Toc toc ! Qui c'est ?

Le cœur battant, Sydney se dirigea vers la porte.

— Salut, fit-elle d'une toute petite voix ridicule, au moment où elle ouvrait la porte.

— Bonjour, Sydney, répondit Rule de sa voix qui la faisait chavirer.

Comment cet homme pouvait-il être plus séduisant chaque fois qu'elle le voyait ? Rule réussissait pourtant ce miracle. Ses cheveux aussi noirs qu'une aile de corbeau brillaient sous le clair soleil d'avril, et son sourire était plus renversant que jamais. Il avait un gros camion jaune sous un bras, un ballon rouge sous l'autre.

— Je vois que tu viens armé pour la bataille.

— D'après mon expérience, les petits garçons aiment les camions. Et les ballons.

— C'est vrai. Beaucoup, même.

Elle le regarda fixement. Il en fit autant. Le temps s'arrêta alors, les murs de l'entrée disparurent. Il ne restait plus que cet homme, sur le pas de sa porte. Il emplissait le monde à lui tout seul.

Puis, de la cuisine, elle entendit son fils s'exclamer joyeusement.

— Le rat ! Tu veux ? Du tissu !

Lani dit quelque chose. Probablement : « Mange tes céréales. »

— C'est « Toc toc, qui est là », une ritournelle sans fin, expliqua Sydney, tout en se demandant si ce genre de comptine existait dans le pays de Rule. Entre, entre. C'est par ici.

Elle referma la porte derrière lui et voulut le précéder dans la maison, mais il la saisit par le coude.

— Attends, murmura-t-il.

Elle se retourna vers lui. Il s'était débrouillé pour glisser le camion sous le bras qui tenait déjà le ballon.

Seigneur ! Rien ne ressemblait au sentiment qu'elle éprouvait quand il la regardait. Un sentiment à la fois lumineux, riche de possibilités et totalement grisant.

Il l'attira contre lui, et elle se laissa faire. C'était là qu'elle voulait être, à l'abri de sa large poitrine, entre ses bras vigoureux qu'elle partageait avec le camion et le ballon.

Il lui donna un baiser espiègle et tendre, en parfaite harmonie avec ce samedi matin ensoleillé. Elle sentit qu'il souriait à l'unisson avec elle. Puis il s'écarta, des promesses brillant dans ses yeux de velours noir.

— Alors, maintenant, je peux rencontrer ton fils ?

Au début, Trevor fut intimidé.

Tandis que Sydney présentait Rule à Lani, le petit garçon le considéra de ses grands yeux sombres et solennels.

— Et voici Trevor, poursuivit Sydney.

— Bonjour, Trevor. Je m'appelle Rule.

L'enfant se contenta de le dévisager sans un mot, puis enfourna une cuillerée de céréales.

— Dis bonjour, lui ordonna Sydney.

Mais Trevor détourna la tête.

D'un léger sourire, Rule lui indiqua qu'il connaissait les enfants et aussi qu'il savait être patient. Il déposa le ballon et le camion dans un coin, et accepta une tasse de café.

Lani servit la frittata, et s'attira les compliments de Rule qui apprécia aussi le café, qu'elle moulait elle-même et préparait d'une façon qui lui était propre.

Pendant qu'ils mangeaient, il l'interrogea sur ses études, et le courant sembla passer d'emblée. Ils discutèrent de littérature et de théâtre, évoquèrent Shakespeare. Rule était visiblement cultivé et connaisseur sur beaucoup de sujets.

— Et toi, Sydney, quelle est ta pièce de Shakespeare préférée ? lui demanda-t-il ensuite.

— J'ai vu *Le Songe d'une nuit d'été* une fois, et ça m'a beaucoup plu. Les personnages commencent par tomber amoureux de la mauvaise personne, mais tout s'arrange à la fin.

— Tu préfères les fins heureuses ?

— Oui. J'aime quand tout finit bien, même si ça arrive rarement dans la vie réelle.

— Moi j'aime les camions !

Visiblement, Trevor venait de surmonter sa timidité tout d'un coup.

Rule se tourna vers lui.

— Tu aimes aussi les ballons ?

— Ballons ! Oui ! Rouges !

— Tant mieux. Parce que le camion et le ballon que tu vois là-bas, ils sont pour toi.

Trevor regarda de nouveau ailleurs. Cet étranger intrigant lui accordait trop d'attention, selon toute apparence.

— Dis merci à Rule, commanda Sydney.

— Merci Rou, répéta Trevor docilement, mais la tête toujours détournée.

Rule continuait de l'observer, sans se formaliser pour autant. Il semblait sincèrement intéressé par

Trevor. En les voyant ainsi tous les deux, elle sentit son cœur bondir dans sa poitrine.

Et ce fut à ce moment-là que Rule lança le jeu :

— Toc toc.

— Qui c'est ? répliqua Trev, sans toutefois le regarder.

— La souris.

Trevor lui jeta un coup d'œil en coin.

— Elle veut quoi ?

— Un biscuit ?

Lentement, l'enfant posa enfin les yeux sur Rule.

— Un biscuit ? Oui ? S'il te plaît !

Et Rule sortit effectivement un biscuit en forme d'animal de sa poche. Après avoir interrogé Sydney du regard, il le tendit à l'enfant.

— Grrr, un lion ! s'exclama ce dernier en fourrant le biscuit dans sa bouche. Mmm, merci Rou. Toc toc ! Qui c'est ?

Rule s'amusa à dérouler la comptine avec lui, une fois, puis encore une fois. Trev mélangeait tous les vers, mais cela n'affectait en rien le plaisir qu'il y prenait.

— C'est interminable, fit remarquer Lani avec un soupir amusé.

— Fini, clama Trev. Descendre, maman. Jouer au camion.

Sydney lui essuya les mains et la figure, puis le hissa hors de sa chaise. Il se dirigea droit vers Rule.

— Rou, viens. Nous joue aux camions.

— Tu n'as guère le choix, on dirait, ironisa Sydney.

— Rien ne me fait plus plaisir, rétorqua-t-il. Ou presque.

La flamme dans ses yeux insinuait en effet tout autre chose. Il aurait visiblement aimé l'embrasser, et elle en brûlait d'envie également.

Il jeta sa veste sur le canapé et s'accroupit auprès de Trevor, qui rassembla tous ses camions pour qu'ils puissent les faire rouler à grand renfort de « vroum vroum » et provoquer de sonores accidents. Sydney et Lani débarrassèrent la table, et ils s'apprêtèrent pour aller au parc. Lani préférant rester à la maison, ils s'y rendirent tous les trois. Comme le parc ne se trouvait qu'à deux pâtés de maisons, ils y allèrent à pied, Trev entre eux deux, tenant la main de l'un et de l'autre.

Son fils était un enfant ouvert et sociable, bien que d'ordinaire plutôt réservé avec les inconnus. Mais à l'évidence, il avait vite surmonté sa timidité envers Rule.

Il jacassa avec lui tandis qu'ils longeaient les jolies maisons aux pelouses soignées.

— Je marche vite, Rou. Moi suis très très fort ! Moi suis content !

Rule admit qu'il était très rapide, et extrêmement fort, oui. Et que c'était formidable qu'il soit content. Lui aussi, d'ailleurs, était content, et il lança un regard entendu à Sydney, pour lui prouver ses dires.

Trev les considéra tour à tour, puis gazouilla :

— Maman aussi est contente. Toc toc !

— Qui c'est ? enchaîna Rule.

Une fois de plus, il répéta la ritournelle à deux reprises.

Ils restèrent trois heures au parc. Elle eut beau guetter chez Rule un signe de lassitude — il dut pousser Trev sur les balançoires, s'asseoir sur le tourniquet et le cueillir au pied du toboggan —, il parut apprécier chaque minute qu'il passa avec lui, allant jusqu'à le suivre sous le tunnel en béton, indifférent à son pantalon griffé et hilare devant les cris de l'enfant.

— Toi peux pas m'attraper ! Moi cours très très vite !

Enfin, peu après 11 heures, Trevor annonça :

— A y est. Fini. Moi suis fatigué.

Le retour prit davantage de temps. Le petit garçon traînait des pieds, s'asseyait parfois sur le trottoir, refusant d'avancer.

Dès qu'ils arrivèrent à la maison, Lani l'emmena à la salle de bains pour le changer. Restée seule avec Rule, pour la première fois depuis leur baiser devant la porte d'entrée, Sydney déclara :

— Tu as été formidable avec lui.

— Ce n'était pas difficile. Je me suis beaucoup amusé.

Leurs regards se rencontrèrent. Elle aimait la façon dont il la regardait, ne se rassasiant visiblement pas de plonger les yeux dans les siens.

— Merci de m'avoir invité, ajouta-t-il, avec cette politesse si charmante.

— C'était un plaisir. Et pour Trev aussi. Mais tu en as peut-être eu assez, non ?

Il fronça les sourcils.

— Tu es en train de me mettre dehors ?

— Sûrement pas, répondit-elle en riant. Je t'offre juste une issue de secours, au cas où tu aurais atteint ta limite en matière d'accidents de camion et de comptine « Toc toc. »

— J'aimerais rester, si ça ne te dérange pas.

— Bien sûr que non !

Son cœur faisait à présent des cabrioles. Elle avait beau se répéter qu'elle devrait se montrer plus prudente, freiner un peu, elle n'en avait pas la moindre envie. Elle passait un moment fantastique en sa compagnie, et, s'il voulait rester, c'était tant mieux.

Il pouvait rester pour déjeuner, rester pour dîner. Rester… pour la vie. Elle en serait ravie. Chaque instant passé avec Rule la convainquait de passer le suivant avec lui aussi. Et celui d'après. Il avait un don pour annihiler son habituelle prudence.

Un réveil brutal lui pendait-il au nez ? Non, elle ne le pensait pas. Elle était de plus en plus certaine que Rule était l'homme qu'elle attendait depuis longtemps : un être génial qui l'aimait beaucoup, et qui aimait les enfants aussi. Autrement, comment aurait-il pris autant de plaisir à jouer toute la matinée au parc, avec son petit garçon et elle ?

Tant qu'il ne lui donnerait aucune raison de mettre en doute sa sincérité, elle lui ferait confiance. C'était aussi simple que ça.

— On pourrait peut-être emmener Trevor et Lani déjeuner quelque part ? suggéra-t-il.

— Hélas, non ! Trev va devoir manger tout de suite et, comme il est sur la brèche depuis tôt ce matin, il risque d'être pénible. Alors on va le nourrir et le mettre au lit. Sa sieste durera sans doute au moins deux heures. Tu es sûr que ça ne t'ennuie pas, de traîner ici tout l'après-midi ?

— Rien ne peut m'enchanter davantage que de traîner ici avec ton fils et toi, lui assura-t-il.

Et curieusement, elle le croyait sur parole.

Comme prévu, Trevor fut grognon et alla se coucher dès son repas terminé.

Puis Rule et Sydney portèrent un plateau de fromage, crackers et raisin dans le jardin. Ils s'installèrent sous un chêne, non loin de la piscine, et il lui parla un peu plus de sa famille, raconta le tragique accident de ski nautique qui, deux ans auparavant, avait coûté la vie de la femme de Max, son frère aîné, le laissant avec le cœur brisé et deux petits à élever seul.

— Sophia et Max étaient si heureux, dit-il, les yeux emplis de tristesse. Ils se sont rencontrés très jeunes, et ont su qu'ils voulaient se marier alors qu'ils sortaient à peine de l'enfance. Apprendre à vivre sans elle a été terrible, pour lui.

— Je ne peux même pas l'imaginer. J'ai toujours envié les gens qui trouvent l'amour tôt et ne désirent qu'une seule chose : fonder une famille et vieillir côte à côte. Que ton frère et sa femme n'aient pas pu mener ensemble l'existence à laquelle ils aspiraient me semble totalement injuste.

Ils étaient installés dans des fauteuils, le plateau de fromage et de fruits sur une table basse entre eux. Il lui tendit une main qu'elle prit sans hésiter, pour qu'il l'attire vers lui.

Enlacés, ils échangèrent un long baiser tendre.

— J'adore le goût de tes lèvres et la sensation de ton corps contre le mien, murmura-t-il.

Elle effleura ses cheveux soyeux. C'était un miracle de se trouver ici avec lui, comme ça. D'être libre de le toucher comme elle le voulait, d'être celle que lui voulait toucher.

— Rule, qu'est-ce qui nous arrive ?

De nouveau, il l'embrassa, un baiser ardent et possessif, cette fois.

— A ton avis, Syd ?

— Je crois savoir… mais j'ai attendu si longtemps de rencontrer quelqu'un comme toi. Ça paraît presque trop beau pour être vrai.

— Tu trembles, dit-il en la serrant plus fort. Viens.

Et il l'enveloppa de ses grands bras, la joue posée sur le sommet de sa tête. Une brise légère se leva, adoucissant la chaleur de l'après-midi. Il faisait délicieusement bon sous ce chêne, bon et confortable.

— N'aie pas peur, reprit-il d'une voix douce. Jamais je ne te ferai de mal. Je suis juste heureux de t'avoir enfin trouvée.

— Alors tu mentais hier, en disant que tu ne me cherchais pas, le taquina-t-elle.

— Tu me pardonnes ?

— J'essayerai, répondit-elle, feignant l'hésitation.

— Tant mieux. Parce que je t'ai cherchée toute ma vie. Et maintenant que je t'ai entre mes bras, je veux ne plus jamais te laisser repartir.

Elle lui mit la main sur le torse et sentit le cœur de Rule qui battait, fort et tranquille, sous sa paume.

— Moi aussi, je veux être avec toi. Et je n'ai pas peur. Enfin, ajouta-t-elle après un soupir, si, un peu.

— A cause de ces abrutis de Ryan et de Peter ?

— Je n'ai pas eu de chance avec les hommes.

— Jusqu'à aujourd'hui, objecta-t-il.

Relevant la tête, elle considéra ses grands yeux noirs si brillants. Elle croyait ce qu'il lui disait. Du fond du cœur.

— Jusqu'à aujourd'hui, répéta-t-elle, doucement, mais aussi fermement.

— Sors avec moi ce soir. Nous irons dîner, danser.

C'était la soirée libre de Lani. Mais Sydney connaissait des baby-sitters.

— J'en serais très heureuse.

Trevor se réveilla peu avant 15 heures, frais comme un gardon et prêt à recommencer à jouer.

Rule ne se fit pas prier. Ensemble, ils bâtirent un château bancal en Duplo — que Trev se fit une joie de détruire dès qu'il fut terminé. Puis ils jouèrent tous les trois au ballon, dans le jardin, avant de rentrer pour de bruyantes courses de camions, jusqu'à ce que Lani annonce que l'heure du dîner de Trevor avait sonné.

Rule épatait Sydney. Divertir son petit garçon des heures durant semblait l'enchanter. Et elle ne put s'empêcher de penser qu'il ferait un père en or.

— Au revoir, Rou. Tu reviens demain, hein ? cria Trev tandis que Lani l'entraînait pour prendre son bain.

— A bientôt, Trevor.

— On jouera aux camions ! ajouta l'enfant en grimpant l'escalier à quatre pattes.

— Oui, aux camions. Promis, assura Rule, qui suivit avec attention sa progression sur les marches.

Dès que Trev et Lani eurent disparu dans la salle de bains, Sydney se blottit dans ses bras grands ouverts. Ils s'embrassèrent.

— Ton fils est merveilleux, déclara-t-il ensuite. Et intelligent, en plus. Comme sa mère. Je suis flatté que tu m'aies raconté l'histoire de sa naissance. Et que tu aies eu assez confiance en moi pour me parler de ces idiots de Ryan et de Peter.

— Je crois qu'il est toujours préférable d'être franc et honnête.

— Moi aussi.

Une ombre traversa alors les yeux de Rule. Etait-ce un signe de malaise ? Une inquiétude ?

— Rule, qu'y a-t-il ? demanda-t-elle, le cœur battant.

— Je crains d'avoir une confession à te faire.

Sous le coup de l'anxiété, son cœur s'emballa. Et elle sentit la nausée monter. Voilà, on y était. Elle ne s'était pas trompée, hier : il était vraiment trop bien pour que ce soit vrai.

— Parle, répliqua-t-elle, d'un ton plus dur.

— Tu te souviens quand je t'ai dit que j'admirais ma mère ?

— Ta confession concerne ta mère ?

Elle ne comprenait plus. Comme il lui effleurait la joue, son cœur fondit de nouveau. Il lui plaisait tant. Trop, à dire vrai. Et tout allait de travers, une fois de plus.

— Non, répondit-il. Ça ne concerne pas ma mère. Du moins, pas pour l'essentiel. J'admire ma mère pour de nombreuses raisons, et notamment parce qu'elle est la dirigeante de mon pays.

A présent, elle était totalement perdue.

— Pardon ? Ta mère gouverne ton pays ?

— Ma mère est Adrienne II, princesse souveraine de Montedoro. Et mon père est Son Altesse Sérénissime Evan, prince consort de Montedoro.

— Attends, répète-moi ça. Princesse souveraine ?

— Oui. Le trône de Montedoro appartient à ma mère. Mon père est prince consort, et mon frère Maximilian est le prince héritier. Avant que Max aie ses enfants, j'étais deuxième dans l'ordre de succession au trône.

- 4 -

Sydney le considéra, stupéfaite.

— Un prince ? Tu es en train de me dire que tu es un prince ? Un vrai prince ? Un prince… royal ?

— Oui, ma chérie, répondit-il avec un petit rire. C'est plus ou moins ce que je viens de dire.

— Plus ou moins ?

— Le Montedoro est une principauté, non un royaume. Ce qui veut dire que le prince régnant détient un trône, mais pas une couronne. Seuls les enfants ou petits-enfants de rois ou de reines, ou leurs conjoints, ont droit au titre honorifique de royal. Cependant, si tu prends « royal » au sens de « régnant », alors oui. Je suis de la famille royale de Montedoro, ou, plus exactement, de la famille princière. Et, même si on ne nous appelle pas des altesses royales, notre blason familial et nos armes individuelles portent l'image d'une couronne.

— Je crois que je n'ai rien compris.

— Ça faisait peut-être beaucoup d'informations d'un coup, reconnut-il, les sourcils froncés.

Un prince. Le prince de Montedoro. Elle n'en revenait pas. Comment aurait-elle pu le deviner ?

— Attends une seconde. Evan Bravo ! Je me

souviens maintenant. Ton père a travaillé dans le cinéma, non ?

— A l'époque, ça a fait la une des journaux et des tabloïd. Ma mère a épousé un acteur et il l'a suivie à Montedoro, où ils ont vécu heureux et eu plein d'enfants, ajouta-t-il en lui adressant un sourire hésitant. Sydney, tu es toute pâle. Tu veux t'asseoir ?

— Non, non, ça va. Ça va très bien.

— Tu veux voir mon passeport diplomatique ?

— Mon Dieu, non ! Je te crois.

N'empêche qu'elle ne pouvait se retenir de jeter des coups d'œil nerveux partout, s'attendant presque à voir surgir l'équipe de la Caméra cachée. Elle reporta son regard sur lui, s'efforçant d'afficher une mine sévère.

— Tu aurais dû me le dire tout de suite.

— Je sais, admit-il d'un ton contrit. Mais le moment ne semblait jamais le bon. Et je tenais à ce que tu me connaisses, au moins un peu, avant d'aborder le sujet.

— Mais je comprends mieux, maintenant ! s'exclama-t-elle soudain. Hier soir, à The Mansion. Le serveur nerveux…

— Oui, je loge là-bas. Il sait qui je suis. Mais cela n'a aucune importance, déclara-t-il en lui soulevant le menton.

— Rule. Bien sûr que ça en a.

— Uniquement si tu y en accordes. Pour moi, ce qui compte le plus, plus que tout, c'est ça…

Et il réclama ses lèvres.

A la fin de leur baiser, elle était quasi d'accord

avec lui. Tout étourdie, les genoux un peu faibles, elle soupira.

— Oh ! Rule…

— Je vais te laisser, maintenant, dit-il en lui caressant les cheveux, les yeux pleins de tendresse et de compréhension.

Elle se rendit compte à quel point elle était folle de lui. Dès qu'il aurait passé la porte, elle irait sur Google. Le petit sourire qui l'enchantait tant apparut sur sa belle bouche.

— Tu auras le temps de vérifier ce que je viens de te dire sur internet, avant que je vienne te chercher tout à l'heure, ajouta-t-il.

Elle secoua la tête.

— Tu me connais trop bien. Et pourtant on ne s'est rencontrés qu'hier ! Comment est-ce possible ?

— Pardon d'avoir mis si longtemps à t'en parler.

— Je déciderai de te pardonner quand ma tête aura fini de tourner.

— Un dernier baiser…

Incapable de lui résister et, surtout, ne voulant pas lui résister, elle y consentit.

Cette fois, il la lâcha. Puis elle le suivit des yeux tandis qu'il descendait l'allée d'un pas vif, pour regagner sa limousine.

Une fois que la longue voiture noire eut disparu, elle referma la porte et monta à l'étage faire part à Lani de ses projets pour la soirée.

Son amie remplissait la baignoire, agenouillée sur le sol de la salle de bains. Assis à côté d'elle, Trevor changeait le visage de son Monsieur Patate.

— Lani ? Tu sors ce soir ?

— Non, je reste ici. Et oui, je serais ravie de garder Trev.

— Génial ! Merci beaucoup.

— Maman, regarde ?

Trevor brandissait Monsieur Patate, qui avait à présent ses grosses lèvres rouges au-dessus de la moustache et un seul œil au milieu du front. Elle se pencha pour l'embrasser.

— Une histoire, maman ?

— Après ton bain, promis.

Lorsqu'elle lui eut fait un dernier bisou, Sidney redescendit dans son bureau, pour consulter son ordinateur. Elle avait une vingtaine de minutes devant elle avant que Trevor ne sorte du bain.

Sydney savait faire des recherches et obtenir des informations rapidement. Avant d'entendre Trev dévaler l'escalier et réclamer son attention, elle voulait en avoir appris davantage sur Rule.

En effet, elle trouva des pages entières de références au mariage de ses parents.

Evan Bravo était né à San Antonio, deuxième des sept fils de James et Elizabeth Bravo. Plusieurs sources évoquaient une brouille précoce avec un père dominateur. Déterminé à se faire un nom à Hollywood, Evan Bravo avait déménagé dans l'ouest du pays à l'âge de dix-huit ans. Talent et chance étaient de son côté. S'il ne fut jamais une grande star, il gagna quand même un golden globe à vingt-quatre ans et un oscar du meilleur second rôle pour son interprétation d'un charmant détective un peu véreux dans *L.A. Undercover* qui remporta un énorme succès. Puis il rencontra la princesse

Adrienne de Montedoro. S'ensuivirent un coup de foudre, un fabuleux mariage au palais, et des célébrations dans toutes les rues de Montedoro à la naissance de Maximilian, leur premier enfant. On attendait de la princesse Adrienne, dernière de sa lignée, qu'elle donne à son pays un héritier, voire deux et même plus. Ce qu'elle fit au-delà de toutes les espérances, mettant au monde huit enfants de plus, durant les onze années suivantes.

Sydney lut le récit du tragique accident de Sophia, l'épouse de Maximilian. Cela s'était passé exactement comme Rule le lui avait raconté. Elle apprit également qu'Alexander, le troisième-né du couple princier, avait été capturé et retenu prisonnier par des terroristes en Afghanistan. Sa captivité avait duré quatre ans, jusqu'à son évasion ingénieuse, miraculeuse et périlleuse, survenue il y avait seulement quelques mois de cela.

Elle apprit également que le prince Rule avait fait ses études en Amérique, à Princeton. Il était l'homme d'affaires de la famille, le célibataire séduisant, excellant dans le commerce international, mais connu aussi pour contribuer généreusement à diverses causes louables. Au fil des ans, son nom avait été accolé à un nombre incalculable de patronymes de mannequins et d'actrices sublimes, mais aucune de ces relations ne semblait avoir duré longtemps. Quelques sources prétendaient qu'il était « sur le point » d'épouser son amie d'enfance, Son Altesse Royale Liliana — plus couramment appelée « Princesse Lili » —, héritière présomptive du trône du petit Etat que formait l'île d'Alagonia.

Néanmoins, aucun engagement officiel n'avait été annoncé jusqu'ici.

Sydney chercha alors des photos de la princesse en question. Liliana d'Alagonia était une magnifique blonde aux yeux bleus, aussi belle qu'une princesse sortie d'un conte de fées.

Une soudaine appréhension l'envahit, et elle se mordit la lèvre. Princesse Lili ? Rule n'avait encore jamais mentionné cette soi-disant « amie d'enfance ». Ce soir, elle aurait quelques questions à lui poser.

— Maman, une histoire !

Relevant les yeux de l'écran, elle vit Trevor planté devant la porte avec Lani.

— Pardon de te déranger, dit cette dernière en souriant, mais Trev n'a pas oublié ta promesse.

— Bien sûr, j'arrive tout de suite.

Tout rose et tout frais après son bain, vêtu de son pyjama préféré, son fils vint la tirer par la manche.

— Allez, maman, viens, lui intima-t-il.

L'enquête sur la princesse Liliana attendrait un petit moment. Sydney prit son fils dans les bras et le ramena à l'étage, où il avait déjà choisi les livres qu'il voulait qu'elle lui lise.

Plus tard, lorsqu'il fut couché et qu'elle se préparait en hâte pour la soirée, elle révéla à Lani que Rule était un prince de Montedoro.

— Eh bien ! Dire que je n'ai même pas fait la révérence quand tu m'as présentée à lui, ironisa son amie.

— Trop tard pour se soucier du protocole. Ce qui me facilite la tâche, je dois bien le reconnaître.

— Comment ça fait d'épouser un prince, tu crois ?

— Qui a parlé de mariage ? rétorqua Sydney, penchée vers le miroir pour se maquiller. On vient de se rencontrer.

— Mais c'est déjà sérieux entre vous, je le vois bien.

Sydney reposa son pinceau pour regarder son amie.

— Oui, ça l'est, je le pense aussi. Et je risque de rentrer tard, ce soir.

Sauf si Rule lui avouait qu'il avait bel et bien l'intention d'épouser la ravissante princesse Lili. Auquel cas, elle serait vite de retour, et pleurerait sur l'épaule de Lani en se jurant d'éviter les hommes pendant au moins dix ans.

— Oh ! Syd…, fit Lani, qui la serra dans ses bras avant de s'écarter pour la contempler. Tu es splendide. J'adore cette robe. Elle fait ressortir la couleur de tes yeux. Allez, profite de chaque instant de ta soirée, d'accord ?

— Promis.

Sydney termina de se coiffer et tenta de chasser la jolie princesse Lili de ses pensées.

Rule arriva dans sa limousine à 20 heures. Une fois à l'intérieur, derrière la protection des vitres teintées, Sydney vit deux hommes sur les sièges avant : le chauffeur en uniforme, ainsi qu'un homme massif, à l'allure militaire, les cheveux coupés en brosse, pourvu d'une oreillette et de lunettes noires, alors même qu'il faisait nuit.

Elle se pencha vers Rule, attirée comme un aimant par sa force et la senteur subtile de son after-shave.

— Ne me dis rien, chuchota-t-elle. Tu es sous la protection des Services secrets, c'est ça ?

— J'ai effectivement besoin d'un garde du corps efficace, hélas. C'est une triste réalité de ce monde moderne.

Ils allèrent dîner dans un autre restaurant fabuleux, où on les isola de nouveau dans un salon privé.

Elle attendit que le plat principal soit servi pour aborder le sujet qui la préoccupait.

— Parle-moi un peu de la princesse Liliana d'Alagonia.

Il lui adressa un sourire empreint d'ironie.

— Je constate que tu t'es renseignée sur moi.

— Tu pensais que je ne le ferais pas ?

— Au contraire, j'en étais certain.

— La rumeur prétend que la princesse et toi, vous devez vous marier.

— Il faut se méfier des rumeurs, répliqua-t-il en soutenant son regard.

— Tu esquives la question, Rule.

— Lili a huit ans de moins que moi. Je la considère comme une petite sœur.

— Mais elle n'est pas ta sœur.

— D'accord, ça suffit. Je ne vais pas épouser Liliana, Sydney. Nous ne sommes pas fiancés. Je ne l'ai jamais demandée en mariage.

Reculant sur son siège, elle refusa de se contenter de cette réponse.

— Mais elle aimerait se marier avec toi, elle. Donc on suppose que tu l'épouseras.

Il ne détourna pas les yeux, mais elle y voyait briller une indéniable réserve, à présent.

— Elle… m'admire beaucoup.

S'imaginait-il qu'elle s'en tiendrait là ? Il allait être déçu.

— Allez, dis-le, Rule. Elle veut que tu l'épouses.

Lui aussi recula dans son siège. Puis il la fixa bizarrement, avec une certaine distance. Quand il reprit la parole, sa voix était froide.

— Je ne voudrais pas parler pour Lili. C'est une personne adorable et ravissante. Et, en effet, si je l'épousais, ce serait considéré comme une union brillante, qui renforcerait les liens entre nos deux pays.

— Alors, tu devrais l'épouser, répliqua-t-elle.

— Tu ne crois pas si bien dire…

Elle lui trouvait soudain les yeux terriblement sombres, et remplis de secrets indéchiffrables. Elle ne le connaissait pas du tout, en fait, et ce laps de temps magique, partagé avec lui, n'avait été finalement que cela : de la magie, pas la réalité. Rien de plus qu'un beau fantasme impossible. A présent, la vérité reprenait ses droits, et le fantasme était terminé.

Bien trop tôt. Mais sans conteste…

— Tu te souviens quand je t'ai dit que je devais me marier avant mon trente-troisième anniversaire ? reprit-il.

— Oui.

— Tu avais cru que je plaisantais ?

— Ma foi, j'ai cru que ta famille, comme beaucoup d'autres, te pressait de te fixer, de donner des petits-enfants à tes parents, enfin ce genre de choses.

— Il s'agit de beaucoup plus que d'une simple pression. C'est une loi.

Elle lui décocha un regard en coin.

— Là, tu plaisantes, j'imagine.

— Pas du tout, je suis on ne peut plus sérieux. Mon pays était autrefois sous protectorat français. Et la France… projette une ombre étendue sur nous, comme on dit. Nous avons signé un grand nombre de traités avec elle, traités où les Français promettent de garantir la souveraineté de Montedoro.

En tant que juriste, elle voyait où il voulait en venir.

— Or le fait qu'un autre pays soit en position de garantir votre souveraineté est… problématique ?

— Exact. Bien que nous soyons la famille régnante, le gouvernement français doit approuver le prochain prince — ou la prochaine princesse — qui va régner. Une clause stipule même que, si le trône devient vacant, Montedoro retombe sous protectorat français. Il y a donc une loi qui oblige chaque prince ou princesse à fournir des héritiers potentiels au trône. Les membres de la famille princière sont obligés de se marier avant leur trente-troisième anniversaire, sous peine d'être dépouillés de leurs titres et revenus. J'aurai trente-trois ans le 24 juin.

— Autrement dit dans deux mois et demi.

— Oui, confirma-t-il doucement.

Elle en avait maintenant la certitude. Peu importait ce qu'il avait affirmé quelques minutes plus tôt, il comptait épouser la ravissante Lili. Et leur idylle, en ce moment, était juste… quoi ? Une dernière passade avant qu'il ne se plie à son devoir, avant qu'il ne rentre à Montedoro s'unir avec la jolie princesse blonde qu'il connaissait depuis l'enfance et qu'il n'entreprenne de lui faire un tas de petits princes.

Pourquoi, mais pourquoi n'avait-il pas choisi quelqu'un d'autre, pour sa dernière passade ? Elle était une maman célibataire, submergée de travail et exigeante, et la dernière chose dont elle avait besoin, c'était bien d'une amourette éclair avec un homme qui prévoyait d'en épouser une autre. Sans compter qu'elle avait déjà été suffisamment déçue par la gent masculine.

Elle devait en tirer les conclusions qui s'imposaient : mettre un terme à cette histoire lamentable.

Et elle voulait à tout prix être furieuse contre lui. Mais elle n'y arrivait pas. La situation la rendait seulement malheureuse. Elle était au bord des larmes.

Non. Pas question. Elle était une O'Shea, et une O'Shea était plus coriace que ça. Elle ne céderait pas aux larmes devant lui. Au lieu de quoi elle suggéra d'un ton tranquille :

— Tu es à deux doigts du couperet, dis donc ?

— C'est exact. Et, pour tout te dire, j'ai même envisagé, à un moment donné, de demander Liliana en mariage.

Tiens donc…

— Et qu'est-ce qui t'a arrêté en si bon chemin ?

— Aucun homme n'a envie d'épouser une femme qu'il considère comme sa sœur. Même si elle est parfaite, même pour conserver son rang, même pour le bien de son pays. Alors j'ai hésité. Et je n'ai pas arrêté de reporter ma décision.

— Rule. Cesse de tergiverser et attelle-toi à la tâche au plus vite.

Un lent sourire éclaira son beau visage.

— Un prince ne « tergiverse » pas.

— Appelle ça comme ça te chante. Pour moi, c'est tergiverser.

— Si je tergiversais, Sydney — et je ne dis pas que je le faisais —, ce n'est plus le cas.

Elle leva un regard douloureux au plafond.

— Bon, je suis perdue, là.

— Je sais maintenant avec certitude que Liliana ne sera jamais ma femme. En une fraction de seconde, tout a changé.

Elle ne voyait pas où menait cette discussion. D'ailleurs, elle s'en moquait. Ce qui comptait, c'était que tout était terminé entre eux. Il ne pouvait en être autrement, elle le voyait bien. Terminé avant que cela ait réellement commencé.

— En une fraction de seconde, répéta-t-elle d'un ton sarcastique. Donc, la certitude que tu n'épouserais pas la chère Lili t'a frappé comme la foudre, si je comprends bien ?

— Non.

— Je ne te suis pas.

— C'est assez simple. Si tout a changé pour moi en une fraction de seconde, il m'a fallu un peu plus longtemps pour accepter l'idée que le mariage avec Lili était devenu impossible.

— Je ne comprends toujours pas.

— C'est arrivé après le déjeuner d'hier.

— Qu'est-ce qui est arrivé ?

— Tu m'as dit « au revoir », tu es montée dans ta

voiture et tu as démarré. Je t'ai regardée t'éloigner en me disant que je ne te reverrai jamais plus. Je n'y arrivais pas. Alors, à ce moment-là, épouser Liliana est devenu impossible.

— La foudre ne t'a pas frappé, tout compte fait.

— Bien sûr que si. Ça a été un véritable coup de foudre quand je t'ai vue entrer chez Macy's, inflexible, indomptable. Prête à conquérir le monde. A cet instant, Lili ne pesait pas lourd dans mon esprit. Il n'y avait que toi, et tu l'occupais entièrement.

Elle prit son verre de vin, auquel elle n'avait pas encore touché, et but une immense gorgée. Puis elle le reposa, très lentement.

— Tu n'épouses pas la princesse. Tu en es sûr ?

— Absolument certain.

— Tu le penses ? Tu le penses réellement ?

— Oui, Sydney. De tout mon cœur.

— Ne te moque pas de moi, Rule.

— Je ne me moque pas, je te le jure.

Elle déglutit pour soulager un peu sa gorge serrée.

— D'accord. Tu n'épouseras pas Lili, finalement.

— Je suis heureux que ce point soit enfin clair. Ton assiette est intacte, ajouta-t-il avec douceur. Ça ne te plaît pas ?

— Mais bien sûr que si. C'est délicieux. Vraiment.

Elle saisit sa fourchette, et ils mangèrent en silence.

Au bout de quelques minutes, Rule reprit la parole.

— Je t'aime beaucoup en vert émeraude. Presque autant qu'en rouge.

— Merci.

— J'ai toujours envie de t'emmener danser.

Elle sirota encore son vin, soudain aussi sûre

qu'il semblait l'être. A propos de ce qui les unissait. A propos… de tout. Quoi qu'il arrive ensuite, elle voulait passer cette nuit avec lui. Elle le voulait, lui.

— J'ai une suggestion.

— Je suis toujours ouvert aux suggestions. Surtout si elles viennent de toi.

— Ramène-moi à The Mansion, Rule. Emmène-moi dans ta chambre. Nous danserons là-bas.

- 5 -

La chambre de Rule était l'une des deux suites au dernier étage de The Mansion. Presque quatre cent mètres carrés de pur luxe.

Du champagne les attendait dans le salon — du champagne et une grande coupe de cristal, pleine d'oranges de Montedoro. Il ôta sa veste et ils sirotèrent le champagne, assis sur le canapé. Tandis qu'il lui pelait une orange, elle ôta ses escarpins.

— Oh ! c'est exquis ! s'extasia-t-elle en savourant un par un les quartiers couleur rubis.

Jamais elle n'avait goûté d'orange aussi bonne.

Alors il se pencha pour l'embrasser, un lent baiser qui débuta de façon tendre, puis s'approfondit jusqu'à la laisser hors d'haleine.

— Tout à fait délicieux, dit-il en écartant sa bouche de la sienne.

Visiblement, il ne parlait pas de l'orange.

Elle se contenta de le regarder, le cœur battant dans sa poitrine, les paupières alourdies, le corps indolent.

Le canapé était très confortable. Elle envisagea de s'allonger sur les coussins moelleux et de l'attirer à elle.

Mais, reposant sa flûte sur la table basse, il s'empara

de la télécommande. Le large écran plat suspendu au-dessus d'une commode s'alluma. Avant qu'elle ne puisse lui demander pourquoi il voulait mettre un film, il changea pour une chaîne musicale, qui passait une chanson romantique.

— Viens.

Elle prit la main qu'il lui tendait pour sortir sur la terrasse, où les lumières du centre-ville scintillaient dans la nuit embaumée d'avril.

Ils dansèrent. C'était comme un rêve devenu réalité, tous les deux, enlacés, se balançant sur la musique, sans parler.

Les mots étaient inutiles.

Puis il lui souleva le menton, et elle plongea les yeux dans les siens, dans l'éclat de ce velours sombre. Elle tenta de se rappeler qu'elle ne croyait pas au coup de foudre, qu'on ne pouvait rencontrer quelqu'un et savoir aussitôt que c'était la personne avec qui l'on avait envie de passer le restant de ses jours. Il fallait du temps pour connaître l'autre, du temps pour apprendre sa façon d'être, du temps pour découvrir s'il existait réellement une chance que la relation dure.

Mais, quand Rule la regardait, elle était emportée par la confiance qui émanait de lui. Car cette confiance était puissante et lui donnait envie de la partager.

— Je te vois, murmura-t-il, lui arrachant un sourire — une fois de plus, il lui évoquait Trev jouant à cache-cache : « Je te vois, maman… » Je sais, reprit-il. Ça paraît stupide quand je dis ça. Enfantin et sans importance.

— Non. C'est juste que pendant un instant tu m'as fait penser à Trev.

— Ah ? Eh bien, tant mieux. Je suis content si je te fais penser à lui. Et c'est important que je te voie. Je vois en toi tout ce que j'ai toujours cherché, même si j'ai compris seulement hier ce que je cherchais. Je vois en toi les meilleures choses, Sydney. Les choses qui comptent. Je vois qu'avec toi, je peux être un homme meilleur, et un homme plus heureux. Je vois que tu m'intéresseras toujours. Que tu me poseras des défis. Je veux… tout te donner. Je veux passer ma vie à m'assurer que tu ne manques de rien, que tu as tout ce qui peut te rendre heureuse…

Elle étudia son magnifique visage.

— Tu me tentes, tu sais ?

— Je l'espère, répliqua-t-il avec un nouveau baiser, si brûlant que la trace en resta sur ses lèvres. Je veux te tenter, Sydney. Car je n'ai jamais rencontré personne comme toi. Tu m'émerveilles. Je veux être avec toi. Ne jamais te laisser partir.

Il l'embrassa encore, longuement, interminablement, tout en dansant. Sa bouche était si douce, si chaude et si moelleuse à la fois. Sa langue franchissait sans mal la barrière tremblante de ses lèvres, glissait avec sûreté au bord de ses dents, autour de sa langue à elle.

Elle perdait la tête… d'une façon délicieuse et grisante. Elle ne savait plus où elle allait, alors que Sydney O'Shea savait toujours où elle allait. Elle restait centrée sur ses objectifs, puisqu'elle n'avait pas le choix. Qui la remettrait en selle, sinon ? Ses parents avaient disparu avant même qu'elle les connaisse. Ensuite, sa grand-mère, si forte, avait disparu à son tour. Les hommes à qui elle avait accordé sa confiance ne s'étaient pas avérés fiables.

Elle ne pouvait compter que sur Lani, sa véritable amie. Et sur Trevor pour illuminer son existence.

Et maintenant, il y avait cet homme. Maintenant, il y avait Rule.

Enfin ! Alors qu'elle s'était résignée à ne jamais trouver d'homme, ses doutes et ses hésitations s'effondraient. Il les faisait voler en éclats. Avec sa tendresse, sa compréhension, avec son honnêteté et le désir qu'il avait d'elle.

Tout compte fait, elle s'était trompée. Oui, elle pouvait croire au coup de foudre. Comme sa grand-mère adorée, elle y croyait, au fond de son cœur.

Il suffisait que cela concerne un homme en particulier. Le bon. Celui à qui elle pouvait se fier. Celui sur lequel elle pourrait compter quand elle aurait besoin de quelqu'un sur qui s'appuyer. Celui qui semblait aimer sincèrement tout en elle, même sa nature chatouilleuse et sa langue parfois acérée.

Après tout, ce n'était peut-être pas si surprenant que sa force, sa détermination, son ambition et son énergie ne lui posent pas problème. Elle non plus n'avait pas de problèmes avec lui, car, dès qu'elle avait des doutes — à propos de lui, de l'improbabilité de cette histoire entre eux —, il les réduisait à néant avec calme et patience.

Et elle aimait sans conteste les sentiments qu'il éveillait en elle. L'excitation, le désir, cette confiance inhabituelle. Il ne cessait de lui prouver qu'il était exactement l'homme qu'il paraissait être, exactement l'homme qu'elle n'avait jamais imaginé rencontrer un jour.

Ils dansèrent encore un peu, toujours en s'embrassant. Les bras noués autour de son cou, elle caressait ses cheveux soyeux, si noirs. C'était un tel bonheur que de sentir leurs bouches jointes, leurs corps liés ! Elle se pressa encore contre lui, savourant la sensation de ses seins contre son torse, et les étincelles qui jaillissaient à cet infime contact.

Car ces étincelles, en faisant croître leur désir, étaient aussi des promesses.

Rule mit fin à ce baiser, mais seulement pour embrasser sa joue et sa tempe, puis mordiller le lobe de son oreille.

Elle laissa échapper un petit soupir ravi et se rapprocha encore, voulant se fondre en lui, devenir une partie de lui, que leurs corps soient unis en un seul. Il continua de l'embrasser, traçant, de ses lèvres exquises, un chemin vers son cou. D'un doigt nonchalant, il fit glisser les fines bretelles de sa robe, et continua sur ses épaules. Elle sentait sa langue sur sa peau, le plaisir s'éveiller, électrique.

Ils avaient cessé de danser. Ils se tenaient dans un angle de la terrasse, à l'ombre d'un palmier en pot. Comme il écartait un pan de sa robe, l'air nocturne lui caressa les seins.

Alors il prit un mamelon dans sa bouche et le suça avec passion.

Les doigts enfouis dans ses cheveux, elle attirait sa tête contre elle. Sa chaleur l'enveloppait, et au creux de son ventre elle sentait un feu liquide, ardent, prêt à la consumer. Un élan de pur délice la traversait, du sein qu'il tétait avidement jusqu'à son sexe. Elle gémit.

Lorsqu'il releva la tête, elle cligna des yeux, étourdie et alanguie, comme si elle s'éveillait d'un rêve exquis.

— Allons à l'intérieur, grogna-t-il.

Tremblante de désir, elle acquiesça, tentant de remonter sa bretelle. Mais il se pencha pour poser les lèvres sur son sein.

— Non, laisse. C'est si beau…

Puis il la souleva, comme si elle ne pesait rien du tout, et la porta dans le salon. Une nouvelle chanson commençait.

Leurs regards se croisèrent.

— *Lady in Red*, murmura-t-il.

— Pas ce soir, je te signale…

— Peu importe que tu portes du rouge ou non. Pour moi, cette chanson est la tienne. Tu es ma dame en rouge.

— Oh ! Rule…

Du dos de la main, elle effleura sa joue, là où la barbe naissante rendait sa belle peau mate un peu rêche.

Il reprit sa bouche avec fougue, et elle y céda, se laissant embarquer par le besoin charnel qu'exprimait son baiser.

Ensuite, avec d'infinies précautions, il l'allongea sur le grand lit aux draps blancs, comme si elle risquait de se briser.

Sans la moindre cérémonie, il se déshabilla, jeta ses vêtements sur une chaise et se tourna vers elle.

Nu. Il était nu et splendide. Plus splendide encore

qu'elle ne l'avait imaginé. Le souffle coupé, elle contemplait les muscles parfaitement dessinés de son torse, de ses bras, de son ventre plat. Ses longues jambes vigoureuses, recouvertes de duvet noir qui s'intensifiait à la jonction des cuisses.

Comme preuve de son désir, son sexe se dressait fièrement, vibrant et puissant. Elle s'obligea à respirer.

Puis il s'allongea sur elle.

Encore des baisers, longs, profonds, passionnés. Il abaissa l'autre bretelle et embrassa son sein droit avec la même attention érotique que celle accordée au gauche.

Le temps qu'il la fasse basculer sur le côté pour ouvrir la fermeture de sa robe, elle tremblait d'impatience.

Pour tout ce qu'ils allaient faire ensemble. Cette nuit. La nuit suivante. Et toutes les nuits à venir.

Elle serait avec lui, toujours.

Si c'était un rêve, elle voulait ne jamais se réveiller.

Il fit glisser la robe le long de son corps, et la soie lui offrit une lente et parfaite caresse.

Puis il prit ses seins dans ses mains, murmurant qu'ils étaient beaux, délicats et parfaits.

Et elle en était persuadée, elle aussi. Séduite par la magie de son toucher habile, elle avait renoncé à tout, même à la sagesse d'un petit scepticisme salutaire. Elle croyait tout ce qu'il lui murmurait. Elle croyait la moindre parole émoustillante, âpre ou tendre. Il toucha son visage, et elle huma le parfum des oranges sur ses doigts. Il lui sembla que cette odeur était la sienne, fruitée, ensorcelante, rouge rubis.

Sa main quitta ses seins et descendit le long de son ventre. Elle hoqueta quand elle s'immisça sous l'élastique de son slip.

Il trouva son sexe, brûlant et humide pour lui, et il y glissa un doigt. Il la caressa, embrasant ses terminaisons nerveuses, électrisant très vite son corps tout entier. L'excitation la précipitait au bord de l'explosion.

Elle aurait voulu que ça dure, que l'escalade s'éternise, jusqu'à ce qu'il la pénètre. Mais c'était trop fort, trop bon ! Ses doigts étaient magiques, et elle gémit, cria son nom.

— Oui, murmura-t-il. Comme ça ! C'est très bien…

A présent, elle dérivait sur un océan de béatitude, réintégrant lentement son corps qu'enveloppait celui de Rule. Elle lui prit la main et la posa contre son cœur.

— Tu es si… merveilleux. Tu embrasses si bien…

Il s'allongea sur le flanc et, appuyé sur un coude, il la contempla de ses yeux aussi noirs que la nuit. Comme elle touchait ses lèvres, il se pencha pour l'embrasser encore.

Flottant entre volupté et demi-sommeil, elle poursuivit son exploration, laissa libre cours à son envie de toucher chaque centimètre carré de son corps magnifique et de sa peau ferme. Il se laissa faire, sans cesser ses baisers, et, lorsqu'elle atteignit le fin sillon de poils bruns qui descendait plus bas sur son ventre, elle fit ce qu'elle brûlait de faire.

Ses doigts se refermèrent autour de son sexe, et le gémissement rauque qui lui échappa la remplit de satisfaction. Les yeux clos, elle savoura ce gémissement comme un vin délicat.

Un homme pareil pouvait-il exister ? Elle en doutait. Tout en lui était sublime, c'était un prince de contes de fées, mais fait de chair.

— Rule, murmura-t-elle, émerveillée, viens maintenant… je te veux maintenant. S'il te plaît.

— Attends…

— Quoi ? Non, je ne veux pas attendre.

Ouvrant les cuisses, impatiente et avide, prête à le recevoir, elle le pressa de se rapprocher, de la pénétrer.

Il lui fit alors l'un de ses beaux sourires, puis brandit une pochette entre deux doigts.

Un préservatif ! Submergée par le désir, elle avait oublié.

— Tu es si belle quand le plaisir t'emporte, dit-il en la couvant d'un regard plein d'adoration.

Tout en lui était irrésistible. Elle était sous le charme, et ne cherchait plus à résister.

— Arrête avec tes compliments, Rule…

— Chuuut… Cesse de discuter, et donne-moi ta main. Me feras-tu l'honneur de mettre ceci en place ?

Elle éclata de rire, puis ouvrit l'étui et s'agenouilla au-dessus de lui, qui ne la quittait pas des yeux. Couvrant sa peau, son torse, son ventre de baisers gourmands, elle descendit jusqu'à son sexe, qu'elle prit dans sa bouche, d'abord en douceur, puis plus vigoureusement.

Lorsque les gémissements de Rule lui indiquèrent qu'il ne pourrait plus en supporter davantage, elle déroula le préservatif, avant de le chevaucher.

Mais il ne l'entendait pas ainsi. Il la retourna contre les oreillers pour s'installer entre ses cuisses offertes.

— Sydney…

S'emparant de sa bouche, il la pénétra, dur, lisse, insistant, d'une poussée profonde. Elle s'abandonna aussitôt à la sensation sublime, exquise et parfaite, de leurs corps joints.

Jamais elle n'avait connu cela. Jamais.

Il commença à aller et venir en elle. Arquée vers lui, elle enroula les jambes autour de sa taille, agrippa ses épaules.

Elle volait, brûlait, libre et perdue dans la magie incroyable et sublime de leurs deux corps réunis.

Il s'écartait d'elle pour mieux la pénétrer encore. Encore et encore. C'était doux, chaud, et ardent, exactement comme elle l'avait toujours rêvé sans le savoir.

De sa vie, elle n'avait jamais rien ressenti de tel. Jamais.

— Sydney…

Elle sentit la voix de Rule contre son oreille, son souffle sur sa peau.

Elle soupira, tourna la tête, délicieusement ensommeillée.

— Sydney…

Il mordillait les boucles folles à ses tempes.

— Mmm. Je dormais…

Posant la bouche sur sa joue, sa bouche chaude et tentante, il objecta d'une voix tendre :

— Mais tu dois te réveiller maintenant.

Elle devait se réveiller ? Bien sûr, il avait raison.

— Quelle heure est-il ?

— 3 heures passées.

Avec un grognement frustré, elle s'assit en baillant.

— Oui. Je dois rentrer.

— Attends une minute.

Il se tenait sur le côté, enroulé dans le drap, les yeux brillants.

— Quoi ?

— Sydney…

Il avait l'air à la fois plein d'espoir et… nerveux. Oui, le prince de Montedoro avait l'air nerveux ? Ce n'était pourtant pas son genre.

— Rule ? Tout va bien ?

Saisissant son poignet, il déposa au creux de sa paume le plus tendre, le plus doux des baisers, le même que la veille, quand il lui avait demandé si elle préférait qu'il soit cruel.

Un frisson la traversa, le pressentiment que…

Que quoi ? Elle l'ignorait. D'ailleurs, c'était déjà passé.

Il ne restait que sa bouche sur sa paume, et la beauté de cette nuit partagée, l'émerveillement qu'il soit là avec elle, et qu'il la regarde comme si elle allumait la lune ou commandait les étoiles.

De son autre main, il glissa quelque chose dans la sienne, puis referma ses doigts autour.

Ensuite, il prononça des paroles incroyables, qu'elle faillit penser sorties d'un rêve :

— Epouse-moi, Sydney. Sois ma femme.

- 6 -

Incapable de croire ce qu'elle venait d'entendre, Sydney déroula ses doigts et fixa avec une stupéfaction intimidée la bague qui s'y trouvait.

Le diamant était énorme, étincelant d'une beauté glacée et parfaite.

Elle releva les yeux.

— Dis-moi juste…

— Tout ce que tu voudras.

— Est-ce que je ne rêve pas ?

Eclatant de rire, il caressa ses cheveux d'un geste tendre.

— Non, ma chérie, tu ne rêves pas. Je sais que c'est fou, que c'est rapide. Mais ça m'est égal. Je l'ai su dès l'instant où je t'ai vue. Et chaque instant depuis n'a fait que renforcer ma certitude. Tu es la femme de ma vie, je le sais.

— Mais tu… Je… On ne peut pas simplement…

— Si. Aujourd'hui. On peut s'envoler pour Las Vegas et se marier aujourd'hui. Je n'ai pas envie d'attendre. Je te veux pour épouse tout de suite. Je dois retourner à Montedoro jeudi. Et je veux que Trevor et toi m'accompagniez.

— Je ne… Oh ! Rule ! Attends…

Il secoua la tête.

— Ma chérie, je ne veux pas attendre. Ne me fais pas attendre.

— Mais je…, bafouilla-t-elle. J'ai un métier, une maison. Je vis au Texas. Tu as le droit d'épouser une Texane, au moins ?

— Bien sûr. A partir du moment où elle veut de moi.

— Mais est-ce que tu ne… ? Je veux dire, maintenant que j'y songe, tu ne dois pas épouser quelqu'un ayant au moins un titre ? Une duchesse, une comtesse, que sais-je ?

— Ma mère a épousé un acteur américain, et tout se passe bien. Les temps changent. Et j'en suis heureux. Je peux épouser la femme de mon choix, Sydney. Et je te choisis, toi — et j'espère de tout cœur que tu me choisiras, toi aussi.

— Je ne… Il m'est impossible de… de…

— Moins vite, mon amour.

— Moins vite ? C'est toi qui me dis « moins vite » ? ! Alors que tu viens de me demander en mariage et que tu veux que ça se fasse aujourd'hui !

— Tu as raison, admit-il en riant. Je ne suis pas le mieux placé pour parler de ralentir. Mais, à mon avis, ça ne te ferait pas de mal de respirer un bon coup.

Judicieux conseil. Elle prit une profonde inspiration avant d'expirer lentement.

— Ça va mieux ? s'enquit-il avec tendresse.

Elle abaissa de nouveau les yeux sur la splendide bague.

— Je crois que je vais m'évanouir.

— Non. Tu n'es pas une femme qui s'évanouit.

Cependant, il l'attira contre lui, et elle laissa aller sa tête sur son épaule, savourant sa solidité, sa senteur subtile et pourtant si virile. Elle aimait tout en lui.

« Aimait. » Serait-ce possible ? Pour lui, il s'agissait d'amour, elle le savait.

N'empêche. Même en envisageant la réalité d'un coup de foudre entre eux, elle aurait voulu qu'il lui laisse un peu plus de temps, avant de lui demander de s'engager pour la vie…

Elle s'écarta afin de pouvoir croiser son regard.

— C'est tellement rapide, Rule. Je veux dire, si rapide pour se jeter dans le mariage. C'est… c'est juste vraiment rapide, bredouilla-t-elle, incapable de s'expliquer clairement.

— Je sais. Mais ça m'est égal. Je sais ce que je veux maintenant. Je te l'ai dit, j'ai attendu ça toute ma vie, je t'ai attendue, toi, toute ma vie.

Son regard était ferme, son ton, résolu, très assuré.

— Oui. On en a déjà parlé. Mais quand même ! Le mariage, en ce qui me concerne, c'est beaucoup plus qu'un mot. Pour moi, un mariage, ça doit durer toute la vie.

— On est bien d'accord. Pour moi aussi, le mariage, c'est pour la vie.

Elle étudia son visage.

— C'est à cause de cette loi, que tu te précipites ? Tu dois choisir une épouse au plus vite.

— C'est un fait.

— Mais pas avant juin. Tu as jusque-là. On pourrait… passer plus de temps ensemble, quelques semaines. On pourrait apprendre à mieux se connaître.

— Je n'ai pas besoin de plus de temps, Sydney. Tu es la femme qu'il me faut. Je le sais. Davantage de temps n'y changera rien, hormis renforcer ma certitude que tu es la bonne. Et je n'ai pas besoin d'en être plus certain. J'ai besoin… de toi. Je veux que tu sois auprès de moi. J'ai besoin de commencer enfin la vie que j'ai toujours souhaitée : celle qu'ont mes parents, que Max avait avec Sophia avant de la perdre. Je veux que tu sois à moi. Je veux être à toi. Je veux que nous passions ensemble chaque instant que Dieu nous accordera, car le destin peut être cruel. Regarde ce qui est arrivé à Max. Il pensait avoir toute une vie devant lui, avec Sophia. Et à présent, il est seul. Il se remémore chaque jour qu'ils ont passé l'un avec l'autre comme un trésor. Je ne veux gaspiller ni un jour, ni une heure, ni une minute, Sydney. Je veux commencer notre vie ensemble aujourd'hui.

— Rule…

— Dis « oui ». Dis simplement « oui ».

Elle en mourait d'envie. Mais son côté sceptique la poussa à demander :

— Pourquoi moi ? Je suis allée voir sur Google. Tu es LE prince célibataire et sexy. Je mets ma main au feu que tu n'es jamais sorti avant avec une femme comme moi, désireuse de réussir sa carrière, pour être indépendante, sans compter sur son physique.

Ses yeux lancèrent des flammes.

— Mais tu as aussi un physique renversant.

— Ecoute, je ne manque pas de séduction, d'accord, mais je n'ai rien à voir avec tes précédentes conquêtes.

— Pour moi, tu es mille fois plus séduisante. Et c'est tout ce qui compte. De plus, tu es brillante, charmante. Les gens te remarquent, ils ont envie de… te suivre. Je crois que tu ne te rends pas compte de ton pouvoir. Tu n'as pas la moindre idée de la façon dont te voient les autres. La force, la détermination, la concentration chez une femme peuvent être essentielles pour un homme, tu sais. Moi aussi, je me suis renseigné sur toi, Sydney. J'ai lu que tu avais été diplômée à vingt ans, que tu avais gagné de nombreux procès. Et, outre cette ambition et ce dynamisme, je sais que tu as aussi bon cœur et que tu es d'une sensualité innée. Enfin, j'ai pu me rendre compte que tu étais une mère merveilleuse, car tu as choisi la maternité, puisque la réussite professionnelle ne te comblait pas. Et le fait que tu aies trouvé le moyen d'être mère et de bâtir ta famille seule me semble absolument admirable. Tu es tout ce que j'ai toujours cherché. Epouse-moi, Sydney, conclut-il d'une voix douce, en lui caressant légèrement la joue.

— Avec toi, j'ai… j'ai l'impression d'être extraordinaire, murmura-t-elle, la gorge nouée.

— Mais tu es extraordinaire.

Il la reprit entre ses bras.

— Rule…

— Dis « oui ».

Elle tenta de mettre de l'ordre dans ses pensées.

— Est-ce que tu pourrais t'installer ici, au Texas ?

— Non, malheureusement. J'ai des obligations dans mon pays, que je ne peux pas mettre de côté.

— Vous êtes bien tous les mêmes ! Je savais que tu dirais ça.

— On pourra revenir souvent, lui assura-t-il, les lèvres dans ses cheveux. Mes affaires m'amènent aux Etats-Unis plusieurs fois par an. Cela te semble tellement terrible, de vivre à Montedoro ?

— Terrible, non. Juste… colossal. Il faudrait que je quitte Teale, Gayle & Prosser…

Il lui frotta le bras de manière apaisante.

— Je crois me rappeler t'avoir entendu dire que tu étais prête à travailler autrement. Tu parlais d'aider des gens qui en auraient vraiment besoin…

— Oui, c'est vrai. Et je le pensais vraiment.

— Si tu deviens mon épouse, il y aura de nombreuses causes auxquelles tu pourras te consacrer. Les opportunités de changer les choses ne manqueront pas.

— Quelles causes ? Quelles opportunités ?

— Voyons, ma chérie, ce sera à toi de les découvrir.

Il avait raison. Elle était intelligente et apprenait vite. Elle était capable de presque tout faire, pour peu qu'elle le décide.

Quant à Trevor ? Il était encore si jeune qu'un déménagement n'aurait pas beaucoup d'incidence pour lui. Ce n'était pas comme s'il allait à l'école et qu'il devait abandonner des copains.

Puis elle pensa à Lani.

— Mon Dieu, mais en partant je…

— Qu'est-ce qui t'inquiète ?

— Je perdrai ma meilleure amie.

— Tu ne la perdrais pas. Une amie reste une amie, quels que soient les kilomètres entre vous. Et, qui sait ? Si tu lui demandais de venir avec nous, peut-être qu'elle accepterait.

— Lani pourrait venir aussi ? Ça ne t'ennuierait pas ?

— Bien sûr que non. Elle me plaît beaucoup, pour le peu que je connais d'elle. Et je veux que tu sois heureuse. Si pour cela il te faut Lani, je veux que tu aies ta chère amie auprès de toi.

— Elle risque de trouver l'idée intéressante. Elle écrit, je te l'ai dit ?

— Non, je ne crois pas.

— En ce moment, elle travaille à un roman. Montedoro pourrait l'inspirer. Et puis le dépaysement, c'est une expérience à vivre, pour un écrivain. Pourquoi pas… ?

— Alors, pose-lui la question.

Il l'embrassa de nouveau sur la joue.

Mais, comme cela ne lui suffisait pas, elle tourna la tête pour que leurs lèvres se rencontrent.

Embrasser Rule lui donnait un avant-goût de paradis. Il la repoussa sur les oreillers, sans cesser ses baisers. Elle aurait voulu que cela continue, mais il était plus de 3 heures du matin en ce jour qu'elle commençait à voir comme celui de ses noces.

Et elle avait des tonnes de choses à faire, avant qu'ils ne s'envolent pour Las Vegas. Elle le repoussa doucement.

— Tu veux vraiment qu'on prenne l'avion aujourd'hui ?

— Oui, c'est mon vœu le plus cher. Sois ma femme, Sydney. Fais de moi l'homme le plus heureux du monde. Amène avec toi ton bel enfant et ta merveilleuse amie, et marions-nous aujourd'hui. Ensuite, viens vivre avec moi à Montedoro.

Elle leva la main vers sa bouche. Comme elle aimait le toucher ! D'un geste léger, elle lissa ses cheveux d'ébène. Tout lui plaisait en Rule. Et elle se sentait prête à sauter le pas, à changer de vie.

Il était temps pour elle de parier sur l'amour.

Les yeux brillants, il reprit la parole.

— A mon avis, Trevor serait ravi qu'on se marie. Je sais que tu lui donnes déjà beaucoup, que grâce à toi il prendra un excellent départ dans la vie. Mais, si nous sommes ensemble, on pourra lui offrir davantage encore. Déjà, tu pourras lui consacrer plus de temps, planifier tes activités en fonction de lui, pendant les années où la présence d'une mère est essentielle. Et j'espère qu'ensuite, tu voudras bien qu'on étudie la possibilité que je l'adopte.

Existait-il un homme plus fabuleux sur terre ?

— Tu aimerais adopter Trev ?

— Oui, beaucoup. Et j'espère aussi qu'on pourra avoir d'autres enfants. Pas huit, promis. Mais un ou deux… ?

— Rule…

— Dis « oui ».

Sous la main qu'elle avait posée sur son torse, elle percevait le battement régulier de son cœur.

— Il me faudra du temps avant de pouvoir quitter Dallas. Je dois donner un préavis raisonnable à mes associés. Je ne peux pas les laisser en plan, même si je suis prête à partir. Ce serait incorrect.

— Deux semaines, ça te semble possible ?

— Sûrement pas, s'exclama-t-elle. Les dossiers

doivent être répartis, les clients réaffectés. J'envisageais plutôt trois mois, à condition de mettre les bouchées doubles.

— Et si j'apportais de nouveaux clients au cabinet, de gros clients, comme une… compensation à ton départ précipité ?

Il cita deux grosses compagnies pétrolières, un important distributeur de produits sanitaires et une banque européenne qui possédait des filiales aux Etats-Unis.

Interloquée, elle finit quand même par demander :

— Tu es sérieux ? Tu peux nous fournir ces gens-là ?

— Oui. J'ai de nombreuses relations dans le monde entier. Si ça ne marche pas avec les entreprises que je viens de te citer, j'en connais encore d'autres, du même acabit. Je vais travailler sur une liste de clients potentiels, dans les prochains jours. Et j'organiserai les présentations, bien entendu. Tu risques d'être surprise de la vitesse à laquelle les choses s'arrangeront avec Teale, Gayle & Prosser dès qu'ils sauront quel chiffre d'affaires tu leur offres avant de partir.

Il avait raison. Cela ferait toute la différence si elle leur amenait de gros clients.

— Deux semaines, c'est trop court. Mais, si tu nous déniches les bons clients, je ferai de mon mieux. Je devrais y arriver en un mois… Normalement.

Son beau visage s'illumina.

— Je crois que tu viens de dire « oui ».

Elle prononça alors le mot à voix haute.

— Oui. Oui, Rule. Oui.

Puis elle jeta les bras autour de son cou et laissa ses baisers exprimer le reste.

— Eh bien, Syd, quand tu te lances avec un homme, tu te lances pour de vrai !

Lani, encore tout ensommeillée, hochait la tête en cherchant ses lunettes. Mais au moins elle souriait.

Il était 5 heures et quart, autrement dit bien tôt pour se réveiller, un dimanche matin. Aussitôt rentrée, Sydney s'était dirigée droit vers la chambre de Lani, sur le lit de laquelle elles se trouvaient désormais assises, toutes les deux. Rule avait annoncé qu'il viendrait les chercher à 8 heures, et Sydney avait promis que tout le monde serait prêt. Un avion privé les attendrait à l'aéroport. Etre un prince riche aidait, quand on voulait filer à Las Vegas au pied levé.

— Dis-moi franchement, Lani, tu ne penses pas que je suis folle ? demanda-t-elle, soudain pleine d'appréhension.

— Pas du tout. J'ai su que c'était le bon à la seconde où je l'ai vu.

— Ah oui ?

— Oui. Sérieusement, Syd. Ce type est fait pour toi.

— Dans mes fantasmes les plus délirants, oui.

— Mais les fantasmes deviennent parfois réalité. Il est intelligent, charmant et raffiné. Grand, brun, beau comme un dieu. Et je pense sincèrement que c'est un homme bien. En prime, c'est un prince. Et il faut le voir avec Trevor ! Il est formidable avec lui. Tu as remarqué comme ils se ressemblent ? On dirait le père et le fils.

Sydney émit un petit rire.

— J'avais remarqué, en effet.

— Je fonctionne à l'instinct, poursuivit Lani. Tu le sais. Et mon instinct me dit qu'avec Rule, tu fais le bon choix.

— Tu es la meilleure amie du monde, s'exclama Sydney en souriant jusqu'aux oreilles.

— Et réciproquement.

— Dis-moi que tu nous accompagnes à Las Vegas, je t'en prie.

— Evidemment ! Comme si j'allais rater ça !

Sydney serra très fort son amie dans ses bras.

— Si tu savais comme je suis contente !

— Je prépare des bagages pour combien de temps ? demanda ensuite Lani.

— Juste pour une nuit. Je prends ma journée demain. Mais mardi, je retourne au bureau et je commence à tout organiser pour mon départ.

— Seigneur, quand je pense que tu épouses un prince et que tu déménages en Europe ! Je n'y crois pas. Enfin, si, mais c'est dément.

Sydney éclata d'un rire joyeux.

— J'ai du mal, moi aussi. Je dois me pincer pour y croire. Est-ce que tout ça est vraiment réel ?

— Mais bien sûr que ça l'est ! Montre-moi encore la bague. Elle est somptueuse, ma chérie. Absolument splendide, s'enthousiasma Lani, avant de poursuivre, plus tristement : Mais tu vas terriblement me manquer, tu sais. Et Trev aussi. Mon Dieu, comment je vais survivre sans lui ?

Sydney avait la réponse.

— On ne te manquera pas si tu viens avec nous.

— Venir avec vous ? Tu veux dire, de façon permanente ?

— Oui, Lani. J'adorerais.

Son amie battit des cils.

— Tu es sérieuse ?

— On ne peut plus sérieuse. J'en ai déjà discuté avec Rule. Il est tout à fait d'accord. Et je serais heureuse que tu sois là… Enfin, à condition que l'idée te convienne.

— Vivre à Montedoro, avec ma meilleure amie, qui sera l'épouse du prince ? Ça pourrait m'intéresser, en effet…

— Je te reconnais bien là. Mais ne décide pas tout de suite. Prends ton temps, réfléchis bien. Et ne te sens pas obligée d'accepter si ça ne te dit rien.

Lani lui passa un bras affectueux autour des épaules.

— Je vais y réfléchir. Mais merci, en tout cas.

— Ne me remercie pas ! Tu me manqueras affreusement si tu décides de rester ici. Si tu viens, c'est moi qui te serai reconnaissante.

— Bon. On ferait bien de se dépêcher si on veut être prêtes pour 8 heures.

Rule avait de la famille à Las Vegas. Aaron et Fletcher Bravo dirigeaient deux hôtels-casinos. Rule était leur cousin au second degré, son grand-père James étant le frère du leur, Jonas.

— Fletcher et Aaron sont demi-frères, expliqua-t-il à Sydney pendant le vol. Ils ont des mères différentes, mais sont tous deux des fils de Blake Bravo.

— Excuse-moi. LE Blake Bravo ?

— Tu as donc entendu parler du tristement célèbre Blake ?

Elle acquiesça.

— Il est mort en Oklahoma, il y a une dizaine d'années. L'affaire a fait la une de tous les journaux du Texas, à l'époque. Il avait plutôt mauvaise réputation.

— En effet. Kidnapper le fils de son frère pour une fortune en diamants, se marier X fois…, ça ne fait pas très bon genre.

Outre cette histoire de kidnapping, Blake Bravo avait été un champion de la polygamie, épousant des femmes dans tout le pays, sans jamais divorcer d'aucune, chaque femme ignorant l'existence des autres.

— Un homme très occupé, ce Blake, ironisa Sydney.

— « Occupé » n'est pas le terme que j'aurais choisi. Mais enfin, bref, Aaron et Fletcher sont ses fils.

Le vol dura un peu moins de trois heures, mais, comme ils en gagnèrent également trois grâce au décalage horaire, ils atterrirent à McCarran Airport peu après 10 heures du matin.

Une limousine les attendait. Après avoir chargé les bagages, le chauffeur les conduisit au High Sierra Resort and Casino. Le garde du corps les accompagnait depuis Dallas.

Aaron Bravo était le directeur du High Sierra. Son

établissement se trouvait sur Las Vegas Boulevard, juste en face de l'Impresario Resort and Casino, que dirigeait Fletcher. Les deux complexes gigantesques étaient reliés par une passerelle de verre qui surplombait le Strip, au niveau du cinquième étage.

Aaron les accueillit dans le hall de son hôtel. Grand, mince, brun, c'était un homme très attirant, même si son visage aux traits anguleux et forts ne répondait pas aux canons d'une beauté classique. Il se déclara ravi de rencontrer Sydney, Lani et Trevor. Puis il leur présenta sa femme, Celia, une rousse aux grands yeux noisette, aussi jolie que chaleureuse.

Celia les conduisit dans leur suite, qui comprenait sa propre cuisine, un vaste séjour et quatre chambres. Le garde du corps, dénommé Joseph, occupait la chambre voisine.

La première chose qu'ils avaient à faire, c'était d'obtenir l'autorisation de mariage. Lani resta avec Trevor, tandis que Sydney, Rule et Joseph se rendaient au bureau matrimonial de Las Vegas. Une heure plus tard, ils regagnèrent la suite, où Trev jouait avec ses camions tandis que Lani, allongée sur le canapé, travaillait sur son ordinateur portable.

— Tu es prête pour te faire dorloter ? demanda-t-elle à Sidney. D'après Celia, le spa de l'hôtel propose des soins complets.

— Allez-y toutes les deux, dit Rule. Le mariage n'est qu'à 16 heures. Je m'occuperai de Trevor.

Sydney hésita. Comme c'était étrange. Elle était sur le point d'épouser cet homme merveilleux, et pourtant elle éprouvait de la réticence à lui confier son fils.

Non, sa réaction n'avait rien d'anormal. Une chose était de se fier à son cœur, mais laisser son enfant à quelqu'un pour la première fois en était une autre. Même si ce quelqu'un était Rule, qui se comportait merveilleusement avec Trevor.

— Ce sera sans moi, objecta Lani. Je suis en plein chapitre, et je ne veux surtout pas m'arrêter, maintenant que j'ai de l'inspiration. Vas-y, Syd. Je reste.

— Rou ! cria Trev. Viens. Nous joue aux camions !

Rule et Lani demeurèrent donc tous les deux avec Trevor, et Sydney descendit seule au spa. En chemin, elle commanda un bouquet de roses jaunes au fleuriste de l'hôtel, qu'elle prendrait en personne, dans quelques heures. Elle demanda également qu'on fasse monter dans la suite une rose jaune pour la boutonnière de Rule.

Elle décida de commencer par un massage aux pierres chaudes. Puis elle enchaîna la totale : manucure, pédicure, coiffeur, avant de se confier aux soins experts de la maquilleuse.

Lorsqu'elle fut impeccable — ongles faits, boucles brillantes et maquillage parfait —, Celia apparut, accompagnée d'une superbe petite brune : il s'agissait de Cleo, la femme de Fletcher. Elles l'emmenèrent dans la boutique de mariage toute proche.

Sydney choisit une simple robe de soie blanche, ajustée et sans manches, un voile court, et des chaussures à plate-forme en satin ivoire, ornées d'un nœud sur le côté. Elle quitta la boutique en habit de mariée, et Celia fit renvoyer sa tenue de ville dans la suite. Elles s'arrêtèrent ensuite pour récupérer le bouquet chez le fleuriste.

Elles arrivèrent un peu en avance dans la petite chapelle de l'hôtel, où devait se dérouler la cérémonie de mariage. Comme Sydney attendait dans le vestibule que *La Marche nuptiale* débute, elle en profita pour jeter un coup d'œil à l'intérieur.

Le reste de la modeste assemblée s'y trouvait déjà : Lani, qui tenait Trev dans ses bras, Aaron et un autre homme brun, de toute évidence Fletcher, le mari de Cleo. Elle le voyait de profil et remarqua l'air de famille entre Aaron et lui, ainsi qu'avec Rule.

Son futur époux se tenait devant l'autel, en compagnie du juge de paix. Il était fabuleusement beau, comme toujours, dans son costume de soie noire, rehaussé du bleu cobalt de sa cravate sur une chemise couleur de ciel d'été. Au revers de son veston rayonnait la rose jaune qu'elle lui avait envoyée.

Il lui avait suffi de voir Rule pour que son cœur se mette à battre plus vite. Elle sourit intérieurement, songeant à toutes ces années où elle avait été certaine de ne jamais le trouver, l'homme bien, solide, intelligent, drôle et vrai que son cœur recherchait. Qu'il soit par-dessus le marché un authentique prince, un vrai régal pour les yeux et qu'il possède une voix qui la faisait fondre…, c'était la cerise sur le gâteau.

Il était fait pour elle. Avec lui, elle se sentait belle, audacieuse et excitante — ou peut-être la voyait-il ainsi, et que cela suffisait. Quelle importance ? Avec lui, elle aurait tout. Et elle était impatiente que leur nouvelle vie commence.

Ce qu'il lui aurait fallu pour que cette journée soit encore plus parfaite, c'était la présence de sa grand-mère.

Cleo l'aida à mettre son voile en place.

Puis *La Marche nuptiale* retentit.

Le sourire aux lèvres, le cœur empli de son nouvel amour, Sydney remonta l'allée vers son futur mari. Elle était absolument certaine de faire le bon choix en épousant un homme qui voyait par-delà les murs qu'elle avait érigés pour protéger son cœur blessé. C'était un homme qui l'avait aimée dès le premier regard et qui voulait être un père pour son fils. Et finalement, les réticences qu'il avait eues à révéler son rang princier étaient à mettre à son crédit. Elles révélaient l'homme d'honneur qu'il était.

Un homme qui n'avait pas une once de duperie en lui.

- 7 -

— Je vous déclare mari et femme, annonça le juge de paix. Vous pouvez embrasser la mariée.

Les yeux rivés sur les siens, Rule souleva son voile et le releva.

Puis il l'attira à lui et lui donna un baiser empli d'une merveilleuse tendresse. Un baiser qui lui promettait amour et dévotion, un avenir radieux ensemble. Comme elle aurait voulu que cet instant magique dure éternellement !

Après la cérémonie, ils allèrent dîner dans une salle privée du plus beau restaurant du High Sierra. Six enfants rejoignirent la compagnie. Celia et Aaron en avaient trois, tout comme Cleo et Fletcher. Le repas fut sensationnel, et la compagnie davantage encore.

Aaron et Fletcher portèrent des toasts chaleureux et, lorsque les enfants eurent fini de manger, on leur donna la permission de se lever de table et d'aller jouer. Leurs rires joyeux égayèrent toute l'assemblée. Trev était ravi. Il s'était entiché d'Ashlyn, la fille aînée de Cleo et Fletcher. Il la suivait partout, lui offrait des sourires éblouissants dès qu'elle regardait dans sa direction. Ashlyn connaissait en outre plusieurs comptines Toc toc, qu'elle tenta patiemment de lui apprendre, ce qui le mit au comble de la joie.

Bien entendu, il y eut un magnifique gâteau, à trois étages, surmonté d'une couronne de boutons de roses jaunes. Celia photographia les jeunes mariés en train d'échanger une grosse bouchée de la délicieuse pâtisserie.

S'arrachant à sa passion pour Ashlyn, Trevor les rejoignit.

— Rou, maman, gâteau !

Rule souleva son fils qui riait de plaisir.

— Rou, bisou ! réclama-t-il, avançant sa petite bouche.

Rule s'exécuta, et Trev rit encore plus fort. Puis il se tourna vers sa mère.

— Gâteau, maman !

— Gâteau, s'il te plaît ? suggéra-t-elle.

— Oui, te plaît !

Elle lui donna quelques bouchées de gâteau tandis que Celia prenait d'autres photos. Ensuite, ils servirent des parts de gâteau au reste de l'assemblée. Les enfants devinrent silencieux — du moins le temps de dévorer leur dessert.

Tout le monde s'attarda après le repas, personne n'était pressé de mettre un terme à cette agréable soirée. Les adultes bavardèrent, les enfants retournèrent courir autour des tables en poussant des cris de joie.

Les plus jeunes finirent néanmoins par se fatiguer et devenir difficiles. Lani annonça qu'elle montait Trev dans la suite. Sydney proposa de le faire elle-même, mais son amie déclara que de toute façon, elle souhaitait poursuivre la rédaction de son roman. S'occuper de Trevor et travailler en même temps ne lui posait aucun problème, elle le faisait souvent.

Peu après, Cleo et Celia regroupèrent leurs progénitures respectives et regagnèrent l'appartement qui était à la disposition de chaque famille dans le complexe hôtelier.

Aaron et Fletcher durent ainsi jouer les hôtes des nouveaux mariés. Les hommes discutèrent affaires un moment, notamment des oranges de Montedoro, que les Bravo consentirent à ajouter à la corbeille de fruits de bienvenue qu'ils plaçaient dans les suites de luxe.

Rule invita ses cousins et leur famille à Montedoro, ce qu'ils acceptèrent de bon cœur. Ils logeraient au palais princier et visiteraient le superbe casino de la Colline d'Ambre.

Finalement, après leur avoir adressé eux aussi leurs vœux de bonheur, les demi-frères partirent rejoindre leur famille. Rule et Sydney se retrouvèrent enfin seuls dans la salle de réception.

Il l'attira dans ses bras pour l'embrasser avec douceur.

— Ma femme, murmura-t-il. Ma princesse à moi.

Elle éclata de rire.

— Il me suffit de t'épouser pour devenir une princesse ?

Saisissant sa main, il la posa sur sa poitrine.

— Et tu régneras toujours sur mon cœur.

— Quel charmeur ! répliqua-t-elle, aux anges.

Puis elle fronça les sourcils.

— Qu'y a-t-il ? demanda-t-il.

— Ta mère, la princesse. Ta famille. Ils vont être surpris.

— Heureusement surpris.

— Tu… ne leur as encore rien dit à mon sujet ?

— Juste à mon père. Il sait… tout. Et à cette heure, il aura informé ma mère que j'ai épousé la femme de ma vie.

Elle étudia son visage.

— Ta façon de dire « il sait tout » est un peu mystérieuse.

D'un geste tendre, il remit une mèche derrière son oreille.

— Pas mystérieuse du tout. Je lui ai parlé ce matin, avant de venir vous chercher pour l'aéroport. Il nous souhaite tout le bonheur du monde et s'est déclaré impatient de rencontrer sa nouvelle belle-fille et son nouveau petit-fils.

— Il n'est pas trop déçu que tu n'épouses pas la princesse Lili ?

Il suivit du bout des doigts le décolleté de sa robe de mariée, faisant naître des frissons d'excitation dans tout son corps.

— Mon père croit dur comme fer au mariage d'amour. Il veut que je sois heureux. Et il a compris que je le serai, avec toi.

— Et ta mère ?

— Je sais qu'elle sera heureuse pour moi, elle aussi.

De nouveau, il l'embrassa, avec passion, avec une fougue qui lui fit tourner la tête et rendit son corps languide.

— Si on allait tenter notre chance au casino ? proposa-t-il quand enfin il ôta sa bouche de la sienne.

— Je suis très mauvaise aux jeux de hasard.

— Ne dis jamais ça. Dame Chance pourrait t'entendre.

Ils confièrent au serveur le soin de remonter dans la suite son bouquet, son voile, ainsi que la rose de Rule, qu'elle dégrafa de sa boutonnière avec le sentiment grisant qu'il lui appartenait, désormais.

— Le gâteau aussi, ajouta-t-elle. Montez-le. Je veux manger le reste.

Puis ils prirent la passerelle vitrée qui franchissait le Strip en direction de l'Impresario, qui reproduisait le Moulin-Rouge parisien, tout en noir, rouge et or. Ils jouèrent à la roulette durant deux heures, et elle se surprit à gagner. Quand ils quittèrent la table, elle avait amassé plus de mille dollars.

Apercevant Joseph à quelques pas d'eux, elle se pencha pour chuchoter à l'oreille de Rule :

— Joseph nous suit.

— Joseph nous suit toujours. C'est son travail.

— Tu veux dire que chaque fois que je suis sortie avec toi… ?

— Effectivement. Joseph n'était pas loin.

— Je ne l'avais jamais remarqué, avant.

— Tu n'es pas censée le remarquer. Il est payé pour être invisible, sauf cas de force majeure.

— Eh bien, il est très fort.

— Il sera content de l'apprendre. Joseph tire une grande fierté de son travail. A quoi veux-tu jouer, maintenant ?

Ils passèrent un bon moment au black-jack, où

elle gagna encore. Mais, à 22 heures, ils décidèrent de rentrer.

— Tu es chanceuse, tout compte fait, indiqua-t-il.

— C'est toi qui me portes chance.

Il avait le bras autour de sa taille, et il s'immobilisa un instant pour la serrer contre lui, là, au beau milieu de l'allée qui menait aux ascenseurs. Leurs lèvres se rencontrèrent.

Et la lumière d'un flash les éblouit.

— Je vois des étoiles, lâcha-t-elle en riant.

Mais Rule ne souriait pas.

— Les chacals sont à nos trousses, gronda-t-il.

— Pardon ?

— Les paparazzi. On doit y aller. Viens vite.

Il l'entraîna rapidement vers les ascenseurs. D'autres flashes crépitèrent.

Un homme au crâne dégarni, en pantalon moulant, chemise noire et grosse chaîne en or autour du cou, leur coupa la route. Il brandit un micro devant le visage de Rule, et se mit à débiter tout un tas de questions, pressant le pas pour rester à leur hauteur.

— Votre séjour en Amérique vous plaît, Votre Altesse ? Qui est cette dame en blanc ? C'est une bague de mariage que je vois à son doigt ?

— Vous m'excuserez, mais je n'ai rien à vous dire, déclara Rule, laconique.

Et Joseph surgit sur ces entrefaites. Il attrapa le bonhomme au micro, qui s'écarta en trébuchant.

Rule continua sur sa lancée. Ils atteignirent les ascenseurs et, par miracle, l'un d'eux s'ouvrit aussitôt. Il la poussa à l'intérieur, appuya sur le bouton du cinquième, et les portes se refermèrent.

— Ouf, dit-elle en riant un peu. Nous voilà sauvés.

— J'aurais dû deviner qu'ils nous repéreraient, répliqua-t-il, la mine sombre.

Un instant plus tard, ils quittaient l'ascenseur, et Rule avait déjà repris sa main. Joseph les rattrapa au milieu de la passerelle.

— C'est arrangé ? demanda Rule à voix basse.

— Trop d'appareils photo, répondit le garde du corps, dont le visage resta de marbre alors même qu'il parlait sur un ton fort doux. Ils ont refusé de négocier, et sont partis avec les clichés qu'ils ont pris.

Rule jura entre ses dents.

Arrivés au High Sierra, ils montèrent dans un nouvel ascenseur. Avant qu'ils en ressortent, quelques étages plus haut, Joseph vérifia d'abord que la voie était libre.

— Tout va bien, annonça-t-il.

En hâte, ils longèrent le couloir jusqu'à leur suite, où ils s'engouffrèrent tandis que Joseph entrait dans la chambre voisine.

La suite était silencieuse. Trevor devait dormir depuis longtemps, et Lani, s'être retirée dans sa chambre. Elle leur avait laissé une lumière dans le vestibule.

Sydney s'adossa à la porte.

— Eh bien ! s'exclama-t-elle. Quelle aventure !

Rule l'embrassa, d'abord avec fougue, puis tendrement.

— Je suis désolé, murmura-t-il.

— Pourquoi ? J'ai trouvé ça amusant.

— J'aurais dû savoir que c'était risqué de t'emmener au casino et d'y rester plusieurs heures. On allait forcément nous y repérer.

Elle caressa ses beaux cheveux noirs et soyeux.

— Ce n'est pas la fin du monde si nos photos finissent dans un tabloïd, si ?

— Dans ma famille, on préfère contrôler les informations.

— Ce qui signifie ?

— J'espérais pouvoir garder notre mariage secret pendant les prochaines semaines, jusqu'à ce que tu sois auprès de moi, à Montedoro. On aurait rédigé un avis discret et minutieux à ce moment-là. Et les photos auraient été prises par le photographe du palais, sélectionnées par nous.

— Quoi ? Un cliché de toi et moi cavalant dans un couloir, la bouche ouverte de surprise, ce n'est pas assez discret, pour toi ?

Il éclata de rire, mais son regard restait préoccupé.

— Non, pas vraiment.

Souriante, elle redressa le col de sa chemise.

— Ecoute, peu importe, c'était drôle. Pour ma part, je me suis tellement amusée que ça vaut bien quelques photos moches dans une feuille de chou. En plus, j'ai gagné deux mille dollars, moi qui ne gagne jamais rien. Ça me rend folle de joie. Il me suffit de t'épouser, et brusquement c'est comme si j'avais un trèfle à quatre feuilles tatoué sur le front.

Il la contemplait de nouveau, de cette manière sexy et adorable qui faisait papillonner son ventre.

— Il n'y a aucun trèfle à quatre feuilles sur ton front, murmura-t-il en embrassant l'endroit où le porte-bonheur était censé se trouver.

— Si. Sauf que tu ne le vois pas, répliqua-t-elle, le souffle court, tout émue. J'avais commandé un tatouage invisible.

— Attends. Mais oui, je le vois, effectivement, constata-t-il d'une voix tendre.

Puis il poursuivit son chemin entre ses sourcils, promenant ses lèvres merveilleuses le long de son nez, sur sa bouche, son menton.

— Je suis content que tu te sois amusée, en tout cas, ajouta-t-il avant de l'embrasser avec passion.

Heureusement qu'elle avait la porte pour rester debout, car ses genoux flageolaient. Mais elle n'eut pas à tenir longtemps. Sans cesser ses baisers, il la souleva et la porta dans leur chambre.

Le serveur avait fait ce qu'on lui avait demandé. Sur la table du salon, elle aperçut au passage le gâteau, son voile, les fleurs… Elle sourit au moment où ils franchissaient le seuil de la chambre. Deux flûtes de cristal flanquaient un seau à champagne, sur une longue table basse. Le lit était ouvert, comme une invitation à l'amour.

Rule la remit sur ses pieds, la fit pivoter, puis abaissa la fermeture Eclair de sa robe. Elle s'éloigna à l'autre bout de la pièce et l'ôta sous son regard attentif, avant de quitter aussi ses escarpins, ses sous-vêtements, ses boucles d'oreilles, le collier de perles que lui avait légué sa grand-mère, et la jarretelle de dentelle bleue fournie par la boutique de mariage. Enfin, elle se retourna vers lui, vêtue de son seul sourire, et lança d'une voix mutine :

— A ton tour.

— Ne bouge pas, grogna-t-il. Je reviens.

La chambre comprenait un dressing. Il y disparut un instant, et revint avec deux préservatifs qu'il posa sur le lit.

— On n'en a pas besoin, dit-elle doucement.

Les yeux de Rule étincelèrent — de joie ? de triomphe ?

— Tu es sûre ? demanda-t-il pourtant, très sérieux.

— Sûre et certaine. Nous voulons tous les deux des enfants. Je pense que le moment est parfait pour nous y mettre.

— Sydney O'Shea Bravo-Calabretti, tu m'émerveilles.

Elle aima la sonorité de son nouveau nom dans sa bouche. Et elle n'avait aucun doute. Pas le moindre.

— Je sais ce que je veux, mon chéri. Je te veux, toi. Je veux former une famille avec Trev et toi. Et, comme je suis gourmande, je veux aussi d'autres bébés.

Il fit un pas vers elle, mais elle le retint.

— Tes vêtements. Ote-les tous. S'il te plaît.

Sans plus discuter, il se déshabilla en un tournemain, jetant son magnifique costume sur la première chaise venue. Il avait un corps à la fois si fin et si fort. Le regarder suffisait à lui couper le souffle. Elle alla vers lui, entre ses bras. Rien au monde n'était meilleur que de sentir sa chaleur contre sa peau.

Il lui caressa lentement les cheveux, le dos.

— Ce soir, je suis l'homme le plus heureux de la terre.

— Et moi donc…

Il l'embrassa partout. Chaque courbe, chaque recoin secret de son corps, même le creux de ses genoux ou le pli de ses coudes reçut les baisers passionnés de son époux. Il embrassa ses seins, son ventre, plus bas, jusqu'à ce qu'elle explose en gémissant son nom.

Elle soupirait encore de plaisir quand il remonta le long de son corps. D'un coup, il fut là, là où elle le voulait. Elle l'accueillit en elle, dans son corps ouvert à l'image de son cœur et de son âme, et elle s'abandonna lorsqu'il la pénétra, avec joie et sérénité.

Non, rien ne pouvait être meilleur.

Finalement, elle avait trouvé l'homme qu'elle souhaitait pour traverser la vie — ou plutôt, c'était lui qui l'avait trouvée, elle.

Et rien ne pourrait jamais les séparer.

Rule ne savait pas bien ce qui l'avait réveillé.

Un sentiment général de malaise, peut-être. Il regarda Sidney endormie près de lui. La chambre était plongée dans la pénombre, mais il entendait sa respiration légère, si apaisée. Il percevait aussi ses traits, à peine. Un doux sourire flottait sur son visage.

Elle lui plaisait énormément et sous beaucoup d'aspects.

Non, elle n'allait pas être contente en apprenant la vérité. Mais c'était une femme très intelligente. Et l'alchimie entre eux était réelle. Le moment venu, elle lui pardonnerait sûrement de l'avoir déçue. Il lui expliquerait de manière rationnelle pourquoi il avait fait ça. Elle verrait bien que, même s'il ne s'était pas montré tout à fait honnête avec elle, tout s'était arrangé pour le mieux. Elle désirait être avec lui, et lui avec elle et l'enfant. Ils surmonteraient la découverte de son secret et passeraient à autre chose.

Il avait envie de la toucher, de l'embrasser, de lui refaire l'amour. Quand il la touchait, il pouvait oublier qu'il l'avait épousée sans tout lui dire.

Mais il ne voulait pas la déranger. Autant lui laisser quelques heures de sommeil ininterrompu.

Allongé sur le dos, il laissa son regard errer dans le noir, mécontent de lui-même, se demandant pourquoi ce problème l'obsédait tant. Cela ne servait à rien ni à personne. De toute façon, il ne lui révélerait pas la vérité avant longtemps.

Peut-être même jamais.

Durant les dernières vingt-quatre heures, il s'était surpris à penser qu'aucune raison réelle ne justifiait qu'elle sache…

Sauf qu'il s'était toujours considéré comme un homme honnête. Et ce mensonge entre eux sapait l'idée qu'il se faisait de son propre caractère et de sa volonté de franchise.

Ce qui s'avérait plutôt ironique, s'il y réfléchissait bien. Il avait choisi de mentir quand il s'était rendu compte qu'il voulait Sydney pour femme. Mieux valait lui cacher la vérité s'il voulait parvenir à ses fins. Mais, par voie de conséquence, cela signifiait que son honnêteté n'était qu'un mensonge de plus.

A force de ressasser tout cela, il en avait la migraine. Surtout qu'il était trop tard pour revenir en arrière.

Il entendit le bourdonnement de son téléphone

portable dans la poche de son pantalon, sur la chaise toute proche.

Pour ne pas réveiller Sydney, il quitta le lit avec d'infinies précautions. Le temps qu'il atteigne la chaise, le bourdonnement avait cessé. Il attrapa son portable et gagna la salle de bains sur la pointe des pieds.

C'était son père qui l'avait appelé et qui avait laissé un message vocal.

« Rule. Rappelle-moi dès que tu as ce message. On doit se parler au sujet de Liliana. »

Lili. Que pouvait-il bien y avoir, encore ?

Avec les neuf heures de décalage, il devait être environ midi à Montedoro, soit le moment idéal pour téléphoner.

Mais pas depuis la salle de bains, où Sydney risquait de l'entendre et de le rejoindre.

Aussi retourna-t-il dans la chambre obscure, où son épouse dormait toujours profondément. Il enfila son pantalon, ouvrit doucement la porte et se glissa dehors.

La suite était prolongée d'un grand balcon. Il sortit dans la nuit chaude du désert et repoussa la baie vitrée, avant de se laisser tomber dans un fauteuil.

Son père décrocha à la première sonnerie.

— Des félicitations s'imposent, si j'ai bien compris ?

— Merci. Je suis très heureux.

— Comment est l'enfant ?

— Trevor, il est… c'est une révélation. Plus que je n'aurais pu l'espérer. Attends de le voir toi-même.

— Je brûle d'impatience. Quand nous les ramènes-tu ici ?

— Sydney dit avoir besoin d'un mois. Je vais rentrer une semaine pour m'occuper de mes engagements à Montedoro, et ensuite je reviendrai l'aider pour la transition.

— J'ai appris que tu avais eu une prise de bec avec la presse.

Inutile de demander comment son père était au courant. L'information pouvait venir de Joseph, ou d'autres sources encore.

— Oui. Ils sont partis avec des photos, et ils ont rassemblé les éléments — la robe blanche de Sydney, sa bague de fiançailles et l'alliance... Même eux, ils vont réussir à faire le lien.

— L'histoire finira vite dans les tabloïd.

— Je sais, soupira Rule, désabusé.

— Liliana réside toujours ici, au palais, poursuivit son père. Elle ignore que tu en as épousé une autre.

— Je sais, répéta Rule.

Il se leva pour s'accouder à la rambarde, et fixa pensivement la piscine en contrebas. L'éclat sinistre des lampes brillait au fond du bassin, les rangées de chaises vides semblaient se désoler.

— Ta mère attend de tes nouvelles. Jusqu'à présent, elle t'avait toujours considéré comme le plus attentionné et le plus fiable de ses enfants.

— Je l'ai déçue.

— Elle s'en remettra, lui assura son père d'un ton plus doux.

— Je compte sur toi pour garder mon secret.

— Je n'ai rien dit à personne, même pas à ta mère.

— J'aurais dû parler à Lili d'abord, par égard pour notre longue amitié — et pour les relations parfois tendues de Montedoro avec Leo, admit Rule avec lassitude.

Le roi Leo était le père colérique de Lili, mais il l'appréciait énormément.

— Cela dit, c'était délicat, reprit-il, vu que je ne l'ai jamais demandée en mariage. Comment m'y prendre pour lui annoncer que je ne le ferai pas ? Et puis, il y a eu un concours de circonstances particulières. Dès que j'ai rencontré Sydney et pris ma décision, j'ai eu l'impression que je devais absolument atteindre mon objectif avant de quitter les Etats-Unis.

— Tu es donc si sûr de cette femme, alors que tu l'as épousée deux jours seulement après l'avoir rencontrée ?

— Oui, acquiesça Rule d'une voix ferme. Sûr et certain.

— Tu voulais vraiment l'épouser, pour elle ? Et pas seulement pour l'enfant ? Tu sens qu'elle… te convient ?

— Oui. Tout à fait.

— Et pourtant, tu n'as pas suffisamment confiance en elle pour lui révéler ce qui est à l'origine de cette situation ?

Rule fronça les sourcils. Son père venait de mettre le doigt sur la plaie. Il rétorqua :

— J'ai fait un choix. Je suis prêt à en assumer les conséquences toute ma vie.

Comme son père restait silencieux, il se prépara à entendre un sermon bien mérité sur le prix à payer pour avoir tenté le destin, commis des actes idiots, irréfléchis et irresponsables, sous prétexte de s'affranchir et d'aider les autres.

Il y avait trois ans de cela, il avait été obsédé par une idée dont il ne mesurait pas toutes les conséquences. Et maintenant, alors qu'il avait enfin trouvé ce qu'il cherchait, il avait menti pour s'assurer le fruit de sa quête. Et il continuait de mentir…

Mais son père se contenta de dire :

— Très bien. Je comprends ton dilemme. Et je compatis. Cependant, il est juste que tu t'expliques auprès de Liliana, les yeux dans les yeux, aussitôt que possible. Elle doit apprendre ton mariage de ta bouche. Elle n'y est pour rien, dans cette histoire.

— Tu as raison. Je prévoyais de rentrer mardi, mais je vais essayer de partir lundi, je veux dire aujourd'hui.

— Fais de ton mieux, mon fils.

Il promit puis raccrocha.

Lorsqu'il pénétra dans la suite, il vit Sydney, les cheveux ébouriffés, ses grands yeux verts assombris de questions. Drapée dans un peignoir en éponge blanche de l'hôtel, elle l'observait derrière la baie vitrée.

- 8 -

Il tournait le dos à la suite durant sa conversation téléphonique. Et il avait parlé à voix basse. Elle n'avait pas pu l'entendre à travers la vitre épaisse.

Tempérant son angoisse qu'elle ait surpris des propos compromettants, il fit coulisser la porte et murmura d'un ton navré :

— Je t'ai réveillée…

— Non, c'est ton absence qui m'a réveillée.

Elle lui prit la main, l'attira à l'intérieur, puis le dévisagea. Aussitôt, il fut submergé par le sentiment qu'il venait de décrire à son père. C'était juste qu'ils soient ensemble, juste qu'il ait enfin osé l'approcher, qu'il ait voulu en faire sa femme. Et il était regrettable qu'à ce sentiment se mêle la crainte des conséquences, très probablement négatives, du jeu dangereux qu'il jouait.

— Quelque chose ne va pas ? demanda-t-elle.

Sans répondre, il l'entraîna dans leur chambre et verrouilla la porte derrière eux.

— Rule ? insista-t-elle, étudiant son expression.

Il prit son visage entre ses mains. Il adorait sa bouche, son nez peut-être un peu grand, qui lui donnait l'air intéressant et plein d'autorité. Il lui avait déjà menti une fois, par omission. Il ne devait plus y avoir de mensonge entre eux.

— Tu vas être en colère contre moi…

— Tu me fais peur, Rule. Dis-moi ce qui se passe. S'il te plaît.

Il reprit sa main et la fit asseoir sur le lit.

— C'était mon père au téléphone. Il me demande de rentrer à Montedoro aujourd'hui. Il pense que je devrais parler à Liliana, que je lui dois une explication, que c'est à moi de lui annoncer que nous ne nous marierons pas ensemble, que je suis déjà marié.

Retirant sa main, elle alla droit au but.

— Et toi, tu en penses quoi, Rule ?

— Que mon père a raison.

Elle passa les doigts dans ses cheveux emmêlés par la nuit. Il avait envie de lui tendre les bras, mais n'osa pas.

— Si je comprends bien, lança-t-elle, la princesse Lili attend toujours que tu lui demandes de t'épouser ?

— C'est la supposition générale. Elle est actuellement invitée au palais. Il serait assez impardonnable de ma part de la laisser apprendre mon mariage dans les tabloïd.

— « Assez » impardonnable ?

— D'accord, impardonnable tout court. Je te l'ai dit, je la considère comme une sœur. Si un homme ne souhaite pas épouser sa sœur, il ne souhaite pas la blesser non plus.

— Je le comprends.

Il tenta de l'enlacer.

— Sydney…

Mais elle s'écarta hors de sa portée.

— Et pourquoi, au juste, espère-t-elle que tu vas l'épouser ?

Ses beaux yeux verts, qui pouvaient être si doux et pleins de désir pour lui, le fixaient à présent avec l'éclat glacé des émeraudes.

— Je t'ai expliqué, elle a toujours cru être amoureuse de moi, c'était déjà comme ça quand on était enfants. Elle m'a toujours admiré, elle m'a… attendu. Et, comme les années ont passé et que je ne me mariais pas, nos deux familles ont décidé que Lili serait un choix parfait à bien des égards puisque, selon la loi, je devrais bientôt prendre femme.

— Pourquoi « à bien des égards » ?

Il réprima un soupir impatient.

— Pour des questions politiques, disons. Au fil des ans, des conflits ont existé de temps à autre entre Montedoro et Alagonia.

— Des guerres ?

— Non. Les petits Etats comme les nôtres s'engagent rarement dans une guerre. Montedoro n'a même pas d'armée de métier. Mais des discordes, des mésententes entre les deux pays. Par exemple, avant de se marier, le roi Leo, le père de Lili, voulait épouser ma mère. Mais elle a refusé. Elle voulait diriger Montedoro et, autant que possible, protéger notre souveraineté. Si elle l'épousait, Leo pourrait avoir des prétentions sur son trône. Et puis, même si elle appréciait Léo, elle n'était pas amoureuse de lui. Or elle désirait un mariage d'amour. Elle s'est arrangée pour que Leo n'ait pas l'occasion de la demander en mariage. Et puis, un peu plus tard, elle a rencontré mon père.

— Ne me dis rien. C'était un coup de foudre ?

Au moins la voix de Sydney était-elle teintée d'humour.

— C'est ce qu'affirme ma mère. Tout comme mon père, d'ailleurs. Ils se sont donc mariés, et le roi Leo, connu pour son caractère emporté, a mis en place des sanctions commerciales pour venger sa fierté bafouée. Mais ensuite, il a rencontré et épousé la mère de Lili, Lady Evelyn DunLyle, une Anglaise. A partir de ce moment-là, il a cessé ses représailles contre ma mère et Montedoro. Sa femme et ma mère sont devenues amies, et malgré la mort de la reine Evelyn, il y a quelques années, les relations entre nos pays sont cordiales depuis près de trente ans. Et tout le monde considère Lili comme un membre de notre famille.

— En fait, si tu avais épousé la princesse, ça aurait renforcé les liens entre vos deux pays. Mais maintenant que tu l'as pour ainsi dire plaquée, si elle va pleurer sur l'épaule de son père, la brouille risque de recommencer.

— Je ne l'ai pas plaquée, objecta-t-il avec humeur. On ne peut pas plaquer une femme avec laquelle il ne s'est jamais rien passé. Je te le jure, Sydney. Je n'ai jamais embrassé Liliana, mis à part quelques baisers fraternels sur la joue.

— Mais elle pense sans doute que tu l'embrasseras un jour pour de vrai, et qu'elle sera ton épouse avant le 24 juin.

— Oui, admit-il à contrecœur. Tu as sans doute raison.

— C'est plutôt triste, non ? Si tu ne l'as jamais

encouragée, pourquoi penserait-elle que tu finiras par la demander en mariage, à moins qu'elle soit idiote, ce qui me semble peu probable ?

— Lili n'est pas idiote. Elle est romantique. Elle est un peu… fantasque.

— Tu veux dire « écervelée » ?

— Bien sûr que non. C'est quelqu'un de bien… De fondamentalement gentil.

— Tu l'as menée en bateau, alors ?

— Non. Je n'aurais jamais fait une chose pareille. J'ai juste… omis de la détromper.

Elle le fixa de ses yeux verts, et il eut la désagréable impression qu'elle lisait dans son esprit, voyait qu'il cherchait des excuses à son comportement.

— Arrête, Rule. Elle était ton atout en réserve. Tu ne l'as jamais encouragée. Mais ce n'était pas nécessaire. Parce qu'elle avait décidé que tu étais l'amour de sa vie, et qu'elle est romantique. Tu te disais que si tu ne rencontrais pas quelqu'un qui… te convienne, tu pourrais toujours épouser Lili au dernier moment, avant ton trente-troisième anniversaire.

— C'est vrai, je le reconnais. C'est exactement ce que j'ai pensé.

Elle lui jeta un regard qui le figea sur place.

— Et c'était minable, Rule. Vraiment minable.

— Oui, Sydney, je le reconnais. Je me sens fautif et je tiens à lui présenter mes excuses en personne.

— J'espère bien, répliqua-t-elle avec une moue de dédain.

Un long silence suivit, durant lequel il évita de la regarder, navré qu'elle soit en colère contre lui.

Mais une chose l'inquiétait encore plus : si elle était en colère à propos de Lili, quelle serait sa réaction, quand elle apprendrait, pour Trevor ?

Il ne cessait de méditer sur ses mensonges et sa lâcheté, au sujet de Trevor et de Lili. Au fond, il n'était sans doute pas l'homme qu'il croyait. Il n'était honnête que quand ça l'arrangeait.

Et ces pensées étaient loin de le rendre fier de lui.

Pire : il se surprit à presque regretter de ne pas lui avoir servi un autre mensonge à l'instant, une excuse quelconque pour lui faire accepter sans mal son retour précipité à Montedoro. Il détestait cette situation. C'était leur nuit de noces, et ils étaient assis côte à côte, au bord du lit, sans se regarder.

— On partira juste après le petit déjeuner, déclara Sydney. Tu peux rentrer directement à Montedoro. Je prendrai un vol commercial avec Lani et Trevor.

— Je vous ramène à Dallas.

— Non, ça ira. Je…

— Si, je vous ramène, la coupa-t-il d'un ton sans réplique. Et je repartirai de là-bas.

Une demi-heure plus tard, ils étaient de nouveau allongés dans la chambre obscure, mais se tournant le dos. C'était bien que Rule aille faire la paix avec la femme à laquelle il avait donné de faux espoirs.

Mais Sidney avait beau le savoir, cela ne lui plaisait pas. Rule la décevait, et la rendait furieuse. A cause de lui, leur nuit de noces se terminait en fiasco.

Elle venait d'épouser son prince charmant, au sens littéral du terme, certaine qu'il était l'homme parfait. Et voilà qu'au lendemain de leur mariage, il devait l'abandonner pour s'envoler dans son pays et s'excuser auprès de celle que tout le monde lui voyait épouser. Une femme que Rule affirmait aimer comme une sœur, une femme ravissante, délicate et romantique.

Peut-être que son prince n'était pas si parfait, après tout. Peut-être aurait-elle dû ralentir les choses, se donner un peu de temps pour s'assurer que l'épouser n'était pas une erreur. Elle avait été déçue par le passé, elle aurait dû mieux garder ces chagrins d'amour à l'esprit. Ryan et Peter avaient prouvé qu'en matière sentimentale, son jugement n'était pas le meilleur. Pourtant, vingt-quatre heures — vingt-quatre heures seulement, mon Dieu ! — après avoir rencontré Rule, elle filait l'épouser à Las Vegas.

Serait-elle totalement stupide, tout compte fait ? Une fois de plus, elle avait suivi son cœur. Résultat ? Elle terminait sa nuit de noces roulée en boule au bord du lit.

Puis la vérité surgit, douce et apaisante comme de l'eau fraîche sur une plaie. Rule n'était pas Ryan ou Peter. Il ne lui avait pas menti, ne l'avait pas manipulée.

Il lui avait parlé en toute honnêteté de la princesse Liliana samedi soir, avant de la demander en mariage. Et, lorsque son père l'avait rappelé au palais pour qu'il mette les choses au clair avec Lili, Rule ne lui avait pas menti sur la raison de ce retour, alors même qu'il aurait pu facilement inventer un prétexte quelconque. Elle savait qu'il avait des responsabilités à Montedoro, et elle aurait accepté n'importe quelle histoire crédible justifiant l'urgence de son départ.

Mais il n'avait pas menti. Il avait choisi la franchise, ce qui prouvait qu'il était intègre. Il lui avait dit la vérité, même si celle-ci ne le montrait pas sous son meilleur jour.

D'un coup, son ventre était moins serré, son cœur moins douloureux.

Lentement, précautionneusement, elle déroula son corps, étira ses jambes puis, avec un soupir, se remit sur le dos.

Elle percevait Rule, qui était allongé près d'elle, immobile. Il ne devait pas dormir non plus, car elle avait l'impression qu'il était figé dans sa tristesse, malheureux de cette situation, tout comme elle.

Ce n'était pas qu'elle lui pardonnait déjà. Il était trop tôt. Pas question qu'elle fonde dans ses bras, avant de l'envoyer rejoindre princesse Lili avec un grand sourire courageux et un tendre baiser d'adieu.

Mais elle pouvait… comprendre la position dans laquelle il se trouvait. Elle pouvait compatir.

Le drap était froid entre eux. Elle posa sa main à plat dessus, puis avança les doigts vers Rule.

Il en fit autant. Leurs doigts se touchèrent, et elle ne retira pas sa main lorsqu'il la prit dans la sienne.

Au bout de quelques minutes, le sommeil revint.

Rule avait prévu qu'une voiture les attendrait à leur arrivée à Dallas. Il quitta son jet privé pour leur dire au revoir, pendant que leurs bagages étaient placés dans le coffre et que le personnel de l'aéroport préparait le jet pour la poursuite du vol jusqu'à Montedoro.

Trevor se précipita dans ses bras et plaqua un gros bisou sonore et joyeux sur sa joue.

— Au revoir, Rou ! Bisou ! A tout à l'heure !

Rule lui rendit son baiser.

— A bientôt, Trev. Sois sage avec maman et Lani.

— Moi suis sage, oui !

Après avoir tendu le petit à Lani, qui s'éloigna discrètement pour l'installer dans la voiture, Rule se tourna vers Sydney. Il lui effleura le bras, puis retira aussitôt sa main. Le contact laissa comme une trace douce-amère sur sa peau.

— Tu ne m'as pas pardonné.

C'était un constat, non une question.

— Fais bon voyage, répliqua-t-elle, en lui offrant un sourire un peu contraint.

Il marmonna quelque chose, puis lui tendit les bras.

Elle se raidit, voulut le repousser, mais il l'embrassait déjà. C'était si bon, si grisant que ses mains montèrent d'elles-mêmes autour du cou de Rule. Blottie contre lui, elle l'embrassa en retour. Un petit gémissement frustré lui échappa, mêlé de désir.

— Les baisers ne résolvent rien, dit-elle en s'écartant un peu.

Certes, elle ferait mieux de se libérer complètement de son étreinte. Mais dans quelques minutes, il serait parti. Et, comme elle venait de l'embrasser, autant continuer et rester dans le cercle tendre de ses bras jusqu'à ce qu'il s'en aille.

— Je sais qu'ils ne résolvent rien. Mais pas question de te laisser sans baiser d'adieu, Sydney.

Il avait raison. D'ailleurs, elle était contente qu'il l'ait embrassée. Parfois, les baisers en disent plus long que les mots. Elle posa amoureusement une main sur sa joue.

— Dis à la princesse que… j'ai hâte de la connaître.

Il embrassa la paume de sa main, comme il l'avait fait le premier soir, au restaurant The Mansion.

— Je reviendrai te chercher. Dans une semaine.

Une semaine ne suffirait pas, elle le lui avait déjà expliqué.

— J'ai besoin d'un mois, au moins, pour tout boucler au cabinet, et encore, à condition que tu donnes à mes associés quelques riches clients comme cadeau de départ.

— Je ferai ce que j'ai promis. Et je continue à espérer que tu pourras terminer plus vite.

— Ne compte pas trop là-dessus, quand même.

— A mon retour, il faudra que tu me fasses une place dans ta maison. Parce que je ne peux pas vivre sans toi, tu sais.

Sa tendresse l'attendrissait en retour, et elle n'était pas sûre de le vouloir. Elle était écartelée entre son amour pour lui et son refus de subir son emprise.

Elle leva les yeux au ciel.

— « Tu ne peux pas vivre sans moi » ? Tu n'exagérerais pas un peu, par hasard ?

— D'accord, répliqua-t-il en la reprenant dans ses bras. Je rectifie : je ne veux pas vivre sans toi. Tu sais que je suis fou de toi, Sydney.

Oui, elle le savait.

— Bien sûr que tu viendras chez moi, répondit-elle,

un peu adoucie. Moi non plus, je ne veux pas vivre sans toi, même si je suis en colère.

— Tant mieux.

— Après tout, on vient à peine de se marier. On vient même à peine de se rencontrer, pour être plus précis.

La fixant de ses yeux sombres et tourmentés, il embrassa le dos de sa main. La caresse de sa bouche sur sa peau lui fit l'effet d'un courant chaud et rassurant.

— Une semaine, répéta-t-il avec fougue. Maximum. Tu me manqueras chaque jour. Je t'appellerai tellement que tu en auras assez d'entendre la sonnerie du téléphone.

— Non, je serai ravie de décrocher, confessa-t-elle à mi-voix. Tant que c'est toi qui seras au bout du fil.

Il l'embrassa encore, puis relâcha son étreinte.

Elle le regarda monter dans le jet, attendit qu'il se retourne pour un dernier geste d'adieu.

Puis il disparut. Trop vite.

Rule arriva à l'aéroport de Nice à 5 heures du matin. Après un court trajet en voiture, il fut dans ses appartements du palais princier. Il n'était pas encore 6 heures.

A 8 heures, Caroline de Stahl, sa secrétaire privée, lui apporta les cinq quotidiens qu'il lisait chaque jour. Plus les trois tabloïd qui parlaient de Sydney et de lui. Tous trois montraient les mêmes photos en une, celle où ils s'embrassaient, une autre où on les voyait s'enfuir dans le couloir de l'Impresario. Les titres allaient tous dans le même sens :

« Le Prince se marie »,
« Mariage dans l'air à la cour de Montedoro »,
« Le Prince Rule épouse en cachette
un as du barreau de Dallas ».

Dallas, où il était 1 heure du matin. Sydney serait au lit. Ça l'ennuyait de la réveiller, mais il devait lui parler.

Elle décrocha à la seconde sonnerie.

— Tu as vu l'heure ? grommela-t-elle d'une voix endormie.

— Tu me manques. Je voudrais être avec toi.

— C'est un coup de fil coquin ?

Il éclata de rire.

— Ça pourrait le devenir.

— Tu es déjà arrivé ?

— Oui, je suis chez moi, au palais. Ma secrétaire vient de m'apporter les journaux. On fait la une des tabloïd.

— Lesquels ?

Il les énuméra, avant de poursuivre :

— Je suis certain qu'on est sur le Net aussi. Tu es citée par ton nom, comme mon épouse, et aussi comme un « as du barreau de Dallas ».

— Zut ! Moi qui espérais informer mes associés avant que la rumeur ne se répande. Tu as parlé à la princesse Liliana ?

— Pas encore. Je vais le faire ce matin.

— Eh bien, bonne chance. Et rappelle-moi tout de suite après, d'accord ?

Il l'imagina, les yeux un peu bouffis, les cheveux

emmêlés par le sommeil. La sensation de manque était douloureuse.

— Je risque de te réveiller encore…

— Tant pis. De toute façon, je ne pourrai plus me rendormir, maintenant. Pas sans savoir comment ça s'est passé, en tout cas.

Il s'en voulait à mort. Et pour bien des raisons.

— Je n'aurais pas dû te téléphoner, dit-il, penaud.

— Si, au contraire, tu as très bien fait. Et rappelle illico, dès que c'est fait. Je suis sérieuse, Rule.

— Bien, Sydney. Je…

Il chercha ses mots, sans parvenir à les trouver.

— J'attends ton coup de fil, murmura-t-elle.

Puis il entendit le déclic qui le laissa seul, séparé d'elle par la moitié de la terre, avec sa conscience coupable pour toute compagnie.

Deux heures plus tard, il attendait dans le petit salon de la suite qu'occupait Liliana lorsqu'elle venait au palais. Cela faisait une demi-heure qu'il patientait, sans savoir si elle était au courant de son mariage ou non. Lady Solange Moltano, qui était à la fois la cousine de Lili et sa dame de compagnie, l'avait accueilli chaleureusement. Il espérait donc être arrivé à temps pour lui annoncer le premier ce qu'elle n'avait pas envie d'apprendre.

La porte de la suite s'ouvrit enfin. Il se leva.

Lili apparut, vêtue de blanc — pantalon large et longue tunique —, ses cheveux blonds dénoués, ses yeux bleus brillants, les joues roses d'excitation. Elle était absolument ravissante, comme toujours.

Et il l'aimait vraiment beaucoup. Comme il s'en voulait du mal qu'il allait lui faire !

Jamais il n'avait voulu une chose pareille.

Elle s'avança vers lui, bras tendus.

— Rule !

Ils s'étreignirent. Il aurait préféré être n'importe où ailleurs qu'ici, sur le point de lui expliquer qu'une Texane brune, brillante, obstinée et fascinante avait volé son cœur.

Elle prit ses mains dans les siennes, et recula d'un pas, radieuse.

— Tu es là ! Enfin…

Elle ignorait donc encore tout.

— Lili, je suis venu te voir dès mon arrivée. J'ai quelque chose d'important à te dire.

Son beau visage s'illumina davantage, si possible.

— Oh ! souffla-t-elle. Vraiment ? Enfin… ?

Et si elle s'évanouissait ? Elle était si délicate.

— Asseyons-nous, tu veux bien ?

— Bien sûr, Rule.

Elle l'entraîna vers un sofa de velours bleu.

— Alors, que voulais-tu me dire ?

Par où commencer ? Il avait la langue paralysée.

— Je… Lili, je suis absolument désolé.

Le sourire de Lili s'assombrit quelque peu.

— Tu es… désolé ?

— Je sais que tu as toujours espéré que toi et moi, nous finissions par nous marier. Et je me rends compte que j'ai eu tort, vraiment tort, de laisser les choses traîner ainsi, de…

— Rule, le coupa-t-elle.

Il toussota.

— Oui ?

Son visage parfait arborait maintenant une expression terrifiante. D'une voix glacée, elle lança :

— Très bien. Donc tu n'es pas ici pour me demander en mariage.

— Non, Lili. Je suis ici pour t'annoncer que je suis déjà marié.

Lili resta sans voix, livide.

Il se prépara à la rattraper, pour le cas où elle s'écroulerait.

- 9 -

Mais Lili resta toute droite sur le sofa. D'une voix à peine plus audible qu'un murmure, elle demanda :

— Tu veux bien me dire son nom, s'il te plaît ?

— Sydney. Sydney O'Shea.

— Elle n'est pas de Montedoro ?

— Non. Je l'ai rencontrée aux Etats-Unis, au Texas.

Liliana déglutit nerveusement.

— Sydney O'Shea. Du Texas.

— Oui. Lili, je…

Elle l'interrompit d'un geste.

— Non. Je t'en prie. C'est bon. Tu me l'as dis. Et j'espère que vous serez très heureux, toi et cette Sydney O'Shea.

Ses immenses yeux de porcelaine le fixaient, pleins de douleur. Pourtant, elle semblait calme, trop calme même. Elle réussit à produire un petit sourire crispé.

— J'espère que vous aurez une jolie vie ensemble, ajouta-t-elle, sautant sur ses pieds. Maintenant, si ça ne t'ennuie pas, j'aimerais mieux que tu partes, je crois.

— Lili…

Il se leva à son tour. Il aurait voulu la prendre dans

ses bras, mais cela aurait été une erreur. Presque une insulte après la blessure qu'il venait de lui infliger. Quel réconfort accepterait-elle de lui ? Il n'y avait rien qu'il puisse faire pour améliorer les choses.

C'était lui le problème. Il devait vraiment partir, tout de suite, avant qu'elle ne craque et ne le déteste encore plus parce qu'il assistait au spectacle de sa détresse.

— Va-t'en, répéta-t-elle. S'il te plaît, va-t'en.

Il obtempéra, après lui avoir adressé un bref signe de la tête.

Il appela Sydney dès qu'il eut regagné ses appartements.

— Comment ça s'est passé ? demanda-t-elle.

— Pas très bien. Elle m'a renvoyé tout de suite après avoir appris notre mariage.

— Il y a quelqu'un auprès d'elle ? Quelqu'un à qui elle puisse parler ?

— Une de ses cousines est avec elle. Mais je ne crois pas qu'elles soient très proches.

— De qui est-elle proche ?

— Mon Dieu, Sydney, quelle importance cela peut-il avoir ? En quoi cela nous regarde-t-il, toi ou moi ?

— Mais enfin, Rule, sois un peu compatissant. Elle a besoin de quelqu'un à qui parler, quelqu'un qui la réconforte, comprenne ce qu'elle traverse.

Lui, en tout cas, il avait besoin d'un verre bien tassé. Enfin, il n'était que 11 heures du matin, cela dit.

— Tu ne la connais pas, Sydney. Comment pourrais-tu savoir de quoi elle a besoin ?

— Rule, c'est une femme. Je sais ce dont elle a besoin. D'une vraie amie, d'une bonne épaule sur laquelle pleurer. Et elle a besoin de cette amie maintenant.

— Sydney, tu sais que je t'adore et que je suis navré de tout ce gâchis, répliqua-t-il avec une retenue dangereuse. Mais tu ne connais pas Liliana et tu ignores tout de ses besoins. Alors, s'il te plaît, arrête de t'imaginer que c'est le cas.

— Tu ne veux donc vraiment rien comprendre, Rule…

— Peut-être, mais nous sommes à égalité, sur ce point-là. Parce que toi aussi, tu refuses de voir les choses comme elles sont.

Un silence de mort s'installa sur la ligne.

— Je vais raccrocher, dit-elle enfin d'une voix blanche.

— C'est en effet ce qu'il y a de mieux à faire. Rendors-toi, Sydney.

— Il y a peu de chance.

Clic. Puis ce fut le silence.

— Au revoir, fulmina-t-il, bien qu'elle eût déjà raccroché.

Furieux, il resta planté au milieu de la pièce, incapable de retrouver son calme.

Un coup frappé à la porte interrompit ses ruminations.

— Entrez.

Caroline, sa secrétaire, venait l'informer que Son Altesse Souveraine et le prince Evan souhaitaient lui parler dans le salon bleu de leurs appartements privés.

En privé, la famille laissait tomber le protocole. Sa mère l'embrassa, et lui assura qu'elle lui pardonnait son mariage précipité au Texas, même s'il ne les avait pas avertis à l'avance. Son père le félicita également, se déclarant impatient de connaître Sydney et son fils. Il ne dit rien du secret que Rule avait fini par lui révéler quelques semaines plus tôt. Celui-ci fut reconnaissant à son père de tenir parole et de ne pas dévoiler à Son Altesse les circonstances qui avaient présidé à sa rencontre avec Sidney.

Aussi, lorsque sa mère l'interrogea sur ce point, il ne lui donna qu'une vérité tronquée.

— Je l'ai vue entrer dans un centre commercial. Un seul regard m'a suffi pour vouloir la connaître. Alors je l'ai suivie et je l'ai convaincue de déjeuner avec moi. Et ensuite, je l'ai harcelée jusqu'à ce qu'elle cède et m'épouse. Dès le premier coup d'œil, quand elle est sortie de sa voiture, j'ai su qu'il n'y en avait qu'une comme ça sur terre : elle avait une façon si déterminée de rajuster son sac sur son épaule.

La princesse hocha la tête d'un air approbateur. Elle-même avait plus ou moins choisi son époux ainsi, après l'avoir aperçu à l'autre bout d'une salle, lors d'une fête à Hollywood.

— Tu nous as causé du souci, le gronda-t-elle. Nous craignions que tu ne parviennes à faire ton choix avant ton anniversaire. Ou que tu épouses notre chère Lili et que ce mariage soit un désastre, au bout du compte.

Rule en resta pantois.

— Si vous pensiez que Liliana et moi nous n'allions pas bien ensemble, vous auriez pu m'en faire part.

Sa mère haussa les épaules avec une suprême distinction.

— A quoi cela aurait-il servi ? Jusqu'à ce que tu rencontres la femme idéale, tu n'aurais probablement pas écouté ta mère si elle t'avait expliqué que l'exquise Lili, que tu as toujours adorée, n'était pas faite pour toi.

Il ne savait pas quoi répondre. Il avait envie de lancer une pique désagréable, car il éprouvait de la colère. Mais elle tenait plus à sa récente discussion avec Sydney qu'à autre chose. Aussi préféra-t-il se taire.

Sur un signe de tête de la princesse, son père lui dit :

— J'espère que tu parleras très bientôt à Liliana.

— Il se trouve que je lui ai déjà parlé.

— Pourquoi ne pas l'avoir dit tout de suite ? demanda sa mère, qui se leva aussitôt.

— C'est ce que je viens de faire, non ?

Plus ça allait, plus son irritation augmentait.

— Quand lui as-tu parlé ? reprit sa mère.

— Eh bien, il y a trois quarts d'heure environ.

— Tu lui as appris ton mariage ?

— Oui.

Ses parents échangèrent un regard éloquent.

— Quoi ? Je n'aurais pas dû ?

— Bien sûr que si. Mais Lili est seule, maintenant ?

— Aucune idée. Solange Moltano m'a ouvert la porte de l'appartement, quand j'y suis allé. Je suppose qu'elle s'y trouve toujours.

— Ce n'est pas la personne qu'il faut. Lili a besoin de quelqu'un à qui parler, quelqu'un qui la réconforte.

C'étaient exactement les paroles de Sydney. Ce qui porta sa colère à son comble.

— C'est ma faute, admit-il à contrecœur. Je vois à présent que j'ai tout fait de travers.

Sa mère posa une main affectueuse sur sa joue.

— Non, mon chéri. Tu as fait ce qu'il fallait, sauf que tu aurais dû me prévenir, dès que tu as quitté Lili. Elle a besoin de moi, maintenant, et j'y vais sur-le-champ.

Joignant le geste à la parole, sa mère quitta la pièce en trombe.

Dans le silence qui s'ensuivit, Rule marmonna :

— J'ai envie de tuer quelqu'un.

— Je connais ce sentiment, lui assura son père.

— J'ai brisé le cœur de Lili. Et ma femme est furieuse contre moi.

— Lili s'en remettra, Rule. Laisse ta mère s'en occuper. Elle aime Liliana comme sa fille, elle saura trouver les mots justes pour la réconforter. Mais pourquoi ta femme est-elle en colère ? ajouta le prince Evan, les sourcils froncés. Tu lui as parlé, à propos de son fils ?

— Non. Pas encore. Et je ne le ferai pas. Pas tout de suite, en tout cas. Sydney est contrariée au sujet de Lili. Elle compatit à son chagrin et me reproche de l'avoir utilisée comme plan B, pour le cas où je ne trouverais personne que j'aie réellement envie d'épouser avant mes trente-trois ans.

— Ta femme a l'air d'être quelqu'un de rare. Peu de jeunes mariées auraient eu de la sympathie pour « l'autre femme. »

— Tu as raison, Sydney ne ressemble à aucune autre femme, concéda Rule d'un ton malheureux.

— C'est bien, tu ne penses pas ?

— Je ne sais pas quoi penser. Elle me met sens dessus dessous, et je suis perdu.

— Une femme digne de ce nom chamboule ton univers, en effet.

— J'ai tout gâché, soupira Rule en s'effondrant dans le sofa. Pour Sydney, l'honnêteté, la vérité et l'intégrité sont des valeurs intangibles. Elle est déçue parce que je n'ai pas été honnête avec Lili, parce que je n'ai pas été clair sur mes sentiments — ou plutôt leur absence — à son égard, alors que j'aurais dû le faire depuis longtemps. Et, si Sydney a du mal à me pardonner de ne pas avoir été tout à fait honnête envers Lili, comment vais-je pouvoir lui dire la vérité au sujet de Trevor ?

Son père s'assit à côté de lui.

— Tu es face à un vrai problème, déclara-il gentiment.

— Je me suis toujours considéré comme un homme bien, comme un homme qui agissait convenablement…

— Tu veux mon conseil ?

— Tu vas me dire de lui parler, et tout de suite en plus.

— J'en déduis que tu refuses mon conseil, alors, ironisa son père.

— Je ne peux pas lui parler. Elle met l'honnêteté au-dessus de tout. J'aurais dû le faire dès le début, le jour où je l'ai rencontrée, avant de la pousser au mariage…

— Pourquoi ne l'as-tu pas fait, alors ?

— Elle m'a raconté son passé amoureux. Elle avait du mal à accorder encore sa confiance aux hommes. Si je lui avais parlé de ça à ce moment-là, elle m'aurait sans doute rangé dans la même catégorie que ses compagnons précédents. Et je n'aurais jamais pu l'épouser avant le 24 juin. Aucun choix n'était le bon. J'ai fait celui qui me donnait la meilleure chance. Du moins, c'est ce que j'ai pensé sur le coup.

— Ton agenda est chargé ?

Rule haussa un sourcil étonné.

— Quel rapport entre mon agenda et mon incapacité à agir de façon correcte ?

— Je pense que tu devrais remplir aussi vite que possible les obligations que tu ne peux pas différer, et reporter tout le reste à plus tard. Ensuite, repars au Texas. Rabiboche-toi avec Sydney, surmontez tous les deux ce moment difficile, passe du temps avec Trevor, renforce tes liens avec eux. Puis reviens à Montedoro quand ta femme sera prête à te suivre.

Ce matin-là, Sydney découvrit deux journalistes en planque devant sa maison, lorsqu'elle sortit du garage pour se rendre au bureau. Elle s'arrêta dans l'allée, baissa sa vitre et se laissa photographier pendant quelques minutes.

Ils la bombardèrent de questions, auxquelles elle répondit laconiquement : oui, elle venait d'épouser le prince ; oui, elle était très heureuse ; non, elle n'était pas disposée à partager leurs projets avec la presse.

L'un d'eux lui demanda sournoisement si elle avait déjà rencontré la princesse d'Alagonia. Elle répondit par la négative, mais précisa qu'elle était impatiente de faire sa connaissance. Puis elle ajouta d'un ton ferme qu'au cas où ils ne l'auraient pas remarqué, elle habitait un ensemble résidentiel protégé, si bien que la prochaine fois qu'elle les trouverait sur sa propriété, elle appellerait la sécurité.

Après quoi elle démarra. Au cabinet, elle eut une réunion avec trois de ses associés, qui étaient déjà au courant de son mariage.

Ils ne furent pas surpris quand elle leur annonça qu'elle quittait Teale, Gayle & Prosser. Plus mécontents. Elle était une collaboratrice précieuse et estimée. Et le vide créé par son absence serait difficile à combler.

Lorsqu'elle ajouta qu'elle espérait partir dans le courant du mois, un silence glacial s'abattit sur la pièce, avant qu'on ne s'empresse de lui rappeler ses obligations et le contrat qui la liait au cabinet.

Alors elle parla des clients potentiels qu'elle leur apporterait avant son départ, citant ceux que Rule avait mentionnés. Elle leur expliqua que son époux avait d'excellentes relations commerciales dans le monde entier, et qu'il en ferait bien volontiers bénéficier Teale, Gayle & Prosser.

A la fin de la réunion, ses associés avaient retrouvé le sourire. Bien sûr, ils attendaient de voir si elle tiendrait ses promesses, mais, si tel était le cas, elle aurait la possibilité de partir rapidement, sans brouille et sa réputation intacte.

Elle se mit au travail avec une belle détermination, rangeant son bureau et organisant ses dossiers.

Rule n'avait pas rappelé depuis leur dispute. S'était-elle montrée trop dure avec lui ?

Un peu, probablement.

Mais elle n'arrivait pas à croire qu'il ait asséné brutalement la nouvelle de son mariage à la pauvre princesse languissante d'amour, puis l'ait laissée toute seule parce qu'elle le lui avait demandé. Elle espérait que ses paroles un peu brutales lui avaient secoué les puces, comme aurait dit sa grand-mère Ellen, et qu'il s'était débrouillé pour que Liliana ait le réconfort dont elle avait besoin dans un moment pareil.

En fin d'après-midi, Sydney fut convoquée en salle de réunion, où l'attendait le personnel du cabinet au complet, ainsi que du champagne, un gâteau et un tas de cadeaux.

Elle n'en revenait pas. Voilà que son tour à elle était enfin venu. Le bureau célébrait finalement son mariage, fête à laquelle avait longtemps été persuadée qu'elle n'aurait jamais droit.

Elle remercia tout le monde, fit un petit discours où elle leur assura qu'ils lui manqueraient, mangea deux parts de gâteau, but une coupe, puis fit le tour de la salle, comblée que ses collègues aient organisé cette fête en son honneur.

Il était 21 heures lorsqu'elle quitta le cabinet, épuisée. Elle avait peu dormi, depuis cinq jours, depuis le vendredi de la semaine précédente, quand sa vie avait changé en un clin d'œil, parce qu'elle était entrée chez Macy's acheter un cadeau de mariage pour Calista Dwyer.

A la maison, Lani l'aida à porter ses cadeaux.

— Tu parais lessivée, lui fit-elle remarquer. Laisse tout ça sur la table, je rangerai demain.

— Comment s'est passée ta journée ? demanda Sydney en s'écroulant dans un fauteuil.

— Super bien. Trevor a fait une sieste de trois heures et j'ai écrit dix pages. Ensuite on est allés au parc. Il semble s'être lassé de ses comptines Toc toc.

— Quel soulagement !

— A qui le dis-tu ! Il a réclamé deux fois des nouvelles de « Rou. » Il voulait savoir quand il reviendrait jouer aux camions avec lui.

Sydney était heureuse que son fils aime tant son beau-père. Si seulement elle pouvait se sentir moins à cran, moins inquiète. Mais tout était arrivé tellement vite, entre eux, et à présent il n'était pas là. Le sentiment d'irréalité prenait le dessus.

— Il a dit qu'il reviendrait dans une semaine.

— Tant mieux, répliqua Lani. Tout va bien pour vous deux ?

Décidément, son amie la connaissait bien.

— On a quelques points de litige.

— Et tu es trop lasse pour en parler maintenant. Tu as faim ?

— Non, merci. J'ai mangé du gâteau au bureau. Je vais monter embrasser mon petit garçon et prendre un bon bain.

Trois quarts d'heure plus tard, Sydney se glissait dans son lit. Elle régla son réveil sur 6 h 30 et s'endormit aussitôt la tête sur l'oreiller.

Rule ne téléphona pas cette nuit-là. Ni le lendemain matin.

Manifestement, il lui en voulait. Elle trouva cette réaction puérile, mais rien ne l'empêchait de l'appeler elle-même, après tout…

Pourtant elle y rechignait. Sans doute était-elle aussi puérile que lui. Mais elle aurait aimé savoir comment allait la pauvre Liliana, si quelqu'un avait pu la réconforter, finalement, comme elle le lui avait conseillé.

Bon, pas conseillé, plutôt ordonné. Or il n'appréciait guère qu'on lui donne des ordres.

Peut-être avait-elle été maladroite. Mais comment faire autrement ? Elle ne le connaissait que depuis vendredi et, bien qu'ils soient mariés, il se trouvait déjà à l'autre bout de la terre. Pas étonnant qu'ils aient des « points de litige ».

Comment parviendrait-elle à le connaître mieux, s'il était là-bas et elle ici ?

Une chose était sûre, en tout cas, il lui manquait terriblement. Son absence créait un gouffre dans son cœur. Elle avait besoin de lui pour combler ce vide. Elle avait envie qu'il soit là, qu'il la touche. Envie de se blottir entre ses bras et de se serrer contre lui.

Elle voulait son odeur, le son de sa voix, son

rire caressant, ses mains sur elle, la saveur de sa bouche…

Elle était folle amoureuse de lui. Et il fallait vraiment qu'il soit de retour dans une semaine, sinon elle ne savait pas ce qu'elle serait capable de faire.

Le lendemain, au cabinet, elle reçut des appels de deux représentants des compagnies pétrolières que Rule avait mentionnées. Cela apaisa quelque peu son inquiétude.

Certes, il n'avait pas téléphoné comme promis, mais au moins mettait-il en œuvre les plans qu'il avait pour l'aider à quitter le Texas sans créer de problème à son cabinet.

Avant la fin de la journée, elle avait organisé les premières rencontres entre ses associés et les responsables des compagnies pétrolières.

Le lendemain matin, le téléphone sonna juste au moment où son réveil se déclenchait. Réveillée en sursaut, elle coupa d'abord le réveil, puis attrapa le téléphone.

— Allô ? grommela-t-elle.

— Je t'ai réveillée.

Même si elle était encore à moitié endormie, la joie l'envahit.

— Salut, Rule.

— Tu es toujours furieuse contre moi ?

— Je pourrais te poser la même question.

— J'avais dit que je t'appellerais tous les jours, je sais.

Seigneur, sa voix ! Plus douce, plus sexy encore que dans son souvenir. Etait-ce possible ?

— Tu avais dit que tu appellerais « tout le temps »,

corrigea-t-elle, souriante. C'est censé être plus que tous les jours.

— Tu me pardonnes ?

Un petit rire ravi lui échappa. Il suffisait qu'il appelle pour que son univers retrouve toutes ses couleurs.

— Je pense que le pardon est une option envisageable.

— Je suis si content de l'entendre, répliqua-t-il tendrement.

— Tu me manques, Rule. Beaucoup.

— Tu me manques aussi.

— Comment ça se fait ? Je te connais depuis quoi ? Cinq jours seulement ?

— Cinq jours, dix-neuf heures et… trois minutes. Il vaut mieux que je te manque. Tu es ma femme, après tout. C'est normal de ressentir ce manque, quand on est séparés.

— Eh bien, je joue mon rôle à la perfection, alors.

— Tant mieux.

— Je suis désolée qu'on se soit disputés, murmura-t-elle.

— Moi aussi, Sydney.

— Les dirigeants des compagnies pétrolières que tu as contactés m'ont téléphoné hier. Je les ai mis en contact avec mes associés.

— Parfait.

Pendant un instant, elle faillit renoncer à aborder le sujet qui fâchait. Mais elle tenait à savoir ce qui s'était passé.

— Et ça s'est bien terminé, pour Liliana ?

— Tu avais raison. J'aurais dû envoyer quelqu'un auprès d'elle.

— Oh non ! Qu'est-ce qui est arrivé ?

— Quand j'ai informé ma mère que Lili semblait mal prendre la nouvelle de notre mariage, elle est allée la soutenir, mais Lili n'était pas dans ses appartements. Selon sa dame de compagnie, elle s'était enfuie en larmes.

— Mon Dieu ! Elle a disparu ?

— Non. On l'a retrouvée peu après. Elle a réapparu, un peu échevelée, assurant qu'elle allait très bien.

— Où était-elle ?

— Une domestique est tombée sur elle dans le couloir qui reliait les appartements de Maximilian et ceux d'Alexander. Elle prétendait juste être partie faire une promenade.

— Une promenade ?

— Ce sont ses mots.

— Elle est proche de tes frères ? Elle a parlé à l'un d'eux ?

— Impossible. Max séjourne dans sa villa, avec ses enfants. Et Alex et Lili ne se sont jamais vraiment entendus.

— Cela ne signifie pas qu'il soit incapable de se montrer gentil avec elle, s'il la voit bouleversée.

— Sydney, il est à peine sorti de ses appartements depuis son retour d'Afghanistan. Mais tu as raison, bien sûr. Tout est possible. Elle lui a peut-être parlé, même si personne ne m'en a rien dit.

— Elle va bien, finalement ?

— Oui. Elle a fini par parler avec ma mère, et lui a juré qu'elle allait très bien et qu'il ne fallait pas craindre que son père ne se mette en colère. Lili affirme avoir compris que nous n'étions pas faits l'un pour l'autre, tout compte fait. Elle nous souhaite tout le bonheur du monde. Ma mère est convaincue qu'elle parlait sincèrement.

— D'accord. Ce sont de bonnes nouvelles, alors ?

— Je crois, oui. Lili est repartie hier matin pour Alagonia. Le roi Leo ne s'est pas manifesté, j'ai donc tendance à penser que tout risque de tension entre nos deux pays est écarté.

— Me voilà soulagée. J'avoue que j'étais inquiète. J'avais peur que Liliana commette une bêtise ou que son père prenne ombrage. Et, comme tu n'appelais pas, je m'inquiétais encore plus.

— Je suis le dernier des imbéciles.

— Ai-je dit le contraire ? Promets-moi juste que tu seras là mardi ou mercredi.

— Navré. Je ne peux pas, répondit-il d'un ton taquin.

N'empêche qu'elle sentit son cœur s'emplir de plomb. Elle chercha ce qu'elle pouvait répondre pour exprimer sa déception, sans que cela provoque une nouvelle brouille, lorsqu'il ajouta :

— Je serai là demain.

— Rule, souffla-t-elle, aux anges. Répète-moi ça.

— Je te manque vraiment, si je comprends bien.

Sa façon de lui dire ces mots fit battre son cœur plus vite.

— Oui, tu me manques énormément. Je veux pouvoir passer du temps avec toi. On est mariés, on est censés passer notre vie ensemble, et pourtant on se connaît à peine…

— On se revoit demain, Sidney. Je vais arriver tard, vers 22 heures.

— Demain ! Je n'y crois pas. C'est parfait que tu arrives tard. De toute manière, je ne rentre pas du bureau avant 21 heures, 21 h 30. Je t'attendrai.

— Moi aussi, je vais avoir du travail : je vais devoir présenter tes associés à plein de clients potentiels, pour qu'ils acceptent de te laisser partir au plus vite.

Elle fit un large sourire, bien qu'il ne puisse pas la voir.

— Tu ne peux pas savoir à quel point je suis contente que tu reviennes maintenant. Cela va être si bon d'être avec toi tous ces jours, même si je vais encore devoir passer pas mal de temps au cabinet. Mais ça va changer. Dès que j'en aurai terminé ici, je ferai en sorte de ne plus jamais prendre un travail qui me prive de mon fils et de mon mari.

— Voilà qui me plaît au plus haut point.

— Formidable ! Oh ! j'ai oublié de te dire. Trevor sera ravi de te voir. Il te réclame.

— Dis-lui que je suis en route.

- 10 -

Vendredi soir, Sydney attendait devant la fenêtre du salon, lorsque la limousine noire se gara le long du trottoir. Son cœur battit aussitôt la chamade.

Avec un cri de joie, elle se releva et se rua vers la porte, qu'elle ouvrit à la volée pour dévaler les marches du porche, suivre l'allée au galop et sauter dans les bras de Rule, dès qu'il émergea de la voiture.

Il l'embrassa sur place, sous le réverbère : un baiser fougueux, passionné, d'une intensité éperdue au début, pour se terminer dans une indolence exquise et douce.

— J'ai cru que je n'arriverais jamais, confessa-t-il ensuite.

Elle rit, serrée contre lui, à l'abri de tout.

— Mais tu es là. Et je ne te laisserai plus repartir.

Elle l'entraîna à l'intérieur, et ils furent suivis de Joseph et du chauffeur, qui transportait les bagages de Rule.

Si le chauffeur repartit, Joseph, lui, resta. Pour une fois, il ne portait pas de lunettes noires, juste son oreillette et un grand sac.

— Je crains que Joseph n'aille partout où je vais, déclara Rule, un peu embarrassé.

— Ça ne vous dérange pas de dormir dans

une autre chambre que Son Altesse, j'espère ? demanda-t-elle au garde du corps.

Le sévère Joseph faillit sourire.

— Madame, si vous avez une chambre d'amis, ce sera parfait. Sinon le canapé fera l'affaire.

— J'ai une chambre d'amis. La cuisine est par là, faites comme chez vous. N'hésitez pas à vous servir dans le frigo ou le garde-manger.

— Merci, madame.

Elle se tourna vers Rule.

— Tu as faim ?

Ses yeux noirs disaient « de toi, oui », et elle sentit l'exquise chaleur qu'ils provoquaient en elle envahir son bas-ventre. Ses genoux faiblirent.

— J'ai mangé dans l'avion, répondit-il.

Alors elle les conduisit à l'étage, montra sa chambre et sa salle de bains à Joseph.

— Vous allez devoir partager la salle de bains avec mon fils, lui précisa-t-elle.

— Merci. Ça n'est pas un problème pour moi.

Avant de rejoindre Rule, elle toqua à la porte de Lani pour l'informer de la présence du garde du corps dans la chambre d'amis.

Lani, qui lisait dans son lit, la regarda par-dessus ses lunettes.

— Merci de m'avoir prévenue. Ne te couche pas trop tard.

— Oui, maman.

— Salue Rule pour moi.

— Je n'y manquerai pas. Bonne nuit.

Elle trouva Rule debout devant la fenêtre de sa chambre, qui regardait la rue tranquille.

— J'aime bien ta maison. Elle est confortable, vaste. Elle a plein de fenêtres…

— On a été heureux ici, reconnut-elle depuis le seuil, tandis que son ventre se mettait soudain à palpiter. Ça va faire bizarre de vivre dans un palais.

— Je possède d'autres propriétés. Des villas, des maisons de ville. On s'installera dans celle que tu choisiras.

Tout d'un coup, l'existence qui l'attendait lui parut étrangère, déconnectée de sa réalité.

— On verra, murmura-t-elle.

Rule lui tendit la main.

— Tu as peur de moi, maintenant, Sydney ?

Sa gorge se noua. Elle lâcha un petit rire nerveux.

— Un peu, je crois. C'est idiot, non ?

— Viens ici. Laisse-moi chasser tes angoisses.

Après avoir refermé la porte de la chambre, elle s'approcha et saisit la main qu'il lui tendait. Le contact la brûla, mais il l'apaisa en même temps.

— J'ai mis mes valises dans ton dressing, indiqua-t-il.

— J'ai l'impression que tu es parti depuis une éternité.

— Je suis là, à présent.

— Et cela me rend folle de joie.

Prenant son visage entre ses mains, il l'embrassa, et sa gorge se dénoua. Toute sa nervosité s'était envolée, comme par magie. Ne restait que sa bouche sur la sienne, les mains qu'il posait sur ses joues, puis faisait descendre le long de son cou, avant de s'attaquer aux boutons de son chemisier.

Le souffle court, elle l'attira plus près. En quelques

instants, il lui avait ôté tous ses vêtements. Puis il se débarrassa des siens, sans cesser de l'embrasser avec ardeur.

Enlacés, lèvres jointes, ils tombèrent sur le lit. La langue de Rule explorait sa bouche, ses mains lui caressaient les seins, elle sentait son grand corps allongé sur le sien, sa puissance, sa chaleur, et la force de son désir, lorsqu'il la retourna.

Elle était la femme la plus heureuse du Texas.

Il poursuivit ses caresses, la rallongea sur le dos, continua à lui titiller les seins, à caresser son ventre, puis son sexe, et elle gémit, agrippée à ses épaules, tandis que l'orgasme montait en elle…

Alors elle n'y tint plus. Elle glissa une main entre eux, enroula les doigts autour de son sexe et le guida en elle.

La sensation lui arracha un cri de bonheur.

Passant ses jambes autour de la taille de Rule, elle avança le bassin vers lui, pour mieux se fondre en lui, les sens affolés de désir, la peau électrique.

Tandis qu'il allait et venait ainsi, tous ses doutes s'évanouirent. Elle le suivrait n'importe où, et elle serait heureuse, elle en était certaine.

Il n'y aurait rien qu'eux deux et Trevor. Et peut-être, si la chance leur souriait, d'autres enfants, trois ou quatre. Neuf ou dix…

Elle avait oublié combien elle en voulait, s'ils s'étaient mis d'accord sur un nombre. Quelle importance, après tout ? Elle les aimerait tous.

Mais bientôt, elle oublia tout cela aussi. Tout, sauf l'homme qui la tenait dans ses bras et la comblait.

Le plaisir l'emportait, plus haut, plus vite, vers les sommets de la jouissance.

Puis quelque chose de brûlant, de fabuleux explosa en elle. Elle cria si fort que Rule lui plaqua la main sur la bouche.

Elle rit sous sa paume, et il rit avec elle, alors que les vagues de plaisir persistèrent, puis s'apaisèrent peu à peu. Et, quand le silence se fit entre eux, ils restèrent concentrés sur cet instant magnifique.

Tous les deux ensemble, unis et libres à la fois.

Elle murmura son nom.

D'une voix rauque, il chuchota le sien.

Elle avait dû dormir un moment.

Lorsqu'elle s'éveilla, il la regardait de ses yeux de velours noir, appuyé sur un coude, sa bouche comme une invitation au péché.

Posant les doigts sur sa nuque, elle l'attira vers elle pour qu'ils échangent un tendre baiser.

— C'est si bon de se réveiller et de te trouver là, près de moi. Je veux ça jusqu'à la fin de mes jours.

— Ton vœu sera exaucé, ma chérie. Maintenant, rendors-toi.

— Bientôt. Parle-moi de tes parents. Ils t'en veulent de m'avoir épousée ?

— Non, ils sont contents, au contraire. Vraiment très contents.

— Ils ne me connaissent même pas. Tu m'as rencontrée et épousée dans la foulée, en quelques jours à peine. Comment peuvent-ils être contents ?

Je comprendrais qu'ils… l'acceptent. Mais qu'ils s'en réjouissent ? Ça me semble difficile.

— Ils me connaissent, moi. Ils savent que je suis heureux, que j'ai trouvé la femme avec laquelle je désire passer toute ma vie. Ils sont soulagés et reconnaissants.

— D'accord. Je comprends. Je suppose qu'ils s'inquiétaient que tu ne te maries pas à temps, c'est ça ?

— En effet.

Il embrassa le bout de ses doigts.

— Mais si tu avais épousé la princesse d'Alagonia, tu ne penses pas qu'ils auraient préféré ?

— De toute évidence, non. Ils m'ont avoué que, selon eux, Lili et moi n'aurions pas fait un bon couple.

— Et tu te dis qu'ils auraient dû t'en parler plus tôt.

— C'est exactement ce que j'ai répondu.

— Quelqu'un devrait changer cette loi ridicule.

— L'arrière-grand-père de ma mère, qui a régné cinquante ans sur Montedoro, l'avait fait. Il avait aboli cette loi. Mais le père de ma mère l'a rétablie.

— Pourquoi ?

— Le grand-père de ma mère s'est marié très tard. Il a eu huit enfants, dont un seul légitime, le père de ma mère, mon grand-père, donc. Et celui-ci n'a eu qu'un enfant, une fille, ma mère. La famille s'éteignait. D'où la décision de mon grand-père.

Sydney éclata de rire.

— Et ta mère a obéi. Elle s'est mariée jeune, a apporté du sang neuf et pris son devoir de reproduction très à cœur.

— Tout à fait. Et regarde où l'on en est, maintenant.

— Des héritiers potentiels en pagaille.

— Autrement dit, la loi a prouvé son efficacité.

Songeuse, elle suggéra :

— Il doit bien y avoir des moyens de la contourner. Tu pourrais par exemple épouser quelqu'un à temps pour conserver ton rang, puis divorcer dès ton trente-troisième anniversaire passé.

Il lui mordilla l'oreille.

— Tu envisages déjà de te débarrasser de moi ?

Hilare, elle l'embrassa fougueusement.

— Jamais. Mais tu vois ce que je veux dire ?

— Nous sommes catholiques. L'héritier du trône se marie toujours à l'église. Or l'Eglise refuse le divorce. L'annulation du mariage existe, mais pour des motifs spécifiques, dont aucun n'est plaisant. De plus, tu dois comprendre que dans notre famille on respecte la loi régissant le mariage princier. On la considère comme bonne pour Montedoro, surtout après avoir constaté ce qui s'est passé quand mon aïeul l'a abolie. Nous avons été élevés dans l'esprit de cette loi, dans le but de trouver le bon conjoint à la date requise. Mes parents ont été de bons parents, proches de leurs enfants, impliqués. Pour ma mère, chacun de ses neuf enfants compte tout autant que son trône.

— Parfait, répliqua-t-elle. Puisque ça fonctionne, je ne discute pas. J'ai néanmoins quelques questions.

— Pose-les.

— Est-ce que nous devons nous marier à l'église pour que tu conserves tes droits et ton rang ?

— Non. Mais l'héritier le doit, lui. On exige juste des autres qu'ils aient convolé avant l'âge de trente-trois ans. Mais, si je devenais l'héritier du trône, ce qui est peu probable, nous devrions faire ratifier notre mariage par l'Eglise. Ce qui ne serait pas compliqué, vu qu'aucun de nous n'a été marié auparavant.

— Tu voudrais que nous fassions un mariage religieux ?

— Oui, répondit-il en déposant un baiser sur son nez.

— Bonne réponse. Moi aussi, je le veux.

Ils s'enlacèrent de nouveau.

— On fera les démarches nécessaires dès que nous serons installés à Montedoro.

— Bien. Et il me semble qu'un baiser s'impose, pour sceller cet accord.

— Cela me semble obligatoire.

Le baiser en amena un autre, puis ses conséquences habituelles et délicieuses.

Plus tard, Rule voulut lui ordonner de se rendormir.

— Pas tout de suite, objecta-t-elle.

Durant une bonne heure supplémentaire, ils discutèrent à bâtons rompus de la réussite du projet de Rule concernant la vente des oranges de Montedoro aux Etats-Unis, des raisons de la mésentente entre Alex et la princesse Lili. Selon Rule, Alex trouvait Lili superficielle, et celle-ci voyait en lui un homme suffisant et dominateur.

Sydney apprit aussi que les enfants de Max se prénommaient Nicholas et Constance. Et que, du temps de l'arrière-grand-père, l'économie de Montedoro reposait presque essentiellement sur les gains tirés des jeux d'argent. Le grand-père et la mère de Rule s'étaient efforcés d'élargir les ressources de la principauté au-delà de ces revenus traditionnels. Ceux-ci ne représentaient plus désormais que quatre pour cent du total annuel.

Soudain, elle songea qu'il savait tout de Ryan et de Peter, mais que, hormis Liliana, elle ignorait tout des femmes qui avaient compté dans sa vie.

— Tu sais déjà que j'admire ma mère, railla-t-il.

— Ta mère et tes sœurs ne comptent pas. Je parle de relations amoureuses, Rule. Ne fais pas l'idiot.

Alors il lui parla de l'héritière grecque dont il avait été amoureux à quatorze ans.

— Elle avait un petit espace craquant entre les deux dents de devant, ce qui la faisait légèrement zozoter. Elle voulait s'enfuir en Amérique et devenir une star de comédie musicale.

— Elle a réussi ?

— Hélas, elle n'avait aucune oreille. Je l'ai entendue chanter une fois, ça m'a suffi.

— Pour quoi ? Pour détruire ton amour éternel ?

— J'étais jeune et facilement distrait, surtout quand il s'agissait d'amour.

Il évoqua ensuite la fille rencontrée dans un café parisien, quand il avait eu dix-huit ans. Puis l'Irlandaise qu'il avait connue à Londres.

— Brune, yeux bleus. Un tempérament de feu. Au début, j'ai trouvé ça excitant. Mais ça m'a vite lassé.

— Heureusement, parce que, après, il y avait toutes ces actrices et top-modèles qui attendaient pour tenter leur chance avec toi.

— Tu me fais passer pour un Casanova.

— Tu n'en étais pas un ?

— Non. Certes, j'ai fréquenté beaucoup de femmes, mais la séduction en soi ne m'intéressait pas. Je… cherchais quelqu'un. La bonne personne, si tu veux. Toi, ajouta-t-il en se rapprochant d'elle.

Le cœur gonflé d'émotion, elle se laissa embrasser sur le front, les joues, les lèvres — de tendres baisers très légers, jusqu'à ce qu'il ajuste les draps sur elle.

— Dors, maintenant, s'il te plaît. Ferme les yeux.

Elle obéit.

On était samedi. Sydney laissa Rule prendre son petit déjeuner en compagnie de Lani et de Trevor, et passa la matinée au bureau, où le calme relatif qui y régnait lui permit de faire un tas de choses.

Elle rentra à midi, pour profiter de Rule, de son fils et de sa meilleure amie durant le reste de la journée. Le soir, ils sortirent dîner avec Rule, puis firent l'amour, lentement, merveilleusement. Ils s'endormirent dans les bras l'un de l'autre, et sa dernière pensée, avant de sombrer, fut que, désormais, elle avait tout : elle avait la vie dont elle rêvait autrefois.

Elle passa le dimanche à la maison. Le matin, ils emmenèrent Trevor au parc. En observant Rule le pousser sur les balançoires, elle songea qu'on aurait déjà dit le père et le fils. Trev l'adorait. C'était « Rou » par-ci, « Rou » par-là, à tout bout de champ. L'attachement était visiblement réciproque. Rule paraissait gâteux devant Trevor, et ne jamais se lasser de l'écouter babiller.

Une dame plus âgée, assise avec son petit-fils sur le même banc qu'eux, se pencha vers Sydney.

— Votre petit bonhomme ressemble comme deux gouttes d'eau à son papa, déclara-t-elle.

— C'est ce que je me disais aussi, répliqua Sydney en souriant.

Durant le déjeuner, Trev recommença ses comptines Toc toc. Rule se prêta avec lui à l'interminable jeu jusqu'à ce qu'elle demande grâce en se bouchant les oreilles.

— Maman dit « plus de Toc toc », s'esclaffa Trevor.

Rule reprit la balle au bond.

— Maman dit « touche ton nez. »

Il toucha le sien, aussitôt imité par Trev, ravi.

— Maman dit « touche ton ventre. »

Et tous deux de s'exécuter.

La version « Maman » de « Jacques a dit » se prolongea un bon moment, pour la plus grande joie de la tablée.

La dame du parc avait raison. Lani aussi avait remarqué la ressemblance entre Rule et Trev. Ils avaient les mêmes mimiques, les mêmes tics — la façon dont ils penchaient la tête un peu à gauche, par exemple, quand ils réfléchissaient. Ou leurs sourires, très semblables — à la fois lents et éblouissants.

Cette ressemblance ne devait pas être si surprenante que cela. Le donneur de sperme qu'elle avait choisi avait beaucoup de points communs avec Rule : la couleur des cheveux et des yeux, la taille, la carrure. Et cela ne s'arrêtait pas au physique. Le donneur était diplômé d'études supérieures de commerce, il aimait les voyages et le sport. Et sa description dressée par l'équipe de la banque de sperme ? « Un homme tellement charmant, tellement séduisant, brillant, dynamique... » Il s'exprimait bien, lui avait-on dit, un leader né qui savait écouter. Son profil indiquait également que la famille comptait pour lui, qu'il croyait au mariage et l'envisageait comme un engagement pour la vie.

Elle avait sélectionné ce donneur parce qu'il ressemblait au type d'homme qu'elle avait renoncé à rencontrer. Car, après tout, une femme espère que son enfant héritera des traits qu'elle admire chez son conjoint...

Un petit frisson lui serra le ventre, alors qu'elle contemplait son fils et Rule ensemble, et comparait son mari avec l'homme qui avait procuré la moitié de l'ADN de son enfant. La vie pouvait s'avérer si étrange ! En fait, elle avait choisi son homme idéal comme donneur, sans même avoir conscience qu'il était destiné à se matérialiser en chair et en os et à l'embarquer dans un conte de fées réel — y compris en devenant sur-le-champ un père gâteux devant son fils.

Ce dimanche était ensoleillé, un peu chaud pour un mois d'avril. La journée était parfaite pour barboter dans la piscine. Ce fut donc ce qu'ils firent, dès que Trevor se réveilla de sa sieste. Plus tard, Lani prépara un fabuleux dîner de langoustines à la grecque.

Le lundi, Rule arriva vers 11 heures à son bureau, et elle le présenta à tous ses collaborateurs, avant d'aller déjeuner avec lui et deux de ses associés à The Mansion.

Ce fut un déjeuner de travail très productif, durant

lequel Rule organisa trois rencontres avec d'autres clients potentiels pour le cabinet. Il rentra ensuite à la maison, tandis qu'elle retournait travailler.

Les journées passaient à une allure folle. Sydney consacrait de longues heures au cabinet durant la semaine, ses nuits à son nouveau mari, mais réussissait à se libérer la majeure partie du week-end pour être aussi avec Trevor. Rule passait beaucoup de temps avec son petit garçon. Il jouait des heures entières avec lui, et lui lisait des histoires tous les soirs, pour l'endormir.

Elle travaillait sans relâche. Rule l'emmenait souvent déjeuner et travaillait à apporter de nouvelles affaires à ses associés.

Les tabloïd publièrent de nouveaux articles. Si elle ne les lisait pas, à l'évidence, certains de ses collègues le faisaient, car elle tomba plus d'une fois sur un torchon à scandale abandonné sur une table dans la salle de détente. Sans qu'elle sache comment, les journalistes avaient déniché des photos prises lors de ses remises de diplômes, ainsi que des clichés de Rule, torse nu sur un voilier, en compagnie d'une belle blonde, ou en smoking à un gala quelconque, une superbe rousse à son bras. Sydney les regardait à peine. Rule lui avait dit qu'une fois à Montedoro, ils organiseraient une conférence de presse, afin de répondre aux questions et de laisser les reporters prendre toutes les photos qu'ils voudraient. Cela les apaiserait, si tant est qu'ils ne soient déjà passés à un autre sujet d'ici là.

Au cours de ces semaines, Rule dut se rendre quelques jours à New York pour ses affaires, puis à Montedoro pour rencontrer un constructeur automobile qui souhaitait baptiser du nom de la principauté son nouveau cabriolet de luxe.

Pendant son absence, le lit lui sembla bien vide, et Trev aussi souffrit.

— Moi triste, maman, disait-il. Moi veux Rou.

— Il va bientôt revenir, promettait-elle.

Le dernier vendredi d'avril, Sydney rentra tard, comme d'habitude. Revenu de Montedoro, Rule l'attendait avec Lani pour dîner. Ils avaient même convié le silencieux Joseph. Rule déboucha une bonne bouteille de syrah, et Lani servit un carré d'agneau avant d'annoncer qu'elle avait décidé d'accepter leur offre de les accompagner à Montedoro.

Sydney bondit de sa chaise pour étreindre son amie.

— Super ! s'exclama-t-elle. Je ne voulais pas te mettre la pression, mais j'espérais vraiment que tu viennes avec nous.

Lani éclata de rire.

— Tu plaisantes ? Rater l'occasion de vivre au bord de la Méditerranée dans un palais princier ? Je n'allais pas laisser passer ça.

Même Joseph souriait.

— Bonne nouvelle, dit-il en levant son verre.

— L'expérience du vécu est essentielle pour un écrivain, plaida Lani. Et puis, en plus, qu'est-ce que je ferais sans vous ?

— Je me le demande, répliqua Sydney en l'embrassant. Et nous, que ferions-nous sans toi ?

*
* *

En plein milieu de la nuit, Sydney s'éveilla en sursaut d'un sommeil profond. Il était plus de 3 heures du matin.

— Maman…, entendit-elle. Maman…

Trevor pleurait.

Près d'elle, Rule, également réveillé, se redressa.

— J'y vais, annonça-t-il.

Elle le repoussa sur l'oreiller, avec un petit baiser sur sa joue râpeuse.

— Non, laisse.

Enfilant un peignoir, elle courut voir ce qui n'allait pas.

Trevor était agité et fiévreux, les cheveux trempés de transpiration. Les mains sur les joues, il geignait.

— Bobo, maman, bobo…

Lani surgit dans la chambre, tout ébouriffée.

— Je peux faire quelque chose ?

— Ça va. Je pense qu'il fait ses dents. Retourne te coucher, je m'en occupe.

— Si tu as besoin de quoi que ce soit, viens me chercher, insista Lani avant de regagner son lit.

Sydney prit la température de son fils. Elle était un peu élevée. Elle lui donna un antalgique, puis descendit chercher un anneau de dentition dans le freezer. Elle était en train de le bercer dans le rocking-chair, lorsque Rule apparut sur le seuil de la chambre, en pantalon de pyjama.

— Ce sont les dents, expliqua-t-elle. Je lui ai donné un calmant. Ça devrait bientôt faire de l'effet.

Trev s'écarta de Sydney et tendit ses bras potelés vers lui.

— Rou ! Bobo. Moi bobo !

Sans un mot ni une seconde d'hésitation, Rule s'avança et le prit dans ses bras. L'enfant noua les siens derrière sa nuque et enfouit la tête brune contre son torse, mordillant l'anneau de dentition avec frénésie. Rule commença à faire les cent pas dans la chambre.

Sydney, toujours dans le rocking-chair, regardait l'homme et le petit garçon, si semblables et si proches, essayant d'analyser le sentiment qu'elle éprouvait.

Jalousie ?

Peut-être un brin. Rule était devenu assez possessif avec Trev — et Trev avec lui. Durant ces dernières semaines, à force d'avoir Rule toute la journée à ses côtés, Trevor avait fini par compter de plus en plus sur lui, à réclamer son attention. Et, vu que Rule se montrait ravi de passer du temps en sa compagnie, il était naturel qu'un lien puissant se soit peu à peu développé entre eux.

Et ce lien n'était-il pas une bonne chose ? En tant que figure paternelle, Rule semblait jusqu'ici se rapprocher de l'idéal. Alors, qu'est-ce qui la gênait ?

Voulait-elle que Rule s'en remette à elle quand il s'agissait de Trev ? Lorsqu'il lui avait pris son fils des bras, sans même lui demander son accord, s'était-elle sentie menacée dans son statut de mère ? Si Trev et Lani étaient très proches, cette dernière lui rappelait toujours que Sydney était sa maman, et qu'elle venait en premier.

Tandis que Rule…

Il semblait à présent considérer qu'il était le père de Trevor au même titre qu'elle était sa mère.

Où était le mal ? N'était-ce pas ce qu'elle souhaitait depuis le début ?

A moins que ce ne soit de la culpabilité. La culpabilité de n'avoir jamais été assez là. Elle avait des horaires d'enfer, et ne voyait trop souvent son fils réveillé que le matin, quand elle l'embrassait avant de partir travailler.

Pas étonnant qu'il lui préfère Rule, lorsqu'il avait besoin de réconfort. Celui-ci était là en permanence, tandis qu'elle…

Mais ça allait changer très bientôt. Et grâce à Rule, grâce à l'existence qu'il leur offrait, grâce au mari et au père qu'il était.

Dès qu'elle en aurait terminé au cabinet, elle serait plus disponible pour Trevor. Tout le temps, en fait, du moins au début. Et, même si elle trouvait une activité intéressante à Montedoro, ses horaires seraient plus raisonnables que jusqu'à présent. Elle aurait enfin du temps pour être maman, du temps pour être épouse, du temps pour faire un travail utile.

Tout irait bien. Elle devait surmonter sa culpabilité et sa jalousie. Trev avait désormais un papa, et c'était tant mieux. Parfois, un enfant se rapprochait davantage de son père que de sa mère. Il n'y avait aucun mal à cela.

Posant la tête sur le dossier, elle ferma les yeux.

Quelques instants plus tard, Rule chuchota à son oreille :

— Reviens dans le lit, petite marmotte.

— Trev ? demanda-t-elle, tout endormie.

Il posa un doigt sur ses lèvres, indiquant l'enfant

dans son lit à barreaux, pelotonné sous sa couette, le bras autour de son dinosaure en peluche.

Enlacés, ils retournèrent dans leur chambre. Une fois au lit, il l'attira contre lui.

— Tu travailles trop, ma chérie.

— Plus pour longtemps. Encore une semaine si tout va bien, et ce sera fini.

— J'ai hâte de vous emmener chez moi, Trevor et toi.

Elle suivit du doigt ses sourcils noirs, l'un après l'autre.

— J'ai un secret à te dire.

— J'adore les secrets, murmura-t-il en caressant ses cheveux. Surtout les tiens.

— Ne ris pas.

— Promis.

— Trevor et toi, vous vous ressemblez beaucoup.

Il embrassa ses lèvres.

— Un peu, c'est vrai. C'est ça, ton secret ?

— Non, j'y arrive. Votre ressemblance est assez stupéfiante. En plus d'avoir des yeux et des cheveux noirs, vous penchez tous les deux la tête du même côté, quand vous réfléchissez. Et, quand tu souris… tu me fais penser à lui. Tu te souviens, le jour où on s'est rencontrés, je t'ai dit que j'avais l'impression de te connaître ?

— Oui, je me souviens.

— Ces temps-ci, je n'ai cessé de m'en étonner. Et puis j'ai compris que ça n'avait rien de surprenant.

— Pourquoi ?

— C'est simple. Le donneur de sperme que j'ai choisi te ressemblait énormément — oui, c'est ça mon secret. Je l'ai choisi parce qu'il était comme toi — enfin, le toi que je ne connaissais pas encore. Même taille, même carrure, brun aux yeux noirs. Je l'ai choisi parce qu'il ressemblait à l'homme que j'avais toujours espéré rencontrer un jour. L'homme que j'avais à cette époque décidé que je ne rencontrerais jamais.

Il se détourna d'elle pour se mettre sur le dos.

Décontenancée, elle demanda :

— Rule ? Ça va ? J'ai dit quelque chose qui te perturbe ?

— Bien sûr que non.

Il semblait pourtant distant. Et un peu bizarre.

— Rule, ça n'a pas l'air d'aller du tout, insista-t-elle.

Il trouva sa main sous les draps, et l'entrelaça à la sienne.

— Mais si, je vais très bien.

— Si tu le dis, concéda-t-elle, avant de sourire dans l'obscurité. Tu es certain de ne jamais avoir été donneur de sperme ?

— Tu plaisantes ? !

— Euh oui, évidemment. Mais parfois, ça donne presque froid dans le dos, cette ressemblance entre Trev et toi.

Il ne répondit rien.

— J'ai toujours plus ou moins espéré rencontrer ce donneur, poursuivit-elle. Mais il a exigé la confidentialité. J'ai donné l'autorisation pour qu'il me contacte, s'il changeait d'avis. Ce qu'il n'a pas fait. En tout cas, jusqu'à maintenant. D'ailleurs, ça me fait penser que je dois modifier mes coordonnées auprès de Secure Choice Cryobank. C'est la clinique à laquelle je me suis adressée.

Elle attendit qu'il dise quelque chose. Il était très possessif, avec Trevor, et elle avait parlé d'un ton rêveur du fameux donneur.

Serait-il jaloux ? Peut-être allait-il vouloir la dissuader d'actualiser ses coordonnées, afin qu'il soit plus difficile au donneur de se mettre en rapport avec elle, si l'envie l'en prenait soudain ?

Mais Rule se borna à l'attirer contre son corps chaud.

— Rendors-toi, ordonna-t-il doucement.

Fermant les yeux, elle se laissa bercer par les battements réguliers de son cœur.

Bien sûr qu'il n'avait jamais été un donneur. Elle savait par quoi passaient ces gens-là. Lors de sa décision d'entreprendre une insémination artificielle, elle s'était renseignée. Il ne s'agissait pas juste de remplir un gobelet.

Un homme subissait toutes sortes de tests avant de pouvoir devenir donneur. Seul un petit pourcentage de candidats était retenu. Le donneur devait faire un don par semaine minimum, et éviter toute relation sexuelle deux jours avant chaque don. La rémunération n'était même pas si importante.

Pour être son donneur, Rule aurait dû s'engager à tout cela auprès de la clinique où elle s'était rendue. C'était improbable.

C'était un homme qui voyageait dans le monde entier pour ses affaires et son pays. Non seulement être donneur aurait été une perte de temps et un cauchemar logistique pour Rule, mais… ça ne lui ressemblait tout simplement pas. Il était trop attaché à la famille et à la paternité pour vouloir aider à donner la vie à un enfant sans être présent pendant que cet enfant grandirait.

Mais pourquoi alors s'était-il écarté d'elle quand elle lui avait dit qu'il était l'homme de ses rêves en chair et en os ? Il lui avait tourné le dos avant qu'elle ait parlé de la permission laissée à son donneur de la contacter. On ne pouvait pas mettre le repli de Rule sur le compte de la jalousie.

Elle n'aimait pas la façon dont il avait dit « Tu plaisantes », quand elle lui avait demandé s'il était un donneur. Il aurait simplement pu répondre par la négative.

Non qu'elle pense sérieusement qu'il était le père biologique de Trevor, mais elle se demandait juste pourquoi il semblait tellement sur la défensive, et pourquoi il s'était éloigné, alors qu'elle essayait de lui expliquer qu'il était tout ce qu'elle avait toujours désiré chez un homme.

- 11 -

Au matin, à l'éclatante lumière du jour, tandis que Sydney se hâtait pour aller au bureau, toutes les questions qu'elle se posait concernant Rule lui parurent purement et simplement ridicules.

Il ne s'était pas vraiment écarté d'elle, la veille, il avait juste roulé sur le dos. Et, quand elle avait demandé si quelque chose n'allait pas, il avait répondu par la négative.

Et sa manière apparente d'éluder la question quand elle l'avait taquiné sur la possibilité qu'il soit un donneur ? Maintenant qu'elle avait eu le temps d'y réfléchir, cela ne lui semblait pas si bizarre. Il était très attaché à Trevor, et n'avait aucune envie de s'appesantir sur l'étranger qui l'avait engendré. Elle pouvait le comprendre.

Mieux valait chasser ces pensées de son esprit. Elle avait encore tant à faire et si peu de temps. Inutile de gaspiller son énergie à ruminer des bêtises.

Mieux, si elle voulait réfléchir à quelque chose, pourquoi ne pas penser à quelque chose de réel ? Quelque chose de potentiellement merveilleux.

Ce matin, cela faisait une semaine qu'elle aurait dû avoir ses règles. Il semblait bien que la famille qu'ils souhaitaient, avec Rule, commence à s'agrandir.

Cela dit, mieux valait ne pas se réjouir prématurément. Ces derniers temps, elle avait subi pas mal de tension nerveuse, entre la rencontre de Rule et leur mariage en l'espace de quarante-huit heures, puis son départ pour aller présenter ses excuses à « l'autre femme ». Et depuis, elle travaillait comme une folle pour quitter le cabinet, et organisait un déménagement à l'autre bout de la terre.

Oui, elle menait une vie particulièrement stressante en ce moment, et cela pouvait expliquer ce retard.

Elle décida d'attendre un peu avant d'en parler à Rule. Inutile de lui donner de faux espoirs.

Trevor allait beaucoup mieux ce matin. Sa température était normale, la douleur semblait passée, et, quand elle avait quitté la maison, il avalait ses céréales en babillant joyeusement.

— A tout à l'heure, maman ! dit-il avec un gros baiser.

— Ne t'inquiète pas, mon chéri.

Le soir, elle réussit à partir du bureau plus tôt que d'habitude. Elle eut même le temps de baigner Trev avant de le coucher. Et Rule lui annonça qu'il l'emmenait dîner.

Ils se rendirent de nouveau à The Mansion. Ils en appréciaient autant la nourriture que la qualité du service. Le personnel connaissait Rule et préservait leur intimité.

Il porta un toast.

— A nous. A notre famille. A notre longue vie ensemble.

Radieuse, elle fit tinter son verre contre le sien. Puis elle le reposa après deux gorgées et n'y toucha plus. Autant rester prudente, au cas où elle serait vraiment enceinte.

Quatre jours plus tard, le premier vendredi de mai, Sydney fit ses adieux à Teale, Gayle & Prosser.

Elle laissait un bureau impeccable et ses clients répartis entre les autres avocats du cabinet. Grâce à la conscience professionnelle dont elle avait fait preuve, et grâce aux efforts de Rule surtout, elle quitta aussi ses associés en bons termes.

La semaine suivante fut occupée par la préparation du déménagement. Lani, l'être humain le mieux organisé de la planète, avait déjà bien avancé la tâche. Mais il restait encore beaucoup à faire, et Sydney s'y attela avec son énergie habituelle. Ils laissaient la maison meublée, et aux mains d'un excellent agent immobilier.

Le second vendredi de mai, ils embarquèrent sur le jet privé de Rule pour Montedoro. Carlos, le frère de Lani, ainsi que ses parents, Iris et Jorge, les accompagnèrent à l'aéroport. Des journalistes se trouvaient également présents. Ils prirent une multitude de photos.

Le vol durait longtemps, et il y avait sept heures de décalage entre Dallas et leur destination. Ils atterrirent à Nice à 8 heures le lendemain matin, où les attendait une limousine qui les conduisit à Montedoro et au palais princier. Il leur fallut fuir encore de nouveaux paparazzi.

Le palais laissa Sydney sans voix. Très étendu et d'une blancheur de colombe contre le ciel d'azur, le bâtiment arborait tours crénelées, fenêtre en arceau, balcons et arcades. Il se dressait au sommet d'un promontoire rocheux qui surplombait une mer couleur de saphir.

Le chauffeur prit une entrée discrète, et peu après 9 heures ils pénétraient dans les appartements de Rule.

Après le côté solennel des corridors voûtés au sol de marbre et décorés de somptueuses mosaïques, Sydney fut soulagée de voir que l'espace privé de Rule était plus sobre. Le mobilier était à la fois beau et confortable, les murs en stuc, les hauts plafonds en dôme, les parquets de bois sombre recouverts de superbes tapis anciens, aux couleurs chatoyantes. Dans l'immense salon et la suite principale, de larges balcons donnaient sur la cour d'honneur. La vue était stupéfiante : palmiers et mimosas, chênes et oliviers ornaient la colline en contrebas. Plus loin, étincelait la Méditerranée, piquée ici et là de jolis voiliers et de gigantesques bateaux de croisière.

Le personnel du palais entreprit aussitôt de défaire leurs bagages et de tout ranger. Ce fut fait en un rien de temps, et les femmes de chambre disparurent aussitôt. Lani se retira dans sa chambre à une extrémité de l'appartement, sans doute pour jeter dans son journal ses premières impressions sur Montedoro. Trevor s'installa avec ses cubes sur le sublime tapis rouge du salon, et Rule partit s'entretenir avec Caroline, sa secrétaire personnelle.

Pendant un moment, Sydney resta accoudée à la balustrade sculptée du balcon, laissant les portes-fenêtres du salon grandes ouvertes derrière elle. Les bateaux semblaient flotter sur une mer d'un bleu incroyable. Une brise légère comme la soie caressait sa peau. Elle faillit se pincer. On aurait dit un rêve.

Et ce rêve semblait ne pas devoir prendre fin. Elle avait désormais trois semaines de retard. Aucune nausée matinale, certes — mais elle n'en avait pas eu pour Trevor — ; en revanche, il y avait ses seins.

Ils étaient nettement plus pleins et plus sensibles que d'habitude. Comme quand elle avait été enceinte de Trev.

Un nouveau bébé… Elle posa la main sur son ventre, comme le faisaient toutes les mères. Un autre enfant. Quand elle avait eu Trevor, elle s'était déjà estimée reconnaissante de sa chance.

Et voilà que le même bonheur semblait devoir se reproduire. C'était fantastique. Qui disait que les rêves impossibles ne devenaient jamais réalité ?

La semaine précédente, elle avait acheté un test de grossesse. Aujourd'hui, tandis qu'elle admirait la mer depuis ce balcon, elle se dit que le moment était venu de le faire.

Et que le moment était peut-être venu d'annoncer à Rule que leur famille s'agrandissait.

— Maman ! Viens ! Jouer !

Elle se retourna pour sourire à son fils. Il avait bâti une tour multicolore un peu branlante et lui tendait deux cubes supplémentaires de ses petites mains potelées.

— D'accord, mon trésor. On va jouer ensemble.

Une fois qu'elle fut assise à côté de lui, Trevor lui tendit un cube enduit de salive. Depuis qu'il faisait ses molaires, tout ce qu'il tenait en main finissait couvert de salive.

— Merci.

Après avoir essuyé le cube sur son jean, elle le fixa à la base de la tour. Autant stabiliser l'édifice.

Quelques instants plus tard, Rule apparut.

— Rou ! cria Trevor, au comble de la félicité. Nous joue aux cubes !

Rule le souleva aussitôt dans ses grands bras.

— Je vois ça. Une bien belle tour que vous avez faite.

— Maman aide.

— Oh oui, fit Rule.

Il lui sourit, et elle sentit son cœur bondir.

— Mes parents ont hâte de faire ta connaissance, reprit-il.

— Et moi donc !

Existait-il une femme au monde aussi chanceuse qu'elle ? En même temps, elle éprouvait une certaine nervosité à l'idée de rencontrer son père et sa mère, autrement dit Leurs Altesses, pour la première fois.

— J'ai peut-être d'abord besoin d'un tuyau ou deux sur le protocole, non ? hasarda-t-elle.

Tout en embrassant les doigts que Trev tentait de lui fourrer dans la bouche, Rule secoua la tête.

— On est invités dans leurs appartements à 18 heures. Vous ferez un peu connaissance, puis on dînera tôt. Pas de cérémonial ni de protocole à observer. Rien que la famille.

— Parfait.

— Je savais que ça te conviendrait. Et toi, jeune homme ? demanda-t-il à Trevor. Tu es prêt à rencontrer ton nouveau grand-père et ta nouvelle grand-mère ?

Trevor eut un sourire radieux.

— Oui !

Les appartements des souverains étaient plus vastes que ceux de Rule, mais le hall d'entrée avait un aspect chaleureux. C'étaient des gens bien réels qui habitaient là. Si le sol était en marbre incrusté d'ébène et de jade, et le lustre en fer forgé et cristal, une table supportait une coupe remplie de coquillages et une photo de famille, prise sous un beau chêne noueux. Elle eut tout juste le temps de repérer un Rule bien plus jeune parmi les neuf enfants alignés aux pieds de leurs séduisants parents. Une femme mince et sévère leur ouvrit la porte et les conduisit le long d'un couloir orné de portraits de la famille princière : hommes en uniformes surchargés de décorations honorifiques et femmes en robe de bal et coiffées de tiares scintillantes.

Rule tenait la main de Sydney, et portait Trevor sur son autre bras. Alors qu'ils approchaient du bout du couloir, il pressa ses doigts. Elle lui rendit son geste avec un sourire, l'estomac noué d'appréhension.

Le couloir débouchait sur un salon. Après un signe de tête, la femme les laissa. L'homme et la femme bruns qu'elle avait vus sur la photo de l'entrée se levèrent pour les accueillir.

— Enfin ! s'exclama la femme, qui était grande et très belle.

Sydney ne parvenait pas à lui donner un âge.

Entre quarante et soixante ans. Elle avait des yeux de déesse égyptienne et un grand sourire rayonnant.

— Venez, dit-elle en leur tendant les bras. Venez vers moi.

Sans la main de Rule pour l'entraîner, Sydney aurait eu du mal à avancer, tant cette femme l'impressionnait. Il avança et elle suivit le mouvement.

— Mère, dit Rule, voici Sydney, mon épouse.

La princesse la serra contre elle.

— Sydney, déclara-t-elle d'un ton affectueux, je suis si heureuse que vous soyez parmi nous.

— Bonjour, bredouilla-t-elle.

Tout doux, Syd, tout doux ! Elle aurait vraiment dû insister pour que Rule lui indique au moins comment appeler cette extraordinaire personne. Votre Altesse ? Votre Altesse Sérénissime ? Votre Parfaite Splendeur ? Comment ?

Alors la mère de Rule la prit par les épaules et lui adressa un sourire complice.

— Vous m'appellerez Adrienne, bien entendu, sauf lors de cérémonies officielles, avant lesquelles vous recevrez toutes les instructions nécessaires, je vous le promets.

— Adrienne, répéta Sydney, soulagée. Rule parle souvent de vous, et toujours avec une profonde affection.

Les beaux yeux d'Egyptienne étincelèrent.

— Je suis ravie qu'il ait trouvé celle qu'il recherchait, et juste à temps, en plus.

Puis Rule lui présenta Trevor.

La princesse se tourna pour gratifier le petit garçon de son sourire radieux.

— Oui, Trevor, je…

La fin de sa phrase mourut sur ses lèvres. Son Altesse battit des cils, puis décocha un coup d'œil au prince Evan. Cela ne dura qu'une fraction de seconde, et elle se reprit aussitôt.

— Quel plaisir de faire ta connaissance !

Trevor, soudain timide, enfouit la tête dans le cou de Rule. Adrienne éclata de rire, un irrésistible rire musical.

— Comment vas-tu, Trevor ?

— Bien, murmura Trevor, toujours collé contre Rule.

Ce dernier lui frotta le dos.

— Dis : « Bonjour, grand-mère. Ravi de vous rencontrer. »

Cela faisait beaucoup de mots d'un coup pour un petit homme brusquement effarouché, mais il y parvint néanmoins.

— 'jour, Grand-ma. Ravi vous rencontrer.

— J'en suis ravie, moi aussi, répondit Adrienne avec son joli rire.

Le père de Rule prit à son tour la main de Sydney.

— Une Texane ! C'est toujours un bon choix, affirma-t-il de la même voix riche et profonde que son fils.

Sydney le remercia, songeant qu'il était presque aussi séduisant que son épouse. Pas étonnant que Rule soit d'une beauté si renversante, avec des parents pareils.

Tout le monde s'assit dans d'élégants fauteuils capitonnés de velours mordoré. La femme sévère revint pour leur proposer des cocktails. Evan interrogea

Sydney sur sa famille. Le prince et la princesse se montrèrent à la fois compatissants et admiratifs.

La conversation dévia ensuite sur Rule et ses divers projets.

Trevor se conduisit remarquablement bien. Assis sagement sur les genoux de Rule, il observait les adultes de ses grands yeux noirs. Il semblait faire une grosse impression à Adrienne et Evan, qui ne cessaient de lui adresser des sourires affectueux.

Aussi, peu à peu, son fils finit-il par se détendre. Après une vingtaine de minutes, lors d'une pause dans la discussion, il tendit les bras vers la princesse.

— Grand-ma, bisou, s'il te plaît.

Adrienne le prit dans ses bras minces. Elle portait une sublime veste de créateur sur une robe de soie. Sydney s'inquiéta un peu pour ce qui risquait d'arriver à la belle tenue de Son Altesse, avec Trevor dans les bras.

Mais l'intéressée ne parut nullement s'en soucier. Elle embrassa la joue de son fils, et il se laissa faire, toute timidité envolée.

Lani apparut à son tour et, après avoir été présentée, elle ramena Trevor dans leurs appartements.

Rejoints par deux des frères de Rule — Maximilian, l'héritier du trône venu de sa villa pour rencontrer sa nouvelle belle-sœur, et Alexander, celui qui avait été prisonnier en Afghanistan —, les deux couples allèrent dîner.

Sydney apprécia tout de suite Maximilian. Homme charmant et très charismatique, il était presque aussi beau que Rule. Pourtant, son regard était triste.

Alexander, en revanche, s'avérait d'un abord

moins facile. Brun et séduisant comme le reste de la famille, mais plus charpenté, il était très silencieux et semblait… en colère. Ou plongé dans une profonde dépression, peut-être. Cela n'avait sans doute rien de surprenant. Avoir été retenu prisonnier par des terroristes devait forcément perturber un homme. En tout cas, elle comprenait sans peine pourquoi la princesse Lili et lui ne s'entendaient pas. En fait, elle doutait qu'Alex s'entende avec qui que ce soit.

Le dernier frère de Rule, Damien, le jumeau d'Alex, était une sorte de jet-setteur. Il se trouvait sur le yacht d'un ami. Deux de ses sœurs, les plus jeunes, Rory et Genevra, poursuivaient leurs études ailleurs. Alice et Rhiannon participaient à un événement au Luxembourg. Quant à l'aînée, Arabella, elle était partie à Paris. Durant les vacances scolaires, les benjamines habitaient le palais. Les trois autres possédaient leur propre villa.

Le dîner comportait plusieurs plats, tous délicieux, arrosés d'un excellent vin français. Comme elle le faisait depuis qu'elle pensait être enceinte, Sydney se contenta de quelques gorgées.

De retour dans leurs appartements, Rule et elle célébrèrent son installation à Montedoro en faisant l'amour. Deux fois. La première, contre les magnifiques portes sculptées de leur chambre, qui résistèrent à merveille et sans grincer à leur enthousiasme sensuel.

La seconde, quand ils finirent par aller au lit, en prenant davantage le temps de savourer leur plaisir. Ensuite, blottie contre lui, elle dit :

— D'après ta mère, il existe une grande bibliothèque au palais, avec de nombreux livres sur l'histoire de Montedoro. Elle assure aussi que la bibliothécaire répondra à toutes les questions que je pourrais me poser sur votre pays.

— Tu comptes devenir une spécialiste de Montedoro ?

— Il faut que je me renseigne, que je comprenne comment les choses fonctionnent, afin de pouvoir envisager dans quelle activité je vais me lancer, et de découvrir où et comment je vais me rendre utile pour mon nouveau pays.

— Tu as tellement d'ambition, souligna-t-il d'un ton admiratif tout en lui caressant les seins.

— Tu sais que je perds des points de QI quand tu fais ça.

Il recouvrit son sein de sa grande main chaude.

— J'adore tes seins.

— Tant mieux. Parce que tu vas beaucoup les voir, au cours des prochaines années.

Il saisit un mamelon entre ses doigts et le pressa doucement. Elle gémit.

— J'ai l'impression qu'ils sont plus pleins que d'habitude, lui fit-il remarquer d'une voix prudente.

C'était l'occasion parfaite pour lui en apprendre la raison : elle attendait son enfant. Elle choisit une voie détournée.

— Ah, c'est donc ça ! Tu les aimes parce qu'ils sont plus gros.

— Sont-ils vraiment plus gros ? demanda-t-il en jouant avec ses cheveux.

Elle s'appuya sur un coude pour lire dans ses yeux.

— Oui.

A la manière stupéfaite dont il la regardait, elle comprit qu'il avait deviné.

— Mes seins sont plus gros, dit-elle en lui adressant un sourire mutin. C'est un miracle, non ?

— Sydney… est-il possible que… que tu… ?

Son sourire s'élargit.

— Que quoi, Rule ?

— Ne te moque pas de moi. Je t'en prie.

Les yeux de Rule étaient devenus aussi sombres qu'une nuit douce et riche d'espérances. Il voulait en être sûr.

Elle sentit son cœur se dilater.

— Je crois que oui, murmura-t-elle. Je crois qu'on va avoir un bébé.

Il soutint son regard, sérieux comme un pape.

— Tu crois ou tu en es sûre ?

— Tous les signes sont là. Les mêmes qu'avec Trevor. Et mes règles ont presque trois semaines de retard. Mais je n'ai pas encore fait le test de grossesse, même si je l'ai acheté.

Tendrement, il passa le doigt sur ses lèvres.

— Quand vas-tu le faire ?

— Demain matin, par exemple ?

— Sydney…

— Quoi donc ?

— Rien. Juste ça. Sydney, Sydney, Sydney.

Il l'attira contre lui et lui donna un long, tendre et profond baiser. Un baiser d'amour absolu.

Ensuite, elle posa la tête sur son torse.

— Alors, tu es heureux ?

— Tu ne peux pas savoir à quel point.

— Tu es un bon père. Trev t'adore.

Il lui caressa les cheveux, remit une mèche derrière son oreille.

— Trevor est tout ce dont j'ai toujours rêvé dans un fils. Et toi, tout ce dont j'ai toujours rêvé dans une femme.

Se souvenant de la réaction de la princesse en découvrant son fils, elle sourit.

— Tu as vu comme ta mère était surprise, quand elle a rencontré Trevor ? Je parie que la ressemblance entre vous deux ne lui a pas échappé.

La main de Rule s'immobilisa sur ses cheveux.

— Qu'est-ce qui te fait penser ça ?

Quelque chose avait changé dans ses yeux, elle en était certaine, cette fois. Pourtant, il avait recommencé ses caresses, tout en la fixant tendrement.

— J'ai eu l'impression qu'elle était abasourdie, en le voyant. Tu n'as pas remarqué son expression ?

— Mmm. Peut-être…

— Tu l'as noté ou pas ? insista-t-elle.

Comme il haussait les épaules, elle se renfrogna.

— Ça n'a duré qu'une seconde. Je l'ai sans doute imaginé.

Il prit son visage entre ses mains.

— Viens ici. Embrasse-moi.

— Eh bien, voilà une offre tentante, ironisa-t-elle.

— Viens que je te montre à quel point elle l'est…

Avec un soupir ravi, elle se pencha et lui abandonna sa bouche. Il avait raison. Le baiser était si délicieux qu'il l'incita à en réclamer d'autres.

Et les baisers amenèrent des caresses, et ils refirent l'amour. Lentement, délicieusement.

Elle observait son visage magnifique au-dessus

d'elle et songeait que tout allait de mieux en mieux entre eux. Rien ne les séparerait jamais.

Une heure plus tard, Rule fixait le plafond, allongé auprès de sa femme, écoutant sa respiration paisible.

Sidney était enceinte.

Il en était certain. Et elle aussi. Le test tout à l'heure ne serait qu'une formalité. Elle attendait son enfant.

Son second enfant.

Bien sûr qu'il avait remarqué l'expression de sa mère.

Elle avait tout de suite compris que Trevor était de lui. Un seul regard au petit garçon lui avait suffi.

Très bientôt, Son Altesse le convoquerait pour un entretien privé, il en était certain. Elle voudrait discuter de la ressemblance étonnante entre son soi-disant beau-fils et lui.

Elle interrogerait aussi son époux, insisterait pour qu'il lui dise s'il savait quelque chose sur les liens réels entre Rule, sa nouvelle épouse et l'enfant qui était son portrait craché au même âge. D'une manière ou d'une autre, la princesse connaîtrait le fin mot de l'histoire.

Et, dès qu'elle saurait la vérité, elle harcèlerait Rule pour qu'il la révèle à sa femme. Sa mère était aussi attachée à l'intégrité et à la franchise que Sydney.

Il avait l'impression que le jour du Jugement dernier approchait. Il avait tout à présent : une femme qui le comblait, un fils heureux et en bonne santé — et un second bébé en route.

La seule question était de savoir ce qu'il allait perdre quand Sydney apprendrait enfin la vérité.

Les mains de Sydney tremblaient.

Elle tourna le dos au test posé sur le bord du lavabo et crispa ses doigts sur le rebord.

— Quelle andouille ! murmura-t-elle.

Aucune raison de se mettre dans un état pareil. Si elle était enceinte, tant mieux. Si elle ne l'était pas, tant pis. De toute façon, elle savait qu'elle l'était. Et dans quelques instants, elle serait fixée.

Rule toqua à la porte de la salle de bains.

— Sydney ? Tout va bien ?

Comme pour répondre à sa question, le minuteur qu'elle avait placé sur l'entourage en marbre de la gigantesque baignoire sonna. Elle se précipita pour l'éteindre.

— Sydney ? Sydney ? cria Rule dans le brusque silence.

Il se mit à tambouriner sur la porte. Pivotant sur ses talons, elle l'ouvrit à la volée. Il se tenait sur le seuil, magnifique, entièrement nu et la mine inquiète.

— Ça va, parvint-elle à articuler entre ses dents serrées.

Il tendit les bras vers elle, et, avec un petit cri, elle se jeta contre lui, le ceinturant, le visage enfoui contre son torse vigoureux.

— C'est le moment, dit-elle. Je ne peux pas regarder moi-même…

— Sydney…

Il répéta son nom de cette voix unique, tendre et rassurante, puis il lui souleva le menton.

— On sait tous les deux ce qu'indiquera le test, ajouta-t-il en effleurant ses lèvres.

Sa bouche tremblait, et elle se maudit de sa nervosité.

— Je sais qu'on sait. Mais si on se trompait ?

— Il n'y a qu'un moyen de le savoir, ma chérie.

De nouveau, elle pressa son visage contre lui, éprouvant le même sentiment que Trevor la veille, agrippé à son Rou adoré, au moment de rencontrer sa famille.

— Regarde, toi. Moi, j'en suis incapable.

Il gloussa. Voilà bien les hommes ! Glousser lors d'un instant pareil. Il gloussa, puis embrassa le sommet de son crâne.

— Tu vas devoir me lâcher si tu veux que je regarde.

A contrecœur, elle baissa les bras et recula d'un pas.

— Fais-le. Maintenant, s'il te plaît.

Il prit le test sur le lavabo, fronça les sourcils, le retourna dans l'autre sens.

Eh bien ? Il ne savait plus lire, subitement ?

— La petite fenêtre, grommela-t-elle, brûlant d'impatience. C'est écrit en toutes lettres. « Enceinte » ou « Pas enceinte ».

Rule louchait sur le test, en faisait des tonnes.

— Voyons, voyons ce que ça nous dit…

— Je vais t'arracher ce truc des mains et te le planter entre les deux yeux ! Arrête, Rule. Arrête ton cirque tout de suite.

— Très bien. Alors… je lis… Qu'est-ce que je lis ?

— Rule…

Puis il laissa tomber le test dans le lavabo, se tourna pour la soulever dans ses bras, la fit pirouetter. Elle éclata de rire, tandis qu'il la déposait sur le sol avec moult précautions.

Enfin, il chuchota à son oreille :

— Enceinte.

Enceinte. Quel mot magique !

Elle jeta les bras autour de son cou.

— Je n'arrive pas à y croire. On va avoir un bébé. On va vraiment en avoir un. Ce n'est pas génial ?

— Si. C'est merveilleux.

Et il la reprit dans ses bras, la porta jusqu'au lit, où ils fêtèrent le résultat positif du test de leur manière préférée.

Plus tard, Sydney demanda à Rule s'il acceptait d'attendre un peu avant d'annoncer la nouvelle du bébé. Sa grossesse était somme toute encore récente, et personne n'avait besoin de la connaître avant un mois, après tout. Elle avait envie que cela reste entre eux quelque temps.

— Comme tu voudras, répondit-il en l'embrassant.

— Tu es un homme si agréable à vivre.

— Je ferais n'importe quoi pour toi.

Et il le pensait vraiment.

Il se sentait si bien — leur vie commune, le nouvel enfant à venir, tout allait à merveille — qu'il réussissait presque à oublier ses craintes concernant le moment où Sidney apprendrait la vérité au sujet de Trevor.

Et, comme les jours passaient sans que sa mère ne le convoque, ses craintes diminuèrent encore. Pour une raison ou une autre, il semblait que la princesse n'avait pas l'intention d'aborder avec lui le sujet de son sosie de beau-fils. Peut-être avait-elle décidé que leur ressemblance était une simple coïncidence ? A moins qu'elle ne souhaite tout simplement pas s'en mêler.

Il y avait encore une autre explication possible : elle estimait que Rule lui en parlerait quand il serait disposé à le faire. En tout cas, pour le moment, elle ne s'en mêlait pas.

Et il en était à la fois soulagé et heureux.

Le premier mardi, après leur arrivée, ils donnèrent une conférence de presse où ils annoncèrent officiellement leur mariage, bien que celui-ci soit déjà un vieux scoop dans l'univers en perpétuel mouvement des journaux à scandale. Mercredi, ils rendirent visite à l'archevêque de Montedoro, pour demander l'autorisation de célébrer leurs noces à l'église. Le prêtre se déclara heureux d'accélérer les démarches. Et le samedi suivant l'installation de sa nouvelle famille à Montedoro, Rule épousa Sydney devant Dieu.

La semaine suivante, il passa trois jours à Paris pour des réunions professionnelles. Sydney resta à Montedoro avec Trevor et Lani, et prit le temps de faire plus ample connaissance avec la princesse Adrienne. Le soir de son retour de France, elle indiqua à Rule que sa mère l'avait interrogée sur le père de Trevor.

Il parvint à garder une voix neutre.

— Et qu'est-ce que tu as répondu ?

— La vérité, bien sûr. Que je désirais une famille, mais que, n'ayant pas d'homme dans ma vie, j'ai fait appel à une banque de sperme. Je crois que ça ne l'a pas dérangée. Elle souriait et a dit que j'étais une femme très déterminée.

— Ce qui est exact.

Il l'embrassa, elle l'embrassa en retour, puis les choses suivirent leur cours habituel.

Le lendemain, Liliana revint séjourner à Montedoro sur l'invitation de Son Altesse Adrienne. Sydney eut l'occasion de faire sa connaissance, et toutes deux s'entendirent aussitôt — la délicate princesse d'Alagonia et l'épouse américaine, brillante et déterminée, de Rule. Pour sa part, il ne fut pas réellement surpris de leur amitié spontanée. Les deux femmes étaient dotées d'un cœur généreux.

Cela se passa très bien aussi avec ses sœurs. Sydney les apprécia toutes, et la réciproque fut également vraie.

Ils commencèrent cependant à envisager d'avoir davantage d'intimité. Sydney voulait vivre dans leur propre maison, lorsque le bébé arriverait. Aussi engagèrent-ils un architecte pour rénover la villa de Rule, qu'il fallait agrandir et moderniser, afin de la rendre plus confortable pour leur famille en pleine expansion.

Les choses se passaient si bien entre eux qu'il en venait parfois à se demander s'il était vraiment nécessaire qu'elle sache qu'il était le père biologique de Trevor.

Qu'apporterait la vérité, à elle ou à quiconque ? Il les avait trouvés, son fils et elle, et il avait fait en sorte que tout se passe idéalement pour eux trois. Lui révéler sa paternité maintenant ne ferait que la bouleverser, et creuser un gouffre entre eux. Cela risquait de mettre leur famille à mal.

Le père de Rule garderait le secret, surtout si la princesse n'insistait pas pour en savoir plus. Parfois, il s'avérait plus sage de ne rien faire, de laisser une situation merveilleuse en l'état, sans y toucher.

Mais il se rendait compte que ces réflexions étaient le fruit de sa lâcheté. Il aurait dû lui en parler dès le début. Après tout, c'était une information qu'elle avait le droit de connaître.

Il devait le lui dire maintenant. Aujourd'hui.

Mais, pour une raison ou une autre, le moment semblait toujours mal choisi. Et un autre jour s'écoulait.

« Bientôt », se promettait-il.

Il le lui dirait bientôt.

Et chaque jour qui passait rendait la sincérité de plus en plus difficile à envisager, l'enlisait plus profondément dans le mensonge, et il en venait progressivement à se convaincre que se taire valait mieux pour tout le monde.

Mais le dernier mercredi de mai, la vérité le rattrapa.

- 12 -

Cela arriva près de trois semaines après leur installation à Montedoro.

Caroline l'attendait lorsqu'il entra dans son bureau au palais. Elle tenait un tabloïd à la main.

— Monsieur, annonça la secrétaire, le visage aussi impassible que possible. Un article particulièrement ennuyeux vient de paraître dans *The International Sun.*

The Sun était un journal anglais, qui prétendait informer. Ce qu'il faisait sur des questions aussi brûlantes que le retour de telle célébrité en cure de désintoxication, ou la liaison torride de telle star de cinéma avec Monseigneur le très marié duc de Tartempion.

— J'ai pensé devoir le porter à votre attention sur-le-champ, ajouta-t-elle.

L'un des rôles de Caroline était de suivre l'actualité quotidienne, tant dans les journaux sérieux que dans les feuilles à scandale. Elle veillait à ce que Rule soit au courant de tout ce qui s'imprimait sur lui, son pays, ses affaires ou les gens qui comptaient pour lui.

D'ordinaire, elle se contentait de laisser les diverses publications sur la crédence, après avoir signalé d'une croix rouge les articles qu'elle estimait importants. Qu'elle préfère lui remettre celui-ci en main propre ne présageait rien de bon.

— Merci, Caroline.

Avec un hochement de tête respectueux, elle le quitta, refermant doucement la porte derrière elle.

Rule contourna son bureau et se laissa tomber sur son siège. Pris soudain d'une terrible appréhension, il étala le journal sur le sous-main de cuir. Durant un moment, il le considéra avec fureur comme si, en le foudroyant assez longuement du regard, il pouvait rendre les mots et les clichés moins nocifs pour sa famille ou lui.

Mais ce qui était imprimé en une ne changea pas pour autant. Le titre disait :

« *ENFANT DE L'AMOUR OU ENFANT D'UN AUTRE ?* »

Figuraient plusieurs photos de lui — avec Trevor dans les bras, seul ou en compagnie de Sydney, et de lui au même âge que Trevor. Compte tenu de leur ressemblance frappante, les photos parlaient d'elles-mêmes. N'importe qui en les regardant serait persuadé que Rule était bien le père biologique de Trevor, ou au pire un parent très proche.

L'article relevait de la pure invention. Il suggérait une ancienne « liaison torride secrète » entre Sydney et lui, à la fin de laquelle elle se serait retrouvée enceinte. Il l'aurait quittée, la laissant « avoir son bébé seule », sous prétexte qu'il se sentait tenu d'épouser une « aristocrate européenne ».

Mais ensuite, le sort avait voulu qu'il soit « incapable d'oublier la femme de son cœur ». Après plus de deux années, le « séduisant prince » avait fini par prendre conscience que son enfant et l'amour de sa vie « comptaient plus que le sang royal » et il était retourné chercher la femme qu'il avait « toujours aimée » ainsi que l'enfant qu'il avait « abandonné ».

Un long paragraphe expliquait même qu'aux dires de Sydney, son fils était le fruit d'une insémination artificielle. Mais ni *The International Sun* ni son lectorat n'étaient dupes.

« Une photo vaut tous les mots. » Or les photos montraient sans conteste que l'enfant en question était celui du prince Rule. Au moins le prince avait-il fini par agir en gentleman, en épousant la mère de son fils. Et, puisque « tout est bien qui finit bien », *The Sun* souhaitait « tout le bonheur du monde » au prince et à sa famille retrouvée.

L'ensemble était ignoble, stupide, insultant et truffé de clichés. Sans parler des affabulations. Néanmoins, ce grotesque tissu de mensonges dissimulait deux éléments de vérité essentiels : Trevor était bien le fils de Rule. Et Sydney avait bien eu recours à une banque de sperme.

Autrement dit, il était de la plus haute importance de réagir à ce pseudo-article. De toute façon, quoi qu'il fasse — éviter le moindre communiqué, publier un déni outragé, poursuivre le journal en diffamation — empirerait les choses. Rien n'empêcherait un journaliste opportuniste de creuser davantage. Et quelqu'un découvrirait un jour qu'il avait été donneur à Secure Choice. Et, si cela arrivait, et qu'il n'ait toujours rien dit à Sydney…

Non. Il ne pouvait permettre que les choses aillent aussi loin.

Il allait lui parler, et le plus vite possible. Quand il l'aurait fait, elle serait furieuse contre lui. Elle risquait même de ne jamais lui pardonner. Mais, si elle découvrait l'histoire dans les tabloïd, la probabilité de la perdre à jamais s'avérait plus grande encore.

Il repoussa le journal et prit son visage entre ses mains. Il aurait dû lui parler depuis des semaines. Il aurait dû le lui dire dès le début.

Il aurait dû…

Combien de fois se l'était-il répété ? Cent, mille fois ?

Chaque fois, il aurait pu le faire.

Certes, cela aurait mal tourné. Mais pas aussi mal que cela allait tourner à présent.

Il avait fait son choix — le mauvais choix — cent, mille fois, en pariant sur leur bonheur. Il aurait dû se méfier. Parier était une mauvaise idée, surtout quand ce qui était en jeu n'était rien de moins que le sens de sa vie.

Une demi-heure plus tard, Rule et son père se retrouvèrent dans le bureau privé du prince Evan. Participaient également à la réunion Donahue Villiers, avocat et conseiller juridique de la famille, ainsi que Leticia Sprague, la secrétaire du palais en charge de la presse, et membre fidèle du personnel depuis vingt ans.

Ils discutèrent de la marche à suivre et décidèrent que Donahue prendrait contact avec le département juridique du journal, afin de négocier le procès que la famille comptait intenter. Il réclamerait aussi la publication d'un désaveu complet, lequel contribuerait considérablement à apaiser le prince Rule lors de sa demande de dommages et intérêts. Leticia suggéra que Rule fasse une déclaration dans laquelle il réfuterait le contenu de l'article et apporterait tous les éclaircissements possibles à ces allégations insultantes.

— Cependant, déclara ensuite le père de Rule, avant d'entamer ces démarches, un débat familial doit avoir lieu. Son Altesse doit être informée de nos décisions et avoir l'occasion d'exprimer ses souhaits sur le sujet. Ainsi, bien entendu, que Sydney.

La réunion se termina là-dessus.

Une fois seuls, Rule et le prince Evan échangèrent un long regard sombre.

— Ce n'est pas la fin du monde, fiston, dit Evan. Tu vas surmonter cette histoire et conserver ta famille intacte. Essaye de voir le bon côté des choses.

— Hélas, je n'en vois aucun, rétorqua Rule avec amertume.

— Bien sûr que si. Cet article est absurde. Et il ne fera que ternir l'image du *Sun*.

— C'est un tabloïd. Ils se moquent d'avoir une image déplorable.

Son père le fixa d'un air grave.

— Cette démarche que tu as faite, devenir donneur, était motivée par une idée généreuse. Par un bon cœur.

— Non, j'étais idiot. C'était un acte de rébellion

contre tout ce que je suis et ce que nous représentons en tant que Bravo-Calabretti.

— Sans cet acte de rébellion, tu n'aurais jamais trouvé la femme que tu cherchais, persévéra Evan avec patience. Trevor n'existerait pas. Que tu aies fini par rencontrer Sydney, que tu aies réussi à la convaincre de t'épouser, à devenir un vrai père pour ton fils… je trouve ça non seulement admirable, mais tout à fait honorable.

Rule avait envie de saisir le presse-papier de cristal sur le bureau de son père et de le lancer contre le mur.

— Tu ne comprends pas. Sydney ignore toujours tout. Je ne lui ai encore rien dit.

— Alors fais-le. Tout de suite.

— Je risque de la perdre.

— Mais tu ne la perdras pas. Elle t'aime. Elle te soutiendra.

Rule se tut. Depuis le début, son père le poussait à être honnête avec Sydney. Savoir qu'il avait eu raison rendait cette discussion encore plus désagréable.

— Je pense aussi qu'il est temps de dire la vérité à ta mère, ajouta Evan.

— Formidable !

— Tu ne peux pas le reporter plus longtemps, Rule. Un seul regard à cet enfant a suffi pour la convaincre qu'il devait être de toi. Elle m'a demandé ce que je savais. J'ai répondu que tu m'avais confié un secret que j'avais accepté de garder. Mais que, si elle l'exigeait, je romprais ma parole et lui révélerais tout.

— Ah, génial, merci, papa !

— Une fois qu'elle a eu vu Trevor, je n'avais pas le droit de la laisser dans l'ignorance. Elle gouverne mon cœur comme elle gouverne ce pays. Mais ça dépasse peut-être ton entendement.

— Non, je comprends, répliqua Rule en pensant à Sydney.

— Il se trouve que je n'ai pas eu à rompre ma parole. Ta mère a assuré que je devais préserver le secret, qu'elle préférait respecter tes souhaits sur ce point.

— Donc elle sait juste que Trevor est de moi.

— Je n'ai rien confirmé. Elle a tiré ses propres conclusions et les a gardées pour elle. Le moment est venu que tu sois franc avec elle.

— Je dois d'abord parler à Sydney.

— Cela va de soi.

Lorsque Rule entra dans leurs appartements, le tabloïd à la main, Sydney n'était pas là. Lani lui apprit qu'elle s'était rendue à la bibliothèque et serait de retour à 11 heures.

Il était moins le quart.

Trevor tira sur sa jambe de pantalon.

— Rou. Viens. Jouer…

Le cœur lourd, il s'assit par terre avec son fils, posa le journal un peu plus loin, puis l'aida à construire une extravagante machine au moyen de roues et d'engrenages en plastique. Trevor brandit une hélice.

— Tu vois, Rou. Hélice.

Il la fixa sur un piton coloré et souffla dessus, puis éclata de rire lorsqu'elle tourna. Rule tenta de rire avec lui, mais n'y parvint pas. Tandis que Trevor continuait d'assembler ses rouages multicolores, il observa longuement sa petite tête brune. Il mourait d'envie de le prendre dans ses bras et ne jamais le laisser partir, comme si, en serrant son fils contre lui, il pourrait échapper à l'imminent instant de vérité.

Mais il n'y avait pas d'échappatoire possible. Il en avait terminé avec son mensonge.

Peu après, il entendit des pas vifs dans l'entrée. Et Sydney fut là, qui demandait en riant à Lani combien de pages elle avait écrites.

— Trois paragraphes, grommela cette dernière. Ça ne vient pas.

— Ça viendra, répliqua Sydney. Ça vient toujours.

— J'espère que tu as raison.

— La persévérance mène à la récompense.

Lani marmonna autre chose, que Rule ne réussit pas à discerner dans le grondement de son propre sang, pendant que Sydney s'approchait d'eux.

— Quelle magnifique machine vous fabriquez là ?

Durant un moment, Rule contempla ses pieds chaussés de jolies sandales, ses chevilles fines. Puis, s'obligeant à sourire, il leva les yeux vers elle.

— Demande à ton fils.

— Coucou maman. Moi fais machine avec hélice.

— Je vois ça, et…

Son regard dériva sur le côté. Rule suivit la direction qu'il prit. Le journal était à moitié déroulé, révélant les titres offensants et une partie des photos.

— Qu'est-ce que… ?

Il saisit le tabloïd et le replia soigneusement.

— Nous devons avoir une discussion en privé, je crois.

Elle haussa les sourcils, avant de répliquer :

— Je le crois aussi, en effet.

Assis par terre, Trev les observait tour à tour, troublé par ce qui se passait entre les adultes.

— Maman ? Rou ?

Rule posa une main sur la joue de son fils.

— Trevor, dit-il avec tout le calme et la gentillesse qu'il put réunir. Maman et moi, on doit parler, maintenant.

— Parler ? répéta l'enfant, sourcils froncés. Bon, moi je construis encore machine !

Lani reposa son ordinateur portable et quitta le canapé pour le soulever dans ses bras.

— Viens, Trev. On pourrait aller goûter ?

— Oui ! Des biscuits et du lait. Dans la grande cuisine.

Il adorait descendre dans les cuisines du palais où chefs et aides-cuisiniers le chouchoutaient à n'en plus finir.

— D'accord. Biscuits et lait dans la grande cuisine, on y va, déclara Lani.

— Merci, fit Rule avec un sourire contraint.

La porte de l'appartement claqua, et il se retrouva seul en compagnie de Sydney.

— Alors ? lança-t-elle.

Il lui tendit le tabloïd.

Elle l'ouvrit, puis poussa une exclamation incrédule.

— Ils sont tombés sur la tête, ma parole.

— Sydney, je…

Mais elle l'interrompit d'un geste.

— Attends. Laisse-moi lire ces insanités.

Ils restèrent donc là, debout de chaque côté du tas de roues et mécanismes en plastique de Trevor, tandis qu'elle parcourait l'article. Cela ne lui prit pas longtemps.

Enfin, la mine dégoûtée, elle jeta le journal par terre.

— C'est la saleté la plus ignoble que j'aie jamais lue. Ces gens ne manquent pas d'air. On attaque en justice, bien sûr ?

— Je crois, oui.

— Tu crois ? C'est un tissu de mensonges. Il n'y a pas la moindre parcelle de vérité dans cette abjection.

— En fait, c'est là le problème. Elle contient une parcelle de vérité. Une grosse parcelle.

Elle lui décocha un regard en biais.

— Qu'est-ce que tu racontes, Rule ? Qu'est-ce qui ne va pas ?

Il déglutit, comme un enfant pris les doigts dans un pot de confiture.

— Il y a quelque chose que je dois absolument te dire.

— Quoi, Rule… ?

A présent, elle semblait inquiète.

— Tu… tu devrais t'asseoir, Sydney.

Et, comme il tentait de la prendre par le bras, elle se dégagea.

— Tu me fais peur, dit-elle. Mais quoi que tu aies à me dire, vas-y, et vite.

— Oui, commença-t-il. C'est important, et j'aurais dû t'en parler depuis longtemps, dès le début…

— Rule.

C'était elle qui lui prenait le bras, maintenant. Les yeux plantés dans les siens, elle ordonna :

— Dis-moi ce que tu m'as caché. Quoi que ce soit, dis-le-moi tout de suite.

Comment lui annoncer cela en douceur ? Il ne voyait pas. Alors il alla droit au but.

— J'ai été donneur pour Secure Choice Cryobank. C'est mon profil que tu as choisi. Trevor est mon fils.

- 13 -

Ses ongles s'enfoncèrent dans la peau de ses bras, qu'elle agrippait toujours. Son visage était devenu d'une blancheur de craie.

— Non, chuchota-t-elle.

— Sydney…

Le lâchant brutalement, elle bondit en arrière, comme si elle ne supportait plus son contact.

— Non, répéta-t-elle, les mains sur la bouche. Non, non, non. Tu ne m'as jamais rien dit. Je t'ai posé la question directement… Tu m'as répondu que non.

Elle avait beau murmurer, c'était pour lui aussi aigu qu'un cri, qu'un hurlement.

— Je sais. J'ai menti. Sydney, si on pouvait…

Elle continuait à secouer la tête.

— Non. Non.

Et soudain, elle tourna les talons pour se diriger vers le canapé et lui désigna un fauteuil.

— Assieds-toi là.

Que pouvait-il faire d'autre ? Il s'exécuta.

Un lourd silence s'installa.

Ils s'observaient de part et d'autre de la table basse, mais cette courte distance lui parut infinie. Et totalement infranchissable. Il lui suffisait de la regarder

— son visage pâle, fermé, ses yeux éteints — pour savoir que le pire venait de se produire.

Il l'avait perdue.

D'une voix soigneusement contrôlée, elle demanda :

— Donc, tout compte fait, tu as pris mes coordonnées auprès de Secure Choice ?

— Oui.

— Hum. Quand ?

— Il y a presque trois ans.

— Quand j'étais enceinte ? Tu savais depuis le début ?

— Oui. J'ai su dès le commencement.

De nouveau, elle porta la main à sa bouche. Puis elle sembla se ressaisir, et la laissa retomber sur ses genoux.

— Tout ce temps-là, tu n'as rien fait. Et soudain, sans crier gare, tu débarques. Tu me mens, tu prétends qu'il ne s'agit que d'une heureuse coïncidence, que tu m'as vue entrer chez Macy's par hasard. Que ma « détermination » t'a tellement « intrigué » que tu n'as pas pu résister. Mais ça ne devait rien au hasard. Rien.

Il s'efforça d'éclaircir sa gorge nouée.

— Non, en effet. Je t'ai suivie, ce jour-là.

Comme elle pressait le poing sur son ventre, il songea au bébé, et affolé il se leva.

— Sydney ? Tu es… ?

Mais une fois de plus, elle l'arrêta d'un geste.

— Ne bouge pas. Reste là, et surtout ne t'avise pas de t'approcher de moi.

— Mais tu…

— Je ne suis pas malade. Je… il n'y a pas de

mots pour dire ce que je ressens, Rule. Tu le sais ? Pas un mot.

Il retomba dans son siège, prononça les seules paroles qu'il puisse se permettre.

— Oui, je sais.

— Pourquoi maintenant ? Je ne comprends pas. Après toutes les occasions où tu aurais pu me parler, pourquoi aujourd'hui ?

Puis elle battit des cils. Et il vit qu'elle avait compris. Lentement, elle fit la réponse elle-même.

— C'est cet article stupide, évidemment. Ces photos de Trevor et toi, si semblables. Il précise même que je « prétends » être passée par un donneur. Tu as peur que quelqu'un creuse et découvre la vérité. Tu ne pouvais pas te permettre de me laisser plus longtemps dans l'ignorance.

Que lui offrir, sinon une confirmation honteuse ?

— Oui, c'est exact.

— Oh ! Rule ! Je trouvais affreux que tu doives rentrer en vitesse à Montedoro le lendemain de notre mariage, pour t'expliquer avec Lili. J'étais… déçue par toi. Mais je me disais que tu ne m'avais jamais menti. Que tu m'avais prouvé ton honnêteté en me parlant si franchement d'elle…

Malgré l'absence de larmes, un sanglot lui échappa. Elle plaqua de nouveau la main sur sa bouche, comme pour ravaler ce sanglot.

— Quelle idiote j'étais ! continua-t-elle après s'être reprise. Comment ai-je pu être aussi idiote ? Tous les signes étaient là, devant moi. Je les voyais, je les reconnaissais. Pourtant, tu as réussi à me convaincre de ne pas croire aux preuves que j'avais sous les yeux.

— Je voulais te le dire, lui assura-t-il, tout en maudissant le peu de force de conviction qu'il y avait dans ces mots.

L'exquise bouche de Sydney dessina un pli amer.

— Alors pourquoi ne l'as-tu pas fait ?

— Au début ? Parce que je savais que ça m'ôterait toute chance avec toi, lâcha-t-il sans hésitation.

— Tu ne pouvais pas le savoir.

— Bien sûr que si. Ta merveilleuse grand-mère t'avait enseigné que l'honnêteté comptait par-dessus tout. Ensuite, ces deux abrutis, Ryan et Peter…

Elle chassa ses justifications d'un autre geste de la main.

— Bon, au début, je veux bien, c'était délicat, mais alors pourquoi pas le soir où je t'ai carrément demandé si tu avais été un donneur ?

— On était si heureux, je ne voulais pas perdre notre bonheur. Je ne voulais pas te perdre, toi.

— Est-ce que tu comptais seulement me le dire un jour ?

Sa voix était à la fois furieuse et pleine d'espoir.

Il fut tenté de la rassurer, de mentir encore. Mais il ne le pouvait plus. Il avait franchi une ligne en quelque sorte. Il ne lui restait que la vérité brutale.

— Je ne pense pas. Je ne cessais de me répéter qu'il le fallait, mais je trouvais toujours une excuse pour attendre encore un peu, pour repousser le moment. Et je choisissais toujours les excuses plutôt que de t'apprendre ce que tu étais en droit de savoir.

— Donc, s'il n'y avait pas eu l'article dans ce

torchon, tu ne me l'aurais jamais dit, constata-t-elle sur un ton glacial.

Néanmoins, il soutint son regard.

— Non. Je refusais de courir le risque de te perdre.

— Et tu vivais ça bien, Rule ?

— Pas très bien, je l'avoue, répondit-il honnêtement, mais le cœur brisé par son sarcasme.

Durant un long, long moment, elle garda le silence. Elle l'étudiait.

— Je ne comprends pas que tu aies voulu devenir donneur, finit-elle par dire. Ça n'a pas de sens à mes yeux. Ça ne te ressemble pas. Pourquoi as-tu fait cette démarche ?

— C'est important, aujourd'hui ?

— Pour moi, c'est important. J'essaye vraiment de comprendre, Rule.

— Sydney…

— Explique-moi.

C'était un ordre, et il obéit. Mais comment lui faire entendre ce que lui-même saisissait encore mal ?

— Mes raisons me semblaient valables, à l'époque. Je voulais… je ne sais pas, quelque chose. Je voulais que ma vie soit plus que la somme de ses parties. Je voulais ce qu'avaient mes parents. Ce que Max et Sophia avaient. J'avais l'impression de vivre comme un automate, que mon existence était vide. J'aimais mon travail, mais, quand je rentrais chez moi, je me retrouvais seul, alors que j'aurais aimé rentrer pour quelqu'un. Ce que je dis là est incohérent, pas vrai ? ajouta-t-il en secouant la tête.

— Continue.

— Il y avait bien des femmes, mais elles restaient…

des étrangères pour moi. J'aimais coucher avec elles, mais je n'avais pas envie d'elles en dehors de ces brefs moments de plaisir purement sexuel. Je regardais dans leurs yeux, et je sentais que je ne les connaîtrais jamais réellement. Et vice versa. J'étais seul. Je travaillais à Dallas. J'y ai passé un an.

— Quand ?

— Il y a un peu plus de quatre ans. Parfois, j'allais à San Antonio, voir ma famille. Mais ma vie était vide. Mes amitiés étaient superficielles. Si je regarde en arrière, je ne me souviens d'aucune relation que j'aie nouée et qui compte autrement qu'en termes professionnels. Sauf avec un homme. Je suis tombé sur lui lors d'une soirée. On avait été à Princeton ensemble. On a repris contact. Il avait été donneur, à l'époque où il était étudiant. Il était boursier à Princeton, et devenir donneur arrondissait ses fins de mois — même si, précisait-il en riant, ça ne rapportait pas grand-chose. Donc c'était surtout pour l'argent, mais pas seulement. Il trouvait bien, et juste, d'aider un couple ayant tout sauf l'enfant qu'il désirait plus que tout. Son discours a touché une corde sensible en moi. Il me semblait qu'être donneur serait… une bonne chose. Une chose que je pouvais offrir. Mais tu as raison. Ça ne me ressemblait pas. Je suis un Bravo-Calabretti jusqu'à la moelle. Et j'ai refusé de le comprendre avant qu'il ne soit trop tard et que mon profil ne soit disponible. Et surtout avant que deux femmes ne me choisissent comme donneur.

Sydney ouvrit de grands yeux.

— Deux femmes ?

— L'autre n'est pas tombée enceinte. Le temps qu'elle fasse une nouvelle tentative, j'avais retiré mon profil.

— Rien qu'elle et moi ? Je n'arrive pas à croire que si peu de femmes t'aient choisi…

En des circonstances différentes, il aurait ri, mais pas là.

— Mon profil n'est resté disponible que très peu de temps. J'ai retiré mes échantillons quand j'ai réalisé l'idiotie de ma démarche. Ils m'en ont voulu, à Secure Choice. Notre accord portait sur dix grossesses menées à terme ou neuf mois de disponibilité. Je me suis arrangé pour leur rembourser l'argent qu'ils auraient touché si j'avais rempli mon contrat. Au bout du compte, je ne pouvais tout simplement pas… laisser partir, comme ça, ce que je donnais. Or c'est normalement la caractéristique première du donneur : donner et ne plus y penser.

Elle poursuivit à sa place.

— Et c'était inenvisageable pour toi, pas vrai ? Tu t'es rendu compte que tu devais savoir si des enfants étaient nés, s'ils allaient bien.

Elle le comprenait si bien…

— Oui. C'est ce que j'avais prévu, après avoir appris que tu étais enceinte. Et c'était mon unique mobile, je te le jure. M'assurer que l'enfant et toi ne manquiez de rien. Tant que vous alliez bien, je ne vous aurais jamais contactés, je n'aurais jamais interféré dans votre vie. Je savais que tu étais une bonne mère et que tu subvenais largement à vos besoins. Je savais que Trevor était en excellente santé. Je savais que tu ferais tout ce qui était en ton pouvoir pour qu'il fasse un bon départ dans la vie.

— Tu as raison. Je pouvais tout lui donner — sauf un père.

C'était la première fois qu'elle se méprenait sur ses intentions. Il la corrigea aussitôt.

— Je ne le voyais pas ainsi. Je te jure que non.

Elle croisa ses longues jambes minces, serra les mains.

— Rule, je t'en prie ! Etre père est l'un de tes rêves. On le sait tous les deux.

Sa phrase le heurta de plein fouet. Elle l'avait touché en plein dans le mille.

Ce qui prouvait une fois de plus combien il avait été stupide de vouloir devenir donneur, combien il avait mal compris ce qui se passait dans son propre cœur, dans son propre esprit.

— D'accord, lâcha-t-il. J'ai commis des tas d'erreurs dans toute cette histoire, et j'ai cruellement manqué de lucidité. En effet, que mon enfant ait un père est important pour moi.

— Alors tu as entrepris de lui en donner un.

Son regard froid et attentif le clouait sur place. Et à l'arrière de son crâne, il entendait une voix cruelle qui ne cessait de chuchoter : « Tu l'as perdue. Elle va te quitter. Tout de suite. » Advienne que pourra, il devait à tout prix s'expliquer jusqu'au bout.

— Non. Sydney, je te jure que non, ce n'était pas ça. C'était toi.

— Arrête, s'il te plaît.

— Toi, répéta-t-il. C'était toi. Oui, bien sûr, Trevor comptait. Il comptait plus que je ne pourrais le dire. Mais c'est toi qui as été le point de départ. C'est toi que j'ai pourchassée. Pas mon fils. J'ai menti, oui, par omission. Je ne t'ai jamais dit ce qui m'avait amené dans le parking de Macy's le jour où on s'est rencontrés. Je ne t'ai jamais dit que c'était pour toi que j'étais là, en premier lieu. Parce que tu me fascinais. Tu es si brillante, si compétente. Et apparemment si déterminée à avoir une famille, avec ou sans homme à tes côtés. Je voulais te voir en chair et en os, une fois, une seule fois. J'espérais pouvoir ensuite te laisser à ta vie, laisser Trevor. Retourner à Montedoro, demander la main de Lili…

— Tu te mentais à toi-même.

— Oui. Dès que je t'ai vue sortir de ta voiture dans le parking, j'ai compris que je devais m'approcher plus près, te voir en face, te regarder dans les yeux. Entendre ta voix, ton rire. Je t'ai suivie dans le magasin. Et, quand tu as commencé à me lancer ces adorables coups d'œil en coin tout en feignant de lire le prix d'une poêle, j'ai su que je ne m'en contenterais pas. Il me fallait plus. Chaque mot que tu prononçais, chaque instant en ta présence renforçaient ce sentiment. Je te jure, Sydney, que te séduire et t'épouser ne relevait pas d'un plan préétabli.

Elle émit un ricanement goguenard.

— C'est vrai, admit-il, c'est ce que j'ai fini par faire. Mais c'est parce que tu es toi, et personne d'autre. Et dès notre première soirée, lors de ce dîner à The Mansion, j'ai su que je te voulais pour épouse.

Les yeux émeraude de Sydney brillaient à présent. Parce qu'elle pleurait.

Ces larmes lui redonnèrent espoir.

Mais elle se détourna en poussant un long soupir. Lorsqu'elle se tourna de nouveau vers lui, les larmes avaient disparu. Du ton froid de l'avocat général, elle dit :

— Tu avais tellement d'autres options. Bien meilleures que celles que tu as choisies.

— Je le sais. Avec le recul, ça crève les yeux.

— Tu aurais pu demander à me rencontrer quand que tu as découvert que tu étais mon donneur. J'aurais accepté. J'étais aussi fascinée par l'idée de toi — de l'homme que j'avais choisi — que tu prétends l'avoir été par moi.

— Je ne le prétends pas, je l'étais, et je le suis encore, rectifia-t-il. Mais je n'avais aucune raison de croire que tu serais heureuse de me rencontrer. Ça me paraissait la dernière chose qu'une mère célibataire pourrait souhaiter. La visite d'un étranger susceptible de réclamer des droits sur son enfant.

— J'avais donné la permission que le donneur me contacte. Cela aurait dû te suffire pour prendre le risque.

— Maintenant que je te connais, ça me paraît évident. Mais à l'époque, j'ignorais comment tu réagirais. Et je trouvais que ce n'était pas bien de m'ingérer dans ta vie.

— Si tu m'avais cherchée dès le début, tu aurais eu plus de deux ans avant que la loi qui t'obligeait à te marier ne prenne effet. On aurait eu le temps de dénouer ce sac de nœuds. Et tu aurais eu le temps de me dire la vérité.

— Sydney, je m'en rends compte, maintenant. Mais je ne l'ai pas fait. Oui, j'aurais dû être plus courageux. J'aurais dû être plus… sincère. J'aurais dû tenter ma chance, me débrouiller pour te rencontrer plus tôt. Mais j'ai hésité. Ça m'a pris beaucoup de temps. Et, quand j'ai enfin agi, j'étais tout près de mes trente-trois ans.

— Trente-trois ans ou non, répliqua-t-elle sans lui céder le moindre pouce de terrain, tu devais me dire la vérité avant de me demander en mariage. Tu me devais ça, au minimum.

— Je sais, je sais. On en a déjà parlé. Mais à ce moment-là, tu m'avais expliqué à quel point tu tenais à l'honnêteté.

— Justement. Tu aurais dû te montrer honnête.

— Qu'est-ce que tu fais de Peter et Ryan ? De ton dégoût des hommes ? Tu te serais imaginée que seul Trevor m'intéressait.

Elle le fixa d'un air inébranlable.

— Me dire la vérité était l'unique chose à faire.

— Oui. Et je t'aurais perdue. Tu n'étais pas prête à accorder le bénéfice du doute à un troisième homme. C'était trop risqué. On s'entendait à merveille. Je ne pouvais pas supporter l'idée de te perdre alors que je venais de te trouver. Car je t'aurais perdue, ne le nie pas.

— Tu as raison. A ce moment-là, je… ne te connaissais pas assez. J'aurais coupé les ponts quelque temps, ralenti les choses entre nous. Il m'aurait fallu un répit pour apprendre à te faire confiance.

— Plus long que je ne pouvais me le permettre.

— A cause de votre fameuse loi sur le mariage.

— Oui.

— En fait, tu m'expliques que tu étais coincé.

Le dédain perçait dans sa voix.

— Non. Je t'explique que je savais enfin ce que je voulais. Après tant d'années de vaines recherches, je te trouvais enfin. Je te voulais, toi. Je voulais notre enfant. Et je voulais garder mon rang, aussi. J'ai fait le choix de me donner — de nous donner — la meilleure chance pour que nous obtenions tous les deux ce que nous souhaitions.

— Donc toujours le même choix. Celui de me mentir. Encore et encore. Depuis notre mariage, je ne compte pas les occasions où tu aurais pu faire un choix différent.

— Je sais. Nous voilà revenus au point de départ. Au moment où je te rappelais combien nous avions été heureux, et tu as admis toi-même que la vérité aurait détruit ce bonheur. J'ai fait ça pour éviter de te perdre, Sidney.

Elle se leva tout en le regardant dans les yeux.

— En faisant le choix de me mentir, tu m'as volé mes propres choix. Tu m'as traitée comme une gamine irresponsable, incapable de gérer une situation donnée et de prendre des décisions raisonnables basées sur les informations à ma disposition. Pendant des générations, les hommes ont traité les femmes comme des créatures incapables d'affronter la réalité et de faire des choix rationnels. Ils les ont traitées comme des biens plutôt que comme des êtres humains. Je ne me laisserai pas traiter comme ton bien, Rule, même très précieux. Tu comprends ?

Il comprenait. A ce stade, il ne lui restait plus qu'à admettre le mal qu'il lui avait fait — qu'il leur avait fait à tous les deux — et à en payer le prix.

— Oui, Sydney. Je comprends.

— C'est important que tu croies en moi, que tu me fasses confiance, que tu me traites comme ton égale.

— Mais c'est le cas, je t'assure.

— Pourtant, tu n'aurais pas agi autrement si tu avais pensé le contraire. Et dans des circonstances identiques, tu recommencerais.

Pourquoi le nier ? De toute manière, cela ne servirait à rien. Il ne pouvait défaire ce qu'il avait fait. Ce qui comptait maintenant, c'était qu'il ne lui mentirait plus.

— Je ne voulais pas te perdre, c'est tout. J'ai menti parce que j'étais certain que la vérité me coûterait mon bonheur. J'ai fait le mauvais choix. Et je te jure que plus jamais je ne te mentirai. Mais je vois bien en te regardant que cette promesse est inutile. Je vois dans tes yeux que de toute façon je vais te perdre.

L'expression de Sydney changea. Alors qu'elle était fermée, jusqu'à présent, elle sembla soudain décontenancée. Elle finit par lever les yeux au plafond en soupirant.

— Bien sûr que non, Rule, tu ne vas pas me perdre.

Bouche bée, il la fixa, convaincu d'avoir mal entendu.

— Qu'est-ce que tu viens de dire ?

— Que tu ne vas pas me perdre. Jamais je ne te quitterai. Je suis ta femme, et je t'aime plus que ma vie. Mais je t'en veux à mort. Et pas question de faire comme si je passais l'éponge pour le moment. Je ne t'ai pas pardonné ! Tu risques de finir par souhaiter que je parte.

L'espoir revint en lui.

— Mon Dieu, non ! Jamais je ne souhaiterai que tu t'en ailles. Sache-le.

— On verra.

Il se leva, mourant d'envie de la prendre dans ses bras. Mais il devina à son expression qu'il ne fallait mieux pas. Il regrettait tant de ne pouvoir lui retourner ses paroles : « Je t'aime plus que ma vie », mais le moment était mal choisi.

— Je veux notre mariage. Je te veux toi, et rien que toi. Ça ne changera jamais, quoi que tu fasses, quelle que soit ta colère contre moi.

— On verra, répéta-t-elle.

L'espace d'un instant, il vit de la tristesse dans ses yeux. Des hommes l'avaient déçue par le passé. Et il ne valait pas mieux qu'eux.

Si. Il refusait d'être comme les autres.

Peu importait le temps que cela prendrait et le prix à payer, il serait meilleur qu'il n'avait été jusqu'à présent et regagnerait sa confiance.

— Que savent tes parents ? demanda-t-elle alors.

— Mon père sait tout. Je me suis confié à lui. Mais

ma mère ne sait rien, même si elle est persuadée que Trevor est mon fils autant que le tien.

— Tu le lui as dit ?

— Non, mais elle l'a deviné dès qu'elle l'a vu. Elle a interrogé mon père, qui a proposé de tout lui révéler. Mais elle a trouvé ça incorrect, si bien qu'elle a refusé qu'il rompe sa parole envers moi.

— J'aime beaucoup ta mère.

— Oui, répliqua-t-il d'un ton pince-sans-rire. C'est une femme tout à fait admirable, exactement comme toi. Ça me rappelle que je dois lui parler.

— De ça ? fit-elle en indiquant le tabloïd par terre.

Il acquiesça.

— A l'heure qu'il est, elle aura parcouru les journaux, y compris ce torchon. Il faut que je lui explique.

— Nous irons ensemble, déclara Sydney.

C'était plus, bien plus qu'il n'aurait osé espérer.

— Tu es sûre ?

— Je vais laisser un mot à Lani.

Ils retrouvèrent la princesse dans ses appartements, où elle les attendait en compagnie de son mari.

Rule leur relata de nouveau toute l'histoire. Le visage de sa mère resta indéchiffrable.

Quand il eut terminé, elle se tourna vers Sydney.

— Je suis désolée que mon fils vous ait dupée.

Il avait l'impression d'être le cancre de la classe, envoyé au coin, face au mur et au constat terrible de ses bêtises.

— Bien, reprit Adrienne. Où en sommes-nous

en termes de négociation avec *The International Sun* et leur absurde paquet de mensonges ?

Le prince Evan résuma la courte réunion qu'ils avaient eue avec Leticia et Donahue.

— Pour commencer, conclut-il, Donahue va réclamer au moins que le journal se rétracte.

— Cela vous satisfera-t-il tous les deux ? leur demanda Adrienne.

« Me satisfaire ? » songea Rule. A peine. Ce qui le satisferait, ce serait que sa femme le regarde de nouveau avec tendresse, avec désir, qu'elle lui accorde son pardon.

— Parfait, répondit-il, désormais totalement indifférent à l'article paru dans ce fichu torchon.

— Non, moi, ça ne me satisfait pas, objecta Sydney.

Sa bouche était dure, ses yeux étincelaient. La voir ainsi lui fit mal. Il avait envie de sentir sa peau sous la paume de sa main, juste pour le plaisir de la toucher.

Il se sentait désespéré. Certes, elle avait assuré qu'elle ne le quitterait pas.

Mais combien de temps allait-il s'écouler avant qu'elle lui permettre de la reprendre dans ses bras ?

— Le désaveu, oui, absolument, poursuivit Sydney. Ils doivent commencer par se rétracter. Et ensuite, on leur colle un procès aux fesses.

— Un procès aux fesses ! répéta la princesse Adrienne. J'admire votre enthousiasme, Sydney.

— Cet article est indigne, scandaleux, insultant, scanda Sydney, fulminante.

— Je suis d'accord avec vous. Et nous obtiendrons ce désaveu.

— Ça ne suffit pas. Il remet en question l'intégrité de Rule, son caractère. Jamais Rule n'abandonnerait une femme enceinte de son enfant. Jamais !

Stupéfait, Rule la considéra. Elle l'épatait. En dépit de sa colère contre lui, elle le défendait.

— Sydney, intervint-il d'une voix douce. Ce n'est qu'un article idiot. Cela n'a pas d'importance.

Mais les yeux verts de sa femme jetaient des éclairs.

— Bien sûr que si, ça en a. Et ils méritent qu'on leur tape sur les doigts. Je pense que nous devrions tenir une conférence de presse et révéler au monde entier que ce sont des menteurs, et révéler la vérité, par la même occasion.

Révéler la vérité. Elle ne pouvait pas être sérieuse.

— Tu veux dire au monde entier que j'étais ton donneur ? demanda-t-il d'un ton prudent. Qu'il m'a fallu plus de deux ans pour avoir le courage de t'aborder ? Que, quand j'y suis enfin parvenu, je ne t'ai pas avoué être le père de ton fils, mais qu'à la place, je t'ai séduite et épousée comme si de rien n'était ?

— Oui, Rule, répondit-elle avec force. Je veux que tu dises la vérité.

Pour la première fois en cette épouvantable journée, la colère monta en lui.

— Tu veux me voir humilié. Que *The Sun* me ridiculise ne te suffit pas. Tu veux que je me ridiculise moi-même.

Les yeux ronds, elle leva une main à sa gorge.

— Non. Non, ce n'est pas ça du tout. Ce n'est pas du tout mon propos.

— Si, bien évidemment, rétorqua-t-il, glacé.

— Mais non, Rule, murmura-t-elle après quelques secondes d'un silence pesant. Tu ne comprends pas. Tu ne comprends rien.

Il ne répondit pas. Il n'avait rien à dire.

Sa mère finit par reprendre la parole.

— Quoi que vous décidiez tous les deux, vous avez notre soutien complet. Mais vous devez d'abord régler ce problème entre vous, je le vois bien.

- 14 -

Pourtant ce ne fut pas le cas. Rule et Sidney retournèrent dans leurs appartements — ensemble, mais en silence.

Cette nuit-là, Rule dormit dans la petite chambre jouxtant la suite parentale. Allongé seul dans l'obscurité, il se rendit compte que sa colère avait disparu.

Et cela lui manquait.

Etre furieux était bien plus facile qu'être honteux.

Maintenant que sa colère s'était envolée, il voyait que pour Sydney il s'agissait encore et toujours de la même chose : d'honnêteté. Elle considérait cette conférence de presse insensée comme le moyen de mettre les choses à plat une bonne fois pour toutes, de dire la vérité. Elle la considérait comme un moyen de battre *The International Sun* à son propre jeu. Elle était une Américaine, égalitaire dans l'âme.

Elle n'avait pas derrière elle ces générations d'ancêtres aristocrates fiers de leur nom, et consternés, du haut de leurs portraits imposants, à l'idée qu'un des leurs envisage d'exposer ses défaillances en tribune publique.

Ces choses-là ne se faisaient pas.

L'orgueil d'un Calabretti ne le supporterait pas.

Son orgueil ne le lui permettrait pas. Il le comprenait à présent.

Ce n'était pas lui qui dévoilerait sa vie privée à la terre entière. Même s'il s'était comporté de manière exemplaire, cette démarche lui aurait été terriblement difficile.

Mais son comportement n'avait pas été exemplaire. Loin de là. Mais il se sentait incapable de le confesser à toute la planète.

Le jour suivant fut aussi pénible que le précédent. Sydney et lui restaient courtois l'un envers l'autre, affreusement courtois, mais ils se parlaient à peine.

Dans son bureau, le téléphone sonnait sans arrêt. Chaque journal, chaque magazine, chaque station de radio ou chaîne de télévision voulait quelques mots du prince Rule. Il refusa de parler à qui que ce soit.

Et il dormit une nuit de plus dans la petite chambre. Puis encore une autre.

Le week-end s'écoula, toujours sur le même mode.

Le lundi soir, ils avaient rendez-vous avec Jacques Fournier, l'architecte qu'ils avaient choisi pour rénover la villa. Sydney lui envoya un mail dans la matinée.

Un mail ! Elle se trouvait à deux pièces de lui, mais communiquait par mail.

> Veux-tu que je contacte Fournier pour lui dire que nous ne sommes pas disponibles ce soir ?

Il lui répondit d'un seul mot.

> Oui.

Elle ne lui rendit pas compte de sa conversation

avec Fournier. Tant mieux. Il se fichait que l'architecte soit mécontent du report de leur entrevue.

Ce qui lui importait, en revanche, c'était de trouver un moyen pour arranger les choses avec sa femme. Malheureusement, il n'y arrivait absolument pas.

Ou plutôt, s'il avait bien une idée, il avait trop d'orgueil pour l'appliquer.

Ce soir-là, Sydney le surprit.

Elle vint s'encadrer dans la porte de sa petite chambre. L'espoir se ranima en lui. Cela signifiait-il qu'elle était disposée à lui pardonner ? Mais son visage demeurait indéchiffrable. Elle paraissait un brin nerveuse, peut-être. Mais pas comme une femme qui a l'intention de recoller les morceaux, toutefois.

— J'ai appelé Fournier, annonça-t-elle.

— Merci, fit-il en posant le livre qu'il tentait de lire.

— Il a dit que cela ne lui posait pas de problème, qu'on fixe un nouveau rendez-vous quand on serait… prêts.

Sa jolie bouche tremblait, et il mourait d'envie d'effacer ce tremblement avec un baiser. Il resta pourtant là où il se trouvait, dans le fauteuil devant la fenêtre.

— Très bien.

— Il a dû lire cet horrible article, lui aussi.

Rule haussa les épaules.

— Probablement.

— Mais au fond, cela n'a aucune importance que l'architecte soit au courant.

Il lui trouva l'air fatigué. Des cernes se dessinaient sous ses yeux. Dormait-elle aussi mal que lui ?

— Je… Rule…

Elle le fixait d'un regard triste, suppliant, presque.

Il sentit son cœur battre plus vite. L'espoir, ce sentiment qui refusait de mourir, se ranima, plus puissant, lui monta à la gorge, le fit bondir sur ses pieds.

— Sydney…

Elle se précipita dans ses bras, se blottit contre sa poitrine avec un petit cri.

Il la serra très fort.

Et elle le serrait aussi, le visage enfoui dans son cou, soupirant, murmurant son nom.

Il huma le parfum qui montait de ses cheveux.

— Sydney, je suis désolé. Tu ne peux pas savoir…

— Si, Rule.

Elle releva la tête, croisa son regard plein d'attente.

Elle pleurait. Les larmes débordaient de ses yeux, laissant des sillons brillants sur ses joues empourprées.

Prenant son visage entre ses mains, il embrassa les traces de ces larmes, but leur saveur salée.

— Ne pleure pas. Je t'en prie, ne pleure pas.

— Je veux… je veux que ça s'arrange entre nous. Mais je ne sais pas comment faire.

Il osa embrasser ses lèvres — un baiser rapide, chaste, car aller plus loin aurait été une mauvaise idée.

— Tu ne peux pas arranger les choses. C'est à moi de le faire.

— S'il te plaît, crois-moi, répliqua-t-elle en le dévisageant. Je n'ai pas suggéré cette conférence de presse pour t'humilier. Je te jure que non.

— Je sais. Je le comprends à présent. Ne t'inquiète pas.

— Je suis… trop fière, Rule. Trop orgueilleuse. Trop exigeante, trop difficile. Je le sais.

Il faillit éclater de rire.

— Trop susceptible.

— Oui, ça aussi. Une femme plus gentille, plus tolérante, aurait réussi à passer l'éponge, maintenant.

— Une femme plus gentille, plus tolérante, ne m'aurait pas intéressé. Et tu n'es trop rien du tout. Tu avais raison, tout simplement. Ne change pas. Je ne voudrais surtout pas que tu sois différente.

— Rule…

— Peux-tu me pardonner ? demanda-t-il en l'écartant doucement de lui.

Fermant les yeux, elle se redressa. Quand elle le regarda de nouveau, c'était sans sourire.

— J'y travaille.

Etrangement, il comprit ce qu'elle voulait dire.

— Mais tu n'y arrives pas.

Elle serra les lèvres, secoua la tête, voulut parler.

Il la fit taire en posant un doigt tendre sur ses lèvres.

— Ça ne fait rien. Tu n'es pas obligée de répondre. Restons-en là pour le moment.

— Tu me manques tellement, et cela fait si mal.

— Si ça peut te consoler, sache que c'est pareil pour moi, Sydney.

Elle lui prit la main, la posa sur son ventre encore plat, où dormait leur enfant à venir. Cette sensation, la promesse qu'elle contenait, faillit lui briser le cœur.

— Nous devons… faire quelque chose, chuchota-t-elle d'une voix déchirée. Nous devons surmonter tout ça : pour le bébé, pour Trevor, pour notre famille. Je dois passer l'éponge, mettre ma fierté de côté, oublier que tu ne m'as pas traitée en égale. Il nous faut passer à autre chose. Mais, dès que je me sens prête à y arriver, voilà que je repense à toutes les fois où tu aurais pu me parler, où tu aurais pu me faire confiance…

— Chut ! Ce n'est pas ta faute. C'est moi qui suis à blâmer, j'en suis conscient. Je dois te prouver que j'ai confiance en toi, et que, peu importe si la vérité est dure, je ne te mentirai plus jamais.

— Je veux te croire, souffla-t-elle. Je ne veux que ça.

Il effleura une dernière fois ses douces lèvres.

— Laisse-nous du temps. Tout ira bien, tu verras.

Il en était persuadé. D'une manière ou d'une autre, il ferait en sorte que tout revienne à la normale.

Elle recula, tourna les talons, puis s'éloigna de lui.

Que c'était dur de la laisser partir ! Ne pas la rappeler pour la reprendre dans ses bras et l'embrasser à perdre haleine. Ne pas lui promettre que désormais tout irait bien.

Car ce n'était pas le cas.

Quelque chose de très précieux avait volé en éclats,

entre eux, il le savait. Et celui qui avait provoqué cette casse devait rassembler les morceaux éparpillés en un tout solide et lumineux.

La réponse lui vint au milieu de la nuit.

Ou plutôt, au milieu de la nuit, il comprit jusqu'où il était disposé à aller pour réparer les choses.

Il allait devoir faire ce qu'il avait catégoriquement refusé de faire, sous prétexte que cela lui serait trop difficile.

Mais à présent, quoi qu'il lui en coûte, il était prêt à le faire si cela lui donnait une chance de combler le gouffre qui s'était creusé entre Sydney et lui. Prêt à s'engager.

« Fière », avait-elle dit. « Je suis… trop fière. »

Ils se ressemblaient sur ce point. Ils étaient tous les deux fiers, orgueilleux, et réfractaires à l'idée de plier.

Mais lui, il plierait, tout compte fait. Il ferait ce qui lui coûtait le plus, mais il le ferait avec bonheur si cela signifiait qu'il regagnait la confiance de Sydney. Elle se rendrait compte qu'il était conscient du mal qu'il avait commis, et qu'il ne recommencerait jamais une chose pareille.

Il se retourna sur le flanc, ferma les yeux, et s'endormit presque aussitôt.

Peu après 7 heures, il se leva, se doucha, se rasa puis s'habilla.

Ensuite, il alla dans son bureau, où il sortit les nombreux messages qu'il avait entassés au fond d'un tiroir — messages qu'il savait, dans un coin de sa tête, ne pas devoir jeter.

Il choisit un nom parmi eux.

Ce fut rapide. Ce n'était pas difficile : il voulait Andrea Waters. Elle était connue, animait sa propre émission-débat sur NBC, et c'était une journaliste très respectée. De plus, les femmes adoraient sa cordialité et son charme personnel.

Il consulta sa montre.

Il devait être 2 heures du matin à New York. Il allait devoir attendre plusieurs heures avant de pouvoir appeler le producteur de l'émission.

Il passa son premier coup de fil à 14 heures. Vers 19 heures, tout était arrangé.

Il ne restait plus, maintenant, qu'à prévenir sa femme.

Il s'apprêtait à aller la chercher, lorsqu'on frappa à la porte de son bureau.

A 19 heures ? Caroline étant partie, personne ne filtrait les visiteurs.

— C'est ouvert, cria-t-il. Entrez.

La porte s'ouvrit, et Sydney apparut.

Planté derrière son bureau, il la contempla, bouche bée. C'était sa « Lady in Red », toute de rouge vêtue. Elle avait les perles offertes par sa grand-mère aux oreilles et ses cheveux sur les épaules, comme le premier jour, quand il l'avait vue dans le parking et n'avait pu s'empêcher de la suivre à l'intérieur du magasin. Avec ses yeux cernés, elle semblait néanmoins fatiguée.

— J'attendais pour te parler, dit-elle. Mais je n'en pouvais plus d'attendre. Alors je suis venue.

— La journée a été longue. Mais je termine à l'instant. Je m'apprêtais à partir moi aussi à ta recherche, ajouta-t-il avec un sourire forcé.

Hésitante, elle lui retourna son sourire.

— J'ai à peine dormi, la nuit dernière.

— Moi non plus, je n'ai pas beaucoup dormi.

Sa propre voix sonnait bizarrement à ses oreilles, un peu plus éraillée que d'habitude.

— Hier, je t'ai dit que je n'y arrivais pas encore, que je ne t'avais pas vraiment pardonné…

Le sourire de Sydney s'élargit. D'un coup, tout son visage s'éclaira. Elle paraissait même moins lasse, et très jeune. A la regarder, à ce moment-là, jamais il n'aurait deviné qu'elle avait donné naissance à son fils et qu'elle portait son second enfant.

— Il s'est produit quelque chose, poursuivit-elle. Quelque chose de merveilleux.

Quelque chose de merveilleux. Son cœur s'emballa.

— Dis-moi quoi.

— Je ne sais pas. J'étais allongée, seule dans notre lit. Il était presque 1 heure du matin. Je me disais que tu me manquais, que je comprenais pourquoi tu m'avais caché la vérité. Je voyais ce par quoi tu étais passé. Tu avais attendu trop longtemps pour me contacter, tu allais avoir trente-trois ans… Alors tu t'es dit que tu attendais juste le bon moment pour me dire la vérité. Ensuite, m'entendre parler de Ryan et Peter t'a fait craindre que je te suspecte de ne vouloir que Trevor. Et, à force de retarder le moment, la vérité est devenue chaque jour plus impossible à révéler.

Il secoua la tête.

— Rien de tout cela ne constitue une excuse.

Elle mit les mains sur ses joues, comme pour apaiser la fièvre qui les colorait.

— Je te comprends, sur le plan intellectuel, sache-le. Mais dans mon cœur… mon cœur voulait que tu aies confiance en moi. Et que tu sois plus fort que tes craintes tout à fait valables. Il voulait que tu me dises la vérité, quel qu'en soit le prix.

— Et j'aurais dû te faire confiance. J'ai eu tort. Terriblement tort. Alors j'aimerais que tu cesses de te torturer parce que tu n'arrives pas à me pardonner.

Mais elle éclata de rire. Un rire joyeux, jeune, extraordinairement libre. Ses yeux brillaient de larmes, les mêmes que la veille. Elle les chassa d'un geste vif.

— Justement. J'étais allongée, en train de penser à tout ça, et d'un coup, comme ça…, je t'ai vu. Je t'ai vu, Rule. Je t'ai… senti, comme si tu étais là, dans notre chambre, avec moi. Et j'ai vu que tu m'aimais, que moi aussi je t'aimais et que c'était ça qui comptait et en valait la peine. Je n'avais plus besoin de réfléchir au pardon. C'était… fait. J'ai laissé partir ma colère, mon chagrin, mon ressentiment, et je me suis rendu compte que je te croyais. Je crois en ta bonté et ton honnêteté. Je crois que tu m'aimes comme je t'aime. Je veux retrouver notre famille. Nous retrouver.

Elle pleurait de nouveau, les larmes roulant sur ses joues, sur son menton.

— Sydney…

En quatre enjambées, il avait contourné son bureau pour la prendre dans ses bras.

— Rule, Rule…, sanglota-t-elle, s'écrasant contre lui.

— Chut. Chut. Tout va bien. Tout ira bien.

Sans desserrer son étreinte, elle leva vers lui ses yeux mouillés de larmes.

— Je t'aime, Rule.

— Moi aussi, je t'aime, Sydney. De tout mon cœur. Tu es mon cœur. Et je suis heureux de voir que ce que nous partageons est plus fort que mes mensonges.

Sur ces mots, il l'embrassa. Ce fut un vrai baiser, long, profond. Un baiser d'amour, de rires et de larmes. Ils étaient de nouveau ensemble. Enfin…

Le baiser se prolongea, encore, encore. Et pourtant ne dura pas assez longtemps.

Il finit par relever la tête, puis par prendre son visage entre ses mains, pour y effacer toute trace de larmes.

— Tu as raison, ma chérie. On y arrivera.

— Je le sais. Je l'ai toujours su — du moins, je me suis promis que d'une manière ou d'une autre tout finirait par s'arranger.

— Je partais te retrouver quand tu as frappé à la porte.

Elle le dévisagea.

— Qu'est-ce qui se passe ?

— Tu voulais que j'organise une conférence de presse…

— Oui. Mais c'était sans doute une mauvaise idée.

— Au début, c'est ce que je pensais aussi. Mais c'était surtout par fierté.

— Laisse tomber cette idée, Rule. Vraiment.

— Au contraire, j'ai reconsidéré la question.

— Tu plaisantes ?

— Non. J'ai réfléchi. Et je persiste à trouver l'idée mauvaise.

— C'est bon. Je comprends.

— A la place, je vais accorder une interview exclusive à Andrea Waters.

D'abord bouche bée, elle se mit à bafouiller.

Ce fut à son tour d'éclater de rire.

— Ma chérie, on dirait que te voilà sans voix. Je n'ai pas souvenir que ça te soit arrivé, auparavant.

— Oh ! toi…, grommela-t-elle en lui donnant un petit coup de poing.

— Ouille !

— Rule, tu n'es pas sérieux !

— Si. Très sérieux. Je vais dire la vérité sur toi, moi et notre fils, mais dans l'émission d'Andrea Waters.

— Toute la vérité ?

— Ma foi, on pourrait peut-être adapter le message à un degré acceptable.

Elle posa la main sur sa joue. Ce simple geste voulait tout dire. Il signifiait qu'elle était de nouveau dans ses bras, que la sensation de sa paume fraîche était douce, qu'ils s'étaient retrouvés, et qu'ils resteraient ensemble.

— Ce n'est pas nécessaire, murmura-t-elle. C'était trop te demander.

— Non, pas du tout.

— Chut, fit-elle en lui effleurant les lèvres du pouce. Ecoute-moi jusqu'au bout. Quand ça nous concerne, toi et moi, j'exige une honnêteté totale. Mais je n'attends pas de toi que tu partages nos secrets avec le reste du monde.

Il déposa un doux baiser au creux de sa main, comme il aimait tant le faire.

— Il devrait pourtant être possible de faire ça avec dignité.

— Tu peux annuler. Je ne t'en voudrais pas.

Il se contenta de secouer la tête et d'embrasser encore la paume de sa main.

— Bon, puisque tu es déterminé, d'accord. Mais…

— Mais ?

— Je veux être auprès de toi, quand Andrea Waters commencera ses questions.

Il recommença à embrasser sa main.

— J'espérais que tu me proposes ça.

— On va à New York ?

— Non, c'est elle qui viendra ici, à Montedoro. L'émission comportera une visite du palais. Ensuite, on s'installera pour bavarder, tous les trois.

— Pour bavarder tous les trois…, répéta Sydney en frissonnant.

— Tu as froid, mon amour ?

— Avec tes bras autour de moi ? répliqua-t-elle. Jamais. J'ai juste un peu peur.

— Ne crains rien. Tout se passera à merveille. J'en suis sûr.

— Embrasse-moi, Rule.

Il ne se le fit pas dire deux fois.

Epilogue

Son Altesse Royale Liliana, princesse d'Alagonia, duchesse de Laille, comtesse de Salamondo, se trouvait dans sa chambre, au palais royal.

Elle ne portait qu'un très vieux T-shirt vert, orné de la Petite Sirène, qu'elle avait acheté des années plus tôt, lors d'un voyage aux Etats-Unis. En tailleur sur son lit, elle tenait une assiette contenant une haute pile de biscuits aux amandes. Lili avait l'intention de les manger jusqu'au dernier. Et c'était la deuxième assiette du genre. Elle venait tout juste de finir la première.

A portée de main, elle avait aussi une grande boîte de mouchoirs en papier. Elle en avait déjà utilisé plusieurs, dont les vestiges froissés s'éparpillaient autour d'elle.

Elle regardait la télévision. C'était l'émission d'Andrea Waters, qui interviewait Rule et Sydney.

Lili trouvait l'interview merveilleuse. Quelle histoire romantique ! Rule, donneur de sperme ? Elle ne l'aurait jamais imaginé. Et Trevor, le petit garçon de Sydney, c'était le portrait craché de Rule.

Bien sûr, elle aurait dû le deviner. Leur ressemblance était frappante.

Et Sydney, ne paraissait-elle pas adorable ? Quelle

femme séduisante ! Elle se tenait tout près de Rule, sa main dans la sienne. Et tous deux échangeaient de ces regards…

Ça. C'était exactement ça que Lili voulait : le véritable amour, un amour fort, vrai, durable, avec l'homme idéal.

Hélas, ce genre de rencontre était de moins en moins probable. Surtout après ce qui s'était passé avec Alex.

Comment avait-elle pu ?

Et aujourd'hui, il fallait voir dans quel état lamentable elle se trouvait.

Lili croqua un nouveau biscuit, tira un autre mouchoir de la boîte et éclata en pleurs.

Rule et Sydney. Ils avaient l'air si heureux. Ils étaient si heureux. Et Lili était heureuse pour eux.

Oui, c'était la vérité, bien qu'elle ait été folle de Rule durant des années. Il était si beau, si gentil, il l'avait toujours traitée avec tendresse. Elle s'était laissé emporter par son imagination débordante, et avait rêvé de devenir sa femme.

Elle avait cru l'aimer. Mais à présent, elle comprenait enfin que son amour pour Rule n'était pas celui qu'une femme ressent pour l'homme à qui elle se lie pour la vie.

Une fois de plus, Lili se demanda si elle trouverait cet homme.

C'était plus que douteux. Voire impossible, compte tenu de sa situation actuelle.

A côté des mouchoirs et des biscuits, elle avait aussi son téléphone. Elle s'en empara, puis composa le numéro dont elle différait l'appel depuis trop longtemps.

Elle attendit, osant à peine respirer, tandis que le téléphone sonnait, sonnait. Finalement, elle tomba sur une messagerie vocale.

La voix d'Alex disait :

« Je ne suis pas disponible. Laissez-moi un message. »

Après le bip, elle commença à parler.

— Alexander, tu es l'homme le plus exaspérant de la terre.

Elle avait envie de déballer la vérité sur-le-champ. Mais au téléphone, ce n'était pas une bonne idée.

— Lis la lettre que je t'ai envoyée, poursuivit-elle. Ensuite, tu ferais bien de me rappeler, Alex. Il faut vraiment qu'on parle.

Elle attendit un peu. Peut-être écoutait-il. Peut-être se comporterait-il pour cette fois en personne raisonnable, et décrocherait-il.

Mais il n'en fit rien. Elle entendit le clic signifiant que la machine l'avait déconnectée.

Tout doucement, elle raccrocha.

Après quoi, elle resta là, assise sur son lit, sans même pleurer, sans même manger un autre biscuit aux amandes, terriblement inquiète à propos de tout. Terriblement inquiète, surtout, de ce qui allait se passer quand son père découvrirait la vérité.

Découvrez l'histoire de Liliana et d'Alex, en 2013, dans votre collection Passions.

JOAN HOHL

Un délicieux contrat

Passions

éditions HARLEQUIN

Titre original : IN THE ARMS OF THE RANCHER

Traduction française de EDOUARD DIAZ

83-85, boulevard Vincent-Auriol, 75646 PARIS CEDEX 13.
Service Lectrices — Tél. : 01 45 82 47 47
www.harlequin.fr

Prologue

Il avait besoin de quelques vacances, et il comptait bien se les accorder. Debout sous le porche de son ranch, Hawk McKenna profitait des derniers rayons de soleil de l'après-midi, sa main reposant distraitement sur la tête de son lévrier irlandais.

La journée avait été chaude, mais on sentait déjà une touche de fraîcheur dans la brise de ce début d'octobre. Hawk appréciait ce changement, après un long été brûlant. Il savait que bientôt ce doux automne laisserait la place aux blizzards de neige tourbillonnante et de vents glacés, et que le travail hivernal serait tout aussi pénible que celui de l'été.

« Si ce n'est pire », songea-t-il, parcourant du regard la vallée qui abritait son ranch. A tout prendre, il préférait transpirer plutôt que geler.

La seule idée de ce qui l'attendait le fit frissonner. C'était probablement le signe qu'il vieillissait. Mais, tout bien pesé, il n'avait que trente-six ans. Ce qu'il ressentait n'était pas tant les effets de l'âge que ceux de la fatigue. Hormis un voyage occasionnel à Durango, la ville la plus proche, pour acheter des fournitures, il n'était pas sorti de sa propriété depuis des mois.

Et, durant tout ce temps, il avait été privé de

compagnie féminine, s'il excluait celle de la fille de son contremaître, une jeune fille de dix-neuf ans, et celle de l'épouse de Ted, son dresseur de chevaux.

Ce n'était pas exactement le genre de compagnie féminine qu'il avait en tête. Carol, l'épouse de Ted, était une jolie femme, certes, mais… elle était l'épouse de Ted. Quant à Brenda, la fille de Jack, elle était encore plus jolie, mais beaucoup trop jeune. Sans compter qu'elle commençait à devenir insupportable.

Un an plus tôt, la jeune fille, qui passait toutes ses vacances au ranch depuis que son père y avait été embauché, avait commencé à lui décocher des regards censés être sexy et langoureux, mais qui ne parvenaient qu'à l'irriter.

Il n'était pas du tout intéressé. Bon sang, ce n'était qu'une gamine ! Ne souhaitant pas la blesser, il avait tenté de l'éconduire gentiment, mais sans aucun succès. La demoiselle continuait à lui couler des regards suggestifs, parfois accompagnés de contacts physiques pseudo-accidentels.

Au comble de l'exaspération, il avait fini par demander à Jack de venir s'entretenir un moment avec lui. Son contremaître arrivait justement, et Hawk était résolu à lui parler de sa fille.

— Bonjour, Jack, comment allez-vous ? Et Brenda ?

Jack s'adossa à la balustrade.

— Toute la famille va bien, merci, Hawk.

— Je me demandais… Qu'est-ce que votre fille compte faire de son avenir ? fit-il, aussi prudemment que s'il avait traversé un champ de mines.

— Oh ! les gosses…, répondit son contremaître avec une grimace. Ils veulent tout. Le problème, c'est qu'ils n'ont pas de but en particulier.

— Voilà plus d'un an qu'elle a terminé le lycée. N'avait-elle pas l'intention d'entrer à l'université ?

— Désormais, elle n'en est plus très sûre, répondit Jack en lui lançant un regard scrutateur. Pourquoi ? S'est-elle montrée insupportable, dernièrement ?

— A vrai dire, elle est… un peu souvent dans nos jambes.

— Je l'avais remarqué, répondit-il en soupirant. J'ai failli le lui dire à plusieurs reprises, mais vous connaissez les jeunes filles. Emotives et toujours prêtes à faire un drame de tout.

— Sans doute.

Il ne connaissait pas vraiment les jeunes filles. Mais il connaissait les femmes, et il savait parfaitement à quel point elles pouvaient se montrer passionnelles.

— Je lui parlerai, promit Jack avec un nouveau soupir. Peut-être parviendrai-je à la convaincre de passer l'hiver chez sa mère comme elle le faisait autrefois, lorsqu'elle fréquentait encore le lycée.

Hawk secoua lentement la tête. Jack et son ex-épouse se faisaient la guerre depuis leur divorce. Tant qu'elle fréquentait le lycée, Brenda avait seulement passé ses étés avec son père. Mais, sitôt son diplôme en poche, elle avait quitté la maison en déclarant à sa mère qu'elle voulait se débrouiller seule, et être libre.

Si, par là, elle entendait vivre aux crochets de son père et le poursuivre, lui, de ses agaceries de gamine, elle avait réussi.

— Faites comme bon vous semble, répondit Hawk, s'abstenant d'ajouter que le plus tôt serait le mieux. Une conversation entre père et fille est peut-être ce dont elle a besoin.

— Ne vous inquiétez pas, je m'en occupe.

Jack se détournait déjà lorsque Hawk l'arrêta :

— Attendez une minute. J'ai l'intention de prendre deux petites semaines de congé. Puis-je vous demander de veiller sur le ranch en mon absence, ainsi que sur Boyo ?

— Vous savez bien que vous pouvez compter sur moi, répondit le contremaître en caressant la grosse tête du chien.

— Oui, je le sais, convint Hawk en souriant.

— Ai-je le droit de savoir où vous allez et combien de temps vous comptez rester absent ?

— Oui, bien sûr, ce n'est pas un secret. Je pars pour Las Vegas dès que j'aurai réservé ma chambre d'hôtel. Je vous tiendrai informé.

Il marqua une pause, avant d'ajouter :

— A mon retour, Ted et vous pourrez prendre vos congés à votre tour. Vous déciderez entre vous lequel part le premier.

— Excellente idée, répliqua Jack avec enthousiasme, avant de retourner à son travail.

Soulagé, Hawk emplit ses poumons du bon air de la montagne à la senteur de résine. Le grand chien leva des yeux pleins d'espoir vers lui.

— Non, Boyo, pas cette fois-ci, fit-il en ébouriffant le poil épais du lévrier. Tu vas rester avec Jack.

Un sourire aux lèvres, il rentra dans la maison et décrocha le téléphone.

- 1 -

Kate Muldoon vérifiait sa liste de réservations derrière le comptoir des hôtesses lorsque la porte du restaurant s'ouvrit. Elle releva les yeux juste au moment où un homme en franchissait le seuil. Et son cœur manqua un battement.

Un cow-boy. Kate n'aurait su dire pourquoi ce terme s'était imposé dans son esprit. Il ne portait ni Stetson ni bottes texanes. L'inconnu était vêtu à la manière de la plupart des autres clients, d'un jean qui le moulait amoureusement et d'une chemise oxford bleu pâle au col ouvert, aux manches partiellement roulées sur des bras noueux.

C'était un homme d'une taille imposante, approchant ou même dépassant un peu les deux mètres. Il était à la fois mince et doté d'une impressionnante musculature. Ses épais cheveux sombres, presque noirs, avaient des reflets auburn sous les lumières de l'entrée. Il les portait longs, attachés sur la nuque par une fine courroie de cuir. Son visage énergique aux pommettes hautes, ses yeux noirs et sa peau cuivrée suggéraient une ascendance amérindienne.

Etait-ce le cas ? Peut-être. En tout cas, il n'était pas à proprement parler beau. Pas à la manière de Jeff…

Refoulant précipitamment le souvenir de son ancien amant, elle se tourna vers le nouvel arrivant, un sourire de bienvenue aux lèvres.

— Monsieur ?

— Je n'ai pas réservé, dit-il d'une voix grave, douce comme le miel et terriblement sexy. Mais auriez-vous tout de même une table pour moi ?

— Bien sûr, monsieur, répondit-elle, s'efforçant de dissimiler son trouble derrière une amabilité professionnelle.

Elle ramassa un menu et, l'invitant à la suivre, elle le conduisit jusqu'à une table située dans le coin de la salle, entre deux fenêtres encadrées de lourdes tentures.

Il réprima un sourire, visiblement amusé, lorsqu'elle tira une chaise pour l'aider à s'asseoir.

— Je vous remercie.

— A votre service, monsieur, répondit-elle en lui tendant le menu, étonnée de constater que son cœur battait si vite. Tom s'occupera de votre table, ce soir. Bon appétit.

Kate sentait encore le rayonnement de son sourire en retraversant la salle pour regagner son poste. C'était ridicule, songea-t-elle, refoulant l'image du géant dans un recoin de sa conscience. Heureusement, d'autres clients étaient déjà arrivés, et elle se concentra sur son travail.

Elle venait d'installer un groupe de quatre personnes à la table voisine de celle du séduisant inconnu lorsqu'elle entendit sa voix l'appeler doucement derrière elle :

— Mademoiselle ?

Un long frisson la parcourut. Réprimant un soupir, elle plaqua un sourire professionnel sur ses lèvres et s'approcha de sa table.

— Que puis-je pour votre service ?

Il lui offrit un nouveau sourire, et, cette fois-ci, elle crut entrevoir une lueur suggestive dans son regard. Son frisson se mua en une onde de chaleur qui l'envahit tout entière.

— Vic travaille-t-il en cuisine, ce soir ?

Sa question la laissa un peu désarçonnée. Elle n'était pas tout à fait sûre de ce qu'elle attendait de lui, mais ce n'était certainement pas qu'il lui demande des nouvelles de son patron.

— Oui, il est là, répondit-elle, retrouvant instantanément son sang-froid.

— Pourriez-vous lui dire que Hawk aimerait lui parler ?

— Hawk… Hawk tout court ? demanda-t-elle, faute d'une meilleure réponse.

— Oui, Hawk tout court confirma-t-il avec un rire très doux. Il saura à qui vous faites allusion.

— D'accord. Je vais le lui dire.

Troublée, Kate se détourna de lui pour se diriger vers la cuisine. C'était peut-être heureux que Jeff l'ait immunisée contre les hommes. Car une femme non avertie aurait pu facilement tomber sous le charme d'un tel homme.

Hawk suivit le subtil balancement des hanches de la jeune femme, jusqu'à ce qu'elle disparaisse dans la cuisine. Elle était tout à fait charmante, ni grande ni petite, et très féminine, de son exubérante crinière de boucles brunes jusqu'à ses chevilles fines. Et il n'avait pas manqué de remarquer qu'elle ne portait ni bague ni alliance à sa main gauche.

Bien entendu, cela ne signifiait pas nécessairement qu'elle n'était pas mariée. Il connaissait quelques hommes — et bien des femmes aussi — qui ne portaient jamais leur alliance, peut-être parce qu'ils ne souhaitaient pas être limités dans leur liberté d'action. Faisait-elle partie de cette catégorie de gens ?

— Hawk, vieux bandit ! fit une voix familière. Quand es-tu arrivé en ville ?

Vic Molino apparut devant lui, un grand sourire de bienvenue sur son visage aux traits réguliers.

Hawk se leva pour serrer affectueusement son vieil ami dans ses bras avant de désigner la chaise vide en face de la sienne.

— As-tu une minute pour bavarder… ou es-tu trop occupé en cuisine ?

— J'ai toujours une minute pour toi, Hawk. Comment vas-tu ? Cela fait un bout de temps qu'on ne t'a pas vu par ici.

— Je sais. J'étais trop occupé à gagner de l'argent. Mais à présent, j'ai envie d'en dépenser un peu avant l'arrivée de l'hiver, ajouta-t-il en riant.

— Je te comprends.

Comme un serveur s'approchait de leur table, Vic le renvoya avec un sourire.

— Je vais m'occuper personnellement de ce client-là, Tom, mais le pourboire restera à vous. Et ce monsieur est extrêmement généreux.

— Merci, patron, répondit le serveur.

Il se détournait déjà lorsque Vic l'arrêta :

— Attendez, Tom. Pourriez-vous nous apporter du café ? A moins que Hawk ne préfère une bière bien fraîche ?

Hawk secoua la tête.

— Non, merci. Je prendrai du vin avec mon dîner, mais une bonne tasse de café serait la bienvenue.

— Tout de suite, monsieur, dit Tom en s'éloignant.

Hawk parcourut la salle du regard.

— Je vois que tes affaires marchent bien.

— En principe, je ne devrais pas m'en plaindre, c'est vrai. Mais, cette année, je n'ai même pas pu prendre un seul jour de vacances.

— Pauvre amour, ironisa Hawk. Je suppose que Lisa te fait marcher à la baguette ?

— Elle ne ferait jamais cela, se récria son ami. Mon épouse m'aime trop pour me voir souffrir.

Hawk ressentit une étrange émotion — une sorte de manque, un sentiment de vide. Mais ce n'était certainement pas de l'envie à l'encontre de son ami et de la jeune femme qu'il avait épousée à peine cinq ans auparavant.

— A vrai dire, poursuivit Vic d'un air satisfait, ces derniers temps, Lisa est beaucoup trop heureuse pour se plaindre de qui que ce soit.

Il attendit une seconde, visiblement amusé de la curiosité qu'il suscitait chez lui.

— Elle est enceinte, Hawk ! Après tout ce temps et toutes ces prières, nous allons enfin avoir un bébé.

— C'est formidable, Vic ! A quand l'accouchement ?

— Pas avant le printemps. Lisa commence à peine son deuxième trimestre.

— C'est fantastique pour vous deux ! s'écria-t-il en lui serrant vigoureusement la main. Je sais à quel point vous désiriez un enfant.

— C'est vrai, convint Vic, avec un sourire béat. A force de déceptions, nous avions presque renoncé à l'idée de devenir parents.

— Voilà qui vient prouver une nouvelle fois les vertus de la persévérance. Je te félicite.

Au même instant, l'hôtesse apparut près de leur table avec une cafetière.

— Tom était occupé à une autre table, expliqua-t-elle. Voici votre café. Avez-vous besoin d'autre chose, Vic ?

— Non, je vous remercie.

Alors qu'elle s'apprêtait à repartir, il l'arrêta en saisissant sa main.

— Attendez une seconde, Kate. J'aimerais vous présenter un vieil ami.

— D'accord.

Le souffle coupé par son sourire, Hawk se leva en même temps que Vic, qui procéda aux présentations :

— Hawk, cette adorable jeune femme est Kate Muldoon, notre hôtesse et notre meilleure amie, à Lisa et à moi-même. Kate, je te présente Hawk McKenna. Hawk et moi sommes amis depuis nos années d'université.

— Ravi de faire votre connaissance, Kate, dit-il en lui tendant sa grande main.

— De même… Hawk.

— Asseyez-vous, Kate, l'invita Vic en se levant

pour approcher l'une des chaises vides de la table voisine avant de faire signe à l'une des employées.

— Je ne peux pas, Vic, se défendit-elle. La salle est…

— Au contraire, vous le pouvez, coupa Vic. C'est l'heure de votre pause.

— J'ai commencé mon service il y a à peine deux heures, rappela-t-elle.

— Cela suffit bien, assura-t-il, se tournant vers la serveuse qui venait d'apparaître près de leur table.

— Votre Majesté m'a fait signe ? s'enquit la jeune femme, ses yeux bleus pétillants d'humour.

Elle jeta un coup d'œil en direction de Hawk et ses yeux s'écarquillèrent de surprise.

— Hawk !

— Bonsoir, Bella, dit-il, se levant juste à temps pour la recevoir alors qu'elle se précipitait dans ses bras. Toujours aussi jolie, à ce que je vois.

— Je parie que tu dis cela à toutes les sœurs de tes amis, répliqua-t-elle en riant. Tu as une mine superbe, Hawk.

— Si vous en avez terminé avec les compliments, intervint Vic, j'aimerais que tu remplaces Kate un moment.

— Pas de problème, assura Bella. Est-ce que je vais avoir le plaisir de te revoir pendant que tu es en ville, Hawk ?

— Bien entendu.

— Excellent. Prenez tout votre temps, Kate. Je m'occupe de cette foule affamée.

— Merci, répondit Kate. Quelques minutes suffiront.

Sa voix douce un peu voilée, son merveilleux sourire déclenchèrent un nouveau séisme dans le corps de Hawk.

— Alors ? lança Vic, combien de temps comptes-tu rester en ville, cette fois-ci, Hawk ?

— Je n'en sais rien encore, fit-il en haussant les épaules. J'ai réservé ma chambre pour une semaine. Après cela, nous verrons bien. Si je m'ennuie, je rentrerai à la maison. Dans le cas contraire, je prendrai de nouvelles dispositions.

— Et où se trouve cette maison, Hawk ? demanda Kate.

— Au Colorado. Dans les montagnes San Juan, à un galop de cheval de Durango.

— Un galop de cheval ? répéta-t-elle en riant.

— Hawk possède un ranch d'élevage de chevaux dans une vallée au pied des collines, répondit Vic à sa place. Ce garçon élève et entraîne les plus beaux étalons de la région.

— C'est absolument vrai, confirma Hawk. Nous sommes les meilleurs.

Ils bavardèrent ainsi un moment, et une nouvelle fois Hawk se sentit envahi d'un sentiment étrange, tout à fait nouveau pour lui et qu'il n'était pas sûr d'apprécier. Puis Kate s'excusa pour retourner à son travail.

Réprimant un soupir, il la suivit des yeux, tandis qu'elle s'éloignait, la tête haute, le dos bien droit, d'une démarche de reine.

— Elle est belle, n'est-ce pas ?

La voix de Vic le ramena brusquement à la réalité.

— Et comment ! répondit-il à son ami.

— Et elle t'intéresse, pas vrai ?

— Oui.

Vic haussa les épaules.

— Elle intéresse beaucoup d'hommes.

— J'ai remarqué qu'elle ne portait pas d'alliance. A-t-elle un petit ami ?

— Non, pas à ma connaissance.

— Et si je l'invitais à dîner un de ces soirs, crois-tu qu'elle refuserait ?

— Probablement, répondit Vic, esquissant un sourire. Elle refuse toujours.

— Elle n'aime pas les hommes ?

— Elle les aimait autrefois.

Hawk le dévisagea, perplexe.

— Vas-tu m'expliquer ce que tu entends par là ?

— Il y a eu cet homme dont elle était amoureuse, commença Vic.

— Et ça s'est mal terminé ?

— Disons que certaines ruptures peuvent conduire à l'amertume.

— Si tu le dis. Personnellement, je n'ai jamais été amoureux à ce point-là.

— Tu as beaucoup de chance, répondit Vic en soupirant. Kate, en tout cas, a tiré les mauvaises cartes. Elle était folle amoureuse de ce type, suffisamment pour lui permettre d'emménager avec elle après leurs fiançailles.

— Et le type en question l'a plaquée pour une autre femme ?

Il imaginait mal qu'un homme jouissant de toutes ses facultés mentales puisse faire une chose aussi stupide.

— Non, c'est pire que cela. Peu de temps après s'être installé chez elle, il a commencé à la maltraiter.

Hawk se figea.

— Qu'a-t-il fait ? gronda-t-il.

— Il ne s'agissait pas de maltraitances physiques, précisa Vic. Mais les mots peuvent blesser tout autant que les gifles et même davantage. Les bleus s'estompent tôt ou tard, mais les blessures de l'âme sont souvent plus longues à guérir.

— Quel salopard.

— Comme tu dis.

Hawk demeura silencieux un instant, avant de retourner à son idée première :

— J'aimerais tout de même l'inviter à dîner un de ces soirs. Qu'en penses-tu ?

— Pourquoi pas ? fit Vic en haussant les épaules. Tu ne perds rien à essayer.

— Tu n'y vois donc aucune objection ?

— Pourquoi je serais contre ? Cela ferait du bien à Kate de sortir un peu de sa coquille. Elle n'a pas mis le nez dehors depuis qu'elle a jeté ce crétin hors de chez elle.

Il esquissa un sourire, avant d'ajouter :

— Et de plus, toi, tu ne la ferais jamais souffrir, n'est-ce pas ?

— Comment peux-tu en être si sûr ?

Le sourire de Vic se fit sinistre.

— Parce que, dans le cas contraire, je devrais te tuer.

Hawk éclata de rire.

— Apporte-moi plutôt quelque chose à manger. Et tu as intérêt à ce que ce soit bon.

— Toute ma cuisine est excellente, répliqua-t-il en se levant d'un air digne.

— Je le sais. Maintenant, à tes fourneaux.

Un instant plus tard, on lui apportait un verre de vin rouge, puis le serveur posa un plat de pâtes fumantes devant lui, accompagné d'une feuille de papier soigneusement pliée. Hawk parcourut le message des yeux, et un sourire s'épanouit lentement sur ses lèvres. Vic n'avait écrit que quelques mots :

« Kate est en congé le lundi et le mardi. »

- 2 -

Durant l'heure qui suivit, Kate fut trop occupée pour songer à autre chose qu'à accueillir la clientèle. Lorsqu'elle eut enfin conduit les derniers convives à leurs tables, elle avait sérieusement besoin de faire une pause. Ce dont elle n'avait pas besoin, en revanche, c'était de penser, encore et encore, au séduisant Hawk McKenna.

Pourquoi lui faisait-il autant d'effet ? Il était seulement un homme. Un homme comme les autres. Pourtant, il occupait entièrement son esprit sitôt que l'activité autour d'elle se ralentissait.

Secouant la tête comme si ce simple geste pouvait la débarrasser de ces rêvasseries importunes, elle s'affaira à mettre de l'ordre à son poste. Elle rangea les grands menus en piles bien nettes et passa en revue les noms non encore cochés sur la longue liste des réservations, pour constater que les groupes suivants n'arriveraient que bien plus tard.

Exhalant un soupir, elle leva les yeux, et se trouva face à face avec l'homme qu'elle s'efforçait précisément d'oublier.

— Comment était votre dîner, monsieur McKenna ? s'enquit-elle, se composant à grand-peine un sourire professionnel.

— Je croyais que nous étions convenus que vous m'appelleriez Hawk, remarqua-t-il, fronçant les sourcils.

— Très bien. Comment était votre dîner... Hawk ?

— Superbe, comme l'est toujours la cuisine de Vic.

Face à son sourire, elle sentit une onde de chaleur la parcourir, et il lui fallut un instant pour retrouver la parole.

— C'est vrai, articula-t-elle, la gorge serrée. Vic est un chef de grand talent. L'un des meilleurs.

— C'est qu'il a appris son métier auprès d'un autre chef de grand talent.

Il marqua une pause, avant d'ajouter :

— Sa mère.

Elle éclata de rire. C'était très agréable de rire avec lui. Trop agréable. Elle reprit précipitamment son sérieux, jetant un coup d'œil anxieux autour d'elle dans l'espoir qu'un client réclame son attention et lui permette de s'esquiver. Espoir déçu.

— Attendez-vous quelqu'un en particulier ? s'enquit-il, suivant la direction de son regard.

— Non, répondit-elle trop vivement. Pourquoi ?

Il la considéra un instant en silence. Elle avait l'impression d'être prisonnière de ces yeux, comme un papillon épinglé à la planche d'un collectionneur.

— Je vous fais peur, n'est-ce pas ? remarqua-t-il, l'air consterné.

— Peur ? Moi ? Mais c'est ridicule ! Pourquoi devrais-je avoir peur de vous ? Me voulez-vous du mal ?

— Vous avez raison, Kate, répondit-il d'une voix douce, teintée de tristesse. C'est une idée ridicule.

Je ne vous veux aucun mal. Pourquoi iriez-vous même envisager une chose pareille ?

Mal à l'aise, elle détourna le regard.

— Je… je ne sais pas, balbutia-t-elle. Je…

— Oh ! que si, coupa-t-il. Vous savez très bien.

Il baissa la voix pour s'assurer qu'elle serait seule à l'entendre, avant d'ajouter :

— Ce type vous a vraiment fait souffrir, n'est-ce pas ?

Elle se figea. Comment savait-il ? Qui l'avait mis au courant ?

Vic. C'était forcément Vic. Le seul souvenir de Jeff, de sa violence verbale et de ses accusations absurdes suffisait encore à lui nouer l'estomac. Elle s'était pourtant cru définitivement libérée de lui. Combien de temps encore traînerait-elle ces mauvais souvenirs ?

— Kate ? murmura Hawk.

Faisant un effort pour se reprendre, elle le regarda bien en face avant de déclarer :

— Ma vie privée n'est pas un sujet de discussion, monsieur McKenna. Soyez gentil de me laisser, à présent. J'attends un groupe de quatre personnes d'une minute à l'autre.

Au même moment, les clients en question apparurent dans l'entrée du restaurant, riant et bavardant gaiement.

Un sourire de bienvenue aux lèvres, Kate alla les accueillir.

— Bonsoir, dit-elle en s'emparant de quatre menus sur la pile. Suivez-moi, je vous en prie.

Sitôt le groupe installé à sa table et occupé à étudier

le menu, elle retourna au poste des hôtesses, et ne fut pas très surprise de retrouver Hawk toujours accoudé à un coin du comptoir. Une nouvelle fois, elle ne put s'empêcher d'admirer son grand corps mince et athlétique…

S'efforçant d'ignorer le frisson d'excitation qu'avait provoqué cette vision, elle le fusilla du regard pour lui suggérer de poursuivre son chemin.

Mais Hawk ne bougea pas d'un pouce. Adossé au mur, il continua tranquillement à la fixer, un demi-sourire charmeur étirant ses lèvres masculines.

— Vous êtes encore là ? fit-elle avec colère, malgré le trouble qu'il déclenchait une nouvelle fois en elle.

— Oui, bien sûr.

Il se redressa de toute sa hauteur et vint se planter devant elle.

— Accepteriez-vous de dîner avec moi, lundi ou mardi soir ? demanda-t-il d'une voix douce.

Frappée de stupeur, Kate le dévisagea un instant en silence, cherchant désespérément la réponse adéquate. Certes, elle ne pouvait pas lui opposer un refus catégorique. Il n'était pas un simple client, mais un vieil ami de Vic. Mais, tout de même… quel culot !

Elle ne le connaissait même pas. Elle avait peur de faire confiance aux hommes en général, exception faite de son père et de Vic. Et pourtant, elle était fort tentée d'accepter sa proposition.

— Comment savez-vous que mes jours de congé sont le lundi et le mardi ? demanda-t-elle dans une pitoyable tentative pour dissimuler sa faiblesse.

Il se contenta de la dévisager en silence, tant la réponse était évidente.

— C'est Vic, n'est-ce pas ? fit-elle en fronçant les sourcils.

— En effet, c'est bien lui. Mais vous pouvez me faire confiance, Kate. Vic peut se porter garant pour moi. Je vous promets de me comporter comme un parfait gentleman.

Elle se mordilla les lèvres. Que faire ? En réalité, elle savait très bien ce qu'elle désirait. Cela faisait de longs mois qu'elle n'était pas sortie dîner avec un homme.

Elle releva les yeux, plongeant son regard dans le sien, et dans ses yeux sombres elle lut de l'admiration et un soupçon d'inquiétude… pour elle.

— Parole d'honneur, insista-t-il d'une voix rauque. Je me tiendrai bien.

— D'accord, Hawk, répondit-elle, le cœur battant. Je dînerai avec vous lundi soir.

— Je crois que je n'ai jamais autant lutté pour obtenir un rendez-vous. A quelle heure et où dois-je passer vous chercher ?

— Vous pouvez me retrouver ici, répondit-elle, refusant catégoriquement de lui communiquer son adresse. 19 h 30 ?

— Très bien. J'y serai.

Il fit le geste de porter respectueusement deux doigts au bord d'un chapeau absent. Puis il lui sourit et sortit du restaurant.

Kate le suivit du regard, aux prises avec un mélange de terreur et d'excitation. Avait-elle bien fait d'accepter son invitation, ou bien aurait-elle dû la refuser ? N'était-il pas plus sage de continuer à s'abriter derrière sa méfiance des hommes pour se protéger ?

Par bonheur, toute une famille fit son entrée dans le restaurant au même instant, lui évitant de se confronter à ce casse-tête.

Un peu avant minuit, Kate avait fini son service. Avec le reste des employés et le patron, elle avait nettoyé la salle et la cuisine, et fait la mise en place pour le lendemain, samedi, qui était l'une des journées les plus chargées de la semaine.

Comme il le faisait chaque soir pendant que les autres employés masculins raccompagnaient les serveuses, Vic l'escorta jusqu'à sa voiture. Elle profita de cette occasion pour le questionner un peu.

— Pourquoi avoir informé votre ami Hawk de mes jours de congé ? s'enquit-elle d'un ton soigneusement neutre.

— C'est lui qui m'a questionné à ce sujet. Etes-vous fâchée que je l'aie renseigné ?

— Non, assura Kate alors qu'ils arrivaient près de sa voiture. Je ne vous en veux pas.

— Un petit peu quand même, n'est-ce pas ?

— Peut-être un tout petit peu. Vous connaissez mon sentiment, concernant…

— Oui, Kate, l'interrompit-il. Je sais ce que vous pensez des hommes en général et d'un certain individu en particulier, et je respecte votre opinion. Mais Hawk n'est pas un homme ordinaire, et je ne vous dis pas cela parce qu'il est mon ami. Hawk fait partie des gentils. De ceux qui portent des chapeaux blancs dans les westerns.

Il marqua une pause, et ajouta en souriant :

— D'ailleurs, je l'ai déjà averti que, s'il se conduisait mal avec vous, je me verrais dans l'obligation de le tuer.

Kate ne put s'empêcher de sourire.

— Eh bien, j'ai accepté de dîner avec lui lundi soir.

— A la bonne heure ! Il est grand temps que vous recommenciez à sortir un peu. Flirtez un peu avec lui. Hawk sera ravi, lui qui vient de passer tout l'été coincé dans ses montagnes.

— Je suis certaine d'apprécier sa compagnie, Vic. Mais je ne crois pas être prête pour le flirt. Peut-être même ne le serai-je plus jamais.

— Cela viendra, j'en suis sûr, même si ce n'est pas pour cette fois-ci. Détendez-vous, profitez de la vie.

Il jeta un coup d'œil à sa montre, avant d'ajouter :

— A présent, je ferais mieux de rentrer à la maison, avant que Lisa ne me fasse une crise de jalousie.

— Comme si c'était possible, remarqua-t-elle en riant. Merci, Vic. A demain.

Il attendit qu'elle soit installée dans sa voiture et qu'elle ait fait démarrer le moteur, puis il se dirigea vers son propre véhicule.

Kate resta assise une minute à réfléchir derrière le volant. En dépit de la recommandation de Vic, elle se sentait un peu nerveuse à l'idée de dîner avec Hawk. Prenant une profonde inspiration pour se détendre, elle desserra le frein à main et sortit lentement du parking.

*
* *

Plus que deux jours jusqu'au lundi.

Partagée entre excitation et inquiétude, Kate avait au moins une raison de se réjouir. Le dîner du samedi soir et le brunch du dimanche attiraient toujours beaucoup de monde au restaurant. Elle avait à peine le temps de respirer entre deux groupes, et pas une seule seconde pour prêter attention aux trépidations de son cœur.

Ce fut avec un immense soulagement qu'elle vit arriver l'heure de sa pause, le dimanche soir.

Lorsque Vic vint la rejoindre dans la petite salle de détente des employés jouxtant la bruyante cuisine, elle n'était plus qu'une boule de nerfs.

— Au lieu d'apprécier une pause bien méritée, on dirait que vous venez de recevoir une terrible nouvelle, remarqua-t-il d'un ton amusé. Voulez-vous que j'appelle Hawk pour l'informer que vous avez changé d'avis ?

Oui. Cette réponse avait surgi spontanément dans son esprit, mais elle serra les dents. Son orgueil ne lui permettait pas de se défiler aussi lâchement.

— Non, ce ne sera pas nécessaire. Mais j'avoue que je me sens un peu nerveuse.

Elle s'efforça de sourire sans y parvenir tout à fait, avant d'ajouter :

— Je suis certaine que je passerai une excellente soirée.

Vic n'insista pas, même s'il ne croyait visiblement pas à son mensonge. Soulagée, Kate réussit à préserver une façade sereine jusqu'à la fin de son service.

*
* *

Lundi, 19 h 25.

Debout devant le comptoir des hôtesses, Kate bavardait avec Bella. Elle était arrivée à 19 heures, bien en avance, et se sentait plus nerveuse que jamais. Cette anxiété était ridicule, bien sûr, mais elle était bien réelle, qu'elle le veuille ou non.

Tandis que Bella plaçait les clients à leurs tables, Kate ne cessait de jeter des regards furtifs en direction de la porte, et se maudissait chaque fois de sa faiblesse, c'est-à-dire trop souvent. Elle leva les yeux juste au moment où Bella revenait la rejoindre au poste des hôtesses. Soudain, le visage de la jeune femme s'éclaira d'un sourire lumineux.

— Bonsoir, Hawk ! lança Bella en se précipitant dans les bras ouverts du séduisant géant.

Le temps d'un battement de cœur, Kate ressentit une étrange émotion. De l'envie ?

Non, il ne pouvait s'agir de cela, songea-t-elle, tandis qu'un autre terme s'insinuait dans son esprit : éblouissant. C'était le mot juste pour le décrire, car ce soir Hawk était vêtu avec une élégance désinvolte, en pantalon gris anthracite, chemise blanche sans cravate et blazer bleu marine.

Elle se félicita d'avoir passé un peu de temps à soigner sa propre tenue. Elle avait choisi un chemisier de soie couleur sauge, aux manches longues et au col rehaussé de dentelle, une jupe longue ocre, ample et légère, le tout accompagné d'escarpins à talons de huit centimètres. Même si les journées étaient encore douces, et même quelquefois chaudes, en ce mois d'octobre, il restait qu'après le coucher du soleil, les températures pouvaient descendre en dessous des dix degrés. Aussi s'était-elle munie du châle qu'elle avait porté la veille pour venir à son travail.

Bella se glissa hors des bras vigoureux de Hawk pour aller accueillir un couple qui venait de pousser la porte du restaurant. Il tourna aussitôt son regard sombre vers Kate.

— Bonsoir, murmura-t-il d'une voix grave, caressante.

Il lui fallut une seconde pour recouvrer ses esprits.

— Bonsoir, répondit-elle enfin, d'une voix qui lui sembla appartenir à une autre.

Hawk la détailla de la tête aux pieds, d'un regard appréciateur.

— Vous êtes magnifique.

— Merci, balbutia-t-elle. Vous aussi.

Avait-elle réellement dit cela ?

Il s'approcha du comptoir des hôtesses, un sourire charmeur sur ses lèvres sensuelles.

— Avez-vous faim ?

Fascinée par le mouvement de ses lèvres, elle ne réagit pas tout de suite. Jamais elle ne s'était sentie aussi affamée, mais la nourriture occupait sûrement la dernière place sur la liste de ses préoccupations.

— Oui, répondit-elle enfin, la bouche sèche. Et vous ?

Il la dévisagea attentivement une seconde, avant de murmurer, en s'emparant de sa main :

— Oui, moi aussi. Vous ne pouvez pas savoir à quel point.

— Où… où allons-nous ? demanda-t-elle, irritée de constater que sa voix tremblait.

— Nous allons dîner ici. Vic va créer un plat spécialement pour nous.

— Ici ? répéta-t-elle sans pouvoir s'empêcher de rire. Pourquoi ici ?

Il fronça les sourcils.

— Vous n'aimez pas la cuisine de Vic ?

— J'adore la cuisine de Vic. Mais je pensais que vous auriez souhaité…

— Ce que je souhaite, Kate, c'est que vous vous sentiez parfaitement à l'aise en ma compagnie. Et j'ai pensé que cela vous serait plus facile ici même, dans un environnement qui vous est familier.

Il esquissa un sourire, avant d'ajouter :

— Là où Vic peut intervenir pour vous défendre.

— C'est cela, grommela Vic en les conduisant à la table que Hawk avait occupée quelques jours auparavant, dans un coin tranquille de la salle. Je me vois mal en train de la défendre contre toi. Je suis un chef cuisinier, pas un guerrier.

— C'est toi qui disposes de tous les couteaux, rappela Hawk avec bonne humeur, tirant la chaise de Kate pour l'aider à s'asseoir.

Il prit place en face d'elle avant de proposer :

— Que diriez-vous d'un verre de vin avec votre dîner ?

— Volontiers. Que me conseillez-vous ? ajouta-t-elle à l'adresse de Vic. Rouge ou blanc ?

— Pour vous, je recommande un vin blanc. Pas

trop doux, pas trop sec. Ce soir, vous êtes à ma merci, tous les deux. C'est moi qui déciderai du menu.

— Je m'en doutais, répliqua Hawk. Moi, je prendrai du rouge.

— Vous vous connaissez très bien, tous les deux, n'est-ce pas ? remarqua Kate lorsque Vic se fut retiré dans la cuisine.

— C'est vrai, convint Hawk. Nous étions colocataires durant nos années d'université.

— Avez-vous servi dans l'armée ?

— Oui, répondit-il après une brève hésitation. Après l'université, j'ai passé quelques années dans l'armée de l'air. Pourquoi cette question ?

— Vic parle de vous comme d'un guerrier, j'ai pensé que c'était à cela qu'il faisait allusion.

— Je pilotais un hélicoptère de combat, fit-il en riant, mais Vic faisait plutôt référence à mon héritage familial. En fait, si mon père est écossais, ma mère, elle, était de pure souche apache.

— Etait ?

— Oui, confirma-t-il avec un sourire mélancolique. Ma mère est décédée en donnant naissance à Catriona, ma jeune sœur. Je n'avais que deux ans, et je n'ai gardé aucun souvenir d'elle. Tout ce que je possède de ma mère, ce sont quelques photos.

— Je suis désolée, murmura-t-elle.

— Tout cela s'est passé il y a bien longtemps, Kate, déclara-t-il, retrouvant son sourire. Aujourd'hui, j'ai trente-six ans. J'aurais adoré la connaître, bien sûr, mais je me suis remis de cette perte.

Kate hocha la tête. Elle avait le pressentiment que

cette belle assurance n'était qu'une façade, mais elle se garda bien d'insister.

— Catriona est un prénom peu commun, remarqua-t-elle.

— C'est la version écossaise de « Catherine ».

— Et votre père ?

— Il nous a élevés, Cat et moi, avec l'aide des parents de ma mère. Après l'université, je me suis engagé dans l'armée de l'air. Deux ans plus tard, Cat a obtenu son diplôme, et elle est allée s'installer à New York, tandis que papa retournait vivre en Ecosse, où il possède plusieurs entreprises.

A cet instant, un serveur apparut près de leur table, et Hawk prit le verre qu'il lui tendait.

— Sa seconde épouse et lui élèvent des lévriers irlandais, ajouta-t-il.

— Oh ! Ce sont de très grands chiens plutôt méchants, non ?

— Ce sont des chiens de grande taille, mais certainement pas méchants. J'en possède un, qui s'appelle Boyo, et il est doux comme un agneau.

Il hésita une seconde, avant de reconnaître :

— Bien sûr, il pourrait devenir féroce s'il me voyait menacé. Cette race protège ses humains.

— Protège ses humains ? répéta Kate en riant.

— Exactement, dit-il, riant avec elle. Boyo est persuadé qu'il est mon maître et que je lui appartiens.

La conversation cessa temporairement lorsque leur dîner fut servi, et ils se concentrèrent sur le somptueux repas que Vic leur avait préparé.

— Dessert ? Café ? suggéra Hawk lorsqu'ils eurent tous deux terminé.

Kate secoua la tête.

— Non, merci. Je ne pourrais même plus avaler une goutte de café.

— Très bien, dit-il d'un air satisfait. Ce n'est pas que je m'ennuie, ici, mais j'ai dans ma poche deux billets pour un show sur le Strip. Aimeriez-vous m'accompagner ?

Elle demeura silencieuse un instant, en proie à un curieux mélange d'anxiété et d'excitation. Puis elle prit une grande respiration.

— Oui, merci, répondit-elle, le cœur battant. Avec plaisir.

— Nous ferions bien de partir, alors, fit-il en jetant un coup d'œil à sa montre. Il est déjà 21 heures passées, et le spectacle doit commencer à 22 heures.

Il fit un signe au serveur, qui accourut à leur table. Mais, lorsqu'il réclama l'addition, le jeune homme secoua la tête.

— Le dîner est offert par la maison. Avec les compliments du chef.

— Tom, dit Kate, vous direz à Vic qu'il est un amour.

Sur ce, ils prirent congé et quittèrent rapidement le restaurant.

- 3 -

Hawk guida Kate jusqu'à la place de parking la plus proche de la porte, marquée d'un écriteau « réservé » griffonné à la hâte sur un bout de carton suspendu à un lampadaire.

— C'est bon de recevoir un traitement royal, remarqua-t-il en souriant.

Son véhicule de location était de taille moyenne. Une fois installée sur son siège, elle s'amusa beaucoup des contorsions qu'il devait faire pour glisser sa grande carcasse derrière le volant.

— Le roi a besoin d'un plus grand carrosse, observa-t-il en lui coulant un regard embarrassé.

— C'est vrai que vous avez l'air un peu à l'étroit, là-dedans.

— A qui le dites-vous ! Chez moi, je conduis un gros pick-up avec toute la place qu'il faut pour les jambes.

— Celle-ci est plus facile à garer.

— Peut-être, mais…

Il marqua une pause, puis, esquissant un sourire satisfait, il fit démarrer le moteur.

— … de toute façon, je n'ai aucune intention de garer cet engin moi-même. Là où nous allons, je compte bien faire appel à un voiturier.

Kate ne put s'empêcher de rire. Elle ne se souvenait plus de la dernière fois où elle avait ri aussi fort, avec autant de naturel. Et, comme pour augmenter encore son plaisir, Hawk riait avec elle.

Comme promis, il confia leur véhicule au voiturier de l'un des grands casinos-hôtels du Strip.

La vedette du spectacle auquel ils assistaient était un comédien que Kate ne connaissait pas. La salle était déjà pleine lorsqu'ils furent escortés jusqu'à leur table, quelques secondes à peine avant que le comédien n'entre en scène sous un tonnerre d'applaudissements.

Cet homme n'était pas seulement amusant, il était irrésistiblement comique, et il travaillait sans aucun accessoire. Il ne racontait pas d'histoires drôles. Il évoquait des tranches de vie, des événements de tous les jours où chacun dans la salle pouvait se reconnaître. Et toute la salle pleurait de rire.

Lorsque, en quelques occasions, Kate tourna son regard vers Hawk, elle constata qu'il riait aussi fort que les autres. Et, quand il lui adressa un clin d'œil complice, elle sentit une merveilleuse chaleur l'envahir des pieds à la tête. Ce qui était parfaitement idiot, elle ne le savait que trop bien.

— Que diriez-vous de passer un petit moment au casino avant de rentrer ? lui proposa Hawk une fois le spectacle terminé.

Kate hésita. Puis, se souvenant que ce casino était l'un des lieux de prédilection de Jeff, elle secoua la tête.

— Pas ce soir. Je suis un peu fatiguée, à force d'avoir ri. Ce comédien était extrêmement drôle.

— Oui, c'est vrai, convint-il en l'entraînant hors de la salle.

Ils firent quelques pas dehors, et il tendit son ticket de parking au voiturier avant d'ajouter :

— Et vous êtes une piètre menteuse.

Elle ouvrit la bouche pour protester, mais il ajouta vivement :

— Sans vouloir vous insulter, bien sûr.

— Qu'entendez-vous par cette remarque ? répliqua-t-elle sans chercher à dissimuler son irritation.

Ils étaient entourés de nombreuses autres personnes qui attendaient également leurs véhicules. Hawk se rapprocha pour lui chuchoter à l'oreille d'un ton intime :

— Ce n'est pas la fatigue qui vous fait refuser mon offre. Pour une raison qui vous est personnelle, vous n'avez aucune envie d'entrer dans ce casino.

Il riva son regard dans le sien avant d'ajouter :

— Et si vous me disiez pourquoi ?

Il se tenait si près d'elle qu'elle pouvait sentir son eau de Cologne et sa pure fragrance masculine, le subtil bouquet du vin sur ses lèvres affolant tous ses sens.

— Vraiment pas ? insista-t-il en souriant.

Vaincue par ce sourire, elle haussa les épaules.

— C'est une raison idiote, je suppose. Je ne voulais pas entrer dans ce casino, parce que c'est celui que Jeff préférait. Je ne veux pas risquer de le rencontrer.

A l'instant où elle eut prononcé ce nom, comme si cette simple évocation avait suffi à le faire se matérialiser, elle entendit la voix maniérée de Jeff derrière elle :

— Ça, par exemple ! Kate ! Je constate que tu es toujours aussi ravissante.

Cette voix trop douce, ce sourire faux provoquèrent en elle un immédiat sentiment de révulsion. Insensible à cette réaction et ignorant ostensiblement la présence de Hawk, Jeff poursuivit :

— Si je m'attendais à te voir ici ! Je croyais que tu n'aimais pas les casinos ?

— Tu étais persuadé de beaucoup de choses, rétorqua-t-elle d'un ton aussi froid que possible. La plupart du temps, tu te trompais. En fait, tu te trompais toujours.

Les yeux pâles de Jeff prirent une expression glaciale, et une note grinçante vint gâcher la douceur de sa voix.

— Pas toujours, corrigea-t-il en la toisant de la tête aux pieds avec un sourire lubrique. J'avais raison de croire que tu étais une tigresse au lit…

— Si vous voulez bien nous excuser, gronda Hawk, plaçant un bras protecteur autour des épaules de Kate, je crois qu'on avance notre voiture.

Kate se crut tirée d'affaire, mais son soulagement fut de courte durée. Déjà, Jeff l'avait saisie par le bras. Elle se raidit, furieuse et embarrassée.

Jeff s'efforça de toiser Hawk avec insolence, mais son effet fut un peu gâché par le fait qu'il dut lever la tête, son adversaire mesurant une bonne vingtaine de centimètres de plus que lui.

— Pour qui vous prenez-vous, mon vieux ? lança-t-il néanmoins d'un ton insultant.

— Pour quelqu'un qui n'a pas envie de vous connaître, répondit Hawk d'un ton dangereusement calme. Et maintenant, petit homme, ôtez vos sales pattes de ma femme.

— Petit homme ? répéta Jeff avec fureur. Votre… votre femme ? Comment osez-vous…

— Je peux oser bien davantage encore, déclara Hawk d'un ton aimable. Et maintenant, vous feriez mieux de filer, mon vieux, avant que je ne sois tenté de me fâcher.

Au grand ébahissement de Kate, Jeff recula d'un pas, ayant perdu toute sa superbe. Les yeux brûlants de haine, il continua de les observer, tandis que Hawk l'aidait à monter dans la voiture. Mais il sursauta et recula encore lorsque Hawk se retourna pour lui décocher un dernier regard. Kate ne vit pas l'expression de son visage, mais elle devait être terrifiante, parce que Jeff tourna les talons et rentra précipitamment dans le casino.

Lorsque Hawk fit le tour de la voiture pour s'installer au volant, elle s'attendait à voir un homme bouillonnant de rage, mais, à sa grande surprise, elle vit qu'il riait tout bas comme s'il venait de faire une bonne farce.

— Au poker aussi, je bluffe, expliqua-t-il.

Kate le dévisagea une seconde, puis elle éclata de rire.

— Vous êtes un vrai personnage !

— Et vous n'avez encore rien vu, répliqua-t-il avec un sourire de connivence.

La tension des minutes précédentes s'évapora d'un coup, et soudain elle se sentit merveilleusement détendue. Pour la première fois depuis qu'elle avait jeté Jeff hors de son appartement, hurlant des menaces et des insultes, elle se sentait à l'aise en compagnie d'un homme.

Avait-elle tort ? Au fond, elle n'était pas certaine de pouvoir de nouveau faire confiance à un homme, quel qu'il soit. C'était bien triste, lorsqu'on y réfléchissait. Qu'un ignoble individu ait pu…

Elle refoula ces pensées maussades. Elle devait oublier Jeff. Il ne méritait pas qu'elle gaspille son temps à penser à lui. S'adossant confortablement à son siège, elle laissa son esprit vagabonder.

Ils roulèrent quelques minutes en silence, dans une harmonie parfaite. Hawk fut le premier à reprendre la parole :

— Heu… Kate, allons-nous rouler ainsi au hasard toute la nuit, ou allez-vous enfin me dire où vous habitez ?

Elle soupira. Elle savait que cette merveilleuse harmonie ne pouvait pas durer éternellement.

— J'ai garé ma voiture devant le restaurant de Vic, répondit-elle en se redressant sur son siège.

— Hum ! fit-il. Nous l'avons dépassé depuis un petit moment déjà.

— Vraiment ? Et qu'appelez-vous par « un petit moment » ?

— Oh ! à peine deux ou trois kilomètres. Vous aviez l'air si paisible que je n'ai pas osé vous déranger. En fait, je n'étais même pas sûr que vous soyez réveillée.

— Je ne dormais pas, assura-t-elle, se sentant rougir. Je rêvassais, c'est tout. Ce doit être le vin.

— Vous n'avez bu que deux verres, rappela-t-il d'un ton gentiment ironique. Pensiez-vous à ce clown qui vous a ennuyée tout à l'heure ?

— Il s'appelle Jeff, précisa-t-elle, grimaçant à son évocation.

— Il vous a saisie par le bras, gronda-t-il d'un ton menaçant. S'il se comporte de nouveau ainsi en ma présence, je lui donnerai une leçon dont il se souviendra.

Il tourna dans le parking maintenant désert du restaurant, et s'arrêta près de sa voiture.

Débouclant sa ceinture, elle se tourna face à lui et lui tendit cérémonieusement sa main.

— Merci, Hawk. J'ai passé une soirée très agréable.

Il accepta sa main tendue, mais, au lieu de la relâcher, il secoua la tête.

— Je vais vous suivre jusque chez vous, déclara-t-il d'un ton qui n'admettait aucune contestation.

— Mais…

— Il est tard, coupa-t-il sans la laisser terminer sa phrase. Je vais donc vous suivre et m'assurer que vous rentrez chez vous en toute sécurité.

Kate soupira, mais renonça à protester. Elle sortit de la voiture de Hawk et s'installa dans la sienne. Comme il l'avait promis, il roula derrière elle, pratiquement pare-chocs contre pare-chocs, jusqu'à ce qu'elle se soit garée dans le parking de sa résidence. Une nouvelle fois, il rangea sa voiture à côté de la sienne et descendit en même temps qu'elle.

— Je vous accompagne jusqu'à votre porte, décréta-t-il.

— Vraiment, ce n'est pas nécessaire, Hawk.

Peine perdue. Sans se donner la peine de lui répondre, il lui emboîta le pas et entra avec elle dans le hall.

— Merci encore, dit-elle en lui tendant de nouveau la main.

— Tout le plaisir est pour moi, assura-t-il, profitant de sa main tendue pour l'attirer gentiment à lui. Puis-je espérer vous revoir ?

— Oui, s'entendit-elle répondre malgré sa gorge sèche.

— Demain soir ?

— Oui, confirma-t-elle après une seconde d'hésitation.

— Parfait. Je passerai vous prendre à 19 h 30, d'accord ? Nous ferons quelque chose d'amusant.

Un mélange de soulagement et de satisfaction colorait sa voix. Elle hocha la tête, et son cœur manqua un battement lorsqu'il leva une main pour caresser sa joue.

— Ce crétin avait raison sur un point, Kate, fit-il doucement. Vous êtes une femme ravissante.

A présent, son cœur battait la chamade.

— Hawk… je…

— Chut ! murmura-t-il, inclinant son visage vers le sien. Tout va bien. Je ne vous ferai jamais de mal.

Elle sentit son souffle sur ses lèvres, puis, l'instant suivant, sa bouche effleura la sienne en une caresse qui n'était pas tant un baiser qu'une promesse.

— Bonne nuit, Kate, dit-il en reculant d'un pas. A présent, rentrez vite et fermez votre porte à double tour.

Respirant à peine et incapable de la moindre

pensée cohérente, elle monta les escaliers en courant jusqu'à son appartement du deuxième étage, oubliant totalement l'ascenseur.

Hawk se glissa dans sa voiture de location et leva les yeux vers la façade de l'immeuble au moment même où des fenêtres s'éclairaient dans un appartement au deuxième étage. S'accoudant au volant, le menton dans ses mains, il resta un instant immobile, à contempler les lumières derrière les minces rideaux.

Kate.

Il sentait encore le goût de ses lèvres sur les siennes, alors que leurs bouches s'étaient à peine effleurées. Et puis, il y avait cette étrange sensation dans sa poitrine… C'était plutôt agréable.

Un sourire aux lèvres, il se mit en route vers la chambre qu'il avait réservée dans l'un des grands hôtels du Strip.

Moins de vingt minutes après avoir confié ses clés au voiturier, il était dans son lit, perdu dans des fantasmes érotiques où Kate et son corps mince et nu jouaient le rôle principal.

Il se réveilla en sursaut. Sa peau était glacée sous une fine transpiration. Il ne s'était même pas rendu compte qu'il s'était endormi, et son rêve venait de s'interrompre alors qu'il atteignait sa plus grande intensité. Il éprouvait un désir presque douloureux.

Comprenant qu'il était temps de prendre des mesures radicales pour refroidir un peu la passion qui l'embrasait, il se traîna péniblement hors du lit et se dirigea en titubant vers la salle de bains.

Il détestait les douches froides plus que tout au monde.

Malgré l'heure tardive, Kate n'avait pas sommeil.

Elle sentait encore le goût de ses lèvres sur les siennes.

Ce qui était parfaitement ridicule, puisque leurs bouches s'étaient à peine effleurées. Rien ne ressemblait moins à un baiser que ce bref contact.

Et pourtant, la saveur du baiser de Hawk ne la quittait plus… Et c'était plutôt agréable. Un vrai baiser avait-il le pouvoir de créer une immédiate addiction… comme celle d'un riche chocolat noir ?

Le baiser de Hawk avait été passionné, bien que léger.

Tandis qu'elle se déshabillait avec maladresse, pestant contre son chemisier récalcitrant, le téléphone sonna.

Hawk ?

Elle se figea, le cœur battant à tout rompre. Sans se donner la peine de vérifier le nom de son correspondant sur l'écran, elle décrocha le combiné et faillit le faire tomber dans sa précipitation. Prenant une profonde inspiration pour se calmer, elle établit la communication.

— Allô ?

— Qui était ce type ? demanda Jeff d'un ton furieux.

Kate se raidit, et sa voix prit un ton glacé.

— Cela ne te regarde pas.

— Bien au contraire ! Tu es à moi, et tu le sais très bien.

— Je n'ai jamais été ta propriété. Et puis, comme tu le sais parfaitement, j'ai rompu avec toi depuis des mois déjà.

— Tu étais seulement de mauvaise humeur, ce jour-là, répliqua-t-il d'un ton rageur. Et d'ailleurs…

— Non. Tu m'agressais verbalement pour la énième fois. Tu me couvrais d'insultes.

— Il n'est pas question que je renonce à toi, Kate, déclara-t-il d'une voix qui avait retrouvé toute sa suavité. Je sais que tu m'aimes. Je te récupérerai.

— Ecoute-moi bien, Jeff, répondit-elle d'un ton soigneusement contrôlé. Je me suis montrée patiente avec toi jusqu'à aujourd'hui. Mais, si tu reviens m'ennuyer une seule fois, j'irai à la police déposer plainte contre toi. Et cette fois-ci, c'est sérieux, tu peux me croire.

— Bien entendu, dit-il d'une voix mielleuse. Tu le penses sérieusement chaque fois, ce qui me prouve bien que ce n'est pas grave.

Kate luttait désespérément pour contrôler sa colère. Comment avait-elle pu un jour aimer cette voix sirupeuse ? A présent, elle n'éveillait en elle que du dégoût, tout comme le reste de son personnage.

— Sais-tu ce que je pense, Jeff ?

— Oui. Tu m'aimes.

— Va en enfer, dit-elle en raccrochant.

Elle demeura un instant immobile, fixant le téléphone comme s'il s'agissait d'un serpent venimeux sur le point de l'attaquer.

La coupe était pleine, elle en avait assez. Dès le lendemain matin, elle irait consulter un avocat afin d'obtenir une injonction contre Jeff pour lui interdire de s'approcher d'elle.

Lasse, elle débrancha son téléphone fixe et éteignit son portable — chose qu'elle n'avait jamais faite auparavant au cas où il se produirait une urgence familiale.

Après s'être préparée pour la nuit, elle se sentait encore déstabilisée par cet appel, et elle vérifia que sa porte d'entrée était bien verrouillée, encore qu'il fût impossible de pénétrer dans le hall de l'immeuble sans une carte magnétique. Elle passa ensuite en revue toutes les fenêtres ainsi que la porte du patio.

Incapable de trouver le sommeil, elle resta allongée dans son lit un long moment. Lorsqu'elle glissa enfin dans un bienheureux oubli, elle entra de plain-pied dans un rêve où il n'était plus question de Jeff et de peur, mais de Hawk et d'un océan de béatitude. Il venait à elle entouré d'un halo de douceur, lui murmurant des promesses, et leurs corps se fondaient l'un dans l'autre. Elle gémit dans son sommeil, tandis que ses hanches ondulaient dans un mouvement inconscient.

Elle avait soif de ses caresses, avait besoin de sentir sa bouche prendre possession de la sienne, son corps pressé tout contre le sien.

Kate se réveilla brusquement, tremblant de tout son corps, la respiration haletante et irrégulière. Elle repoussa les couvertures et s'aperçut que son corps était couvert d'une fine transpiration. Jamais elle n'avait fait un rêve aussi réaliste. Elle avait failli atteindre l'orgasme dans son sommeil !

Elle promena son regard dans les ténèbres de la chambre, son esprit et ses sens toujours en alerte.

Bien sûr, elle n'avait pas eu de relations intimes avec un homme depuis une éternité. Mais il lui paraissait incroyable que rêver d'un homme qu'elle venait à peine de rencontrer, et dont elle ne savait pratiquement rien, ait pu la troubler de façon aussi extraordinaire. Elle retrouva peu à peu sa sérénité, et le sommeil la prit de nouveau.

A sa grande surprise, elle s'éveilla en pleine forme, bien qu'encore un peu anxieuse.

Que lui arrivait-il ? songea-t-elle alors que Hawk s'insinuait de nouveau dans ses pensées. Certes, il était extrêmement séduisant et d'une compagnie très agréable, sans même mentionner son incroyable sex-appeal. Mais il n'était qu'un homme de chair et de sang. Un homme comme les autres…

Ou peut-être pas ?

Refoulant ces pensées dérangeantes, elle concentra son attention sur le problème le plus pressant. Elle rebrancha son téléphone et composa le numéro personnel de Vic.

Lisa, qui tentait de la convaincre d'obtenir une injonction d'éloignement contre Jeff depuis qu'elle l'avait jeté hors de chez elle, se fit un plaisir de lui communiquer les coordonnées d'un excellent avocat.

Quelques minutes plus tard, Kate avait pris rendez-vous pour le lendemain matin avec l'homme de loi, un vieux monsieur du nom d'Edward Bender. C'était un bon début.

- 4 -

Bien que connaissant parfaitement l'heure à laquelle Hawk était censé passer la chercher, Kate sursauta violemment en entendant la sonnerie de l'Interphone. Par bonheur, elle venait de terminer d'appliquer son mascara, sans quoi elle se serait retrouvée avec un très étrange trait noir sur le front.

Ramassant son sac et le châle qui était parfaitement assorti à sa robe écrue, elle actionna le bouton de l'appareil fixé sur le mur.

— Hawk ?

— Oui, c'est moi, répondit-il de cette voix grave et sensuelle qui la faisait frissonner.

— Je descends tout de suite.

Sans attendre sa réponse, elle alluma une veilleuse, verrouilla sa porte et se dirigea vers l'ascenseur.

Elle s'était sentie irrésistiblement attirée vers lui dès la seconde où elle l'avait vu apparaître à la porte du restaurant, grand, mince et incroyablement séduisant dans sa rude beauté masculine.

Bien sûr, au premier abord, Jeff aussi lui avait paru presque trop séduisant pour être vrai, avec sa brillante culture et son charme facile. Mais, dans son cas, ce n'était qu'un numéro bien rodé destiné à dissimuler sa vraie nature.

Kate laissa échapper un rire amer. Comment avait-elle pu se laisser abuser ?

Alors qu'elle entrait dans la cabine de l'ascenseur, un dicton qu'aimait citer sa mère resurgit dans sa mémoire :

« Tout ce qui brille n'est pas or. »

Dans le cas de Jeff, derrière le brillant séducteur, se cachait un tyran domestique, une véritable brute.

Les portes de l'ascenseur coulissèrent sans bruit, et elle se trouva face à Hawk, qui l'attendait.

— Bonsoir, murmura-t-il. Vous êtes très belle, ce soir.

Elle sentit ses joues s'empourprer.

— Bonsoir, Hawk. Où allons-nous dîner, ce soir ?

La prenant doucement par le bras, il la guida jusqu'à la voiture.

— J'ai pensé que le mieux serait de reprendre les choses où nous les avons laissées hier soir, avant que nous ne soyons interrompus de façon aussi grossière. Evitez-vous tous les casinos, ou seulement celui dans lequel nous sommes entrés ?

— Seulement celui-là, précisa-t-elle en attachant sa ceinture. Mais, à vrai dire, je ne fréquente pas beaucoup les autres non plus !

Elle marqua une pause et esquissa un sourire.

— Comme on dit, je travaille trop dur pour gagner mon argent pour aller risquer de le perdre. Mais il m'est déjà arrivé de jouer.

— Jouez-vous aux tables ?

— Non. Seulement aux machines à sous. Et vous ?

— Je joue un peu au poker, répondit-il avec un

haussement d'épaules nonchalant. Et, de temps à autre, une partie de black-jack. Prête ?

— Je n'attends que vous.

Il sortit du parking, et ils roulèrent un instant en silence.

— J'ignore le nom du parfum que vous portez, fit Hawk. Mais je dois avouer qu'il me plaît… énormément.

— Merci, répondit-elle, rougissant de plus belle.

— Chaque fois que je sentirai cette fragrance, dans quelque lieu que ce soit, je penserai à vous, assura-t-il en lui adressant un sourire éblouissant.

A ces mots, Kate eut l'impression de fondre. Elle devait faire très attention. Cet homme n'était pas seulement dangereux. Il était de la pure dynamite. Comparé à lui, Jeff n'était qu'un pétard mouillé.

A l'idée qu'elle jouait avec le feu, elle frissonna.

— Avez-vous froid ? s'enquit-il, sans quitter la route des yeux. Je peux mettre le chauffage en marche, si vous voulez.

— Heu… non. Je me sens très bien, vraiment, et nous allons bientôt arriver sur le Strip.

S'il allumait le chauffage maintenant, elle fondrait devant lui sur le siège de cette petite voiture !

— C'est tout de même étrange, observa-t-il. Au mois d'octobre, ici, à Las Vegas, la température peut quelquefois approcher les trente degrés durant la journée, mais, la nuit, elle est tout à fait glaciale.

— Est-ce différent, là où vous vivez ? demanda-t-elle, désireuse d'en apprendre le plus possible sur sa vie.

— Cela dépend de la partie de l'Etat où vous

vous trouvez. A Denver, les journées peuvent être douces et les nuits assez fraîches. Mais, là où je vis, dans les montagnes, la température est supportable le jour, alors qu'il fait un froid de canard la nuit.

— J'adore les montagnes, dit-elle, un brin mélancolique.

— Vous n'êtes pas née ici ?

— Non. J'ai grandi en Virginie, près des Blue Ridge Mountains. Mon père y possède un petit élevage de chevaux.

— Vous voyez ? remarqua-t-il en lui adressant un sourire. Nous avons quelque chose en commun.

— Les chevaux ? fit-elle en riant.

— Ne prenez pas ce genre de détail à la légère, répliqua-t-il, riant avec elle. C'est un début, non ?

Kate ne put s'empêcher de se demander ce qu'il pouvait bien entendre par là. Un début ? Le début de quoi ? Ne lui avait-il pas dit qu'il ne comptait rester que quelques jours à Las Vegas ?

A sa surprise, Hawk évita le Strip pour rouler jusqu'à l'un des plus vieux hôtels-casinos de la ville, dans lequel elle n'était jamais entrée. Celui-ci n'était ancien que par comparaison aux palaces incroyablement somptueux qui poussaient comme des champignons un peu partout. Et, puisqu'il était moins huppé que les autres, cet établissement devait aussi être beaucoup plus tranquille.

— Alors ? fit Hawk. Que voulez-vous faire ?

Elle demeura un instant silencieuse, jetant un regard curieux autour d'elle.

— Je crois que je vais faire un petit tour d'observation, répondit-elle en souriant. Une de ces machines à sous me fera peut-être un clin d'œil.

— Très bien. Quant à moi, je crois que je vais m'asseoir un moment à l'une des tables de black-jack. Nous pourrions synchroniser nos montres et nous retrouver ici même, disons… dans une heure ?

Kate jeta un coup d'œil à sa montre.

— D'accord. Si je ne vous vois pas avant, rendez-vous ici dans une heure.

A peine venaient-ils de se séparer que Kate commençait déjà à se sentir affreusement seule. C'était idiot, se tança-t-elle, parcourant d'un regard distrait l'alignement de machines rutilantes.

Pour tenter de chasser l'image de Hawk de son esprit, elle prit place devant un bandit manchot. Elle passa plusieurs minutes à étudier les instructions de la machine avant de glisser un billet de vingt dollars dans la fente réservée à cet effet. L'affichage sur l'écran indiqua qu'elle disposait à présent de vingt crédits.

Kate jouait depuis presque une heure lorsqu'elle sentit une présence à côté d'elle.

— Bonsoir, Kate, dit Jeff, la faisant sursauter. Je t'ai vue assise là, toute seule, et j'ai eu envie de venir te tenir compagnie.

Jeff ? Ici ? Elle ne parvenait pas à le croire. Ce casino n'était pas du tout du genre de ceux qu'il fréquentait habituellement. Il préférait de loin les établissements plus luxueux, ceux qui attiraient les célébrités. Une idée terrifiante germa dans son esprit.

L'avait-il suivie pour la harceler ?

Déterminée à ne pas montrer sa peur, Kate lui fit face pour le toiser d'un regard froid.

— Je ne suis pas seule. Et, même si ce n'était pas le cas, je ne voudrais certainement pas de ta compagnie.

— Tout doux, Kate. Toi et moi savons parfaitement…

— Tu ne sais rien, Jeff. Mais, puisque tu insistes, je vais éclairer ta lanterne.

Puisant son courage dans la détermination qu'elle entendait dans sa propre voix, elle poursuivit d'un ton menaçant :

— Si tu n'as pas disparu de ma vue dans les quelques secondes qui vont suivre, je vais me mettre à hurler pour appeler la sécurité.

— Tu n'oserais pas, gronda-t-il. Tu oublies que tu as horreur de provoquer une scène en public.

— Peut-être bien. Mais, pour toi, je me ferai un plaisir de faire une exception.

Elle consulta ostensiblement sa petite montre-bracelet, avant de déclarer :

— Tu as exactement deux secondes pour disparaître. Une… deux…

Jeff se laissa glisser de son tabouret et s'éloigna en marmonnant des jurons. Profondément secouée par cette désagréable rencontre, elle prit une profonde inspiration pour se calmer, et, à la seconde où il eut disparu de sa vue, elle quitta le bandit manchot, cinq dollars plus riche qu'à son arrivée.

Elle se hâtait vers le point de rendez-vous convenu avec Hawk lorsqu'elle l'aperçut, assis à l'une des tables de black-jack. Après un instant d'hésitation, elle décida d'aller le rejoindre. Jeff ne tenterait rien tant que Hawk serait près d'elle.

Arrivant doucement derrière lui, elle posa une main sur son épaule pour lui signaler sa présence.

— Je vois que vous gagnez, observa-t-elle, jetant un coup d'œil à la pile de jetons devant lui.

— Oui, c'est vrai, j'ai eu de la chance, répondit-il en se retournant pour lui adresser un sourire. Etes-vous prête à partir ?

— Rien ne presse. J'aimerais vous regarder jouer un petit moment, si vous ne voyez pas d'inconvénient à ce que je reste debout derrière vous.

— Absolument aucun, dit-il sans quitter les cartes des yeux. Je ne suis pas du tout superstitieux. En réalité, j'aime beaucoup vous sentir ainsi juste derrière moi.

Après sa très désagréable rencontre avec Jeff, Kate appréciait la gentillesse de Hawk. Souriant de plaisir, elle lui serra doucement l'épaule. Sa grande main chaude vint brièvement recouvrir la sienne, et il entremêla ses doigts aux siens.

La sensation de ce contact l'accompagna durant tout le reste de la soirée. Ferait-elle encore des rêves torrides, cette nuit, en pensant à lui ? Une chose était sûre : elle espérait de tout son cœur que le souvenir de cette caresse chasserait les cauchemars que Jeff avait encore le pouvoir de lui inspirer.

- 5 -

L'idée était de se plonger dans un tel état de fatigue qu'il réussirait enfin à dormir. C'était l'unique raison qui avait poussé Hawk à retourner aux tables de poker jusqu'à 2 heures du matin. Comme cela avait été le cas plus tôt dans la soirée, la chance lui avait souri, et il avait gagné une jolie somme. Mais ce n'était pas son but premier.

Le sommeil ne l'effleura même pas avant 4 heures du matin. Arpentant le vaste salon de sa suite, une canette de bière légère à la main, il alla jusqu'à songer qu'il aurait mieux fait de rester au casino. Il se planta devant l'immense baie vitrée pour contempler un moment les néons scintillants du Strip. En bas, dans la rue, la circulation des piétons et des véhicules était aussi dense qu'en pleine journée. Cette ville ne dormait jamais.

Le souvenir de Kate hantait encore sa mémoire à chaque seconde, et il se surprit à plusieurs reprises à prononcer son prénom à voix haute.

Il jeta un coup d'œil à la bière dans sa main, et constata avec étonnement qu'il l'avait terminée sans même s'en rendre compte.

Il désirait Kate, presque douloureusement. Il y avait d'autres femmes à Las Vegas, bien sûr. Elles étaient nombreuses, la veille, au casino et au restaurant. Plusieurs d'entre elles lui avaient même lancé des regards qui ne laissaient aucun doute sur leur disponibilité. Il les avait ignorées.

Il n'était pas question de se contenter d'une femme quelconque. Hawk s'était toujours montré très sélectif quant à ses fréquentations féminines, même s'il ne quittait son ranch qu'en de rares occasions.

Cette fois-ci, c'était différent. Il devait bien convenir, même si cette idée le mettait un peu mal à l'aise, que l'unique femme à qui il désirait consacrer son temps, c'était Kate.

Et Kate avait apparemment des problèmes avec un homme.

Elle paraissait en vouloir à cet individu sirupeux, plus que le craindre, mais peut-être se trompait-il ? D'après Vic, Kate avait jeté cet imbécile hors de chez elle parce qu'il la maltraitait. Et leur rencontre de la veille avait donné lieu à une scène fort déplaisante.

Hawk fronça les sourcils. Ce type s'acharnait-il à la harceler ? Et cela, depuis qu'elle l'avait mis à la porte ? Etait-ce possible ? Cela aurait signifié qu'il lui empoisonnait la vie depuis plusieurs mois.

Lorsque Kate était venue le rejoindre à la table de black-jack, quelques heures plus tôt, elle lui avait semblé différente de la femme qu'il avait quittée une heure auparavant. Ce n'était pas une différence très notable. Elle était seulement plus silencieuse, plus réservée, à mille lieues de la jeune femme gaie et exubérante qui riait si facilement à ses plaisanteries un peu plus tôt.

A présent, les rouages de son cerveau fonctionnaient à plein régime. Cet individu l'avait-il abordée entre le moment où ils s'étaient séparés et celui où elle était venue le rejoindre pour le regarder jouer à la table de black-jack ? Etait-elle venue vers lui en quête de protection ? Plus il y réfléchissait, plus l'hypothèse lui semblait vraisemblable.

Ce brusque changement d'humeur l'avait déstabilisé, et il avait quelque peu repris ses distances avec elle. Il avait tant espéré un baiser, un vrai baiser d'elle, avant qu'elle ne monte dans son appartement…

« Crois en ta chance, mais prévois un plan de secours », comme disait son père.

Mais Hawk refusait catégoriquement l'idée de renoncer à Kate. Avec un soupir, il se glissa de nouveau sous les couvertures. Il fallait qu'il dorme s'il voulait être suffisamment lucide pour discerner le moindre signe de changement dans l'attitude de la jeune femme.

Parce que, le lendemain, il allait la revoir.

Rasséréné par cette pensée, il glissa dans un profond sommeil en quelques minutes.

Ce matin-là, Kate pénétra d'un pas décidé dans le bureau de Me Bender. L'avocat, un homme âgé d'une soixantaine d'années, ressemblait à l'archétype classique d'un gentleman d'âge mûr du siècle passé.

Elle lui exposa son problème, puis Me Bender lui posa quelques questions.

— Vous a-t-il frappée, ne serait-ce qu'une gifle occasionnelle ?

— Non, reconnut-elle. Mais… je dois admettre

qu'en quelques occasions, lorsqu'il était particulièrement furieux, j'ai craint qu'il ne le fasse.

— Je vois. Vous a-t-il menacée ?

— Pas ouvertement, mais en des termes vagues, de façon détournée.

Elle poussa un soupir, avant d'ajouter :

— Je ne sais pas vraiment comment décrire ce que je ressens, mais une chose est sûre : il me fait peur.

— Vous n'avez plus de souci à vous faire, désormais, mademoiselle Muldoon. La loi va s'occuper de ce…

L'avocat hésita, et ses lèvres esquissèrent une grimace de dégoût.

— … de ce vermisseau répugnant.

Accablée par sa situation, mais résignée à y faire face, Kate prit congé de l'avocat. La réalité la rattrapa sitôt qu'elle eut franchi la porte du cabinet, quand son téléphone portable se mit à sonner.

Elle hésita, fixant l'appareil d'un regard méfiant comme s'il risquait de lui sauter au visage pour la mordre. Elle ne reconnaissait pas le numéro affiché sur l'écran.

Un tourbillon de pensées se succédaient à présent dans son esprit, chacune conduisant à une autre. Jeff… l'horrible Jeff. Elle savait que c'était lui. Elle savait qu'il devait la surveiller. Il avait dû la suivre jusqu'ici.

Que faire ?

Le téléphone sonna pour la troisième fois. Kate décrocha, bien décidée à affronter Jeff.

— Allô ? dit-elle d'une voix sèche.

— Kate ?

Un long soupir s'échappa de ses lèvres, et il lui fallut une seconde pour répondre :

— Hawk ! Je… heu… je suis très heureuse que ce soit vous. J'ai passé un merveilleux moment, hier soir.

— Je suis heureux de l'entendre, répondit-il, une note de soulagement perceptible dans sa voix. Je me demandais s'il avait pu se produire un incident qui vous aurait contrariée d'une façon ou d'une autre.

— Vous n'avez aucune raison de vous inquiéter pour moi, répliqua-t-elle d'un ton ferme. Cela faisait très longtemps que je n'avais pas autant ri. Ces deux soirées que j'ai passées avec vous étaient très agréables.

Trop agréables.

Même s'il lui en coûtait de l'admettre, la simple idée qu'il soit là, à l'autre bout de la ligne, avait fait monter sa température en flèche. Elle tremblait de tous ses membres, et elle avait toutes les peines du monde à respirer convenablement.

Elle avait ressenti des symptômes similaires au début de sa relation avec Jeff, presque deux années auparavant, mais cette fois-ci c'était infiniment plus fort, et beaucoup plus intense.

Non, décidément, elle n'aimait pas ce sentiment.

Kate s'était cru immunisée contre les séducteurs. Car Jeff, lui aussi, s'était montré galant et attentionné durant de nombreux mois. Jusqu'au jour où elle avait accepté de porter sa bague à son doigt et de le laisser s'installer dans son appartement. Son bonheur avait duré encore quelque temps. Trois mois, exactement.

Ce souvenir lui laissait encore un goût amer. Jeff était d'abord devenu possessif, la questionnant sans cesse sur ses faits et gestes, lorsqu'ils n'étaient pas ensemble. Puis il avait commencé à l'agresser verbalement, à la couvrir d'insultes, à l'accuser de le tromper avec d'autres hommes, y compris avec Vic.

La douce sensation de chaleur qui l'avait envahie se dissipa, laissant place à une froide détermination. Elle ne pouvait pas revivre une situation pareille. Jamais. Elle ne le permettrait pas.

— Dans ce cas, que diriez-vous de déjeuner avec moi ? suggéra Hawk, saisissant au bond sa dernière remarque.

Elle ne put s'empêcher de sourire. Pourquoi refuser de reconnaître l'évidence ? Elle éprouvait un plaisir immense à être avec lui. Et elle ne pouvait pas résister, ne voulait pas résister, même si elle craignait de le regretter un jour.

— Je dois passer à mon appartement pour me changer. Voulez-vous m'y rejoindre ?

— Bien sûr. A quelle heure ?

Elle jeta un coup d'œil à sa montre, constatant qu'il était un peu plus de midi.

— Dans quarante-cinq minutes, par exemple ? Je ne vais même pas vous demander qui vous a donné mon numéro. Je suppose que c'est Vic.

Elle l'entendit rire à l'autre bout de la ligne.

— A tout de suite.

En arrivant à son appartement, quinze minutes plus tard, Kate se débarrassa de sa veste et se dirigea tout droit vers sa chambre. Là, elle ôta le reste de son tailleur, l'accrocha dans le dressing et fila tout droit dans la salle de bains afin de faire un brin de toilette avant de se remaquiller.

Elle se brossa soigneusement les cheveux jusqu'à ce qu'ils soient brillants sous la lumière. Se maquiller fut une affaire simple, qui ne lui prit pas longtemps, car elle préférait la légèreté et le naturel. De retour dans la chambre, elle s'apprêtait à entrer dans le dressing pour y décrocher l'une des tenues qu'elle ne portait qu'au travail lorsqu'elle entendit la sonnerie de l'Interphone.

Hawk ?

Elle jeta un coup d'œil au réveil sur la table de nuit et constata qu'il ne s'était écoulé que trente-cinq minutes depuis qu'elle lui avait parlé au téléphone. Enfilant précipitamment une robe de chambre légère, elle courut jusqu'à l'Interphone.

— Oui ? dit-elle d'une voix essoufflée.

— Prête pour déjeuner ?

— Euh… pas tout à fait, répondit-elle, s'efforçant d'ignorer l'étrange sensation au creux de son estomac. Désolée.

— Pas de problème. J'attendrai.

— Vous n'êtes pas obligé de m'attendre dans le hall, dit-elle, pas tout à fait certaine qu'il soit très sage de l'inviter ainsi. Je vais vous ouvrir la porte. J'habite au deuxième étage. Vous n'aurez qu'à entrer directement. Je serai prête dans quelques minutes.

— Compris.

C'était justement ce qu'elle craignait. S'il l'avait comprise, que comptait-il faire d'elle ?

Troublée, elle déverrouilla la porte d'entrée et courut se réfugier dans sa chambre.

Bientôt, elle entendit la porte s'ouvrir, et la voix de Hawk dans l'entrée :

— Kate ? Je suis là. Prenez tout votre temps. Je ne suis pas pressé.

Tout en attachant sa ceinture, elle ne put s'empêcher de sourire. Hawk était — ou semblait être — un homme doux et charmant. Mais elle était bien placée pour savoir que les apparences peuvent être trompeuses. Cette pensée lui arracha un soupir.

Lorsqu'elle fit son entrée dans le salon, il passait en revue les livres alignés sur les étagères de sa petite bibliothèque, dos à elle. Il était aussi fabuleusement sexy vu sous cet angle.

— Avez-vous trouvé quelque chose à votre goût ? s'enquit-elle, se sentant rougir du cours qu'avaient pris ses pensées.

— Maintenant, oui, répondit-il en pivotant pour lui faire face, un sourire aux lèvres.

Il la détailla un instant d'un regard gourmand, et Kate se sentit tout à coup la bouche sèche et le corps brûlant de fièvre.

— Prêt à partir ? demanda-t-elle avec peut-être un peu trop d'empressement.

— Je suis prêt pour tout ce que vous voudrez me proposer, répondit-il d'une voix suave. Et vous ?

« Moi aussi », fut la réponse qui jaillit dans son esprit. Elle la refoula aussitôt, s'efforçant de trouver une réponse adéquate, mais sans y parvenir.

— Eh bien, si cela ne vous ennuie pas, je n'ai pas vraiment envie d'aller déjeuner. Du moins, pas dans un restaurant.

Elle se composa un sourire peu convaincant, avant d'ajouter :

— Voyez-vous, je vais passer la plus grande partie du reste de la journée dans un établissement du même genre.

— D'accord, répondit-il avec un haussement d'épaules nonchalant. Où aimeriez-vous déjeuner ?

Elle n'eut pas besoin de réfléchir longtemps à sa réponse.

— Il fait si beau. J'aimerais passer un moment dehors, au grand air. Qu'en pensez-vous ?

Elle le vit réfléchir à cette question quelques secondes, puis il esquissa un sourire.

— Aimez-vous les hot dogs ?

— Je les adore !

— Alors, que diriez-vous d'aller en ville, de nous garer quelque part et de nous promener sur le Strip ? Certains des hôtels-casinos ont des jardins magnifiques. Lorsque nous serons prêts, nous entrerons dans un snack et nous dégusterons nos hot dogs, et, s'il nous reste du temps, nous irons jeter un petit coup d'œil dans quelques boutiques de luxe.

Kate se figea pour le dévisager d'un air abasourdi.

— Vous aimez le shopping ?

— Je n'irai certes pas jusqu'à affirmer que c'est mon activité préférée, convint-il avec un sourire mélancolique, mais, de temps à autre, ça ne me déplaît pas. Disons… deux ou trois fois par an.

Kate fit mine de secouer la tête d'un air de consternation, mais elle ne put s'empêcher de lui rendre son sourire.

— D'accord, dit-elle. Mettons-nous vite en route avant que vous ne changiez d'avis.

— Bonne idée.

Comme si c'était la chose la plus naturelle du monde, Hawk prit sa main et entremêla ses doigts aux siens pour l'entraîner vers la porte.

La chaleur de sa paume contre la sienne picotait agréablement sa peau, alors que l'ascenseur descendait vers le rez-de-chaussée. Lorsque les portes coulissèrent en silence, la vue qui s'offrit à ses yeux lui glaça instantanément le sang, et une vague de colère monta en elle.

Jeff !

Que faisait-il ici ? Son ancienne peur resurgit. Apparemment, il s'apprêtait à sonner chez elle. De son côté, Hawk s'était raidi, comme s'il se préparait à livrer bataille.

— Que fais-tu ici, Jeff ? demanda-t-elle d'un ton froid, pressant doucement la main de Hawk pour lui intimer de rester calme.

Sans cesser de fusiller Jeff du regard, Hawk lui rendit son étreinte.

— J'étais venu t'inviter à un brunch, répondit-il d'un ton déplaisant. Mais je constate que tu as probablement déjà goûté le mets que tu préfères.

Piquée au vif par le sous-entendu grivois, elle le fusilla du regard. Comme Hawk s'avançait d'un pas, l'air furieux, elle lui serra la main plus fort encore.

— Non, je vous en prie ! Il ne vaut pas que vous gaspilliez votre temps et votre énergie.

Elle se retourna vers Jeff, avant d'ajouter d'un ton de profond dégoût :

— J'ai vu un avocat, aujourd'hui. Il va obtenir une ordonnance du tribunal contre toi afin de t'interdire de m'approcher.

— Espèce de garce ! lança Jeff d'un ton haineux. Et tu t'imagines vraiment que je dois m'en inquiéter ?

Il éclata d'un rire dur et méprisant, et ajouta :

— J'aurais dû te montrer il y a déjà longtemps qui de nous deux est le patron.

Kate sentit la colère trop longtemps réprimée de Hawk flamber comme une onde de chaleur contre sa paume. Il lâcha sa main et fit un nouveau pas vers Jeff.

— Espèce de lâche ! murmura-t-il d'une voix très douce, contrôlée et en même temps terrifiante.

Elle se précipita et le prit par le bras, le retenant fermement près d'elle.

— Je vous conseille de disparaître très vite, Jeff, gronda-t-il. Rendez-vous ce service pendant que vous pouvez encore marcher.

Jeff fit mine de traiter cette menace par le mépris, bombant le torse d'un air de bravade comme s'il n'était absolument pas impressionné par les deux mètres de son adversaire. Néanmoins, après avoir lancé un dernier regard insultant à Kate, il pivota sur les talons et ouvrit la porte du hall d'un geste brutal. Puis, la rage et la peur clairement lisibles sur son visage, il se retourna une dernière fois vers Hawk pour lancer d'un ton menaçant :

— Vous n'avez pas idée du pétrin dans lequel vous venez de vous fourrer, mon vieux. J'ai des amis dans cette ville, et vous allez vite vous en apercevoir.

— Oui, j'en suis sûr, ironisa Hawk. Mais je me fiche de vos amis et de vos menaces. Fichez-moi le camp avant que je ne me fâche pour de bon !

Le visage rouge, Jeff sortit précipitamment du hall de l'immeuble. La hâte avec laquelle il regagna sa voiture ressemblait fort à une déroute, prouvant bien que le géant aux yeux noirs avait fait plus que l'intimider. Il l'avait terrifié.

— Quelle petite ordure ! murmura Hawk, les dents serrées.

Une tension presque palpable irradiait de son corps. Il esquissa un geste comme s'il s'apprêtait à suivre Jeff, mais Kate l'arrêta, s'emparant de sa main.

Il s'immobilisa, mais son regard resta rivé sur son adversaire jusqu'à ce qu'il ait disparu. Alors seulement, il se retourna vers elle.

— Je ne suis pas un homme violent, Kate, dit-il d'une voix encore vibrante de colère. Mais il y a des choses que je ne peux pas accepter. Trop, c'est trop.

— Pas aujourd'hui, murmura-t-elle, lui offrant un sourire dans l'espoir de lui rendre sa bonne humeur.

— Ah ? fit-il, une lueur d'humour dans son regard. Et qui va me l'interdire ?

Toute trace de tension et de colère l'avait quitté. Un tendre challenge brillait dans ses yeux.

— Moi, par exemple. J'ai envie de me promener au soleil… J'ai besoin de respirer l'air pur après cette rencontre déplaisante.

— D'accord. Mais si vous voulez que je me détende aussi, nous allons devoir marcher des kilomètres !

Profondément soulagée, Kate éclata de rire.

Ils étaient de nouveau simplement heureux d'être ensemble. Il y eut un bref palabre pour décider laquelle de leurs deux voitures ils allaient utiliser. Hawk remporta la décision en lui proposant de la déposer ensuite à son travail.

Ces quelques heures qu'ils passèrent ensemble semblèrent filer bien trop vite. Leur conversation animée ne s'interrompit que le temps de dévorer les hot dogs avec une barquette de frites pour deux, et de siroter un thé glacé.

Dans une boutique du Forum, à l'hôtel Caesars, ils eurent une longue discussion devant un étalage d'écharpes en cachemire aux couleurs vives, car Hawk songeait à en offrir une à sa sœur Catriona à l'occasion de Noël. Kate trouva tout naturel de lui donner son opinion.

— Celle-ci est très belle, déclara-t-elle en levant à la lumière un tourbillon de tons verts, roux et or bruni. Elle sera parfaite pour les mois d'hiver.

Les longs doigts de Hawk effleurèrent lentement la laine douce, et Kate frissonna comme si c'était elle qu'il caressait. Elle prit une profonde inspiration, avant de demander :

— Oui ? Non ?

— Je pense que vous avez raison, répondit-il d'un air approbateur. Elle est parfaite. Aimeriez-vous regarder autre chose ?

— Non, ce ne sera pas la peine.

— N'aimeriez-vous pas porter une de ces écharpes vous-même ?

— Si, bien sûr, reconnut-elle en soupirant. Mais le cachemire n'entre pas dans mon budget.

A l'expression qu'elle crut surprendre brièvement sur son visage, elle craignit un instant qu'il ne soit sur le point de lui proposer de lui offrir une de ces fabuleuses écharpes. Ce fut donc avec soulagement qu'elle le vit hausser les épaules.

— Etes-vous prête à rentrer, alors ?

— Oui, répondit-elle, heureuse qu'il ne lui ait pas fait une offre qu'elle aurait été obligée de refuser, même s'il ne s'agissait que d'une simple écharpe.

Simple, mais très coûteuse.

Kate était heureuse de se retrouver à l'extérieur, et elle ne prêta pas grande attention à la destination où les portaient leurs pas, jusqu'à ce qu'ils soient arrivés en vue du parking où Hawk avait laissé sa voiture. Ce fut seulement alors qu'elle jeta un coup d'œil à sa montre, pour la toute première fois depuis qu'ils avaient quitté son appartement.

Un étrange sentiment l'envahit peu à peu alors qu'ils roulaient en direction du restaurant de Vic, une sorte de vague tristesse. Leur journée ensemble était en train de s'achever. Kate doutait qu'il y en ait une deuxième. Ses vacances terminées, Hawk repartirait probablement bientôt chez lui, au Colorado.

Il arrêta la voiture dans le parking du restaurant, et fit rapidement le tour du véhicule pour lui ouvrir la portière.

— J'ai passé une journée merveilleuse, Hawk. Merci.

— Tout le plaisir a été pour moi.

Une main sur la poignée de la portière, il la suivit

attentivement des yeux, tandis qu'elle émergeait de la voiture. Un doux sourire étirait ses lèvres sensuelles. Il se pencha vers elle, et, sans la moindre hésitation, elle le rejoignit à mi-chemin, et leurs lèvres se rencontrèrent.

Le baiser de Hawk était incroyablement tendre et aussi doux que son sourire, dénué de toute hâte, de toute pression, de toute exigence.

Naturellement, Kate désira bientôt davantage. Infiniment davantage. Elle laissa échapper un gémissement de protestation lorsqu'il mit fin à leur étreinte, visiblement à contrecœur.

Il recula d'un pas, prit une profonde inspiration, et, la fixant droit dans les yeux, il demanda simplement :

— Quand ?

Kate n'avait pas besoin de lui demander plus de précisions. Elle savait ce que cela signifiait. Il la désirait. Et elle le désirait tout autant. Mais…

Pourquoi fallait-il toujours qu'il y ait un « mais » ? Même si elle avait l'impression de le connaître depuis toujours, il demeurait qu'elle n'avait fait la connaissance de Hawk que moins d'une semaine auparavant. Elle ne savait rien de l'homme qu'il était à l'intérieur, sous le vernis.

Oh ! bien sûr, elle était consciente que d'autres femmes faisaient l'amour avec des hommes rencontrés le jour même. Mais elle n'était pas de ces femmes-là.

— Kate ?

Sa voix douce la ramena à la réalité. Elle leva les yeux et rencontra son regard fixé sur elle.

— Je suis désolée, Hawk, murmura-t-elle, incapable de dissimuler la note de déception dans sa voix. Je… je ne suis pas sûre…

— Chut ! fit-il, effleurant sa joue du doigt. Cela ne fait rien. Je peux attendre.

Un sourire mélancolique étira ses lèvres, et il ajouta :

— En tout cas, je crois que je peux attendre. Je souffrirai simplement en silence.

Kate ne put s'empêcher de rire, mais elle avait envie de pleurer.

— Il est inutile que vous reveniez me chercher, ce soir, dit-elle d'un ton hésitant. Vic me reconduira à la maison.

C'était une pitoyable tentative pour affirmer son indépendance. Hawk la dévisagea un instant, mais elle savait qu'il comprenait. Elle se sentait sous pression, et elle lui demandait de la laisser respirer un peu.

— Puis-je vous appeler chez vous, ce soir, après votre service ?

— Oui, bien sûr.

Elle jeta un coup d'œil à sa montre et sursauta.

— Je dois y aller, Hawk. Sinon, je vais être en retard.

— Ce soir, répéta-t-il, planté devant sa portière ouverte.

— Ce soir, d'accord.

Elle exhala un soupir de soulagement lorsqu'il se glissa derrière son volant.

Kate prit son service juste à l'heure. D'ailleurs, Vic ne lui aurait fait aucune remarque désobligeante si elle était arrivée à son travail quelques minutes en retard. Il n'existait pas de pointeuse au restaurant, mais Kate aimait la ponctualité, chez elle et chez les autres. Elle se savait de nombreux défauts, mais, au moins, personne ne pouvait l'accuser d'être en retard à ses rendez-vous.

La belle affaire, songea-t-elle en accrochant sa veste à une patère dans la salle de détente du personnel. Elle n'était jamais — ou presque jamais — en retard. Qu'y avait-il de si extraordinaire là-dedans ? Il eût mieux valu pour elle être forte plutôt que ponctuelle. Si elle avait été forte, elle aurait fait traîner Jeff au tribunal pour harcèlement des mois auparavant.

Mais, au lieu de cela, qu'avait-elle fait ? Elle avait essayé de faire appel à sa raison. Brillante idée ! Elle aurait dû comprendre tôt dans leur relation qu'il était inutile d'essayer de raisonner avec un individu narcissique et immature.

Le pire, c'était qu'elle savait parfaitement que Jeff ignorerait toutes les injonctions du tribunal, et qu'il continuerait à faire exactement à sa guise. Ce qui signifiait sans aucun doute qu'il allait continuer à la harceler. Et ce, tout particulièrement dès que Hawk serait retourné chez lui.

Il n'y avait plus qu'une seule chose à faire. Elle y avait souvent songé, mais cette fois-ci elle était certaine qu'elle n'avait d'autre solution que de quitter Las Vegas. Elle avait repoussé cette idée le plus longtemps possible, parce qu'elle aimait cette ville, son job et les gens avec qui elle travaillait. Elle aimait Vic, Lisa et Bella comme sa propre famille.

Non, décidément, même si elle aurait adoré pouvoir rester, elle ne pouvait pas courir le risque de mettre ses amis en danger. Poussant un long soupir, elle gagna le comptoir des hôtesses pour relever la dame d'âge mûr qui assurait le service de midi.

Elle avait craint que ces heures de travail ne lui paraissent interminables, mais ce ne fut pas le cas. Le restaurant était bondé, et elle resta trop occupée pour voir passer le temps. Kate s'était également attendue à ce que Hawk fasse une apparition à l'heure du dîner. Il ne vint pas. Alors, naturellement, elle se sentit déçue. Et elle ne put s'empêcher de se demander où — et avec qui — il pouvait bien passer cette soirée.

Après la fermeture du restaurant, Vic accompagna Kate jusqu'à sa voiture pour la reconduire chez elle.

— Tout va bien, Kate ? s'enquit-il d'un ton inquiet. Vous êtes restée bien silencieuse, ce soir.

— Ça va, merci, répondit-elle, trouvant la force de lui sourire. En tout cas, tout ira bien dans un jour ou deux.

Comme il lui ouvrait la portière du passager, il la dévisagea en fronçant les sourcils.

— Pourquoi ? Que va-t-il se passer ?

— Jeff a recommencé à me harceler, avoua-t-elle en soupirant.

Elle le sentit se raidir, et posa vivement sa main sur son bras en un geste rassurant.

— Il ne m'a pas touchée, Vic, tout va bien. Il ne s'est rien passé. Hawk était avec moi à ce moment-là.

Il la dévisagea d'un air ébahi.

— Hawk était là et il ne s'est rien passé ? Il n'a rien fait ?

— Il n'a rien pu faire, précisa-t-elle, esquissant un sourire hésitant. Je l'ai retenu.

— C'est ce que vous croyez, mon petit, remarqua Vic en riant de bon cœur. Je connais Hawk, et, s'il avait vraiment voulu s'occuper de lui, vous n'auriez rien pu faire pour le retenir.

— Je lui ai dit « s'il vous plaît », et je lui ai souri, expliqua-t-elle en battant des cils d'un air innocent. N'est-ce pas suffisant ?

— Oui, en effet, convint Vic. Je comprends que cette expression ait pu arrêter même un homme comme Hawk.

Secouant la tête d'un air incrédule, il l'aida à s'installer sur le siège du passager. Kate sentait qu'il brûlait de lui poser mille questions, mais il ne prononça pas une seule parole durant tout le trajet.

Elle venait à peine d'entrer dans son appartement lorsque le téléphone sonna.

Hawk.

Laissant tomber son sac dans un fauteuil, elle se précipita vers l'appareil et décrocha le combiné d'une main tremblante.

- 6 -

— Allô ?

Par miracle, elle avait réussi à parler d'une voix sereine, malgré l'excitation qu'elle ressentait.

— Je suis désolé, Kate.

Ses doigts se crispèrent sur le combiné du téléphone.

— Je refuse de te parler, Jeff.

— Je t'en prie, Kate, écoute-moi ! plaida-t-il avant qu'elle n'ait eu le temps de raccrocher. Je suis sincèrement désolé pour tout ce que je t'ai dit aujourd'hui dans le hall de ton immeuble. Tu dois me croire. Seulement, j'ai reçu un choc énorme en te voyant sortir de l'ascenseur avec cet homme. Je…

Il s'interrompit comme s'il s'efforçait de reprendre son souffle, et elle fronça les sourcils. Il lui avait semblé entendre un bruit étrange. Etait-il en train de pleurer ? Jeff ? C'était impossible.

— Bébé, poursuivit-il d'une voix redevenue volubile, je ne peux pas…

— Je t'ai déjà dit et répété de ne pas m'appeler ainsi, l'interrompit-elle.

— Je sais, je sais. Je suis désolé. J'avais oublié. Mais il faut me comprendre, Kate. Je t'aime si fort que je ne sais plus ce que je fais.

— Jeff, dit-elle, s'accrochant à ce qui lui restait de patience, j'ai demandé une injonction au tribunal afin que tu n'aies plus le droit de t'approcher de moi. Je n'ai qu'une seule chose à te dire. Laisse-moi tranquille.

— Va au diable, Kate !

Elle entendit le bip signalant un second appel sur sa ligne. Une immense vague de soulagement déferla sur elle.

Hawk.

Elle devait se débarrasser de Jeff.

— J'ai un autre appel. Je vais raccrocher.

— Kate ! Je te jure que tu vas regretter…

Elle pressa le bouton clignotant et respira bien à fond.

— Allô ?

— Bonsoir, dit une voix grave, caressante.

Le contraste avec le ton acrimonieux et désagréable de Jeff était saisissant. Kate se laissa tomber dans un fauteuil, ramenant ses jambes sous elle pour essayer de faire cesser ses tremblements.

— Bonsoir, répondit-elle d'une voix aussi posée que possible. Avez-vous passé une bonne soirée ?

— Que préférez-vous entendre ? La réponse polie ou la vérité ?

— La vérité, bien sûr.

A peine cette réponse avait-elle franchi ses lèvres qu'elle n'en fut plus très sûre. Mais il était déjà trop tard pour changer d'avis.

— Eh bien, fit-il avec un soupir à fendre l'âme, j'ai dîné… seul. Ensuite, je suis allé nager dans la piscine… seul. J'ai aussi joué au poker, et j'ai gagné… seul.

Il marqua une pause, avant d'ajouter d'un ton tragique :

— Et pour finir, j'ai fait une sieste dans ma chambre… toujours aussi seul.

Une main plaquée sur sa bouche, Kate ne savait plus si elle devait éclater de rire… ou se mettre à sangloter. Mais, déjà, il poursuivait :

— Plus tard, j'ai mangé un petit en-cas… seul. Et j'ai joué au black-jack… encore seul.

Il avait visiblement de plus en plus de difficulté à garder son sérieux, et elle entendait des accents de rire dans sa voix. Il toussota pour s'éclaircir la gorge avant de conclure sur le même ton :

— Et là, j'ai encore gagné… tout seul. Vous saisissez la situation ?

Elle ouvrit la bouche pour répondre, mais il ne lui en laissa pas le temps :

— Kate ! Ne comprenez-vous pas ? Vous m'avez affreusement manqué à chaque seconde de cette soirée.

Elle ne pouvait plus lutter. Au lieu d'un sanglot, ce fut un grand rire qui monta dans sa gorge.

— Oh ! oui, bien sûr, vous pouvez rire, dit-il, affectant un ton plaintif. Vous aviez des amis et des clients autour de vous durant tout ce temps. Des gens avec qui communiquer. Vous avez même sûrement flirté avec quelques-uns de ces gentils vieux messieurs que j'ai surpris à vous suivre du regard lorsque vous vous éloignez de leurs tables.

— Comment ? s'exclama-t-elle, oubliant instantanément ce qui lui restait d'angoisse. De quels gentils vieux messieurs parlez-vous ?

— Vous savez, ceux qui sont accompagnés de gentilles vieilles dames qui ne font pas attention. Les clients réguliers que j'ai vus au restaurant chaque fois que j'y suis passé.

— Nos vieux clients me regardent marcher lorsque je m'éloigne de leurs tables ? Comme c'est drôle ! Je n'y avais jamais fait attention.

— Ils ne se gênent pas, je vous assure. Les jeunes hommes non plus, d'ailleurs, lorsque leurs épouses ou leurs petites amies ont le dos tourné.

Il eut un rire bref, avant d'ajouter :

— Vous pouvez me croire, j'ai distribué quelques regards d'avertissement aux plus hardis.

— Vraiment ? s'exclama-t-elle, surprise et flattée.

— J'avais espéré être le seul à remarquer le balancement doux et sensuel de vos hanches, murmura-t-il.

Kate se trouva à court de paroles. Une onde de chaleur se répandait dans tout son corps — une chaleur brûlante.

— Kate ?

— Oui, Hawk ?

Sa voix n'était plus qu'un souffle, et elle se sentait soudain la bouche sèche.

— Quand ?

Elle déglutit péniblement, et baissa les yeux vers sa montre.

— Hawk, il est presque 1 heure du matin…

— Oui, je sais. Et je suis affamé.

Mais Kate devinait dans sa voix que ce n'était

pas de la nourriture que son corps réclamait. C'était elle. Il n'avait pas besoin de le dire à haute voix. Sans se permettre d'hésiter une seconde ni d'en peser les conséquences, elle murmura :

— Moi aussi, Hawk.

Elle le désirait à en mourir, et elle était terrifiée.

— Alors ? murmura-t-il.

Elle prit une profonde inspiration, rassemblant tout son courage.

— Combien de temps vous faudrait-il pour arriver jusqu'ici ?

— Vingt-cinq minutes environ, répondit-il sans hésitation. Peut-être moins si la circulation est fluide.

Sa voix était rauque, chargée de désir.

— Je vais compter les minutes, fit-elle en fermant les yeux.

— J'arrive.

Et, sur ces mots, il raccrocha.

Déterminée à chasser de son esprit les menaces à peine voilées de Jeff, Kate raccrocha à son tour, puis elle débrancha le téléphone de la prise murale. Cela fait, elle sortit son téléphone portable de sa poche et l'éteignit aussi avant de se diriger vers sa chambre.

Hawk avait estimé pouvoir être là d'ici vingt-cinq minutes. Ce qui lui laissait juste le temps de prendre une douche et de passer une tenue plus confortable. Cette seule idée la fit sourire. Elle se déshabilla et entra dans la salle de bains, où elle fit une toilette rapide, en prenant bien soin de ne pas se mouiller les cheveux.

Kate se sentait excitée, mais aussi nerveuse. Elle

n'avait pas fait l'amour avec un homme depuis une éternité et, à vrai dire, elle n'avait jamais pensé que les relations sexuelles étaient aussi sublimes que le laissait entendre la littérature.

Et si Hawk la trouvait décevante ? songea-t-elle, la gorge serrée. Ou si, à l'inverse, c'était elle qui se sentait déçue ? L'image de son corps athlétique resurgit dans sa mémoire, et elle secoua la tête. Une petite voix lui soufflait qu'il était fort peu probable que Hawk puisse décevoir une femme dans son lit.

Pourquoi faisait-elle ce choix maintenant ? ne put-elle s'empêcher de se demander encore. Et avec cet homme en particulier ? On lui avait déjà fait des propositions par le passé. De nombreuses propositions. Bien sûr, Hawk était extrêmement séduisant, viril, il la faisait rire aux éclats… Et, auprès de lui, elle se sentait protégée des dangers du monde. En sécurité.

Mais était-ce une raison suffisante pour faire l'amour avec lui ? Au fond, ils étaient presque des étrangers l'un pour l'autre. Et pourtant…

Refoulant ces pensées dérangeantes, elle sortit de la douche. Pourquoi tout analyser ? Elle avait trente et un ans. Elle n'avait pas besoin de se justifier pour passer la nuit avec un homme. Elle avait besoin de lui, et cela suffisait. Oui, elle avait besoin de cet homme en particulier, simplement parce qu'il la faisait mourir de désir.

Elle ouvrit l'un des tiroirs de sa commode et tendit la main vers une chemise de nuit, puis elle interrompit son geste. Non, décida-t-elle en enfilant sa robe de chambre de soie aux manches amples, dont l'ourlet recouvrait à peine son genou. Pour ce qu'elle entreprenait de faire, elle n'avait pas besoin de se couvrir davantage.

Elle examina son image dans le miroir, se brossa les cheveux et, après une seconde de réflexion, décida de se passer de maquillage. Aucun artifice pour M. Hawk McKenna. C'était ainsi qu'elle était, et c'était à prendre ou à laisser.

Lorsqu'elle entendit la sonnerie de l'Interphone, elle se figea face au miroir. Peut-être devrait-elle se maquiller un peu, tout compte fait, ne serait-ce qu'avec un peu de blush ?

Non. Il était trop tard pour cela. Se détournant de sa coiffeuse, elle se précipita hors de sa chambre et courut jusqu'à l'Interphone. Prenant une profonde inspiration, elle pressa le bouton pour ouvrir la porte du hall.

A la seconde suivante, son cœur cessa de battre, et elle se sentit soudain au bord de la panique. Et si ce n'était pas Hawk ? Et si c'était Jeff qui venait pour mettre ses menaces à exécution, et passer aux violences physiques ?

Elle entendit bientôt tinter le carillon de la porte d'entrée. Immobile derrière le vantail, le corps rigide, elle demanda d'une voix faible :

— Hawk ?

— Qui attendiez-vous ? l'entendit-elle répondre. Le grand méchant loup ?

C'était presque la vérité, hélas ! S'efforçant de sourire, elle déverrouilla la porte et l'ouvrit en grand.

— Pourquoi ? s'enquit-elle d'un air innocent. N'êtes-vous pas le grand méchant loup ?

Il entra, puis se débarrassa du coupe-vent qu'il portait et, s'adossant à la porte, il resta là un moment à la contempler en silence, son regard brûlant parcourant chaque centimètre de son corps avec une lenteur gourmande.

— Croyez-moi, je suis le premier à le regretter, murmura-t-il, franchissant la courte distance qui les séparait encore. Je vous trouve extrêmement appétissante, et l'idée de vous manger toute crue n'est pas faite pour me déplaire.

— Puis-je vous offrir quelque chose à boire ? fit-elle d'une voix mal assurée.

Pour toute réponse, il plaqua sa bouche contre la sienne. Comme la première fois, son baiser était douceur et tendresse, dénué de toute exigence… Du moins, ce fut le cas au début.

Car, très vite, Hawk gémit contre ses lèvres, d'un gémissement rauque qui semblait monter du fond de sa gorge. Puis son baiser devint plus intense, plus profond, plus dominateur.

Tout à coup, Kate se sentit chanceler et elle dut l'enlacer pour ne pas s'effondrer à ses pieds. Son baiser était à présent brûlant, dévastateur. Flottant dans un océan de sensations, elle laissa glisser ses doigts sur les muscles durs de son torse et noua ses bras autour de son cou.

Sans renoncer à sa bouche, Hawk la souleva dans ses bras et l'emporta ainsi jusqu'à la chambre, refermant la porte derrière lui d'un coup de talon négligent.

Mais il tenait encore sa bouche et son esprit en son pouvoir. Il ne la déposa sur le sol que pour mieux l'attirer à lui. Plaquée contre son corps viril, elle sentit distinctement le désir qu'elle lui inspirait. Flottant dans un univers flamboyant de sensualité, elle se cambra pour mieux s'offrir à lui.

Hawk mit temporairement fin à leur baiser, afin de leur permettre de retrouver leur souffle, mais il la garda étroitement serrée contre lui, tandis que ses mains descendaient le long de son dos, puis de ses hanches.

— Vous sentez dans quel état vous me mettez ? murmura-t-il à son oreille.

Kate se mordilla les lèvres.

— Que pensez-vous que nous devrions faire pour… remédier à cet état ? s'entendit-elle répondre, surprise par la hardiesse de ses propres paroles.

Jamais elle n'avait ressenti ce qu'elle ressentait en cet instant. Et certainement jamais avec… l'autre. Qu'il aille au diable. Il n'était rien comparé à Hawk. Il n'existait pas. Un zéro.

— Je suppose que j'aurais bien quelques idées, dit-il tout contre ses lèvres. Nous pourrions commencer par nous débarrasser de tous ces vêtements.

Il déposa un baiser au coin de sa bouche, et elle ferma les yeux. Elle n'avait jamais soupçonné qu'un simple contact puisse éveiller une réaction aussi brûlante en elle. Et, à présent, elle était impatiente de découvrir tous les autres aspects de l'amour qu'elle ignorait encore. Dans sa hâte d'apprendre, elle saisit le visage de Hawk entre ses mains et attira fiévreusement sa bouche contre la sienne.

— Encore, dit-elle dans un souffle. S'il vous plaît.

Il se fit un plaisir de lui obéir. Son baiser, cette

fois-ci, ne fut pas aussi long, mais il avait la même puissance dévastatrice. Haletant, il murmura enfin d'une voix rauque :

— Je dois absolument m'extraire de ce jean pendant qu'il en est encore temps.

— Je suis impatiente de voir cela, répondit-elle en se reculant pour mieux le contempler.

Chaussures, chaussettes et pantalon furent prestement expédiés sur le tapis sous le regard fasciné de Kate, qui ne respirait plus qu'à peine. La gorge sèche, elle abaissa sans pudeur aucune son regard vers son boxer-short, et cessa tout à fait de respirer en découvrant son érection. A tel point qu'elle ne le vit même pas ôter sa chemise de golfeur.

— C'est injuste, remarqua-t-il. Je suis le seul à me déshabiller.

Relevant les yeux, elle manqua de nouveau d'air en découvrant la largeur de son torse sculptural aux muscles magnifiquement dessinés.

Puis, Hawk se débarrassa du boxer-short.

Et le cœur de Kate manqua un battement. Il avait un corps d'une beauté absolument stupéfiante, aux proportions parfaites. Ramenant son regard à contrecœur vers son visage, elle s'aperçut qu'il la fixait attentivement, comme s'il s'efforçait de jauger sa réaction devant sa nudité.

— Vous êtes… vous êtes beau, dit-elle dans un souffle, plongeant son regard au fond de ces pupilles brûlantes.

— Les hommes ne sont pas « beaux », corrigea-t-il avec un sourire qui trahissait le plaisir qu'il éprouvait à ce compliment.

— Vous l'êtes.

Hawk s'approcha d'elle et tendit une main vers la ceinture de sa robe de chambre. Le nœud céda sans difficulté sous ses doigts agiles, et il écarta doucement les pans du vêtement pour promener son regard sur son corps.

— Voilà ce que, moi, j'appelle la beauté, dit-il d'un ton respectueux, repoussant la soie légère sur ses épaules et la laissant glisser à ses pieds.

Kate avait froid et chaud simultanément. Elle frissonnait, alors même qu'un incendie dévorant brûlait en elle.

— Hawk ? parvint-elle à murmurer.

Il n'avait pas besoin d'autres explications. Rabattant les couvertures, il l'allongea au centre du grand lit.

— Tout ce que vous désirez, Kate. Tout.

— Je veux un autre baiser.

Il se plaça au-dessus d'elle, puis roula sur le dos, l'entraînant avec lui. Recueillant son visage entre ses mains, il attira lentement ses lèvres à lui, et leurs bouches se trouvèrent de nouveau, faisant surgir une nouvelle vague de désir au centre de son être.

Enivrée par le plaisir, elle savourait l'exploration intime qu'il faisait maintenant de son corps… de chaque centimètre carré de son corps. Elle l'écoutait avec délices, tandis qu'il lui murmurait d'une voix rauque ce qu'il comptait faire d'elle, encore et encore. Elle avait l'impression de se perdre dans une spirale d'anticipation et d'excitation.

A présent, la respiration de Kate était aussi haletante que celle de Hawk, et un doux gémissement montait dans sa gorge. Elle lui rendit baiser pour baiser, caresse pour caresse, grisée de l'entendre gémir à son tour.

— C'est merveilleusement bon, murmura-t-il alors qu'elle refermait ses doigts sur son sexe dur. Mais restez prudente. N'allez pas trop loin.

— Vous êtes sûr ?

Cédant à ses pulsions, elle se laissa glisser le long de son corps luisant de transpiration, et le prit dans sa bouche.

— Kate… je…

Sa voix se perdit dans un râle, et il leva les hanches pour mieux s'offrir à ses caresses.

— Kate, répéta-t-il d'une voix mourante, la tirant doucement par les épaules pour la faire remonter le long de son corps. Vous devez cesser cela tout de suite.

— J'avais pensé que vous aimeriez peut-être, murmura-t-elle, incapable de résister à son envie de le taquiner.

Il roula sur le côté, pour se placer au-dessus d'elle.

— Aimer ? Vous n'avez pas idée, Kate. J'ai adoré.

— Mais ? murmura-t-elle, continuant ses agaceries.

— Mais j'ai envie de me sentir en vous, répondit-il en se plaçant entre ses jambes.

Pour toute réponse, elle plongea son regard dans le sien, et se cambra. Alors, il entra en elle, lentement, trop lentement, jusqu'à ce que leurs deux corps soient unis pour n'en former plus qu'un.

Haletante, elle crut perdre la raison lorsqu'il se mit en mouvement à un rythme régulier. Folle de désir, elle agrippa ses hanches et l'attira plus profondément en elle, exigeant davantage, jusqu'à ce qu'un long gémissement monte du fond de sa gorge, dissipant toute sa tension dans une incroyable explosion de tous ses sens.

Alors qu'elle criait sa jouissance, elle entendit Hawk exhaler un râle. Et elle sentit son corps tressaillir violemment alors qu'il explosait en elle à son tour.

Bientôt, il se détendit entre ses bras, son visage enfoui dans le creux de son cou. Anéanti. Satisfait.

Un sourire aux lèvres, Kate caressa ses larges épaules, son dos, déposant une pluie de doux baisers sur son visage, reconnaissante du plaisir qu'il lui avait donné, un plaisir au-delà de tout ce qu'elle avait cru possible.

Enfin, elle laissa échapper un long soupir de contentement.

— Ça ne m'était jamais arrivé non plus, murmura-t-il contre son oreille, en parfaite harmonie avec elle. Un orgasme d'une telle ampleur…

Il eut un rire très doux, et ajouta en se redressant un peu pour mieux la voir :

— Sais-tu que tu es unique ?

Sans lui laisser le temps de répondre, il l'embrassa de nouveau, et ce baiser était chargé de la même brûlante passion que tous ceux qui l'avaient précédé.

Où cet homme puisait-il une telle énergie ? songea-t-elle, dans la brume de plaisir qui l'enveloppait. Déjà, elle sentait le sexe de Hawk se tendre de nouveau de désir. Incapable de résister à cet appel voluptueux, elle se blottit plus étroitement contre lui.

— Encore ? murmura-t-il d'une voix douce et pleine d'espoir.

— Oh ! oui, s'il te plaît, s'entendit-elle répondre sans la moindre hésitation.

Cette fois-ci, Hawk prit tout son temps. Lentement, avec une incroyable douceur, il explora de ses lèvres et de ses mains chaque parcelle de son corps, s'attardant sur ses seins avec une amoureuse attention.

Ondulant contre lui en un mouvement sensuel, elle glissa ses doigts dans ses longs cheveux et l'attira à elle, creusant les reins pour aller à la rencontre de ses lèvres.

— Et comme cela ? murmura-t-il en agaçant avec sa langue la pointe durcie de son sein.

— Oh ! oui… Comme cela.

Puis elle le repoussa et se libéra de l'étreinte de ses bras.

— Que…

— Chut ! fit-elle en se tournant sur le côté, face à lui. Moi aussi, j'ai envie de jouer.

Sur ces mots, elle se pencha vers lui et entreprit de couvrir ses pectoraux de baisers.

Hawk cessa un instant de respirer, puis il éclata de rire.

— C'est vrai, reconnut-il. J'ai bien dit que tu étais libre de toutes les fantaisies. Mon corps est ton terrain de jeux pour le reste de la nuit.

Riant à son tour, elle laissa glisser ses doigts sur ses muscles fermes.

— C'est une proposition tentante, je l'avoue, mais je doute de pouvoir tenir aussi longtemps.

Sa main, toujours en mouvement, trouva la preuve

de l'impatience de son désir, et elle ajouta d'un ton doucement railleur :

— Et je crois sentir que toi non plus.

En guise de réponse, la main de Hawk glissa sur sa taille fine, sur ses hanches doucement arrondies, pour venir s'arrêter au cœur de sa féminité. Kate cessa de respirer lorsque ses longs doigts agiles entreprirent leur tendre exploration.

— Oh ! mon Dieu ! s'écria-t-elle. Arrête, Hawk ! Je ne supporterai pas d'attendre davantage. Je te veux en moi. Maintenant.

— Cela tombe très bien, parce que, moi non plus, je ne peux plus attendre.

Il se redressa au-dessus d'elle et, lentement, il la pénétra. Cette fois-ci, il ne leur fallut qu'un instant pour atteindre simultanément les cimes du plaisir.

En revanche, cette seconde fois, Kate mit plus longtemps à recouvrer ses esprits et à dissiper la brume érotique dans laquelle flottait son esprit. Il lui fallut un bon moment pour retrouver son souffle.

— C'était absolument fantastique, déclara Hawk en tournant la tête pour lui adresser un sourire.

Kate se sentit rougir, mais elle ne pouvait s'empêcher d'éprouver un profond sentiment de satisfaction, auquel venait se mêler un soupçon de fierté. En vérité, elle se sentait si bien qu'elle lui retourna le compliment avec une totale sincérité :

— Tu veux que je te dise ? Je n'ai jamais, au grand jamais, rien ressenti qui ressemble, même de loin, à l'expérience que nous venons de vivre.

S'abandonnant à une merveilleuse lassitude, elle se blottit contre son grand corps tiède, luisant de transpiration, et ferma les yeux.

— Eh ! protesta-t-il en se redressant. J'espère que tu ne vas pas t'endormir dans mes bras.

Il marqua une pause, avant d'ajouter en riant :

— En tout cas, pas avant que nous nous soyons rafraîchis un peu sous la douche.

— Hawk ! gémit-elle, résistant mollement, alors qu'il la saisissait par les épaules pour la faire asseoir à son tour. Je t'en supplie ! Je n'ai pas besoin d'une douche. J'ai seulement besoin de dormir.

— Allons, ma petite Kate, insista-t-il d'une voix charmeuse, se glissant hors du lit pour la soulever dans ses bras. Une petite douche, c'est tout, et ensuite tu seras libre de dormir jusqu'à ce qu'il soit l'heure de te préparer pour ton travail, demain matin.

La tenant serrée contre lui, il marcha d'un pas léger jusqu'à la salle de bains comme s'il n'était pas fatigué le moins du monde, avant de remarquer en la reposant sur le carrelage :

— Tu as la peau la plus douce du monde.

— Merci, murmura-t-elle en frissonnant, autant à cause de la caresse de ses doigts sur ses épaules que de la douceur de ses paroles. Pourrions-nous prendre cette douche tout de suite ? Je tremble de froid, et j'ai sommeil.

Hawk exhala un long soupir.

— Qu'il en soit ainsi, alors, dit-il en pénétrant avec elle dans la cabine de douche.

Le jet d'eau, glacé, la fit frissonner de plus belle.

— Hawk ! gémit-elle. J'ai froid !

Il l'entoura de ses bras.

— Est-ce mieux ainsi ? murmura-t-il.

Elle s'abandonna à sa chaleur, alors que le jet de la douche atteignait à son tour une température agréable.

— Beaucoup mieux, merci.

Alors, il la savonna tout doucement, lui délivrant de voluptueuses caresses en passant, à tel point que Kate se sentit tout à coup beaucoup plus en forme. Enfin, il l'aida à se sécher et la porta jusqu'au lit.

Tandis qu'elle se glissait sous les draps froissés, Hawk ramassa son boxer, puis tendit la main vers son jean.

— Que fais-tu ? demanda-t-elle.

Il la regarda d'un air surpris.

— Je me rhabille.

— Pourquoi ? insista-t-elle, fronçant les sourcils.

— C'est pourtant simple. Je vais te laisser dormir parce que tu es grognon lorsque tu manques de sommeil.

— Je ne suis pas grognon ! protesta-t-elle. Et puis, je pensais que tu allais rester avec moi, dormir avec moi.

Elle commençait à se sentir ridiculement blessée, comme s'il s'était servi d'elle. Hawk demeura un instant silencieux et parfaitement immobile.

— Tu veux vraiment que je reste toute la nuit avec toi ? murmura-t-il enfin, d'une voix où perçait l'espoir.

— N'est-ce pas ce que je viens de dire ?

— Tu m'as convaincu, dit-il en souriant.

Sans se faire prier davantage, il laissa prestement

tomber son jean sur le tapis et se glissa près d'elle dans le lit.

— Moi aussi, je tombe de sommeil, ajouta-t-il.

Alors, leurs deux corps enlacés, ils sombrèrent rapidement dans un bienheureux sommeil.

- 7 -

A son réveil, Kate prit rapidement conscience de trois choses : la place près d'elle dans le lit était vide, le réveil sur la table de nuit indiquait qu'il était presque midi, et un délicieux arôme de café et de pain grillé flottait jusque dans sa chambre.

Elle se sentait merveilleusement bien. Il n'y avait plus aucune tension négative en elle, plus la moindre angoisse de ce que ce nouveau jour pourrait lui apporter.

Se redressant dans le lit, elle s'étira voluptueusement. Elle sentait encore quelques courbatures, çà et là, bien sûr, mais ce n'était guère étonnant après le corps à corps amoureux auquel elle s'était livrée avec Hawk. En se levant, elle nota que les vêtements et les chaussures de son fougueux amant avaient disparu. Au moins, songea-t-elle amusée, elle ne risquait pas de le rencontrer tout nu dans la cuisine !

« Hawk. » La seule évocation de son prénom suffisait à lui donner le sourire. Il était un amant fantastique et un ami attentionné. Il la faisait rire. Et sa simple présence près d'elle la rendait heureuse.

« Cours le rejoindre. Profite de sa compagnie avant qu'il ne retourne dans ses montagnes. »

Encore ensommeillée, elle entra dans la salle de bains. Elle se lava le visage et se brossa les dents avant de jeter un coup d'œil à son image dans le miroir. Sa coiffure était un désastre, mais elle avait trop faim pour s'en soucier. Hawk devrait l'accepter telle qu'elle était, coiffée ou pas.

De retour dans sa chambre, elle choisit une robe de chambre pratique et chaude et, enfilant ses mules de satin, elle se dirigea vers la cuisine. Elle trouva Hawk devant le plan de travail, deux assiettes, un beurrier, un couteau et un pot de confiture devant lui, en train d'extraire deux tranches de toast dorées du grille-pain.

— Bonjour, dit-elle d'une voix douce. Tu as bien dormi ?

Il se retourna vers elle et lui fit signe de s'approcher.

— Bonjour, Kate, répondit-il, lui entourant les épaules de son bras vigoureux. J'adore ta nouvelle coiffure. Et, pour répondre à ta question, j'ai très bien dormi, merci. Et toi ?

— Oui, répondit-elle en souriant, alors qu'il glissait ses doigts dans ses boucles folles. Je ne me souviens même pas d'avoir rêvé. L'un de ces toasts appétissants m'est-il destiné ?

— Ça dépend. Que m'offres-tu en échange ? demanda-t-il avec un regard suggestif.

— Hum ! fit-elle comme si elle réfléchissait à son offre. Quel serait ton prix ?

— Un baiser, répondit-il sans l'ombre d'une hésitation.

Kate poussa un soupir théâtral, comme si cette

perspective était une corvée à laquelle elle n'avait d'autre choix que de se soumettre.

— Puisque tu y tiens, d'accord. Mais tu as de la chance que je sois affamée.

Comme elle lui offrait ses lèvres, Hawk y déposa un baiser aussi doux que tendre.

— Les toasts sont en train de refroidir, déclara-t-il soudain en la relâchant. C'est l'heure du petit déjeuner.

Comme elle le contemplait d'un air déçu, il éclata de rire.

— Tu ne devrais rien commencer que tu ne puisses terminer, dit-il d'un ton suave. Tu dois être à ton travail dans un peu moins de trois heures.

Ils éclatèrent de rire ensemble, et Kate fut frappée par le fait que cela leur arrivait très souvent. Son lamentable ex-fiancé et elle n'avaient pas eu très souvent l'occasion de rire — et certainement pas ensemble.

Assis à la table de la cuisine, ils bavardèrent avec animation, parlant de choses et d'autres, de sujets importants et des petites choses de la vie tout en terminant leurs toasts et deux tasses de café chacun.

Puis Hawk repoussa sa chaise.

— Je vais te laisser le temps de vaquer à tes occupations avant que tu partes travailler.

Il la serra très fort dans ses bras, l'embrassant jusqu'à ce qu'elle ait l'impression que l'univers s'était mis à tourbillonner en une ronde folle autour d'elle. Elle était à bout de souffle lorsqu'il la relâcha.

— Tu pourrais peut-être m'embrasser encore une fois, dit-elle. Si cela ne t'ennuie pas, bien sûr.

— M'ennuyer ? se récria-t-il en la prenant de nouveau dans ses bras. Je vais te montrer tout de suite combien cela m'ennuie.

Sur ces mots, il posa sa bouche sur la sienne et l'embrassa de nouveau pendant quelques secondes, ou peut-être une éternité.

— Je te verrai ce soir au dîner, d'accord ? dit-il d'une voix rauque, un peu essoufflée. Pour le moment, je crois que je ferais mieux de m'en aller d'ici avant de me laisser aller à des actes que je ne regretterais jamais.

Tournant les talons, il sortit à grands pas de la cuisine, tandis que Kate se laissait aller à rire, une fois de plus.

Après avoir remis de l'ordre dans la pièce, elle retourna dans sa chambre. Là, elle s'allongea sur son lit. Les draps étaient imprégnés de la fragrance de Hawk, et elle profita un moment de leur douceur, entourée de son parfum masculin.

Elle était presque prête à partir pour son travail lorsque l'Interphone sonna.

Hawk ?

Elle fronça les sourcils en constatant que c'était son nom qui lui venait d'abord à l'esprit. Mais, au fond, n'était-ce pas compréhensible ?

Elle alla jusqu'à l'Interphone et pressa le bouton.

— Oui ? Qui est-ce ?

— Le fleuriste, répondit une voix jeune et masculine. J'ai une livraison pour Mlle Kate Muldoon.

Hum ! songea-t-elle, un sourire aux lèvres. Etait-ce Hawk qui les lui adressait ? Déjà ?

— Je descends tout de suite, répondit-elle dans l'appareil.

Elle ramassa son sac afin d'en extraire quelques dollars pour le pourboire, puis elle sortit de son appartement et descendit les escaliers en courant, trop impatiente pour attendre l'ascenseur.

Un jeune homme l'attendait derrière la porte de verre du hall.

— C'est pour moi ? demanda-t-elle, fixant l'imposant bouquet qu'il tenait dans ses mains.

— Oui, madame. J'espère que ces fleurs vous feront plaisir.

— Merci.

Elle lui tendit son pourboire et, refermant la porte derrière elle, remonta les escaliers, son bouquet dans les bras.

De retour dans son appartement, elle se rendit directement dans la cuisine. Posant le vase de verre aux tons vert pâle sur le plan de travail, elle ôta soigneusement le papier qui protégeait les fleurs, découvrant un énorme bouquet de roses rouges.

— Oh ! murmura-t-elle, ravie.

Les roses, ses fleurs préférées, commençaient tout juste à s'ouvrir, et chacune des fleurs du bouquet était un modèle de perfection. S'emparant de l'enveloppe qui les accompagnait, elle parcourut les quelques lignes tracées au dos de la carte, et sa joie se transforma d'un seul coup en colère.

« Kate,

» J'ai honte de la façon odieuse dont je me suis comporté avec toi hier soir et les autres jours, et aussi autrefois, lorsque nous étions ensemble. Ma seule excuse est que je t'aime trop. La peur de te perdre m'a fait perdre la tête, et j'ai très mal réagi. Je suis conscient de mes erreurs, mais je te supplie de bien vouloir me pardonner. Je t'aime, et je sais que tu m'aimes aussi. Et, s'il te plaît, ne va pas mêler un avocat à notre histoire. Tu y perdrais.

Jeff. »

Kate fut d'abord stupéfaite qu'il ait réussi à faire tenir tout ce discours sur une aussi petite carte. Puis la colère effaça toute autre considération.

Et cette colère se transforma bientôt en fureur. Elle déchira la carte en petits morceaux, puis elle jeta les fleurs à la poubelle.

Tremblant de tous ses membres, elle s'obligea à respirer bien à fond jusqu'à ce qu'elle se soit calmée.

Lorsque son regard se posa sur la pendule accrochée au mur, elle ressortit à grands pas de la cuisine.

Il était l'heure de partir travailler.

Hawk fit son apparition quelques minutes à peine avant l'heure de sa pause. En le voyant entrer dans le restaurant et s'approcher d'un pas nonchalant du poste des hôtesses où elle se tenait, Kate sentit une immense vague de soulagement déferler sur elle. A présent, tout allait s'arranger. Du moins, jusqu'à ce qu'il retourne chez lui, au Colorado.

— Tu vas me manquer lorsque tu seras reparti, s'entendit-elle déclarer.

Dans le sillage de ces surprenantes paroles, une idée germa dans son esprit. Une idée ridicule, qu'elle avait tout intérêt à oublier.

— Toi aussi, tu vas terriblement me manquer, répondit Hawk en lui offrant un sourire sensuel. Mais tu vas dîner avec moi, n'est-ce pas ? Je n'ai pas l'intention de rentrer chez moi tout de suite.

Captivée par la force de son sourire, Kate se trouva momentanément incapable de répondre.

Il ramassa deux menus et lui décocha un regard interrogateur.

— Tu es disponible maintenant ?

— Oui… oui, bien sûr.

Elle fit rapidement le tour du comptoir des hôtesses et le conduisit jusqu'à une table libre.

— J'ai l'impression que quelque chose te tracasse, Kate, remarqua-t-il lorsqu'ils furent assis. Tu sembles lointaine, comme si tu étais dans un autre monde.

— C'est un peu vrai. Je…

Elle s'interrompit lorsque la serveuse arriva pour prendre leur commande. Elle tourna son regard vers Hawk, et, sans trop comprendre comment, il devina instinctivement ce qu'elle attendait de lui.

— Nous prendrons tous les deux le plat du jour, dit-il sans la quitter des yeux. Et du vin, peut-être ?

— Pas de vin pour moi. Je travaille.

Elle leva la tête vers la serveuse, une femme d'une cinquantaine d'années connue pour son humour caustique et sa repartie facile, avant d'ajouter :

— Je prendrai du café, Gladys. Avant le dîner, s'il vous plaît.

— C'est noté, dit la serveuse en se tournant vers Hawk. Même chose pour vous, monsieur McKenna ?

— Oui, chère madame, répondit-il. Du café pour moi aussi, s'il vous plaît.

Rougissant de plaisir à l'idée qu'un si bel homme la traite avec le respect dû à une dame, Gladys s'éloigna en direction de la cuisine.

— Qu'est-ce qui se passe, Kate ? murmura-t-il, dès qu'ils furent seuls de nouveau. Y a-t-il quelque chose que je puisse faire pour toi ?

Il avait l'air si inquiet pour elle qu'elle eut envie de tout lui dire, même s'il lui était pénible de se remémorer l'incident. Rassemblant tout son courage, elle lui fit un récit détaillé de ce qui s'était produit ce jour-là.

— J'ai déchiré sa carte, conclut-elle, et je l'ai jetée aux ordures avec le bouquet de fleurs. Hawk, je…

Elle se tut, car Gladys arrivait avec leurs cafés, de la crème et du sucre sur un plateau.

— Votre dîner sera bientôt servi, les informa-t-elle.

Kate ajouta de la crème dans son café, hésitant toujours à partager son idée avec lui. Elle était presque certaine que, si elle le faisait, il ne douterait pas une seconde qu'elle avait perdu la raison.

— Qu'est-ce que tu disais ? s'enquit-il dès que Gladys se fut retirée.

Elle hésita de longues secondes, puis elle déclara d'un trait :

— Hawk, veux-tu m'épouser ?

Stupéfié par la proposition de Kate, Hawk la dévisagea un instant dans un profond silence. Elle venait de terminer de lui raconter toute l'histoire du harcèlement dont elle était la victime de la part de cette petite frappe de Jeff, et voilà que soudain, sans que rien ne l'ait laissé présager, elle lui faisait cette proposition de mariage !

— Kate, je…

— Non, le coupa-t-elle, secouant vivement la tête. Je suis désolée. Je ne sais pas ce qui m'a pris de…

L'arrivée à leur table de Gladys avec leur dîner coupa court à ses explications embarrassées, mais elle reprit la parole sitôt que la serveuse se fut éloignée.

— Hawk, oublie ce que j'ai dit, s'il te plaît. C'était une idée idiote, et…

— Non, attends ! l'interrompit-il vivement. Je tiens beaucoup à ce que toi et moi discutions sérieusement de ta proposition. D'abord, nous allons dîner. Ensuite, nous parlerons.

Kate ne dit plus un mot. Visiblement agitée, elle avala son café en quelques gorgées, poussant distraitement son plat du bout de sa fourchette sans presque le goûter.

Hawk, qui l'observait attentivement, décida tout à coup que ce silence n'avait que trop duré. Il se pencha au-dessus de la table et posa fermement sa main sur celle de Kate, l'empêchant de mutiler davantage le poisson dans son assiette. Elle leva enfin les yeux vers lui.

— Kate, dit-il d'une voix douce, ce pauvre poisson est déjà mort. Calme-toi un peu et mange. La cuisine est délicieuse. Tu ne voudrais tout de même pas vexer Vic, n'est-ce pas ?

Elle poussa un long soupir, et il lui sembla qu'elle se détendait un peu.

— D'accord, répondit-elle avec un sourire contrit.

Hawk lui rendit son sourire, puis il reporta son attention sur son repas. Il avala le contenu de son assiette ainsi que deux petits pains du panier d'osier que Gladys avait posé sur la table avec leur dîner, et constata bientôt avec satisfaction que Kate avait terminé une bonne moitié de son poisson grillé.

— Un dessert ? proposa-t-il. Encore un peu de café ?

— Je veux bien un café.

Il se sentait détendu en sa compagnie, et il espérait qu'elle parviendrait rapidement à retrouver sa gaieté naturelle.

— Va pour du café.

A peine avait-il commencé à chercher Gladys des yeux qu'elle se matérialisa à leur table, une cafetière fumante à la main. Elle remplit leurs tasses, débarrassa rapidement les assiettes du dîner et repartit aussitôt en les laissant seuls.

— Alors ? murmura Hawk, baissant la voix pour n'être pas entendu du groupe qui dînait à la table voisine. Si tu m'expliquais toute l'affaire ?

— Oublie ce que j'ai dit, répondit-elle, secouant obstinément la tête. Ce n'étaient que de stupides divagations, rien de plus.

— Allons, Kate ! insista-t-il, baissant encore la voix. Nous avons fait l'amour ensemble, hier soir. Tu peux tout me dire. Je suis prêt à écouter même ce que tu appelles des divagations.

Il lui caressa la joue, avant d'ajouter :

— Je te promets de ne pas me moquer de toi.

Ses efforts furent enfin récompensés lorsqu'elle hocha la tête.

— D'accord, Hawk. Merci.

Elle prit une profonde inspiration, comme si elle rassemblait son courage, puis elle déclara d'un trait :

— Je t'ai demandé de m'épouser afin de pouvoir m'éloigner de Las Vegas pendant quelque temps, et mettre ainsi de la distance entre Jeff et moi. Je suis désolée, mais je ne sais plus quoi faire. Je suis à bout, et j'ai peur. Seulement, après réflexion, je me rends compte que ma proposition est plus qu'injuste. Je n'ai pas le droit de me servir de toi, ni de te mêler à mes problèmes.

— Pourquoi ne pas tout simplement dénoncer Jeff aux autorités ? observa-t-il.

— Je l'ai fait, répondit Kate en frissonnant. J'aurais dû agir tout de suite lorsque Jeff a continué à me harceler après que je lui ai demandé de partir de chez moi. Mais j'étais alors persuadée qu'il finirait par se lasser, et qu'il me laisserait tranquille. J'ai même cru naïvement qu'une injonction du tribunal achèverait de le décourager.

Elle marqua une pause, avant de conclure avec un soupir de lassitude :

— C'était une erreur, et aujourd'hui j'en paie les conséquences.

Hawk la considéra un instant, perplexe.

— Tu as consulté un avocat, hier, rappela-t-il. Appelle-le pour lui signaler que Jeff t'a menacée, ou bien préviens directement la police.

— Tu ne comprends pas, dit-elle d'un ton découragé. Jeff m'a informée qu'il avait des amis en ville, des contacts haut placés. Nous sommes à

Las Vegas, Hawk. Certains de ces amis pourraient être des gens dangereux.

Cette réponse le fit réfléchir.

— Et alors, tu as décidé de fuir temporairement de la ville… avec moi ?

— Non, répondit-elle, soupirant de nouveau. Mon idée était de te demander de m'épouser, puis de rester mariée avec toi quelques mois, le temps que Jeff l'apprenne par la rumeur. Je suppose que j'espérais qu'au bout de quelque temps, il renoncerait, et qu'il se trouverait quelqu'un d'autre à persécuter.

— Hum ! fit Hawk, réfléchissant à son explication. Et, lors de ces intenses cogitations, as-tu trouvé une formule pour que ce merveilleux plan fonctionne pour moi également ?

Il la vit froncer les sourcils, et, même avec cette expression renfrognée, elle était adorable.

— Que veux-tu dire ? s'enquit-elle en le dévisageant d'un air agacé.

Sans se laisser impressionner, il soutint tranquillement son regard.

— Ne me regarde pas comme si tu brûlais d'envie de m'étrangler. C'est toi qui as ouvert ce débat, tu te souviens ?

Kate ferma les yeux, et toute sa colère parut se dissiper instantanément.

— Oui, je sais, murmura-t-elle d'une voix lasse. Je suis désolée, Hawk. Oublie toute cette affaire. Je sais que je n'ai aucun droit de te mêler à mes problèmes.

Décidément, cette femme avait un pouvoir incroyable sur lui.

— Je n'ai pas dit que je ne le ferais pas, Kate. Je tiens seulement à savoir ce que tu as exactement en tête.

- 8 -

Stupéfaite par la réponse de Hawk, Kate resta un instant sans voix.

— Je... Comme je te le disais, je songeais seulement à un arrangement temporaire. Disons... quatre à six mois.

Il la considéra d'un air perplexe.

— J'espère que tu ne suggères pas que nous nous mariions ici, à Las Vegas, et que nous y vivions durant tout ce temps, parce que...

— Non, bien sûr que non; l'interrompit-elle avant qu'il n'ait pu aller plus loin. Je sais que tu as un ranch à gérer.

— C'est exact. Et je vais devoir bientôt reprendre le chemin du retour.

Il hésita une seconde, avant d'ajouter d'un ton embarrassé :

— Tu sais, je songeais justement à repartir à la fin de ce week-end...

— Oh ! fit-elle, déçue.

— Non, attends ! Ne te laisse pas aller à des conclusions hâtives, Kate. Laisse-moi terminer, s'il te plaît.

Elle hocha la tête en silence pour lui faire signe de continuer, et Hawk la remercia d'un sourire.

— D'abord, précisa-t-il, j'ai seulement dit que je songeais à reprendre l'avion ce week-end. Je n'y suis pas obligé. Mon billet me permet de choisir la date du vol à ma guise.

Il marqua une pause pour boire une gorgée de son café presque froid, avant d'ajouter :

— Et maintenant, explique-moi ton idée.

— Merci, Hawk.

Elle s'empressa aussitôt de lui préciser tous les détails de son plan avant qu'il ne change d'avis.

— Si tu es d'accord, j'aimerais que nous nous mariions ici même, à Las Vegas, en faisant tout le nécessaire pour que Jeff l'apprenne. Après le mariage, rien ne t'empêcherait de rentrer immédiatement au Colorado, si c'est ce que tu souhaites.

— Tandis que toi, tu resterais à Las Vegas ? dit-il d'un ton dubitatif. Je doute que cela puisse convaincre qui que ce soit.

— Non, ce n'est pas ce que je voulais dire. Seulement, si tu préfères que je ne vienne pas avec toi, je trouverai un autre lieu pour vivre. Peut-être la ferme de mon père, en Virginie, même si cette idée ne m'enchante pas vraiment.

— Pourquoi pas ? s'étonna-t-il. Cette solution me semble raisonnable, même sans la comédie d'un mariage.

Kate sentit un malaise l'envahir. Il n'allait pas accepter son plan, et comment le lui reprocher ? C'était l'idée la plus folle qu'elle ait jamais eue.

— Ma mère est décédée alors que j'étais encore au lycée, expliqua-t-elle d'une voix lasse. Je ne suis pas allée à l'université comme il était prévu que je le fasse ; au lieu de cela, je suis restée à la ferme pour aider mon père. Le travail me plaisait. Je tenais la maison, faisais la cuisine et gérais les comptes de la ferme.

— N'as-tu pas été déçue de ne pas pouvoir poursuivre tes études ? s'enquit-il en l'observant attentivement par-dessus le bord de sa tasse.

— Au début, bien sûr. Mais j'ai fini par l'accepter.

Elle esquissa un sourire.

— Je ne pouvais tout de même pas laisser mon père seul à s'occuper de la ferme et de la maison, conclut-elle.

— Tu es fille unique ?

— Non. Mais je l'étais, à cette époque-là. Aujourd'hui, j'ai un frère, Kent, et une sœur, Erin.

— Ton père s'est remarié, dit-il avec un sourire bienveillant. Et tu t'es aperçue que tu n'étais pas une exception à la règle.

Kate fronça les sourcils.

— Que veux-tu dire ? Quelle règle ?

— Deux femmes ne peuvent pas cohabiter dans la même maison.

— J'ai pourtant fait des efforts, se défendit-elle. Peut-être pas suffisamment, c'est vrai.

Elle soupira, mélancolique.

— Tout fonctionnait bien pour moi. J'avais une vie parfaitement réglée. Mais, comme dit le dicton, un clou chasse l'autre.

Hawk hocha lentement la tête.

— Hum ! Alors, je suppose que tu as fait tes bagages et que tu es partie pour l'inconnu ?

— Oui. Mon père avait toujours insisté pour me

payer un salaire, et, comme je n'avais pratiquement aucune opportunité de dépenser mon argent, j'avais mis de côté une jolie somme.

Elle haussa les épaules.

— J'avais ma propre voiture, alors j'ai décidé de voir un peu du pays. J'ai atterri à Las Vegas avec mes dernières économies, et là j'ai eu de la chance. Pas au casino comme tu pourrais le croire, mais parce que j'ai fait la connaissance de Vic.

— Et que deviennent tes frère et sœur ?

— Oh ! nous ne sommes pas vraiment proches. Je suis restée, à force de pure volonté, jusqu'après la naissance d'Erin, qui est la cadette.

— Tu n'aimes pas les enfants ?

— J'adore les enfants ! protesta-t-elle. Seulement, je n'avais pas envie de passer des années à élever les enfants d'une autre femme, ni même, pour être honnête, de partager avec elle cette responsabilité.

— Très bien. Donc, tu n'as pas envie de retourner en Virginie. Est-ce cela qui t'a donné l'idée de m'accompagner au Colorado ?

— Hawk, vraiment, n'en parlons plus.

A présent, elle regrettait amèrement de lui avoir exposé son idée. Repoussant sa chaise, elle se leva sans lui laisser le temps de l'aider.

— J'ai été stupide, ajouta-t-elle. Oublie tout ce que j'ai pu dire, d'accord ?

— Non, répliqua-t-il d'une voix douce. Je veux encore entendre le reste de ton plan. Je serai là ce soir à t'attendre, lorsque tu retourneras à ta voiture.

— Mais Vic m'accompagnera ! protesta-t-elle.

— Et alors ? fit-il, haussant ses épaules d'une

largeur impressionnante. Je le saluerai et je lui souhaiterai une bonne soirée.

Il lui offrit un sourire plein d'espoir, avant d'ajouter :

— Au cas où, bien sûr, tu me permettrais de te suivre jusque chez toi.

Tel le phénix de la légende, l'espoir de Kate renaissait sur les cendres de sa défaite.

— Très bien, Hawk. Non seulement je te permettrai de me suivre jusqu'à mon appartement, mais tu auras même le droit de monter boire un verre.

— Voilà qui est bien parlé, dit-il en souriant. Et maintenant, tu devrais reprendre ton travail avant que Vic ne décide de te licencier.

— Pas de danger de ce côté-là, répliqua-t-elle en riant, se levant déjà pour regagner le poste des hôtesses.

Hawk quitta le restaurant quelques instants plus tard. Il passa devant elle sans ralentir, se contentant de lui souffler un baiser au passage.

— A plus tard, lança-t-il en sortant.

Kate ne s'était jamais sentie aussi impatiente. Elle avait hâte que son service se termine. Par bonheur, le reste de la soirée passa rapidement. Avec un seul incident.

Un peu avant la fin de son service, elle reçut un SMS sur son téléphone. Il provenait de Jeff, et rabâchait les sottises habituelles.

> Je suis désolé. Pardonne-moi. Je t'aime et je sais que tu m'aimes aussi. Alors ne fais pas de bêtises et débarrasse-toi de cet avocat.

Exhalant un soupir, elle s'apprêtait à effacer le message, quand elle se ravisa. Mieux valait peut-être le conserver, à tout hasard.

Elle le montrerait à Hawk. Peut-être suffirait-il à le convaincre de lui venir en aide ?

Comme promis, Hawk l'attendait dans le parking, adossé à sa voiture de location. Et, une nouvelle fois, elle fut frappée par sa taille gigantesque. Elle le désirait à en mourir. Oui, tout son corps le réclamait comme une plante assoiffée réclame la pluie. La nuit passée avec lui avait été une expérience extraordinaire. Elle n'avait jamais imaginé que faire l'amour avec un homme puisse lui ouvrir les portes d'un tel univers de délices.

Etait-ce cela, l'amour ? Cette idée la fit tressaillir, et elle s'arrêta net. Non, l'amour n'était qu'une illusion. Elle avait payé très cher pour le découvrir. Ce que Hawk et elle avaient partagé, c'était une rencontre sexuelle fantastique. Mais il n'avait été question que de sexe entre eux. Un point, c'est tout. Et elle devait bien admettre qu'elle ne désirait qu'une chose : revivre cette incroyable expérience.

— Ohé ! lança Hawk, l'arrachant à ses réflexions. Pourquoi restes-tu plantée là ?

Il s'approcha d'elle d'un pas nonchalant.

— Tout va bien ?

— Oui, assura-t-elle en se remettant en mouvement. Tout va très bien. Je… réfléchissais, c'est tout.

— Où est Vic ? s'enquit-il en fronçant les sourcils. Je pensais qu'il te raccompagnait chaque soir jusqu'à ta voiture.

— Il est occupé avec du travail administratif. Il

a proposé de m'accompagner, mais je lui ai dit que tu serais là à m'attendre.

Elle déverrouilla sa portière et s'installa derrière le volant avant de relever les yeux vers lui.

— Je crois que je vais rentrer chez moi, maintenant. Tu viens me tenir compagnie ?

— C'est une question piège ? Bien sûr, que je viens ! Et pour la bonne raison que je brûle d'impatience d'être seul avec toi.

Comprenant soudain que sa question pouvait être interprétée comme une invitation à caractère intime, Kate se sentit rougir. Il fallait être bien naïve pour proférer de telles sottises. Ne sachant plus quoi lui répondre, elle tourna la clé de contact et, faisant gronder le moteur de sa voiture, elle commença à sortir de sa place de parking en marche arrière.

Tout en riant, Hawk retourna jusqu'à son propre véhicule. Kate le vit se glisser tant bien que mal derrière le volant de la modeste voiture de location, alors qu'elle passait devant lui pour regagner la rue.

Bien qu'elle n'eût jamais été sûre qu'il la suivait, en dépit de fréquents coups d'œil dans son rétroviseur, Hawk arrêta sa voiture près de la sienne au moment où elle mettait pied à terre. Et il souriait toujours.

— C'est moi qui te fais rire ? demanda-t-elle en gagnant l'entrée de l'immeuble.

— Oh ! Kate, tu n'as pas idée de l'effet que tu me fais, lui murmura-t-il à l'oreille.

Elle eut l'impression que son cœur manquait un battement. Il lui était devenu très difficile de respirer, et, devant la porte, sa main tremblait si fort qu'elle ne parvenait pas à glisser sa clé magnétique dans la serrure.

— Tu veux que je m'occupe de ta petite serrure ? proposa Hawk en se précipitant à sa rescousse.

Kate ne manqua pas de remarquer que, derrière sa façade de sérieux, il se retenait à grand-peine de rire.

— Non, merci, répondit-elle, les dents serrées.

Elle parvint enfin à insérer sa carte dans la fente adéquate, tourna la poignée et traversa le hall pour entrer dans l'ascenseur sans se retourner une seule fois. Hawk eut le bon goût de ne plus dire un mot jusqu'à ce que les portes de la cabine se soient refermées sur eux.

— Tu es en colère contre moi, remarqua-t-il d'une voix douce.

Sa température était montée en flèche, mais elle le fusilla du regard.

— Essaierais-tu de me mettre en colère, par hasard ?

Même à ses propres oreilles, sa voix sonnait faux. L'ascenseur s'arrêta avec une légère secousse, et Hawk, sortant le premier de la cabine, se retourna pour lui tendre la main.

Kate l'ignora, et, la tête haute, passa devant lui sans lui accorder un regard.

— Hawk McKenna, dit-elle d'un ton sévère, tu n'es qu'un gamin.

Hawk ne souriait plus. Il riait aux éclats. Il riait toujours en traversant le salon et en entrant dans la cuisine. Kate se planta devant lui, les poings sur les hanches.

— Tu veux boire un verre, oui ou non ? demanda-t-elle, s'efforçant désespérément de contrôler sa voix.

— Oui, madame, répondit-il d'un ton aimable. Avec plaisir.

Elle le dévisagea un moment, avant de secouer lentement la tête.

— Tu sais, Hawk, tu es vraiment unique, dit-elle, renonçant à son air désapprobateur pour lui offrir un sourire lumineux.

Il s'approcha d'elle, se débarrassant de sa veste au passage pour la jeter dans un fauteuil. Puis il fit glisser son châle sur ses épaules et l'envoya rejoindre sa veste d'un geste négligent. Alors, il lui souleva le menton pour plonger son regard dans le sien, effleurant délicatement de son pouce ses lèvres entrouvertes.

— Tu le penses vraiment ? murmura-t-il d'une voix basse et sensuelle. Parce que, moi, je pense la même chose de toi. Tu es unique… et très spéciale.

Kate sentait tous ses sens s'affoler. Ses lèvres frémissaient au contact de ses doigts. Tout son corps le désirait douloureusement. Hawk… Son nom résonnait comme un écho dans sa conscience. Hawk.

Baissant les paupières pour éviter que ses yeux noirs l'embrasent tout à fait, elle s'efforça de reprendre le contrôle de ses émotions. Avant toute chose, ils devaient parler, discuter sérieusement de la suggestion qu'elle regrettait maintenant amèrement de lui avoir faite.

— Nous parlions de boire un verre, bredouilla-t-elle en s'écartant brusquement de lui, le cœur battant à tout rompre. Qu'est-ce qui te ferait plaisir ? Bière, vin ? Peut-être quelque chose d'un peu plus fort ?

— Que prends-tu, toi ? s'enquit-il en souriant.

Il avait probablement remarqué l'intensité de son trouble.

— Eh bien, je ne bois pas très souvent de la bière, et jamais d'alcool fort. Mais je prendrai un verre de vin avec plaisir.

Elle se garda bien d'ajouter qu'à cet instant précis, elle en avait sérieusement besoin. Ouvrant la porte du réfrigérateur, elle en sortit une bouteille de vin blanc de Californie.

— Que puis-je t'offrir, Hawk ?

— Tu as du vin rouge ? demanda-t-il en s'approchant juste derrière elle pour jeter un coup d'œil par-dessus son épaule.

— Oui, répondit-elle, cessant de respirer. Sur le plan de travail.

Ils emportèrent leur vin dans le salon. Kate lui fit signe de s'asseoir et, se débarrassant de ses chaussures, elle se pelotonna dans un coin du sofa. Son pouls s'accéléra lorsque Hawk choisit de s'asseoir à l'autre extrémité du même sofa.

— Très bien, dit-il en sirotant une gorgée de son cabernet. Explique-moi très exactement ce que tu as en tête.

Kate posa son verre sur la table basse, car ses mains s'étaient remises à trembler.

— Je l'ai déjà fait, Hawk. Je t'ai demandé de m'épouser.

— Je voudrais que tu sois plus précise, Kate,

insista-t-il gentiment. Songes-tu à un mariage de convenance, à une union purement platonique ?

— Oh ! non ! répondit-elle sans hésitation. Je... je ne songerais jamais une seconde à t'imposer cela. J'ai pensé que, puisque nous nous entendons si bien, nous pourrions facilement nous accommoder l'un de l'autre durant quatre à six mois.

— Vivre ensemble, travailler ensemble, partager le même lit durant la moitié d'une année ? Et ensuite prendre des routes séparées, toujours bons amis, comme si rien ne s'était passé ? C'est cela ?

Kate se sentit rougir. Résistant à une furieuse envie de détourner les yeux pour échapper à son regard intense, elle prit une profonde inspiration.

— Oui, c'est exactement cela.

Il demeura silencieux durant un long moment. Un très long moment, les yeux rivés aux siens, comme s'il s'efforçait de lire tous les secrets de son âme.

— D'accord, répondit-il enfin, levant son verre en un salut silencieux. Marché conclu.

Tremblant encore de la tête aux pieds, elle leva son verre à son tour.

— Merci.

Elle reconnut à peine sa propre voix, qui n'était plus qu'un murmure étranglé, et s'empressa d'avaler une gorgée de son vin.

Son verre presque vide dans sa main gauche, Hawk se glissa jusqu'à elle sur le sofa et lui tendit sa main droite.

— Serrons-nous la main pour sceller définitivement notre accord, tu veux ?

Frissonnant de tout son corps, soulagée au point

d'en avoir le vertige, Kate reposa son verre et plaça sa paume contre la sienne. Les longs doigts de Hawk se refermèrent sur les siens. Ils échangèrent une poignée de main douce et ferme, puis Hawk l'attira gentiment à lui.

— Une poignée de main et un baiser, murmura-t-il. Voilà qui scellera vraiment notre accord.

Il reposa son verre près du sien et, la serrant dans ses bras, il prit possession de ses lèvres.

Ce fut un baiser torride, incandescent. Enveloppée dans un brouillard sensuel, Kate avait l'impression de flotter dans un espace sans limites et sans repères. Mais elle n'avait pas peur, car le baiser de Hawk l'avait embrasée, lui donnant une force nouvelle.

Lorsque la bouche de Hawk s'écarta de la sienne, Kate s'aperçut avec surprise qu'elle était allongée sur le sofa, Hawk au-dessus d'elle.

Comment avait-elle pu se retrouver dans cette position, alors qu'elle ne se souvenait même pas d'avoir bougé ?

Aucune importance. Ce qui comptait, c'était qu'elle était là, dans les bras de Hawk, à l'abri de tous les dangers du monde. En sécurité.

— Voilà ce que j'appelle sceller un accord, murmura-t-il tout près de son oreille, faisant naître une cascade de sensations délicieuses dans tout son corps. Mais nous devrions peut-être recommencer...

Il ne lui laissa pas le temps de répondre. Elle n'avait pas besoin de temps. Kate entrouvrit ses lèvres pour recevoir passionnément son baiser.

A peine une seconde plus tard, ils entendirent un bip étouffé. Hawk releva la tête, les sourcils froncés.

— C'est ton téléphone que j'ai entendu sonner, ou bien j'hallucine ?

Exhalant un soupir, Kate plaça ses mains sur son large torse pour le repousser doucement.

— Oui, c'était bien ma sonnerie. Laisse-moi me lever. Je dois répondre.

— Ne pourrions-nous pas tout simplement l'ignorer ? gémit-il en se laissant glisser sur le tapis.

Elle se leva pour chercher frénétiquement son sac, qu'elle avait abandonné distraitement quelque part en entrant. Elle finit par le trouver dans le fauteuil près de la porte, et en sortit son portable, devinant déjà qui l'appelait.

Elle ne s'était pas trompée, hélas ! Réprimant un gémissement, elle retourna vers Hawk, toujours allongé sur le tapis, les mains nouées derrière sa nuque.

— Laisse-moi deviner, dit-il d'un ton ironique. Le ciel est en train de nous tomber sur la tête, et nous devons courir avertir le roi.

Kate chercha le SMS qu'elle avait reçu plus tôt et l'afficha sur l'écran avant de lui tendre le téléphone.

Hawk prit rapidement connaissance du message en esquissant une grimace de dérision, mais, avant qu'il puisse faire la moindre remarque, elle lui présenta le SMS qu'elle venait de recevoir.

Se redressant en position assise sur le tapis, il parcourut rapidement le texte avant de relever les yeux vers elle.

— On dirait que ce clown ne connaît qu'une seule chanson, remarqua-t-il avec un sourire sans gaieté.

— Oui, c'est vrai, répondit-elle en soupirant.

Jeff n'a jamais été un Cyrano. Il est beaucoup plus proche d'un gangster d'Hollywood. A présent, tu comprends peut-être pourquoi j'ai tellement envie de quitter cette ville au plus vite ?

— Oui, bien sûr. Mais cet avocat que tu as engagé ne peut-il pas s'en occuper ?

— Hawk, tu as lu ces messages, n'est-ce pas ? Si Jeff a réellement les amis puissants dont il se vante, et je suis certaine qu'il dit la vérité à ce sujet, je ne pense pas qu'il passerait plus de quelques heures en cellule, et probablement même pas cela.

Il esquissa un sourire.

— Ecoute, Kate, répondit-il d'un ton rassurant, ne te laisse pas abattre. Nous venons de signer un contrat. Si tu le désires, nous pouvons être dans le Colorado d'ici une semaine.

— Tout le monde risque de trouver ce départ un peu précipité, observa-t-elle, s'efforçant de sourire. Je parlerai à Vic demain, au travail, et je lui expliquerai la situation.

— Oh ! que non ! répliqua-t-il d'un ton catégorique.

— Et pourquoi pas ?

— Nous allons faire les choses en grand, comme il se doit, déclara-t-il sur le même ton. Tu sais, le coup de foudre, l'amour fou, enfin, toute la progression classique. Nous avons déjà cette attirance physique l'un pour l'autre. Nous n'aurons aucune peine à offrir au monde toutes les apparences d'une flamme juvénile, même si nous ne sommes plus de la première jeunesse.

— Pardon ? répliqua-t-elle d'un ton faussement offusqué. Parle pour toi !

— Tu comprends ce que je veux dire, allons, répliqua-t-il en riant. Ni toi ni moi n'aurons plus jamais vingt ans. Dans mon cas, mon trentième anniversaire n'est déjà plus qu'un lointain souvenir.

Soudain détendue et heureuse d'être avec lui, elle acquiesça.

— Je suppose que tu as raison. Ce serait la meilleure solution. J'ai hâte que la nouvelle de notre mariage parvienne aux oreilles de Jeff, et je suis sûre qu'il ne tardera pas à en être informé. Mieux vaut cependant garder notre arrangement secret, si l'on veut éviter qu'il ne s'ébruite.

— Tu as raison, répondit Hawk. Personne ne doit être au courant, pas même Vic, car il ne pourrait s'empêcher de parler à Lisa, et, après cela, Dieu seul sait où cette information irait atterrir.

— Je vois que nous sommes sur la même longueur d'onde. Je ne voudrais pour rien au monde que Jeff se présente un jour à ta porte pour te réclamer des explications.

— Ne te fais pas de souci pour ça, Kate, répondit-il d'un ton nonchalant. Je n'ai certainement pas peur de Jeff. De plus, je suis un fin tireur, au revolver ou au fusil, sans compter que mon contremaître et mon dresseur sont aussi experts que moi dans l'art des armes. Ajoute à cela que j'ai un chien. Un très gros chien qui peut affronter un loup… ou un homme si nécessaire.

Perplexe, Kate le dévisagea un moment. Plaisantait-il ou était-il sérieux ?

— Tu n'oserais tout de même pas…

Elle ne termina pas sa phrase. C'était inutile.

Quelque chose lui disait qu'il n'hésiterait pas une seconde à faire ce qui était nécessaire pour la protéger.

— D'accord, reprit-elle. Nous ferons les choses à ta façon. Dans quatre à six mois, lorsque je retournerai à Las Vegas, il me suffira de raconter que cela n'a pas fonctionné entre nous. Si je décide de retourner à Las Vegas, bien entendu.

Avant qu'il n'ait le temps de répondre, elle étouffa un bâillement.

— Je suis épuisée. Le stress, sans doute.

— Je l'imagine sans peine, après avoir été harcelée et terrorisée par ce sale type…

Il se leva d'un bond.

— Très bien. Je vais rentrer, maintenant. Je te verrai demain au restaurant. Nous devrions accorder nos violons avant de parler à Vic. Cela te convient, Kate ?

— Oui, Hawk. Cela me convient très bien.

Il se dirigea vers la porte, et elle lui emboîta le pas. Sur le seuil, il se retourna une dernière fois pour plonger son regard dans le sien.

— Encore un baiser ? suggéra-t-il.

Pour toute réponse, elle lui offrit ses lèvres. Son baiser fut doux et réconfortant.

— Dors bien, Kate.

— Toi aussi, Hawk.

Dormir ? songea Hawk dès qu'il fut dehors. Quelle plaisanterie ! Il aurait beaucoup de chance s'il parvenait à fermer l'œil cette nuit. Dans quoi venait-il de s'engager ? Rien de moins qu'un mariage ! Bien sûr, il avait toujours pensé qu'un jour, avec la femme qu'il fallait… Mais il n'avait jamais rencontré la femme en question.

Dans le parking de son hôtel, il confia ses clés au voiturier, puis entra dans le casino. Puisqu'il lui serait impossible de dormir, il pouvait au moins tuer le temps au poker.

Moins d'une heure plus tard, ayant perdu près de deux cents dollars, il quitta la table et remonta dans sa chambre.

Planté devant la grande baie vitrée qui offrait une vue spectaculaire du Strip, toujours incapable de trouver le sommeil, il sirota une gorgée de la bière qu'il avait sortie du minibar de sa chambre tout en réfléchissant à son avenir. Ou, du moins, aux quatre à six mois qui allaient suivre.

Dès le lendemain après-midi, il devrait jouer le rôle d'un homme follement amoureux de Kate Muldoon. Cette idée le fit sourire. La tâche ne devrait pas s'avérer particulièrement ardue. Kate était une femme adorable, facile à vivre, une compagne agréable et, pour ne rien gâcher, il adorait faire l'amour avec elle.

L'amour.

Un homme habitué à vivre seul une grande partie de son existence pouvait-il espérer trouver un jour l'amour de sa vie ? En supposant, bien sûr, que cela existe ?

Et, s'il trouvait effectivement cet oiseau rare, accepterait-elle de passer ses jours auprès de lui, au fin fond des montagnes ?

Hawk soupira. La plupart des femmes n'accepteraient jamais de vivre dans un tel isolement. Kate tiendrait-elle seulement les quatre mois que devait durer leur mariage de circonstance ?

A ce moment précis, il oscillait entre un sentiment d'anticipation et une sensation fort étrange qu'il ne parvenait pas à nommer.

Un sourire mélancolique étira les coins de ses lèvres. Au minimum, la présence de Kate suffirait à décourager Brenda, la fille de Jack, son contremaître, et à la convaincre de rester loin de lui.

- 9 -

Kate se cramponna désespérément à la poignée fixée au-dessus de sa portière. Heureusement, Hawk l'avait prévenue que le voyage deviendrait un peu plus inconfortable dès qu'ils auraient quitté la route goudronnée. Son gros pick-up était conçu pour naviguer sur n'importe quel terrain, et, jusqu'au moment où ils s'étaient engagés sur le chemin de terre privé, elle n'avait pas eu à se plaindre.

— Nous sommes presque arrivés à la maison, annonça-t-il sans quitter la piste des yeux. Tout va bien ?

A l'évidence, il l'avait vue s'agripper comme si sa vie en dépendait.

— Oui, ne t'inquiète pas. En tout cas, tout ira mieux lorsque nous serons arrivés et que je serai de nouveau en mesure de marcher.

— Ce ne sera plus très long, maintenant.

Il hasarda un coup d'œil dans sa direction, avant de remarquer :

— J'imagine que tu dois te sentir fatiguée.

— Un peu, convint-elle, mélancolique. Cela a été une journée pleine d'événements.

— Toute cette semaine l'a été, observa-t-il en riant.

— Oui, c'est vrai.

L'une des roues plongea au même instant dans un nid-de-poule, et Kate décolla de son siège avant de retomber avec une secousse qui lui vrilla le dos. Elle serait soulagée lorsqu'ils quitteraient cette piste épouvantable. Mais, tout bien considéré, cette semaine avait passé très vite, et sans aucun incident notable.

Le lendemain du jour où il s'était laissé persuader de l'épouser, Hawk était arrivé au restaurant à peine quelques minutes après qu'elle ait repris son service, et ils étaient allés voir Vic ensemble. Ils savaient qu'ils devaient absolument le convaincre qu'ils étaient tombés amoureux l'un de l'autre au premier regard. Or la chose n'avait pas été facile, car Vic était un homme intelligent et extrêmement intuitif.

Leur petite comédie avait commencé lorsque Hawk avait demandé à Vic s'ils pouvaient parler quelques instants en privé. Alors qu'ils étaient tous les trois installés dans son bureau, Vic les avait dévisagés avec une curiosité proche de la méfiance.

— Qu'est-ce qui vous amène ? avait-il dit, allant directement au fait sans perdre de temps en préambules inutiles.

Enlaçant la taille de Kate, Hawk avait pris le commandement des opérations.

— J'ai l'intention de te voler ton hôtesse préférée, Vic.

— Me voler Kate ? Que veux-tu dire par là, exactement ?

Son regard s'était alors posé sur elle.

— Avez-vous besoin d'une journée de congé pour la passer avec notre héroïque guerrier ?

Serrant Kate plus étroitement contre lui, Hawk avait répondu à sa place :

— Non, Vic. Kate n'a pas besoin d'une journée de congé pour être avec moi. Car elle a l'intention de passer le reste de sa vie avec moi, au ranch.

Vic avait paru aussi consterné qu'incrédule.

— Qu'est-ce que tu racontes, Hawk ? C'est une de tes plaisanteries ?

— Tu devrais me connaître mieux que cela. Je ne me permettrais jamais de plaisanter sur un sujet aussi sérieux. J'aime Kate et je vais l'épouser aussitôt que possible. J'aimerais que tu acceptes d'être mon témoin.

L'air confus, Vic s'était tourné vers Kate pour scruter son expression.

— Est-il sérieux ? Non, ne me répondez pas. Je vois bien qu'il est sérieux. Et vous, Kate ? Qu'en pensez-vous ?

— Tout cela est très sérieux, Vic, avait-elle répondu avec toute la conviction dont elle était capable. Je l'aime.

Se tournant vers Hawk, elle lui avait lancé ce qu'elle espérait être un regard de pure adoration. A vrai dire, ce n'était pas très difficile…

Sans se donner la peine de les questionner davantage, Vic avait poussé une sorte de cri de guerre et arraché Kate aux bras de Hawk pour donner à son ami une accolade fraternelle.

— Bien sûr que je serai ton témoin, vieux frère. J'ai toujours su que tu étais le meilleur.

— Tu me fais trop d'honneur, avait répliqué Hawk en lui serrant vigoureusement la main. Kate et moi souhaitons nous marier aussi vite que possible. N'est-ce pas, ma chérie ?

— Oui, c'est vrai, avait-elle murmuré, étrangement émue. Le plus tôt sera le mieux.

— D'accord, avait déclaré Vic après un long silence. J'ai une idée.

Vic avait toujours une idée, et en général elle était excellente.

— Allez-y. Nous vous écoutons, avait-elle dit.

— Aviez-vous prévu de vous marier dans l'une des chapelles, ou l'un des hôtels-casinos du Strip ?

— Seigneur, non ! s'était exclamée Kate, horrifiée par sa suggestion.

Vic avait paru satisfait par sa réponse.

— Alors, que diriez-vous de vous marier ici même, dans ce restaurant, avec tous les clients comme témoins ?

— Ce serait super ! avaient répondu Kate et Hawk d'une même voix.

— Dans ce cas, allez vite faire ce que vous avez à faire. Je m'occupe de tout.

— Mais, avait protesté Kate, n'avez-vous pas besoin de moi au poste des hôtesses ?

— Nous nous débrouillerons sans vous. Allez-y vite. Passez du temps ensemble. Moi aussi, j'ai des choses à faire, et des gens à qui parler. Et, en tout premier lieu, Lisa.

— Justement, il faut que je l'appelle, avait déclaré Kate. Je veux lui demander d'être ma demoiselle d'honneur.

— Elle sera ravie ! Je suis impatient de lui annoncer la nouvelle. Et maintenant filez, les enfants. Revenez pour le dîner.

Kate et Hawk étaient allés faire un peu de shopping, mais pas ensemble. Kate était à la recherche de la robe idéale. Hawk, comme elle devait l'apprendre plus tard, était allé choisir les alliances. Même si le mariage était factice, elle avait ressenti une émotion intense, lorsque Hawk lui avait glissé la bague au doigt, quelques jours plus tard.

Cela avait été un très beau mariage. Après avoir envoyé Bella à la recherche de divers éléments de décoration, Vic avait rameuté tout le personnel et les clients désireux de leur prêter main-forte pour accrocher des mètres et des mètres de tulle blanc et des douzaines de roses de soie blanche sur les murs et sur le plafond de la salle. Tout le monde s'était énormément amusé, et, lorsqu'ils eurent terminé, le résultat était si spectaculaire que Vic avait décidé de garder cette nouvelle décoration de façon permanente.

Kate esquissa un sourire en se rappelant cette journée, sérieuse et amusante à la fois, mais qui lui avait semblé interminable. Hawk et elle s'étaient finalement esquivés alors que la fête battait encore son plein, juste à temps pour prendre l'avion à destination du Colorado.

Totalement épuisée, à présent, elle constata avec soulagement qu'ils roulaient sur une surface plus lisse. Un instant plus tard, Hawk arrêtait le pick-up devant une grande maison de ranch dotée d'un large porche couvert sur toute sa façade.

Serrant le frein à main, Hawk poussa un long soupir et se tourna enfin vers elle pour lui offrir un sourire.

— Je n'en peux plus, Kate. Et toi ?

— Je ressens exactement la même chose, répondit-elle, soupirant à son tour.

Elle fronça les sourcils.

— Pourquoi les lumières sont-elles allumées dans la maison ? J'espère que tu n'as pas de visiteurs. Je suis hors d'état de me montrer sociable, ce soir.

— Je reçois rarement de la visite, Kate. Et jamais sans avoir été prévenu à l'avance.

Il ouvrit sa portière et sauta à terre.

— J'ai contacté mon contremaître pour lui demander d'éclairer la maison, afin de la rendre plus accueillante.

— Oh ! Je vois.

Après avoir fait le tour du capot, il lui tendit sa main pour l'aider à descendre de la cabine, et elle l'accepta avec reconnaissance, se sachant parfaitement incapable de sauter à terre aussi légèrement qu'il venait de le faire. Elle devrait s'estimer heureuse si elle parvenait à marcher droit après ces kilomètres de piste cahoteuse qu'ils venaient de parcourir depuis le petit aéroport local.

Kate n'eut pas besoin de marcher du tout. Hawk la souleva sans effort dans ses bras et grimpa lestement les marches du porche avec elle. Il s'arrêta devant la porte, et poussa le vantail du pied pour la porter à l'intérieur de la maison – son foyer pour les prochains quatre à six mois.

— Tu as laissé la portière de ton camion grande ouverte, remarqua-t-elle lorsqu'il l'eut délicatement reposée sur le sol.

— Je sais, répondit-il en souriant. Bienvenue chez toi, Kate. Tu devrais peut-être faire un petit tour de la propriété pour te débarrasser de tes courbatures. Explore un peu les alentours pendant que je décharge tes bagages.

Kate était heureuse d'avoir retrouvé sa liberté de mouvement, et elle se livra même à quelques exercices d'assouplissement avant d'entreprendre son exploration. A cet instant, elle se trouvait dans un vaste salon d'aspect confortable, et son attention fut immédiatement attirée par une magnifique tapisserie d'origine amérindienne tissée à la main qui couvrait presque tout un mur. Le salon s'ouvrait sur une autre pièce plus petite, la salle à manger, qui elle-même communiquait avec une cuisine suffisamment grande pour y prendre tous les repas. Un couloir reliait le salon à ce qu'elle supposa être les chambres et les salles de bains. Elle tomba amoureuse de cette maison au premier regard.

Elle était toujours plantée en admiration devant la tapisserie amérindienne, lorsque Hawk entra, portant ses bagages.

— Quelle est ta première impression ? s'enquit-il en déposant les sacs à ses pieds.

— J'aime cette maison, répondit-elle avec un sourire qui dissimulait mal sa nervosité. En tout cas, ce que j'en ai vu jusqu'ici me plaît beaucoup.

Hawk l'étudia un moment d'un air étrange.

— Parfait. Tu es un peu nerveuse, n'est-ce pas ?

— Un petit peu, reconnut-elle.

Il s'approcha d'elle et, lui relevant délicatement le menton, il effleura ses lèvres d'un baiser.

— Tu n'as pas de raison de l'être, Kate, murmura-t-il. Je n'ai aucune intention de t'imposer quoi que ce soit. Et cela inclut aussi les arrangements pour la nuit. Tout ce dont tu pourrais avoir besoin, demande-le-moi ; je ferai mon possible pour te l'obtenir.

Peu à peu, Kate sentit son anxiété la quitter, et elle se détendit. Esquissant un sourire, elle lui débita la liste de ses besoins les plus pressants.

— Voyons, dit-elle d'un ton animé. J'ai grand besoin d'une douche, de passer des vêtements propres, d'un bon repas, d'un verre de vin et de dix heures de sommeil, mais pas nécessairement dans cet ordre-là. En fait, je crois que j'aimerais commencer par le repas et le vin. Non, attends. J'ai d'abord besoin de la salle de bains.

— Première chambre sur la droite, fit-il en riant. C'est la mienne et j'ai ma propre salle de bains. En attendant, je vais déboucher une bouteille de vin et jeter un coup d'œil dans le réfrigérateur pour voir ce dont nous disposons pour le dîner. Surtout, prends tout ton temps.

— Merci.

Elle ramassa le plus petit des sacs de voyage à ses pieds, et poussa la première porte sur sa droite.

La chambre de Hawk était suffisamment spacieuse pour contenir une double commode, un dressing avec des portes coulissantes qui occupait tout un mur, un fauteuil club d'aspect très masculin et, trônant au milieu de tout cela, un lit de taille impressionnante recouvert d'un édredon moelleux. Elle s'attarda quelques instants à contempler le lit où Hawk dormait, puis elle pénétra dans la salle de bains.

Elle avait seulement pensé se laver les mains et le visage, mais elle tomba en arrêt devant la cabine de douche et la fixa un instant avec regret.

C'était trop tentant, décida-t-elle. Mais, tout d'abord, elle sortit délicatement de sa valise la fabuleuse robe blanc écru qu'elle avait trouvée dans une des boutiques de luxe de l'hôtel de Hawk et l'étala soigneusement sur le dossier du fauteuil club. Se débarrassant rapidement de son jean, de son pull et de ses sous-vêtements, elle entra sous la douche, pour se délecter bientôt de la sensation de l'eau tiède coulant sur son corps courbaturé. Elle avait l'impression d'avoir été admise au paradis.

Kate aurait pu rester éternellement sous ce jet divin, mais l'eau commençait à refroidir, et Hawk l'attendait.

Elle se frictionna avec une serviette, se sécha rapidement les cheveux jusqu'à ce qu'ils soient à peine humides, et sortit de son sac la culotte, la chemise de nuit légère et la robe de chambre courte qu'elle emportait toujours avec elle dans ses bagages de cabine. Pour finir, elle retrouva sa brosse à cheveux et lissa comme elle put la masse de ses boucles folles.

En ressortant dans le couloir, elle décida qu'elle devait à Hawk de dormir dans cette chambre cette nuit et toutes les autres nuits, et elle comprit que c'était aussi ce qu'elle désirait de tout son cœur. Toujours pieds nus, elle retourna dans la cuisine sans faire le moindre bruit.

Hawk avait dû tout de même l'entendre arriver, car il se retourna pour la détailler de la tête aux pieds avec un intérêt gourmand, attardant son regard sur sa robe de chambre courte et ses cheveux encore légèrement humides.

— Je n'ai pas pu résister à l'envie de prendre une douche, expliqua-t-elle.

— Tu as bien fait. Tu sens délicieusement bon.

— Merci. Mais quelque chose d'autre sent très bon, par ici.

— C'est ce que mon père appelle des aliments de réconfort. Je fais chauffer de la soupe et des sandwichs.

— Une soupe à la tomate, devina-t-elle en humant l'air de nouveau. Le meilleur aliment de réconfort qui soit !

— C'est presque prêt. Assieds-toi.

Kate était sur le point de lui demander comment elle pouvait l'aider lorsque, jetant un coup d'œil à la table, elle constata qu'elle était déjà mise pour deux, avec du vin dans des verres à pied de cristal et de l'eau dans des verres ordinaires.

— On dirait que tu te débrouilles plutôt bien dans une cuisine, observa-t-elle en prenant place à la table.

— J'ai vécu seul ici durant presque dix ans, avec, à l'occasion, un ou deux visiteurs, expliqua-t-il en posant deux bols fumants sur la table.

— Dix ans ! s'exclama-t-elle, surprise.

— J'ai très rapidement appris à cuisiner et à prendre soin de moi.

Il se tourna vers le plan de travail pour prendre deux assiettes, avant d'ajouter :

— J'ai là une étagère pleine de livres de cuisine. Et je les utilise, crois-moi.

— Zut ! s'exclama-t-elle, réprimant une grimace. Je viens de me souvenir que j'ai rangé tous mes livres avec les affaires entreposées dans le box que j'ai loué avant de partir.

Hawk la dévisageait, à présent. Son air étonné la fit sourire.

— Comme Thomas Jefferson, l'auteur de notre Déclaration d'indépendance, je ne peux pas vivre sans livres, dit-elle en riant. Et je suppose que la librairie la plus proche se trouve à Durango ?

— Probablement, répondit-il en haussant les épaules. Je n'ai jamais vérifié. Mais ne crains rien, Kate, j'ai une bibliothèque pleine de très beaux ouvrages, de fiction et non-fiction, tous magnifiquement reliés.

Il lui sourit en ajoutant :

— Tu peux passer l'hiver à bouquiner, confortablement installée bien au chaud !

— Jamais de la vie ! se récria-t-elle en lui jetant un regard indigné. Je n'ai jamais eu l'intention de venir ici en simple touriste. Je n'ai ni le tempérament ni la patience nécessaires pour rester vautrée sur le sofa pendant que les autres travaillent.

Elle s'interrompit pour reprendre sa respiration et,

remarquant que Hawk avait l'air un peu déconcerté par sa diatribe, elle reprit, baissant la voix :

— Je suis désolée, mais je tiens beaucoup à t'aider dans la mesure de mes moyens. J'ai envie de me sentir utile, tu comprends ? N'oublie pas que j'ai été élevée dans une ferme.

Hawk leva les mains en signe de capitulation.

— Soit, dit-il. Si c'est ce que tu désires, je te mettrai au travail.

Son sourire s'épanouit sur ses lèvres.

— Et maintenant, je suppose que tu vas vouloir négocier un salaire ?

A ces mots, elle releva brusquement la tête pour le fusiller du regard.

— Chercherais-tu la bagarre, par hasard ?

S'adossant à sa chaise, Hawk éclata d'un rire incontrôlable.

— Ah, ma chère Kate Muldoon McKenna ! Tu as vraiment un sacré tempérament !

Kate se sentit rougir. Le fait de s'entendre appeler par son nouveau nom de femme mariée l'avait fait frissonner de plaisir. Après ces quelques jours de folie, la réalité s'imposait finalement à elle. Cela n'était pas un rêve ou une histoire qu'elle avait inventée. Elle était légalement l'épouse de Hawk, même si ce statut n'était que temporaire.

Sa femme.

D'une étrange manière, même si elle ne le connaissait que depuis deux semaines à peine, cette idée ne lui déplaisait pas du tout.

— Tu parais songeuse, remarqua-t-il, l'ombre

d'un sourire étirant encore ses lèvres sensuelles. Que se passe-t-il dans ta jolie petite tête ?

— Je pensais seulement qu'il était un peu étrange de t'entendre m'appeler Kate McKenna.

— Tu vas t'y habituer, assura-t-il en riant. Lorsque je t'aurai présentée à mes hommes, « Mme McKenna » est le seul nom que tu entendras lorsque quelqu'un s'adressera à toi.

— Combien de temps cela durera-t-il ? s'enquit-elle, fronçant les sourcils. Je préférerais de loin qu'ils m'appellent simplement « Kate ».

— Oh ! ne te fais pas de souci. C'est ce qui se passera, avec le temps. Mais ils doivent d'abord s'habituer à toi. Prendre un peu la mesure du personnage.

— En d'autres termes, ils vont s'efforcer de me juger.

Kate n'était pas certaine d'aimer cette idée, mais Hawk balaya l'argument d'un revers de main.

— Bien sûr. Ils voudront s'assurer que tu es assez bien pour moi.

— Assez bien ? répéta-t-elle, outrée.

Elle sentait déjà flamber sa colère, mais elle se calma en notant qu'il avait toutes les peines du monde à se retenir de rire.

— Tu te moques de moi, n'est-ce pas ? Eh bien, je vais vous montrer, à tes hommes et à toi, à quel point je suis « assez bien ».

— Cela, je le sais déjà. Quant à mes hommes, vas-y. Montre-leur ce que tu vaux… mais pas tout de suite. D'abord, nous allons prendre quelques jours pour profiter de notre lune de miel.

Kate leva les yeux au ciel.

Hawk éclata de nouveau de rire.

Ensemble, ils débarrassèrent la table, ne laissant que leurs verres de vin. Lorsque tout fut en ordre dans la cuisine, il se tourna vers elle.

— Très bien. Puisque tu as déjà pris ta douche, dîné et goûté mon vin, es-tu prête à aller dormir, maintenant ?

— La douche, le dîner, le vin et cette stimulante conversation m'ont redonné un second souffle, répondit-elle. Je n'ai plus aussi sommeil que tout à l'heure. J'aimerais que tu me verses un autre verre de vin. Ensuite, je me mettrai au lit, le dos confortablement calé avec des oreillers, et je me détendrai en le buvant tranquillement.

— Il y a deux autres chambres avec une salle de bains commune de l'autre côté du couloir, en face de ma chambre, dit-il en remplissant leurs verres. As-tu décidé où tu souhaitais dormir ?

Elle se mordilla les lèvres.

— Mes affaires de toilette sont dans ta chambre.

Il la regarda avec une telle intensité qu'elle sentit tout son corps s'embraser. Elle tendit la main vers son verre, mais Hawk le leva vivement hors de sa portée.

— Ouvre la voie, Kate, dit-il d'une voix rauque. Je te suis.

Elle se mit en marche en direction du couloir.

— Tu as vraiment de très belles fesses, tu sais ! ajouta-t-il.

Loin de s'indigner, elle exagéra le balancement

de ses hanches. Hawk émit un sifflement admiratif et la suivit à l'intérieur de la chambre.

Il tapota les oreillers pour elle, et attendit qu'elle se soit glissée dans le lit avant de lui tendre son verre de vin.

— Tu es à l'aise ?

Adossée aux oreillers, elle avait l'impression d'être toute petite dans ce lit de géant.

— Oh ! Hawk, c'est le paradis, ici.

— Nous n'y sommes pas encore, murmura-t-il, la couvant d'un regard qui semblait caresser son corps. Mais j'ai bon espoir.

— Oh.

Kate se sentit frissonner d'anticipation. Elle sirota une gorgée de vin frais, espérant refroidir ainsi l'incendie dévorant qui se déclenchait en elle.

— C'est exactement ce que je pensais aussi, dit-il d'un ton suave, reposant son verre sur la commode. Je vais prendre une douche. Je ne serai pas long.

Le corps brûlant de fièvre, Kate repoussa la couette et le drap de dessus jusqu'au pied du lit. Lorsqu'elle leva sa main gauche pour siroter une nouvelle gorgée de vin, son regard vint se poser sur l'anneau d'or qui scintillait à son annulaire. A la différence de celui de Hawk, qui était tout simple, celui qu'il avait choisi pour elle était serti de diamants.

C'était un magnifique anneau de mariage, et elle avait l'étrange impression qu'il était parfaitement à sa place à son doigt, comme si elle avait depuis toujours été destinée à le porter. Elle continua à siroter son vin en contemplant la bague, réfléchissant à ce que le geste symbolique d'échanger des anneaux de mariage avait de sacré.

Seigneur ! songea-t-elle soudain. Qu'avait-elle fait ?

Elle sentit le picotement des larmes derrière ses paupières. Dans sa détermination à échapper à un homme — un individu violent, possiblement dangereux —, elle avait entraîné un autre homme, un homme merveilleux, dans un mariage sans amour. Cela avait été terriblement injuste de sa part. Il méritait mieux.

Ses larmes débordèrent au moment précis où Hawk, une serviette de bain nouée autour de ses hanches, réapparaissait dans la chambre. Il s'arrêta net au pied du lit pour la considérer d'un regard inquiet.

— Tu pleures. Regrettes-tu déjà ce que nous avons fait ?

— Non… oui, mais ce n'est pas du tout ce que tu penses, répondit-elle en reniflant.

Sans un mot, il alla jusqu'à la commode, ouvrit un petit tiroir latéral et en retira un grand mouchoir d'homme d'un blanc immaculé, qu'il lui tendit.

— Et maintenant, dit-il en lui prenant délicatement son verre des mains pour le poser sur la table de nuit, j'aimerais que tu m'expliques ce que ce « oui… non » signifie exactement. Ce n'est pas du tout ce que je pense, dis-tu ?

Elle battit rapidement des paupières pour chasser ses larmes, mais la méthode s'avéra inefficace. Reniflant de nouveau, elle porta le mouchoir à son nez.

— Je… je suis désolée, dit-elle d'une voix tremblante. Je n'avais pas le droit.

Retenant d'une main sa serviette, qui menaçait de glisser sur ses hanches, Hawk s'assit précautionneusement près d'elle sur le bord du lit.

— Si je t'ai correctement entendue, tu as marmonné que tu n'avais pas le droit, murmura-t-il, scrutant attentivement son visage.

Il lui prit gentiment le mouchoir des mains pour essuyer les larmes sur ses joues.

— De quoi parles-tu ?

Kate renifla à deux reprises, puis elle prit une profonde inspiration avant de déclarer d'une voix tremblante :

— Je n'avais pas le droit de t'entraîner dans cette histoire. Je… suis désolée.

— Kate, répondit-il d'une voix douce, rassurante, tu ne m'as entraîné dans rien. Si je n'avais pas eu envie de t'épouser, tu aurais pu me débiter tous les discours du monde, je t'aurais répondu : « Merci infiniment, Kate, mais non, merci. »

— Oh ! fit-elle, incapable d'une réponse plus adéquate.

— Bien, dit-il en souriant. Je vois que nous sommes d'accord. Au cas où tu ne l'aurais pas remarqué, je frissonne des pieds à la tête. C'est parce que j'ai froid. Fais-moi une petite place et partage ta chaleur avec moi.

Elle se poussa un peu dans le lit.

— Où sont la couette et le drap ? s'étonna-t-il en parcourant le lit des yeux.

— J'avais déjà chaud, je les ai poussés au pied du lit. Je vais les remonter.

— Ne bouge pas, l'arrêta-t-il en tendant son bras libre pour les tirer lui-même. Tu veux finir ton verre de vin, à présent ?

— Non, merci. Je crois que j'ai assez bu, pour ce soir.

Kate ne put s'empêcher de baisser subrepticement les yeux vers sa nudité, lorsqu'il ôta la serviette qu'il portait autour des reins pour la laisser tomber négligemment sur le tapis. Mais elle détourna vite le regard.

— Moi non plus, je n'en ai plus envie, dit-il en se glissant près d'elle dans le lit. Pourquoi détournes-tu les yeux, Kate ? Ce n'est pas la première fois que tu me vois nu, il me semble.

— C'est vrai, reconnut-elle d'une voix qui n'était plus qu'un souffle. Mais cela, c'était avant que nous ne soyons mariés.

Il s'ensuivit un long silence. Un profond silence. Kate se sentait de plus en plus nerveuse. Et, soudain, il partit d'un grand rire de gorge, comme s'il venait d'entendre l'histoire la plus drôle du monde.

— Oh ! Kate ! C'est un bonheur d'être en ta compagnie. Tu es délicieuse.

Il se laissa rouler vers elle et la recouvrit de son grand corps, recueillant tendrement son visage entre ses mains vigoureuses, puis il posa ses lèvres sur les siennes, et son baiser dissipa instantanément toutes ses angoisses.

Elle ne répondit pas à sa remarque, en tout cas pas par des paroles. Au lieu de cela, elle lui rendit son baiser, comme si sa vie en dépendait. Mais, au fond, ce n'était peut-être que la réalité.

Ils firent l'amour passionnément, et leur tendre corps à corps fut encore plus intense, plus brûlant que la fois précédente. Et, cette fois-ci, ils atteignirent l'extase ensemble.

Totalement épuisée, refusant de sortir de ce lit pour quelque raison que ce fût, elle enroula son bras autour de la taille de Hawk lorsqu'il ressortit de la salle de bains pour venir la rejoindre. Et, reposant sa joue contre son torse encore humide de la douche, elle ferma les paupières.

Hawk glissa ses doigts dans ses boucles folles et la serra contre lui.

— Bonne nuit, Kate, murmura-t-il, déposant un tendre baiser dans ses cheveux.

Elle soupira de contentement.

— Bonne nuit, Hawk.

Et, fermant les yeux, elle se laissa aussitôt glisser dans un profond sommeil.

Leur mariage était consommé.

Ce fut sa dernière pensée avant qu'elle ne s'endorme.

- 10 -

Hawk avait réservé quatre jours entiers pour leur lune de miel. Durant trois jours, ils ne quittèrent pas la maison, passant leur temps à lire, à manger et à faire l'amour jusqu'à l'épuisement. Ou, tout simplement, à profiter de la compagnie de l'autre.

Le quatrième jour, ils sortirent enfin à l'extérieur. Si, à Las Vegas, ces journées d'octobre étaient douces et les températures agréables, ici, dans les montagnes, on sentait distinctement la fraîcheur des après-midi, et les nuits étaient glacées, annonçant déjà l'hiver à venir.

Pour le plus grand bonheur de Kate, Hawk lui montra ses chevaux, ou du moins quelques-uns d'entre eux. Vic l'avait informée que son ami élevait de magnifiques étalons, mais jamais elle n'avait imaginé qu'il puisse en posséder un tel nombre.

C'était une magnifique journée d'automne. Il restait une pointe de fraîcheur dans l'air, mais le soleil brillait dans un ciel d'un bleu profond, sans la moindre trace de nuage. Sur les flancs de la montagne, les arbres commençaient à se dépouiller de leur feuillage, mais le paysage était encore spectaculaire.

Fascinée par la beauté de cette vallée nichée au

cœur des montagnes Rocheuses, Kate tressaillit lorsque Hawk saisit doucement sa main dans la sienne, l'arrachant à sa rêverie.

— Nous avons de la compagnie, déclara-t-il en la faisant se tourner vers la direction qu'il indiquait.

Deux cavaliers venaient d'apparaître à une courte distance et arrivaient vers eux au trot.

— Tes hommes ?

— Oui, répondit-il, levant une main pour leur adresser un salut amical. Ce sont bien eux. Ils viennent faire la connaissance de la nouvelle Mme McKenna. Je compte sur toi, bien entendu, pour leur donner l'image de la parfaite épouse.

— Oui, répondit-elle en le fusillant du regard, blessée et irritée à la fois. Bien entendu.

Elle aurait pu s'épargner cette démonstration de mauvaise humeur, car il s'était déjà détourné d'elle, et, sous le Stetson dont il s'était coiffé, son regard était fixé sur les deux cavaliers qui approchaient. Elle comprit alors cette curieuse habitude qu'il avait, lorsqu'ils étaient à Las Vegas, de porter deux doigts au bord d'un chapeau inexistant.

Juste avant qu'ils ne sortent de la maison, il lui avait posé sur la tête un Stetson similaire au sien, ce dont elle se réjouissait maintenant, car les larges bords du chapeau de feutre protégeaient ses yeux contre le soleil aveuglant.

Les deux cavaliers ralentirent leurs montures, puis vinrent s'arrêter à deux mètres d'eux. L'un d'eux, un homme bien bâti d'une cinquantaine d'années, sauta avec légèreté à bas de sa selle et se dirigea vers Hawk, la main tendue.

— Bonjour, Hawk. Ted et moi sommes venus saluer Mme McKenna. J'espère que nous ne vous dérangeons pas trop ?

— Je m'attendais à votre visite, répondit-il en souriant.

Puis, se retournant vers Kate, il procéda aux présentations :

— Kate, j'aimerais te présenter Jack, mon contremaître. Quant à ce grand gaillard qui l'accompagne, il s'appelle Ted, et il est le meilleur dresseur de chevaux de tout l'Etat.

Elle salua les deux hommes d'un hochement de tête.

— Jack, Ted, je suis heureuse de faire votre connaissance, répondit-elle, notant que Ted était plus jeune que Jack, plus grand et beaucoup plus mince.

— C'est un plaisir, madame, répondirent les deux hommes à l'unisson.

— Nous nous demandions tous quand le patron allait enfin trouver une femme comme il faut pour l'empêcher de faire des bêtises, ajouta Jack.

— Voulez-vous dire que mon mari a besoin d'être surveillé de près ? répondit-elle, se tournant vers Hawk, un sourire ironique aux lèvres.

— Oui, madame, intervint Ted. C'est exactement cela. Le patron a tendance à vouloir se tuer au travail.

— C'est la vérité, madame, confirma Jack d'un air grave. Il oublie que la vie ne se limite pas à servir de nounou aux poulains.

Elle rit de bon cœur, éprouvant déjà de la sympathie pour les deux hommes.

— Très bien, vous deux, marmonna Hawk.

Maintenant, vous pouvez vous remettre au travail. Je vous rejoindrai dans un petit moment.

Les deux hommes remontèrent en selle en riant et partirent au trot en direction d'une pâture où paissaient de nombreux chevaux.

— Prenez tout votre temps, Hawk ! lança Jack en se retournant une dernière fois vers eux. Vous avez peut-être des choses plus urgentes sur votre agenda.

Hawk secoua lentement la tête.

— J'aime beaucoup tes hommes, fit Kate. Ils ont l'air très sympathiques.

— Ce sont des hommes d'une grande valeur. Tu les reverras bientôt. Nous les avons tous invités à une sorte de fête.

Kate lui lança un regard stupéfait, mais il poursuivit tranquillement :

— Ted avec son épouse Carol, et Jack avec sa fille Brenda, seront ici samedi soir. Ils arriveront dès que nous aurons terminé notre journée dans les pâtures. Jack est divorcé depuis presque sept ans, maintenant. Brenda a passé pratiquement tous ses étés au ranch, au cours de ces années. Carol est une femme adorable, tu verras. Ted et elle sont mariés depuis deux ans.

Il s'interrompit, levant un sourcil.

— D'accord ?

— D'accord à quel propos ? demanda-t-elle. D'accord au sujet de la soirée, ou du mariage de Ted et Carol ?

Elle s'efforçait désespérément de ne pas éclater de rire. Hawk la considéra un instant en silence, secouant la tête d'un air consterné.

— Sais-tu monter à cheval ? demanda-t-il enfin.

— Oui, bien sûr. Mais, tout d'abord, j'aurais une question à te poser.

— Je t'écoute, dit-il avec un sourire encourageant.

— As-tu… avons-nous… tout ce qu'il faut pour une réception réussie, ce samedi ?

— Le garde-manger et le congélateur sont pleins, assura-t-il. Et nous avons de la bière, du vin et des boissons gazeuses plus qu'il n'en faut. As-tu une préférence pour des plats particuliers ?

— Je vais y réfléchir. Mais, pour le moment, ce que j'aimerais vraiment faire, c'est monter à cheval.

— Pas de problème.

Il la prit par la main et l'entraîna en direction des écuries, et Kate fut frappée une nouvelle fois de voir à quel point son style de vie s'était transformé depuis qu'elle avait quitté Las Vegas. Elle qui avait l'habitude de faire la grasse matinée du fait de ses horaires de travail décalés se levait désormais avant l'aube pour préparer le petit déjeuner de Hawk. Au début, cette idée ne lui plaisait qu'à moitié, mais, aujourd'hui, elle adorait cuisiner pour lui et le voir se régaler avec les plats qu'elle lui préparait.

Même s'ils étaient officiellement en lune de miel, Hawk devait consacrer une partie de son temps à l'accomplissement de ses devoirs au ranch. Le soir, il prenait toujours une douche avant le dîner, et il arrivait à table, exhalant un parfum de crème à raser et de pure fragrance masculine. Avant la fin de la première semaine, Kate avait pris l'habitude de partager cette douche avec lui pendant que le dîner mijotait sur le feu.

— Alors ? Qu'en penses-tu ?

Le son de sa voix la tira de sa rêverie, et Kate releva les yeux pour examiner le cheval qu'il était en train de seller pour elle.

Il avait porté son choix sur une jument alezan paisible et docile, et il lui expliqua que c'était Ted lui-même qui avait choisi son nom : Babycakes. Kate trouva ce nom très joli, et la jument était le type de monture qu'elle aurait choisi elle-même. Mais elle ne put dissimuler sa surprise lorsqu'elle vit le cheval que Hawk s'apprêtait à monter. C'était le cheval le plus gigantesque qu'elle ait jamais vu, à l'exception peut-être de quelques chevaux de trait.

Chevauchant côte à côte en direction de la pâture visible depuis la maison — l'une des nombreuses qu'il possédait, comme elle allait bientôt le découvrir —, elle avait l'impression de monter un poney, près de Hawk en selle sur son grand hongre aux longues pattes puissantes.

Ils contournèrent la première pâture, levant la main pour saluer au passage Jack et Ted, qui faisaient travailler des chevaux, puis ils dirigèrent leurs montures vers la pâture suivante.

Avec leurs robes toutes luisantes sous les rayons du soleil, leurs deux montures étaient des bêtes magnifiques, chacune à sa façon, bien nourries et parfaitement soignées.

— As-tu toujours été passionné par les chevaux ? s'enquit-elle.

— Oui, répondit-il en souriant. Je suis tombé amoureux d'eux le jour où mon père m'a offert mon premier cheval, une petite pouliche.

Il détourna la tête, et son sourire s'élargit.

— Et voici l'autre animal que j'adore.

Il arrêta sa monture et sauta à bas de sa selle juste au moment où une bête de grande taille se précipitait vers lui.

— Hawk ! cria-t-elle. Attention !

Au même instant, l'animal bondit sur lui. Le souffle coupé de terreur, elle les vit rouler ensemble sur le sol. Mais la scène qui suivit mua sa terreur en stupéfaction.

Cloué au sol par le poids du gros animal, Hawk s'étouffait de rire. Elle constata que la redoutable bête était en réalité un très gros chien, qui remuait frénétiquement sa queue tout en léchant avec enthousiasme le visage de son maître.

— Oui, Boyo, moi aussi, je t'aime, mais ôte-toi de là, s'il te plaît. Tu m'écrases les côtes.

A la grande surprise de Kate, le grand chien s'écarta aussitôt d'un bond, comme s'il comprenait chacune des paroles de son maître, bien que ce dernier n'eût pas du tout élevé la voix. Hawk ébouriffa le poil rude de l'animal avant de se relever.

— Boyo ? fit-elle.

— Oui, confirma Hawk en riant. Cela signifie « garçon », en argot irlandais.

Comme le grand chien s'arrêtait près de lui, Hawk plaça sa main sur sa grosse tête avant d'ajouter :

— C'est le lévrier irlandais dont je t'avais parlé.

Kate contempla l'énorme animal d'un air dubitatif.

— Crois-tu que Boyo puisse voir la concurrence d'un mauvais œil ? s'enquit-elle prudemment.

— Non, pas du tout, répondit-il en souriant,

devinant aussitôt le sujet de ses craintes. En tout cas, il la tolère, et cette tolérance concerne toutes les personnes qui vivent sur cette propriété.

— Tu m'en vois profondément soulagée. Cette grosse bête fait un peu peur.

— Mais non, rassure-toi, répliqua-t-il d'un air dégagé. Il te suffira de lui gratter un peu la tête, et il t'aimera pour la vie.

— J'y songerai, promit-elle.

Elle s'assura néanmoins de ne pas chevaucher trop près de Boyo sur le chemin du retour vers les écuries. Cette fois-ci, elle remarqua un grand cercle blanc à mi-chemin entre la pâture et le corral situé devant le bâtiment des écuries.

— Est-ce une aire d'atterrissage pour hélicoptères ? dit-elle, étonnée.

— Oui, en effet. Je l'ai fait bâtir pour les urgences éventuelles, concernant le personnel ou les animaux.

— Tu possèdes aussi un hélicoptère ?

— Non, répondit-il en sautant à bas de sa selle. Je fais appel aux services d'urgence comme tout le monde. Mais je pourrais piloter un hélicoptère sans aucun problème. J'ai piloté un Black Hawk à l'armée, et je participe encore à des stages d'entraînement de temps à autre.

— Grâce à toi, je vais me sentir beaucoup plus en sécurité, remarqua-t-elle en riant.

Kate comprit sitôt qu'ils furent rentrés à la maison que ses craintes concernant le chien étaient infondées. A deux reprises, Boyo poussa sa jambe de son long museau avec une douce insistance, et, après quelques hésitations, elle se décida enfin à tendre sa main pour gratter énergiquement le poil épais de sa grosse tête. Boyo devint instantanément son meilleur ami, et Kate tomba amoureuse de ce gros bébé inoffensif à l'aspect terrifiant.

Kate passa les quelques jours qui suivirent à tout organiser pour la réception. Pendant que Hawk travaillait avec ses hommes dans les pâtures, elle prépara de nombreux plats, certains inspirés par des livres de recettes de cuisine, et d'autres, transmis par sa mère.

Le samedi soir arriva enfin, et, en attendant l'arrivée de leurs invités, elle se sentait un peu nerveuse. Lorsque Hawk rentra à la maison, il effleura ses lèvres d'un baiser, puis fila directement à la salle de bains pour prendre sa douche. Tandis qu'il passait près d'elle, elle respira cette fragrance indéfinissable qui n'appartenait qu'à lui, mélange de grand vent et de virilité. Le temps d'un instant, elle fut très tentée d'aller le rejoindre sous la douche.

Au lieu de cela, elle laissa échapper un long soupir mélancolique. La vie auprès de Hawk était merveilleuse…, mais ce n'était qu'un arrangement temporaire. Leur entente physique, comme ils le constataient chaque nuit, était absolument fabuleuse. Cette façon soudaine qu'il avait de l'embrasser la laissait éblouie, la tête tourbillonnante. Elle savait qu'elle n'était pas en train de tomber amoureuse de lui, parce que c'était déjà fait depuis longtemps, à un point qui l'effrayait.

Certes, Hawk adorait l'embrasser, lui faire

l'amour, mais il affichait aussi un solide scepticisme concernant le sens du mot « amour » lui-même. Il ne croyait tout simplement pas à l'amour romantique, celui qui est censé durer toujours. Si seulement…

S'apercevant soudain que le temps passait, elle retourna vivement dans la cuisine. Hawk vint l'y rejoindre en un temps record.

— Comment te débrouilles-tu ? Je peux t'aider ?

— Merci, mais je m'en sors très bien, dit-elle en retournant le délicieux bœuf au barbecue qui était l'une des spécialités de sa mère.

— Ça sent drôlement bon ! s'exclama-t-il. Je meurs de faim.

Il lui saisit le menton et, posant goulûment ses lèvres sur les siennes, murmura :

— Et j'ai aussi soif de tes baisers.

L'étreinte qui suivit la laissa pantelante de plaisir, mais, au bout de quelques instants de paradis, elle le repoussa doucement mais fermement.

— Je dois encore terminer ces préparations, dit-elle d'une voix essoufflée. Aide-moi un peu, Roméo.

— Oh ! Kate ! gémit-il d'un ton théâtral. Lorsque tu m'appelles ainsi, je sens mon désir pour toi flamber comme un grand incendie de prairie.

— Plus tard, promit-elle, avec un sourire éblouissant. Pour le moment, j'entends nos invités arriver.

— Ne crois pas que j'oublierai la promesse que tu viens de me faire, lança-t-il en s'éloignant.

Cette déclaration avait été accompagnée d'un regard suggestif, et Kate éclata de rire.

— J'espère bien que non.

*
* *

La soirée s'annonçait chaleureuse. Tout le monde bavardait avec animation, certains riaient, d'autres dansaient même. Kate se prit immédiatement d'affection pour Carol, qui, malgré son jeune âge, était une personne mûre douée d'un grand sens de l'humour.

Hawk la conduisit bientôt jusqu'à Jack, qui était en grande conversation avec sa fille, Brenda, une très jolie adolescente qui paraissait être âgée de dix-huit ou dix-neuf ans. Sitôt les présentations faites, Jack et Hawk s'excusèrent et allèrent rejoindre un groupe d'hommes qui bavardaient en buvant de la bière.

— Je suis heureuse de faire votre connaissance, Brenda, déclara Kate en lui tendant sa main, lorsqu'elles furent seules.

— Moi de même, assura l'adolescente, lui offrant un sourire doux et innocent tout en serrant brutalement sa main dans une poigne de fer.

Réprimant à grand-peine une grimace de douleur, Kate répliqua en serrant à son tour la main de la jeune fille de toutes ses forces. Brenda lui lança un regard furieux, mais elle capitula la première, en relâchant la pression.

Bien que ses doigts soient encore engourdis de douleur, Kate lui offrit un sourire serein.

— A présent, dit-elle d'un ton aimable, si vous voulez bien m'excuser, je dois retourner jeter un coup d'œil à mes casseroles.

Elle cessa de sourire sitôt qu'elle lui eut tourné le dos pour se hâter vers la cuisine. Apparemment,

Brenda n'était qu'une petite chipie qui ne leur apporterait que des ennuis. Il y avait quelque chose de sournois, de capricieux et de colérique en elle qui avait déclenché une sirène d'alarme dans son esprit. Mais pourquoi cette jeune personne l'avait-elle choisie, elle en particulier, pour servir de cible à son hostilité ?

Au même instant, le rire très doux de Hawk flotta jusqu'à elle à travers la pièce.

Bien sûr, songea-t-elle en soupirant. Brenda devait s'être entichée de Hawk. Kate ne pouvait pas vraiment lui en vouloir. Il avait tout ce dont rêvent la plupart des femmes. Mais il était dans une classe d'âge tout à fait différente de celle de l'adolescente.

Une vague inquiétude lui serra le cœur. Sans qu'elle sache trop pourquoi, elle sentait que des événements désagréables, des scènes pénibles, n'allaient pas tarder à se produire.

Les festivités se prolongèrent jusque tard dans la nuit. Puis, enfin, les invités se résignèrent à partir. Côte à côte sous le porche, Kate et Hawk prirent congé d'eux. La douce chaleur de son bras autour de ses épaules la protégeait de la fraîcheur de la nuit, pendant que les uns et les autres retournaient vers leurs véhicules.

— Chère madame, vous savez réussir une soirée, lui dit-il en souriant dès qu'ils se retrouvèrent seuls.

— Merci pour le compliment, cher monsieur, répondit-elle, se haussant sur la pointe des pieds pour déposer un baiser sur sa joue. Et à présent, je t'autorise à m'aider à remettre un peu d'ordre dans le salon et dans la cuisine.

— Ah, Kate ! gémit-il. Ne pourrions-nous pas laisser tout cela jusqu'à demain matin ? Je dois me lever tôt pour aller travailler, je te le rappelle.

Il l'aida tout de même très consciencieusement, même s'il poussait des soupirs à fendre l'âme à chaque instant. Lorsque leur tâche fut terminée, Kate riait à gorge déployée.

Mais elle ne riait plus, un bref instant plus tard, lorsqu'ils se retrouvèrent dans leur lit.

Elle criait de plaisir.

Le lendemain, Kate attendait avec impatience le retour de Hawk. Elle lui avait préparé un bon dîner. Lorsqu'il rentra à la maison, le soleil se couchait à l'horizon.

Ils se mirent à table et, tandis qu'il s'attaquait à son assiette comme un homme affamé, ils commentèrent en détail la soirée de la veille.

— J'aime beaucoup tes amis, dit-elle en lui passant le plat de purée de pommes de terre pour qu'il se resserve une seconde fois. J'ai immédiatement compris que tous ces gens sont beaucoup plus que de simples employés pour toi. Ils sont tes amis.

— C'est vrai, convint-il en avalant sa bouchée. Et c'est heureux, surtout à la mauvaise saison. Nous sommes très isolés dans cette vallée, et ces petites soirées que nous organisons entre nous sont une bénédiction durant les mois d'hiver.

Il esquissa un sourire et prit un autre petit pain dans le panier.

— C'est le seul moyen de ne pas sombrer dans la mélancolie lorsque les jours raccourcissent.

— Et moi qui te prenais pour un homme passionnément attaché à sa solitude, remarqua-t-elle en riant.

Il porta une tasse de café à ses lèvres.

— La solitude ne me dérange pas. Pour être honnête, il y a des moments où je préfère être seul.

— Comme lorsque tu lis un livre ?

— Oui, et aussi lorsque je regarde un match de football à la télévision.

— Je vois, répliqua-t-elle, s'efforçant de dissimuler son sourire. Est-ce une façon subtile de me rappeler qu'on joue un match, ce soir, et que je dois m'abstenir de te déranger sous quelque prétexte que ce soit ?

— Non, parce que tu ne me déranges jamais.

Il se leva pour porter leurs assiettes jusqu'à l'évier avant de revenir vers la table avec une cafetière fumante à la main.

— Et toi ? Tu aimes le football ?

— Je le tolère. Mais je préfère la lecture.

Il demeura pensif un instant, avant de proposer :

— Je pourrais aller regarder le match dans la chambre…

Touchée par cette prévenance, elle l'arrêta avant qu'il n'ait fini sa phrase :

— Ce ne sera pas nécessaire. Je suis en plein milieu d'un roman passionnant, et je n'entendrai pas la télévision à moins que tu ne la fasses hurler.

— Je te promets de baisser le son.

Il lui coula un regard en coin.

— Je pourrais regarder le match dans le salon

pendant que tu lirais ton roman confortablement installée dans notre grand lit.

— Non, répliqua-t-elle en riant. Toi, tu peux regarder le match dans la chambre. Je ne suis jamais parvenue à trouver une position confortable pour lire au lit.

— Dans ce cas, proposa-t-il avec un soupir, veux-tu rester assise près de moi sur le sofa, et lire ton roman pendant que je regarde le match ?

— Je veux bien, à condition que tu me serves une autre tasse de café. Et maintenant que nous avons décidé où nous allons nous asseoir, pourrions-nous revenir à notre conversation concernant la soirée d'hier ?

Une idée sembla l'effleurer, et il fronça les sourcils.

— Pensais-tu à un événement particulier ?

— Eh bien… cela concerne Brenda.

— Qu'a-t-elle fait ? gronda-t-il. S'est-elle montrée grossière avec toi ? T'a-t-elle insultée d'une façon quelconque ?

— Pas exactement, répondit-elle, cherchant les mots justes pour décrire la situation. J'ai essayé d'entamer une conversation avec elle, mais elle semblait… comment dire ? Presque renfrognée.

Elle soupira, avant de conclure :

— Pour tout dire, cette jeune fille ne paraissait pas avoir très envie de me connaître.

Hawk prit une profonde inspiration.

— J'avais l'intention de te parler de Brenda, et je vois que j'aurais dû le faire avant cette soirée. Depuis quelque temps, elle se comporte comme une véritable peste.

Il dénoua la lanière de cuir qui attachait sa longue chevelure d'ébène, puis il secoua la tête et la laissa cascader librement sur ses épaules.

— Brenda passe ses vacances au ranch depuis des années. Lorsqu'elle était plus jeune, c'était une enfant gaie et pleine d'enthousiasme. Jack et moi lui avons appris à monter à cheval.

Il grimaça, avant de poursuivre, en soupirant :

— Lorsqu'elle est arrivée ici après le lycée, il y a de cela un an, elle avait changé. J'ai d'abord pensé qu'elle ne faisait que tester sur moi les petites stratégies dont elle se servirait avec les garçons de son âge. Mais c'était plus que cela. Tout a commencé avec des effleurements accidentels sur mon bras… avec ses seins. Elle ne perdait pas une occasion de me toucher, me serrait dans ses bras à tout bout de champ.

Il esquissa un sourire mélancolique.

— Je ne suis pas stupide. Elle n'agissait plus du tout de la même façon que lorsqu'elle était petite fille. Elle essayait clairement de me séduire. J'en ai fait la remarque à Jack avant mon départ pour Las Vegas, et il m'a assuré qu'il s'occuperait du problème. Apparemment, ses remontrances n'ont eu aucun effet sur elle.

— Et aujourd'hui, conclut Kate d'un air pensif, il y a tout lieu de penser que Brenda, notre apprentie tentatrice, en veut de toutes ses forces à l'intruse que tu as ramenée avec toi de ce voyage.

Comme Hawk commençait à débarrasser la table, Kate se leva aussitôt pour l'aider.

— C'est aussi ce que je crains. Je suppose que

je vais devoir lui parler. Il est probablement temps que je lui rappelle quelques vérités fondamentales.

— Non, Hawk. S'il te plaît, laisse-moi lui parler. Je le ferai lorsque le moment sera venu, ne t'inquiète pas.

Elle esquissa un sourire qui n'avait rien d'amical.

— Et je le ferai avec toute la douceur et la fermeté voulues.

Le moment en question arriva dès la semaine suivante. Kate venait de parler longuement avec son père au téléphone. C'était la quatrième fois qu'il l'appelait depuis qu'elle lui avait annoncé qu'elle avait épousé Hawk et vivait avec lui dans son ranch au Colorado. Elle n'avait toujours pas réussi à le convaincre qu'elle était parfaitement en sécurité dans son nouvel environnement, et elle avait dû se perdre en louanges au sujet de cette vallée et de tous ses habitants, et lui jurer mille fois qu'elle était follement heureuse.

A peine avait-elle raccroché le combiné que le téléphone sonna de nouveau. C'était Vic, qui appelait de Las Vegas. Ils bavardèrent amicalement un moment ; elle lui demanda des nouvelles de Lisa, de Bella et de tout le personnel du restaurant. Puis elle lui proposa de rester en ligne le temps qu'elle aille chercher Hawk.

Heureusement, celui-ci travaillait aux écuries ce jour-là. Elle s'y rendit presque en courant, mais elle s'arrêta net devant la porte en entendant Brenda roucouler.

— Vous savez, Hawk, disait-elle d'une voix de gorge qu'elle devait croire terriblement sexy, lorsque vous aurez terminé ici, ce serait amusant d'aller nous promener à cheval.

Kate ne manqua pas de remarquer qu'elle se serrait contre lui de façon que sa poitrine effleure occasionnellement son bras tandis qu'il brossait Babycakes.

— Seulement nous deux, insista-t-elle. N'est-ce pas, que ce serait amusant ?

— Brenda..., commença-t-il d'une voix tendue.

— Je crains que cela ne soit pas possible, intervint Kate en s'avançant pour se placer entre son mari et la jeune fille. Vic te demande au téléphone, Hawk.

Elle lui prit la brosse des mains et ajouta :

— Je vais continuer à m'occuper de Babycakes.

Hawk fronça les sourcils d'un air inquiet.

— Un problème avec Lisa ?

— Oh ! non ! le rassura-t-elle. Il s'agit seulement d'un coup de fil amical.

— Très bien, j'y vais.

Il ressortit précipitamment des écuries pour prendre l'appel dans la maison, et Kate entreprit de passer la brosse sur la robe luisante de la jument. Elle avait l'impression d'entendre Brenda bouillonner de colère.

— N'aviez-vous pas décidé d'aller faire une promenade à cheval, Brenda ? remarqua-t-elle sans cesser de brosser la jument. Malheureusement, aujourd'hui, vous allez devoir vous promener toute seule.

Elle tourna la tête pour river son regard à celui de la jeune fille, et ajouta d'un ton tranchant :

— Aujourd'hui… et aussi dans l'avenir. Est-ce que je me suis bien fait comprendre ?

Avec un reniflement de dédain, Brenda sortit à grands pas des écuries sans lui répondre.

Quelques minutes plus tard, Hawk fit sursauter Kate en apparaissant à ses côtés sans qu'aucun bruit n'ait trahi sa présence.

— Comment un homme peut-il se déplacer aussi silencieusement dans ces grosses bottes de cavalier ? remarqua-t-elle en reprenant ses esprits.

— C'est une question d'habitude.

Il baissa la voix avant d'ajouter :

— L'apprentie tentatrice a-t-elle battu en retraite ?

Elle acquiesça en soupirant.

— Elle te veut dans son lit, tu sais.

— Elles sont toutes folles de moi, fit-il en riant.

Levant les yeux au ciel, elle décida de changer de sujet.

— Vic désirait-il quelque chose en particulier ?

— Non, pas vraiment. Il m'a dit que tu semblais très heureuse, et il m'a prévenu qu'il m'en coûterait, si tu ne restais pas dans cet état d'esprit positif.

— Sacré Vic ! Il espère encore pouvoir me protéger, alors qu'il est à Las Vegas, et nous, ici.

— Il serait prêt à accourir au ranch pour t'arracher à mes griffes.

— C'est cela, répliqua-t-elle d'un ton moqueur. J'imagine déjà Vic se précipitant à travers les montagnes pour venir à ma rescousse, laissant Lisa à la maison, sur le point d'accoucher.

Secouant la tête comme si elle désespérait de la naïveté des hommes, elle le quitta pour retourner dans la maison.

Par bonheur, Brenda resta invisible durant plusieurs semaines. Kate s'installait peu à peu dans une agréable routine, dans la maison et au-dehors. Elle commençait à avoir l'impression que sa vraie place était ici, dans ces montagnes, dans cette maison, avec Hawk.

« Voilà un dangereux sentiment », se répétait-elle pourtant silencieusement. Sa place n'était pas ici. Elle s'y trouvait seulement par la volonté d'un homme au grand cœur qui l'avait sauvée d'une situation dangereuse… un homme qui ne croyait même pas au grand amour.

Elle en avait eu la confirmation un soir, alors qu'il suivait un match de football à la télévision, tandis qu'elle lisait une romance historique. Pendant la mi-temps, il était allé remplir un verre de vin pour chacun d'eux et, en la rejoignant, il lui avait demandé ce qu'elle lisait. Lorsqu'elle lui avait fait un bref résumé de l'histoire, il avait, à sa grande surprise, esquissé une moue dubitative.

— Qu'y a-t-il ? s'était-elle étonnée.

— Ces histoires romantiques… le coup de foudre, l'amour fou qui dure toute une vie. Tu ne crois tout de même pas à ces foutaises ?

Kate avait réprimé un soupir. Elle n'y avait jamais cru par le passé, c'est vrai, mais elle avait commencé à y croire.

— Tout peut arriver, s'était-elle contentée de lui répondre.

— Oui, oui… peut-être.

Sans un mot de plus, il avait reporté son attention sur l'écran de la télévision, car la seconde mi-temps du match venait de commencer.

— Tu ne crois pas du tout à l'amour ? avait-elle insisté, lui faisant manquer une action particulièrement intéressante. Que fais-tu de Vic et de Lisa ? De Ted et de Carol ? Ces quatre-là paraissent très amoureux.

— Bon, d'accord, c'est vrai. Je sais qu'ils s'adorent, mais cela ne signifie pas qu'ils n'ont pas leurs problèmes, eux aussi. Leur vie n'a rien d'un conte de fées du genre « ils vécurent heureux et eurent beaucoup d'enfants ».

Il avait haussé les épaules.

— Personnellement, je n'ai jamais éprouvé ce genre de sentiment.

Ecrasée par le poids de ces paroles, Kate s'était efforcée de dissimuler sa déception au prix d'un immense effort. La douleur qu'elle avait ressentie était si vive qu'elle aurait pourtant voulu crier son sentiment de perte, de vide, l'écroulement de ses illusions.

— C'est dommage, avait-elle simplement déclaré.

Sur ces mots, elle avait quitté la pièce, sans même se retourner.

Les jours défilaient rapidement. Il y eut d'abord quelques flocons de neige au début de novembre, mais la neige fondit rapidement sur le sol. Thanksgiving arriva, et ils se réunirent tous chez Ted et Carol pour un grand dîner. Hawk contribua aux festivités en apportant la gigantesque dinde qu'il gardait au congélateur.

La saison avançait, et la fraîcheur de l'automne fit peu à peu place au froid mordant de l'hiver. Kate travailla aux écuries jusqu'à ce que Hawk ait complété sa formation, et qu'elle puisse assumer la gestion, la comptabilité et la tenue à jour du pédigrée des chevaux du ranch sur l'ordinateur.

Deux semaines avant Noël, Kate et Hawk se rendirent à Durango. Pendant que son mari achetait des provisions et quelques fournitures pour le ranch, Kate fit ses achats de Noël. Tout d'abord, elle choisit des cadeaux pour son père, sa belle-mère et les enfants, et pour Vic, Lisa et Bella. Elle les fit empaqueter et envoyer par la poste en Virginie et à Las Vegas. Puis elle choisit quelques cadeaux pour Hawk, en veillant à ce qu'ils soient de bon goût sans avoir un côté trop personnel.

D'habitude, la recherche des cadeaux de Noël lui procurait toujours de grands moments de plaisir. Mais pas cette année. Elle ne parvenait tout simplement pas à se laisser gagner par l'esprit des fêtes. L'année qui était sur le point de commencer allait la voir partir… mais dans quelle direction ? Elle n'était même pas sûre d'avoir bien fait d'acheter des cadeaux pour Hawk. Avait-il seulement l'habitude de célébrer Noël ?

Jetant un coup d'œil à sa montre, elle constata qu'il était presque l'heure d'aller le rejoindre. Elle haussa les épaules d'un geste fataliste. Ce qui était fait était fait. Elle pourrait toujours rapporter les cadeaux s'il n'en voulait pas. Mais, malgré elle, cette idée l'emplissait de tristesse.

La perspective de ces fêtes de fin d'année lui apparut sous un jour beaucoup plus positif une semaine plus tard, lorsque Hawk traîna un immense sapin sous le porche, afin de le laisser sécher avant de le faire entrer dans la maison.

Lorsqu'il l'installa dans le salon, deux jours plus tard, Kate sentit que l'esprit des fêtes prenait enfin possession d'elle. Puisqu'elle n'allait passer qu'un seul et unique Noël avec Hawk, elle était désormais bien déterminée à ne pas bouder son plaisir.

Le matin de Noël, ils restèrent au lit une bonne partie de la matinée. Et bien sûr, ils ne passèrent pas toutes ces heures à dormir. La couette de duvet repoussée jusqu'au pied du lit, ils dépensèrent énormément d'énergie en échangeant des cadeaux de Noël très particuliers.

Plus tard, douchés et habillés de frais, ils partagèrent un petit déjeuner composé de café et de biscuits de Noël, assis côte à côte sur le tapis, tout en échangeant des cadeaux de Noël plus classiques.

Il y avait là quelques babioles pour Hawk : de solides gants de travail de cuir tout neufs, une ceinture tressée. Mais Hawk tomba en admiration devant le pull-over de laine tricoté à la main qu'elle avait commandé en ligne et fait venir tout spécialement d'Ecosse.

Sans une seconde d'hésitation, il se débarrassa du sweat-shirt qu'il portait depuis seulement quelques minutes et enfila le pull écossais qu'elle lui avait choisi.

Et, lorsqu'il eut terminé de déballer ses présents, il poussa une petite pile de cadeaux vers elle.

Excitée comme une enfant, Kate se précipita pour les ouvrir. Déballant précautionneusement chaque article, elle découvrit un exquis bracelet d'argent délicatement ciselé, et elle insista pour que Hawk l'attache immédiatement autour de son poignet. Le paquet suivant contenait un bon d'achat d'un montant stupéfiant, à utiliser sur l'un des plus grands sites de vente de livres en ligne. Dans le dernier paquet, elle trouva enfin la fabuleuse écharpe de cachemire que Hawk avait achetée à Las Vegas, soi-disant pour sa sœur. Ce dernier article lui valut un baiser fougueux.

Quelques jours plus tard, Kate avait passé une partie de la matinée à travailler dans les écuries, lorsqu'elle reprit le chemin de la maison. En entrant, elle remarqua immédiatement que la porte de la chambre de Hawk était ouverte. Or elle se souvenait distinctement de l'avoir fermée avant de quitter la maison.

Intriguée, elle remonta le couloir à pas de loup et entra dans la chambre, pour découvrir Brenda devant les tiroirs ouverts de la commode de Hawk, effleurant ses vêtements du bout des doigts, l'expression rêveuse.

— Qu'est-ce que vous faites ici, Brenda ? demanda-t-elle sèchement.

— Je… je…

Renonçant à trouver une réponse satisfaisante, la jeune fille la défia du regard.

— Hawk est à moi, et vous le savez.

— Vraiment ? répliqua Kate, esquissant un sourire froid.

Sous son regard tranquillement fixé sur elle, Brenda finit par laisser exploser sa rage.

— Oui, bien sûr, il est à moi ! hurla-t-elle. Qui êtes-vous, sinon une de ces filles à deux sous de Las Vegas qui croit avoir mis le grappin sur un riche propriétaire de ranch pour assurer ses vieux jours ?

Elle s'étouffait de fureur, et elle dut reprendre son souffle avant d'ajouter :

— Eh bien, j'ai une nouvelle pour vous, espèce de garce. Lorsqu'il se sera lassé de jouer avec la nouveauté que vous représentez, il vous jettera dehors sans ménagement, et il sera de nouveau à moi.

— Vous avez encore beaucoup à apprendre, Brenda, répliqua-t-elle, contrôlant soigneusement sa colère. Hawk est mon mari. Quant à vous, vous êtes la fille de son ami, et vous n'êtes rien de plus pour lui.

— Vous mentez ! Je serai encore là lorsqu'il vous aura mise à la porte depuis longtemps.

— Oh ! Brenda ! fit-elle en soupirant. Je crois surtout qu'il faut vous calmer, jusqu'à ce que la raison vous revienne.

— Rentre chez toi, Brenda, lança Hawk, qui venait d'apparaître sur le seuil. Et ne reviens pas avant d'avoir appris à te conduire comme une adulte.

— Allez tous les deux au diable ! s'écria la jeune

fille, éclatant en sanglots comme une enfant gâtée à qui on vient de retirer son jouet.

Le visage baigné de larmes, elle se rua hors de la chambre, puis ils entendirent claquer la porte d'entrée.

Poussant un soupir de soulagement, Hawk se retourna vers Kate.

— Merci, dit-il en souriant. Je pense que cette fois-ci le message est enfin passé. J'apprécie la façon dont tu as géré cette situation.

— Tout le plaisir a été pour moi, cow-boy. Et maintenant, qu'aimerais-tu manger pour le déjeuner ?

Pour toute réponse, il éclata de rire. Et Kate rit de bon cœur avec lui.

Le jour suivant, Jack conduisit Brenda à l'aéroport et la mit dans un avion. Elle retournait vivre chez sa mère.

Avec l'hiver arrivèrent les premières grosses chutes de neige. Un matin, alors que la tempête avait fait rage toute la nuit, Hawk ordonna à Kate de rester à l'intérieur de la maison. Ce n'était pas un conseil amical. C'était un ordre pur et simple. Et l'image de Jeff lui revint immédiatement à l'esprit.

— Hawk ? le rappela-t-elle alors qu'il se dirigeait déjà vers la porte du jardin.

Elle n'avait pas élevé la voix, mais quelque chose dans la froideur de son ton le fit s'arrêter net.

— Oui ? dit-il, les sourcils froncés.

— Je ne suis plus une enfant à qui l'on donne des ordres, déclara-t-elle en allant se planter devant lui. Je suis une femme adulte, et je ne permettrai ni à toi ni à personne de me commander ce que je dois faire.

— Kate, répondit-il, l'air étonné, si j'insiste pour que tu restes à l'intérieur, c'est seulement parce que je sais combien le terrain est traître, dans la région, dès qu'il est recouvert d'une telle couche de neige. Je ne pense qu'à ta sécurité.

Elle balaya cet argument d'un revers de main.

— Va plutôt travailler. Et laisse-moi me préoccuper de ma propre sécurité.

Sans lui laisser le temps de répliquer, elle tourna les talons et se réfugia dans la chambre. Elle s'attendait un peu à ce qu'il la suive pour s'expliquer avec elle, et elle l'attendait de pied ferme. Lorsqu'elle comprit qu'il ne viendrait pas, ses épaules s'affaissèrent, et elle fut saisie d'une soudaine envie de pleurer.

En fait, elle ne savait même plus ce qu'elle désirait. Ses relations avec Hawk étaient désormais plus tendues, mais elle savait qu'elle n'avait d'autre choix que de continuer à donner le change. Un accord devait être respecté. Le problème, c'était que leur accord n'était désormais qu'un grand silence. Ils ne se parlaient plus que lorsque c'était strictement nécessaire. Et ce silence commençait à avoir un sérieux effet sur ses nerfs.

Incapable de supporter cette tension plus longtemps, elle sortit pour faire quelques pas dans le décor immaculé qu'était devenu le paysage autour de la maison, claquant la porte derrière elle.

Lorsque le froid la fit battre en retraite dans la

maison, trempée et frissonnante de froid, Hawk était là à l'attendre.

— Tu te sens mieux, à présent ?

Il paraissait fatigué. Même sa voix était pleine de lassitude. Kate eut soudain honte de s'être conduite comme une enfant gâtée.

— Je suis désolée, Hawk, murmura-t-elle. Mais je refuse de rester cloîtrée dans la maison, neige ou pas.

— Je peux le comprendre, répondit-il d'une voix sans timbre. Mais, lorsque je travaille loin de la maison, veux-tu me promettre de ne pas sortir du chemin que mes hommes et moi avons tracé jusqu'aux écuries ? Tu peux d'ailleurs aller voir Babycakes quand tu le souhaites, je suis sûr qu'elle apprécie ta compagnie.

Kate savait que, depuis que Hawk lui avait confié la jument qu'elle devait monter durant son séjour au ranch, il ne la faisait plus travailler lui-même.

— D'accord, répondit-elle. Cela me semble raisonnable.

— Merci. A présent, je vais aller prendre une douche avant le dîner.

Il se détournait déjà d'elle lorsqu'une idée parut l'effleurer, et il s'arrêta.

— En supposant, bien sûr, qu'il y aura un dîner ?

Le sentiment de honte qu'elle éprouvait jusqu'à cette seconde se transforma soudain en colère, et elle lui fit face, les yeux étincelants.

— Bien sûr que nous allons dîner, répliqua-t-elle d'un ton indigné. N'ai-je pas préparé le dîner tous les soirs depuis mon arrivée ici ?

L'ombre d'un sourire étira les lèvres de Hawk.

— Je sais, Kate. La vérité, c'est que je me suis habitué à être accueilli par les délicieux arômes de ta cuisine lorsque je rentre chaque soir. Or, ce soir, je ne sens rien du tout.

Enchantée qu'il ait apprécié ses efforts culinaires, elle domina son exaspération et lui rendit son sourire.

— J'ai préparé le repas plus tôt afin d'avoir du temps libre pour sortir me promener un peu dans la neige. Notre dîner est dans le réfrigérateur, et il ne reste plus qu'à le réchauffer. Tout sera prêt lorsque tu ressortiras de la douche.

— Très bien, dit-il, battant en retraite vers la chambre, l'air mélancolique.

A partir de ce jour-là, Kate sentit un changement notable dans l'attitude de Hawk à son égard, et dans l'atmosphère générale lorsqu'ils étaient ensemble. S'il la traitait toujours avec une politesse sans faille, leurs anciens fous rires et leurs taquineries mutuelles avaient totalement disparu. Et, lors des rares occasions où il souriait encore, c'était un sourire tendu, un peu forcé qu'il lui offrait.

Leurs nuits aussi étaient différentes. Lorsqu'il lui faisait l'amour, ses étreintes avaient pris une sorte d'intensité désespérée, entraînant Kate vers des cimes de volupté qu'elle n'avait jamais soupçonnées, et qu'elle n'aurait jamais crue possibles. Pourtant, lorsqu'elle redescendait de ce pinacle de plaisir divin, elle se sentait invariablement seule, et en proie à un grand vide intérieur.

Kate regrettait de tout son cœur la complicité détendue qu'ils avaient partagée jusque-là, et elle s'efforçait désespérément de trouver une explication raisonnable à ce brusque changement d'attitude chez Hawk.

Un jour qu'elle était plus maussade que jamais, elle décida de s'éclaircir les idées dehors, espérant qu'un peu d'air frais lui ferait du bien. Munie de quelques morceaux de sucre et d'une pomme, elle se dirigea vers le petit vestibule à l'arrière de la maison, où elle enfila ses bottes et une veste bien chaude.

Sortant de la maison, elle emprunta le sentier dégagé par Hawk et ses hommes, qui était presque entièrement débarrassé de toute trace de neige, suite au radoucissement des températures au cours des deux derniers jours. Elle entra dans les écuries, et se dirigea tout droit vers le box de Babycakes. La jument était visiblement contente de la voir, et elle pressa son museau contre son épaule avant de renifler avec curiosité la poche de sa veste.

— Tu me connais trop bien, mademoiselle Babycakes, remarqua-t-elle en riant.

Elle tira deux morceaux de sucre de sa poche et les donna à la jument, qui les croqua avec gourmandise. Lorsque l'animal leva ses grands yeux bruns vers elle, Kate eut l'impression qu'il sentait qu'elle était malheureuse et lui en demandait silencieusement la raison.

Les larmes aux yeux, elle caressa la tête de la jument.

— Je n'ai personne d'autre avec qui parler. Je ne connais pas Carol suffisamment bien, et je ne peux pas appeler Lisa. Elle serait bouleversée, et c'est la dernière chose au monde dont elle a besoin à ce stade de sa grossesse. Et je ne peux pas non plus appeler mon père, parce que je lui ai laissé entendre que je suis enchantée de mon mariage et follement amoureuse de mon mari.

Tout en reniflant, Kate plongea une main dans son autre poche à la recherche d'un mouchoir de papier. A peine avait-elle fini de se moucher que Babycakes la poussait de nouveau de sa tête, comme si elle lui enjoignait de poursuivre son triste récit.

Souriant entre ses larmes, Kate lui caressa les naseaux, puis elle prit une profonde inspiration et laissa parler son cœur.

— Depuis des semaines déjà, il y a une sorte de distance entre nous, et je ne peux plus le supporter, gémit-elle alors qu'un nouveau flot de larmes montait à ses paupières. Il m'a dit qu'il ne croyait pas à l'amour. Et aussi, il y a déjà longtemps, qu'il adorait la solitude.

Un sanglot monta dans sa gorge, l'empêchant temporairement de poursuivre. Les larmes, à présent, coulaient librement sur ses joues. La jument poussa un hennissement, comme si elle compatissait à sa tristesse.

— Je commence à avoir peur qu'il me considère comme une intruse dans sa vie, ajouta-t-elle d'une voix brisée.

Elle baissa la tête un instant, essuyant d'un revers de main impatient ses joues humides de larmes, avant de murmurer :

— Je suis une idiote.

La jument secoua vivement la crinière à cette

remarque, et Kate ne put s'empêcher de rire à travers ses larmes.

— Si, si, je t'assure. Je suis une idiote sans cervelle. J'ai suggéré cet accord entre nous comme la réponse parfaite au problème dans lequel je me débattais à ce moment-là, et je suis allée me fourrer tout droit dans un problème plus grave. Infiniment plus grave. Je suis tombée follement amoureuse de Hawk, et je ne peux plus supporter cette froideur entre nous.

Reniflant de nouveau, elle caressa une dernière fois les naseaux de la jument, sortit la pomme de sa poche et la tendit à l'animal.

— Le printemps ne va pas tarder à arriver, ma jolie. Et moi, je voudrais que l'hiver revienne, n'est-ce pas étrange ? Je donnerais tout pour retrouver le Hawk que j'ai connu à Las Vegas.

Là-dessus, la jument termina de croquer sa pomme, et Kate tourna les talons pour se diriger vers la porte.

— Il y a tant de choses que je voudrais, marmonna-t-elle avec un soupir. Et voilà maintenant que je parle à un cheval. N'est-ce pas la preuve de ma bêtise ?

Tandis que Kate s'enfonçait chaque jour davantage dans le silence, Hawk se débattait avec ses propres incertitudes. L'absence de chaleur qui régnait dans la maison depuis quelques semaines n'avait rien à voir avec la température saisonnière. Et tout, avec le refroidissement de ses relations avec Kate.

En cette douce soirée du mois d'avril, il était

rentré au galop des pâtures au coucher du soleil, et prodiguait à présent les soins habituels à son cheval, aux écuries. Quand il eut terminé de le brosser, il le fit rentrer dans son box, puis il se dirigea vers celui de Babycakes, la jument qu'il avait confiée à Kate pour son usage exclusif pendant son séjour au ranch. Aujourd'hui, il lui était presque impossible de penser à l'animal autrement que comme la jument de Kate.

Pénétrant dans le box de la douce jument alezan, Hawk entreprit de la brosser soigneusement. Et en même temps, sans trop se rendre compte de ce qu'il faisait, il commença à lui parler d'une voix douce.

— J'ai un gros problème, Babycakes, murmura-t-il. Et j'ai peur que tu ne sois très fâchée contre moi.

Pour toute réponse, la jument s'ébroua.

— Oui, je sais ce que tu penses, mais tu comprendras ce que je veux dire le jour où tu t'apercevras que ta maîtresse nous a quittés.

La jument secoua sa grosse tête, et Hawk la considéra d'un regard perplexe. Après tout, il n'était pas impossible que ce cheval comprenne ses paroles. Se moquant de lui-même pour avoir pu concevoir une idée aussi ridicule, il n'en continua pas moins à lui parler :

— Si elle s'en va, ce sera ma faute. C'est moi qui ai délibérément construit un mur de silence entre nous.

La jument s'ébroua une nouvelle fois.

— Je sais, c'est idiot de ma part. Mais, même si je déteste l'admettre devant toi, je commençais à être terrifié. Tout a commencé avec cette dispute idiote, lorsque j'essayais de la forcer à rester à la maison, au pire de l'hiver. Je sais combien Kate est douce avec toi, ma Babycakes, et je crois que tu ne l'aurais pas reconnue lorsqu'elle s'est fâchée contre moi, parce que j'avais osé lui donner un ordre.

Hawk ne put s'empêcher de sourire en songeant combien Kate était belle lorsqu'elle était en colère ; magnifique, quand elle le défiait du regard. Un autre souvenir resurgit dans sa mémoire, et il poussa un nouveau soupir.

— Mais c'est le soir où je me suis moqué du livre qu'elle lisait, en lui déclarant que je ne croyais pas à l'existence de tels sentiments, que tout est devenu très compliqué entre nous. Elle s'est éloignée de moi, et depuis cette distance n'a pas cessé de se creuser. Kate est encore là, mais dans une version froide et distante de ce qu'elle était auparavant. Je m'en veux terriblement. Lorsqu'elle m'a quitté pour se retirer dans la chambre, ce soir-là, j'avais l'estomac noué d'angoisse, et ce nœud n'a jamais cessé de se resserrer.

C'était certainement une coïncidence, un pur hasard, mais la jument inclina sa grande tête, coinçant le visage de Hawk contre sa longue encolure. La brosse lui tomba des mains sans qu'il s'en rende compte, et il appuya son front contre la robe luisante de l'animal.

— Et maintenant, ma petite Babycakes, notre accord est sur le point de se terminer. Kate va nous quitter tous les deux.

Cette pensée déclencha un frisson involontaire en lui. La jument secoua la tête.

— Je sais, poursuivit-il tristement. Tu ne veux pas qu'elle s'en aille. Tu penses qu'elle t'appartient. Sache que moi non plus, je ne veux pas qu'elle nous quitte. Je l'aime. Je n'avais jamais ressenti un sentiment aussi profond pour une femme. J'aime Kate plus que ma propre vie.

Hawk frissonna de nouveau, et soudain il se mit à pleurer. Que lui arrivait-il ? Il n'avait pas versé une seule larme depuis l'âge de neuf ou dix ans. Pourtant, les larmes continuèrent à couler sans bruit, jusqu'à ce que la jument s'écarte, laissant apparaître une tache humide sur le pelage de son encolure.

— Désolé, ma jolie, murmura-t-il, séchant hâtivement ses larmes d'un revers de main. Je suppose que tu n'as aucune suggestion à m'offrir pour me sortir de ce mauvais pas ?

Le cœur lourd, il ressortit du box et referma le portillon. La jument passa sa tête au-dehors. Ses grands yeux bruns paraissaient voilés de tristesse, et Hawk lui caressa les naseaux en riant.

— Je vais voir ce que je peux faire pour nous deux, promit-il. Si nécessaire, je la supplierai à genoux de rester.

En sortant sous le porche pour faire une pause, un après-midi du début du mois d'avril, Kate sentit souffler sur sa peau la première douce brise du printemps. Les derniers lambeaux du merveilleux bonheur qu'elle avait vécu jusque récemment avec Hawk, en travaillant avec lui, en riant et en faisant l'amour avec lui, s'évaporaient comme les dernières traces de neige fondant au soleil.

Il était presque temps pour elle de partir. Les six mois de leur accord étaient écoulés. Une vague de tristesse déferla sur elle, tandis que des larmes brûlantes montaient à ses paupières. Elle n'avait pas vu passer les jours, ni les mois.

Kate adorait le printemps, mais elle aurait tout donné pour voir revenir l'hiver. Elle n'avait pas du tout envie de retourner à Las Vegas, ni à la ferme de son père. Elle n'avait pas envie de quitter ce ranch, ni cette merveilleuse vallée, et ne pouvait pas supporter l'idée de vivre loin de Hawk pour toujours.

Mais sa froideur, son silence presque total depuis deux longs mois ne lui laissaient plus le moindre doute. Il était temps pour elle de rendre à Hawk la liberté à laquelle il avait droit.

Le visage ruisselant de larmes, elle redressa bravement les épaules et rentra dans la maison. Un accord était fait pour être respecté. La gorge serrée, elle se souvint de ce qu'ils avaient appelé en riant la « double signature » de leur contrat : une poignée de main et deux baisers.

En entrant dans la chambre de Hawk — leur chambre —, elle essuya ses joues humides d'un revers de main impatient, furieuse contre elle-même d'avoir songé une seconde à renier leur accord, à continuer à vivre comme s'il n'avait jamais existé.

Mais les six mois convenus n'étaient pas encore tout à fait écoulés. Elle pouvait encore rester jusqu'à la fin du mois. Cette pensée s'était glissée dans son esprit comme une subtile tentation, un désir trouble de s'accrocher à lui jusqu'à la dernière seconde.

Kate la refoula fermement. En traînaillant plus longtemps par ici, elle ne ferait que rendre plus difficile encore leur nécessaire séparation. Elle sortit ses valises de la penderie et entreprit aussitôt de faire ses bagages. Durant quelques instants, elle caressa du bout des doigts la magnifique écharpe que Hawk lui avait offerte à Noël, et un nouveau flot de larmes jaillit à ses paupières.

Les ignorant, elle acheva de ranger toutes ses affaires, à l'exception des vêtements qu'elle portait et de ceux qu'elle porterait le lendemain pour se rendre à l'aéroport. En espérant que Hawk veuille bien prendre le temps de l'y conduire.

Lorsque Hawk entra dans la maison, la première chose qu'il remarqua lui fit froncer les sourcils : il ne sentait pas l'habituel arôme de cuisine flottant dans l'air. La maison était silencieuse. Trop silencieuse. Il n'entendait pas Kate aller et venir. Et il ne voyait aucune trace d'elle nulle part.

Il esquissa un sourire attendri. Elle s'était probablement allongée sur leur lit pour se reposer un instant, et elle s'était endormie. Il se dirigea vers la chambre, bien décidé à profiter de cette opportunité pour la rejoindre sous les draps… bien que le sommeil ne fasse en aucune manière partie de ses plans.

La porte était entrouverte. Repoussant doucement

le battant, il entra silencieusement dans la chambre, et se figea.

Kate était assise sur le bord du lit, deux valises à ses pieds, le visage défait, les joues baignées de larmes.

— Kate ? murmura-t-il en la rejoignant en trois enjambées. Qu'y a-t-il ? Pourquoi pleures-tu ? Et pourquoi as-tu sorti tes valises ?

Il la vit prendre une profonde inspiration, mais elle ne leva pas les yeux vers lui.

— Je m'en vais, Hawk, expliqua-t-elle d'une voix tremblante. Les six mois sont presque écoulés. Peux-tu me conduire à l'aéroport demain matin ? S'il te plaît ?

— Non, répondit-il sans hésitation, le cœur battant à tout rompre.

Elle le dévisagea d'un air peiné.

— Oh ! cela ne fait rien. Si tu es trop occupé, Jack ou Ted pourront peut-être m'y emmener.

— Non, répéta-t-il.

Il avait l'impression qu'un étau lui comprimait la poitrine, l'empêchant de respirer.

— Pourquoi ? gémit-elle, les yeux brillants de larmes.

Il ne supportait pas de la voir pleurer. Ecartant les deux valises d'un geste impatient, il s'approcha d'elle et la saisit fermement par les épaules pour l'obliger à lui faire face.

— Je ne veux pas que tu t'en ailles, Kate, dit-il d'une voix rauque, douloureuse, qui semblait étrangère à ses propres oreilles. Je veux que tu restes ici. Avec moi.

— Après ces deux mois d'horrible froideur entre nous, tu me demandes de prolonger encore mon séjour ?

Elle ne pleurait plus, mais il voyait encore ses lèvres trembler. Comprenant que tout son avenir et son seul espoir de bonheur étaient en jeu, il plongea son regard dans le sien :

— Kate, veux-tu m'épouser ?

Voilà, il avait posé la question qui allait décider si sa vie vaudrait la peine d'être vécue.

— Mais, Hawk, répondit-elle, sidérée, nous sommes déjà mariés !

— Je veux dire, veux-tu rester mariée avec moi ? Accepterais-tu que nous échangions de nouveau nos vœux, cette fois-ci sérieusement ?

Il dut reprendre son souffle avant d'ajouter :

— Kate, je t'aime tant ! Si tu me quittes maintenant, ma vie continuera, mais elle sera dépourvue de joie.

Alors, elle se mit à rire, de ce rire si doux qui avait illuminé sa vie dès leur première rencontre.

— Oui ! Oui ! Mille fois oui ! Je reste, Hawk. Parce que, si je pars, ta vie continuera peut-être, mais je ne suis pas sûre de pouvoir en dire autant de la mienne. Je t'aime, Hawk McKenna, et je voudrais le crier au monde entier. Je crois que je t'ai aimé à la seconde où j'ai posé les yeux sur toi.

Fou de bonheur, Hawk déposa un baiser passionné sur les lèvres de la femme de sa vie. Puis il l'entraîna dans leur chambre pour lui offrir une nouvelle preuve de l'amour qu'il lui portait — et lui porterait toujours.

Passions

— Le 1er février —

Passions n°377

Amoureuse d'un Kincaid - Jennifer Lewis

Passer un week-end en tête à tête avec RJ Kincaid, son patron... Pour Brooke, la proposition est d'autant plus tentante qu'elle est follement amoureuse de lui, depuis qu'elle est son assistante personnelle. Seulement voilà, quand ils arrivent dans le splendide chalet de RJ, perdu au milieu des bois, Brooke sent son cœur s'emballer. Loin du bureau, osera-t-elle révéler à RJ ce qu'elle éprouve pour lui, et peut-être même, le séduire ? Prendra-t-elle le risque de compromettre sa carrière pour une liaison nécessairement éphémère ?

Les fiançailles de Kara - Heidi Betts

Lorsque les lèvres d'Elijah Houghton se posent sur les siennes, Kara Kincaid se sent défaillir. Cette étreinte sensuelle, fougueuse, brute, elle l'a rêvée tant de fois... Car elle aime Eli depuis l'adolescence, sans jamais avoir osé lui avouer ses sentiments. Hélas, tandis que tout son corps s'embrase à son contact, elle sent la culpabilité l'assaillir. Car, quelques heures plus tôt, Elijah était encore le fiancé de sa sœur...

Passions n°378

Délicieux soupçons - Jules Bennett

S'il y a une chose que Bronson Dane ne permet pas, c'est qu'on tente de le manipuler. Aussi se montre-t-il particulièrement méfiant lorsque, après avoir partagé une nuit de passion avec Mia Spinelli, la nouvelle et ô combien sublime assistante de sa mère, la jeune femme prétend être enceinte de lui. Comment la croire, alors que tout Hollywood ne parle que d'une liaison possible entre Mia et l'ennemi juré de Bronson ? Pour lui, le doute n'est plus permis : Mia l'a séduit pour se servir de lui. Et elle ne va pas tarder à le regretter...

Séduit malgré lui - Teresa Hill

« Cherchez-vous à me séduire, Lilah ? » La question de Thomas Asheford est, contre toute attente, des plus pertinentes. Car une partie de Lilah désire se lover contre lui, jouir de son aura, de sa puissance. Oui, sans qu'elle puisse l'empêcher, une force invisible la pousse vers lui. Or, Lilah le sait, céder à cette attirance serait la pire des erreurs. Car si Ashe la couve d'un regard aussi implacable que brûlant, il représente tout ce qu'elle a toujours fui chez un homme...

Passions n°379

Une attirance fatale - Fiona Brand

Cela fait deux ans que Carla Ambrosi attend que Lucas Atraeus rende officielle leur relation. Deux ans qu'elle rêve que la fatale attirance qui a fait d'eux des amants aussi passionnés que secrets se transforme en une belle histoire d'amour, en un mariage heureux. Certes, tout n'a pas été simple, entre eux, d'autant qu'il y a peu, leurs familles étaient encore ennemies. Mais aujourd'hui, tout va changer, Lucas le lui a promis. Aujourd'hui, il va annoncer leurs fiançailles publiquement. Du moins le croit-elle, avant de le voir s'afficher au bras d'une autre...

Rencontre au Montana - Victoria Pade

Jamais Jenna n'avait rencontré d'homme aussi beau que Ian. Ses yeux bleus, surtout, ont un effet envoûtant sur elle. Or, cette attirance est on ne peut plus malvenue, car Jenna n'a pas de temps à consacrer aux hommes : elle vient d'adopter sa petite Abby, et elle est criblée de dettes. Et puis, surtout, Ian a des vues sur le domaine dont elle a hérité, dans la petite ville de Northbridge, Montana. S'il semble résolu à le lui racheter, elle l'est d'autant plus à lui résister ! Même si elle doit pour cela faire taire le désir qu'il éveille en elle...

Passions n°380

Le secret de ses yeux - Andrea Laurence

Pourquoi ne se souvient-elle de rien ? Pourquoi son nom – Cynthia Dempsey -, son travail, son appartement, sa famille, ne font resurgir aucun souvenir à sa mémoire ? Depuis l'accident, c'est bien simple, elle ne sait plus qui elle est. Mais dans cet océan d'incertitude, une chose est sûre, cependant : Will Taylor, l'homme qui se dit être son fiancé, éveille en elle une passion intense, brûlante. Alors, même s'il lui avoue que, juste avant qu'elle ne perde la mémoire, il s'apprêtait à la quitter, elle sait qu'ils sont faits l'un pour l'autre. Aussi décide-t-elle de profiter de cette nouvelle chance qui leur est offerte, et de conquérir ce fiancé qu'elle a oublié...

La mélodie du désir - Karen Rose Smith

Mikala s'est toujours demandé quel effet cela lui ferait d'embrasser Dawson Barrett. Et la réponse lui est enfin donnée, quinze ans après leur première rencontre... C'est comme une symphonie, une ballade obsédante qui résonne au plus profond de son cœur. Une vague de désir la submerge, avant que tout s'arrête, brusquement : la mélodie, la débauche de sensations, le sentiment enivrant d'être désirée. Elle doit se reprendre, et vite... Car si Dawson se trouve chez elle aujourd'hui, c'est parce qu'il l'a embauchée pour s'occuper de son fils Luke. Et entre eux, il n'y aura jamais rien d'autre qu'une relation purement professionnelle...

Passions n°381

Nuit enchantée - Jo Leigh

Sortir avec Charlie Winslow et assister à la Fashion Week ? Sans doute les deux choses les plus folles auxquelles Bree n'aurait même pas osé rêver en arrivant à New York ! Pourtant, elle doit bien se rendre à l'évidence : l'homme ultra sexy qui se trouve à côté d'elle, à l'arrière de la limousine qui les conduit à la soirée d'ouverture de la Fashion Week, c'est bien Charlie Winslow, le célibataire le plus convoité de tout Manhattan. Alors, même si ce dernier ne l'a invitée que pour honorer une promesse qu'il a faite à sa cousine, et même si Bree sait que le carrosse risque vite de se transformer en citrouille, elle est bien décidée à tout oser pour que cette nuit soit la plus inoubliable de sa vie !

Un désir sans fin - Stephanie Bond

Je suis désolée. Cela n'aurait pas dû se produire, et cela ne se reproduira plus.
Malgré l'incrédulité qu'elle voit briller dans les yeux de Luke Chancellor, son séduisant collègue, et malgré l'intense plaisir qu'elle vient de ressentir entre ses bras, Carol est convaincue d'avoir prononcé les mots qu'il fallait. Si, grisée par la petite fête organisée par leur entreprise pour la Saint-Valentin, elle a eu la faiblesse de céder au désir que Luke lui inspire depuis longtemps, elle sait qu'elle ne peut rien attendre d'une relation avec lui. Et elle se promet de le tenir à distance. Sauf que, contre toute attente, un étrange coup du destin va l'obliger à revivre cette fameuse saint-Valentin, encore et encore...

Passions - HS

La couronne de Verdonia - Trilogie de Day Leclaire

L'héritière de Celestia

Alyssa, devenue princesse de Celestia du jour au lendemain, ne sait comment remercier le mystérieux inconnu qui l'a aidée à s'enfuir du palais. Grâce à lui, elle vient d'échapper à un mariage forcé. Mais lorsque son séduisant sauveur veut la retenir prisonnière à son tour, sa reconnaissance se mue en colère. D'autant qu'elle se sent impuissante devant le désir que lui inspire cet homme implacable...

Mariage au palais

Une seule nuit d'amour, et ils ne se reverront jamais – c'est le pacte secret que le prince Lander de Verdon passe avec la sublime Américaine qu'il a rencontrée au bal. Elle ne sait pas qui il est, il ignore son identité : l'accord semble parfait à Lander. Sauf que la jeune femme hante bientôt ses pensées jour et nuit, au point qu'il finit par décider de la retrouver coûte que coûte...

La fiancée du prince

Le cœur battant, Miri rabat le long voile de dentelle sur son visage et s'avance dans la chapelle royale, les yeux fixés sur l'homme qu'elle aime depuis toujours. Pour accomplir son destin et épouser le prince Brandt d'Avernos, elle est prête à tout. Même à prendre la place d'une autre devant l'autel...

A paraître le 1er janvier

Best-Sellers n°543 • suspense

Le manoir du mystère - Heather Graham

Quand l'agent Angela Hawkins accepte de devenir la coéquipière du brillant et séduisant enquêteur Jackson Crow, elle est loin d'imaginer ce qui l'attend. Tout ce qu'elle sait, c'est que la femme d'un sénateur est morte en tombant du balcon de l'une des plus belles demeures historiques du quartier français de La Nouvelle-Orléans. Et que, pour presque tout le monde, elle s'est jetée dans le vide, désespérée par la mort récente de son fils. Mais à peine Angela commence-t-elle son enquête avec Jackson dans l'étrange demeure du sénateur que l'hypothèse du suicide lui semble exclue. Guidée par son intuition et par des visions inquiétantes où elle voit la jeune femme en danger, Angela est en effet rapidement persuadée que dans l'entourage du sénateur, chacun est moins innocent qu'il n'y paraît. Mais de là à tuer ? Et pour quel motif ? Décidés à dévoiler la sombre vérité, Angela et Jackson vont non seulement risquer leur vie… mais, aussi, leur âme.

Best-Sellers n°544 • suspense

Meurtre à Heron's Cove - Carla Neggers

Lorsqu' Emma Sharpe est appelée d'urgence au couvent de Heron's Cove, sur la côte du Maine, c'est en partie en qualité de détective spécialisée dans le trafic d'œuvres d'art au sein du FBI, et aussi en raison des années qu'elle a elle-même vécues ici. Mais elle n'a pas le temps d'en savoir plus, car quelques minutes à peine après son arrivée, la religieuse qui l'a contactée est retrouvée morte. Pour unique piste, Emma doit se contenter de la disparition mystérieuse d'un tableau représentant d'anciennes légendes. C'est alors qu'elle découvre, stupéfaite, que sa famille n'est pas étrangère à l'histoire de cette toile. Se pourrait-il qu'il y ait un lien entre ce vol, le meurtre et son propre passé ? Emma ne sait où donner de la tête. Heureusement, elle peut compter sur la précieuse collaboration de Colin Donovan, un agent secret du FBI solitaire et mystérieux. Même si elle conserve une certaine méfiance vis-à-vis de cet homme qui se moque des règles et semble n'en faire qu'à sa tête. Lancée dans une folle course contre la montre, elle s'immerge avec Colin dans un héritage fait de mensonges et de tromperies. Sans savoir qu'un tueur impitoyable les a déjà dans sa ligne de mire.

Best-Sellers n°545 • thriller

Dans l'ombre du bayou - Lisa Jackson

Lorsque Eve Renner accepte en pleine nuit le mystérieux rendez-vous fixé par Roy, son ami d'enfance, dans un cabanon du bayou, non loin de La Nouvelle-Orléans, elle n'imagine pas qu'elle met le pied dans un véritable guet-apens. Car elle découvre son ami poignardé, le chiffre 212 tracé sur un mur en lettres de sang. Pis encore : Cole, son fiancé, se trouve sur les lieux du crime et tente de la tuer elle aussi… Trois mois plus tard, Eve se remet difficilement de la trahison de Cole, qu'elle aime depuis toujours. Devenue amnésique, elle ne comprend pas ce qui a pu se passer lors de cette nuit de cauchemar. Jusqu'à ce qu'un mystérieux courrier l'incite à chercher dans ses souvenirs d'enfance. Et c'est là que se dissimule non seulement le secret du meurtre de Roy, mais aussi la clé d'autres mystères, plus troubles, plus dangereux encore…

Best-Sellers n°546 • thriller

Face au danger - Brenda Novak

Traumatisée par la violente agression dont elle a été victime trois ans auparavant, Skye Kellermann a mis du temps à surmonter ses angoisses. Ce n'est que depuis peu qu'elle reconstruit son existence autour de l'association d'aide aux victimes qu'elle a créé en Californie avec deux amies. Mais quand elle apprend que son agresseur est sur le point d'être libéré pour bonne conduite, bien avant la fin de sa peine, toutes ses peurs ressurgissent brutalement : comment oublier que c'est son propre témoignage qui a permis d'envoyer cet homme derrière les barreaux ? Lui n'a certainement pas oublié qu'il a tout perdu par sa faute. Le temps presse et Skye n'a qu'une solution : faire ce qu'il faut pour qu'il ne sorte pas de prison, en commençant par prouver son implication dans trois affaires de meurtres survenues à l'époque de son agression, et qui n'ont jamais été résolues... Heureusement, elle peut compter sur l'aide et le soutien inconditionnel de l'inspecteur David Willis, qui est venu la trouver. Car lui aussi en est convaincu : Burke n'en restera pas là.

Best-Sellers n°547 • roman

Le secret d'une femme - Emilie Richards

Lorsqu'elle arrive à Toms Brook, le village natal de sa mère, en Virginie, Elisa Martinez sait que ce qu'elle est venue chercher ici pourrait bien bouleverser sa vie à tout jamais. Aussi courageuse que farouche, elle a appris à cacher derrière une apparente réserve les lourds secrets de son passé. Un passé qui l'a toujours contrainte à fuir de ville en ville, à changer de nom, à taire tout ce qui pourrait la trahir. Pourtant, quand Sam Kincaid lui propose de travailler avec lui, elle sent qu'il lui sera difficile de ne pas ouvrir son cœur à cet homme séduisant et attentionné. Bientôt prise au piège de son attirance pour Sam, Elisa se retrouve déchirée entre la nécessité de protéger ses secrets et le désir de vivre cet amour qu'elle n'attendait plus – un amour qui pourrait bien être la promesse d'une vie nouvelle…

Best-Sellers n°548 • roman

Un si beau jour- Susan Mallery

Vivre enfin ses rêves. C'est le souhait le plus cher de Jenna lorsqu'elle retourne s'installer à Georgetown, dans sa famille, après un divorce douloureux et une vie professionnelle décevante. Aussi, sur un coup de tête, décide-t-elle de lancer un concept innovant : une boutique dans laquelle elle proposera à la fois des accessoires et des cours de cuisine. Une entreprise qui s'avère rapidement être un véritable succès. Mais à peine Jenna retrouve-t-elle sa sérénité et sa joie de vivre, qu'un couple de hippies, Serenity et Tom, débarque dans son magasin et se présente comme ses parents naturels. Bouleversée, Jenna s'insurge contre cette arrivée intempestive. D'autant plus que celle qui prétend être sa mère ne tarde pas à se mêler de sa vie privée. C'est ainsi qu'elle lui présente Ellington, un ostéopathe, certes séduisant, mais qu'elle n'a nullement l'intention de fréquenter ! Et pour couronner le tout, son ex-mari tente désormais de la reconquérir… Submergée par ses émotions, Jenna doute : peut-elle croire à une seconde chance d'être heureuse ?

Best-Sellers n°549 • historique

La rebelle irlandaise - Susan Wiggs

Irlande, 1658.

Lorsque John Wesley s'éveille sous un soleil brûlant, sur le pont d'un bateau voguant au beau milieu de la mer, il peine à croire qu'il est vivant. Autour de son cou, il sent encore la brûlure de la corde… Il aurait dû être exécuté pour trahison, alors pourquoi l'a-t-on épargné ? C'est alors qu'une voix s'élève au-dessus du vacarme des flots : Cromwell, l'homme qui a ordonné son exécution avant de lui offrir un sursis inespéré...Aussitôt, John comprend que son salut ne lui a pas été accordé sans conditions : s'il veut rester en vie et récupérer sa fille de trois ans que Cromwell retient en otage, il doit se rendre en Irlande et infiltrer un clan de rebelles pour livrer leur chef aux Anglais. Une mission simple en apparence, à condition de ne pas tomber sous le charme de la maîtresse des rebelles, la ravissante Catlin MacBride…

Best-Sellers n°550 • historique

Les amants ennemis - Brenda Joyce

Cornouailles, 1793

Fervente opposante à la monarchie, Julianne suit avec passion la tempête révolutionnaire qui s'est abattue sur la France. Et de son Angleterre natale, où les privilèges font loi, elle désespère de voir la société évoluer un jour. Aussi se réjouit-elle quand, au beau milieu de la nuit, un Français blessé débarque au manoir familial de Greystone et lui demande son aide. Julianne ne tient-elle pas là l'occasion rêvée d'apporter sa modeste contribution au mouvement qu'elle soutient ? Et puis, elle rêve d'en apprendre davantage sur le fascinant étranger qui l'a envoûtée dès le premier regard. Mais Julianne est loin de se douter que l'arrivée du mystérieux Français à Greystone ne doit rien au hasard…vivre sous son toit pendant trente jours…

Composé et édité par les
éditions HARLEQUIN

Achevé d'imprimer en France (Malesherbes)
par Maury-Imprimeur
en décembre 2012

Dépôt légal en janvier 2013
N° d'imprimeur : 177363